UMA BOA CORRIDA

CB066142

IRVINE WELSH

UMA BOA CORRIDA

TRADUÇÃO DE PAULO REIS

Rocco

Título original
A DECENT RIDE

Copyright © Irvine Welsh, 2015

Primeira publicação por Jonathan Cape,
um selo da Vintage Publishing.
Vintage Publishing faz parte do grupo de
empresas da Penguin Random House.

O direito de Irvine Welsh de ser identificado
como autor desta obra foi assegurado por ele sob o
Copyright, Designs and Patents Act 1988.

Nenhuma parte desta obra pode ser reproduzida ou transmitida por qualquer forma ou meio eletrônico ou mecânico, inclusive fotocópia, gravação ou sistema de armazenagem e recuperação de informação, sem a permissão escrita do editor.

Direitos para a língua portuguesa reservados
com exclusividade para o Brasil à
EDITORA ROCCO LTDA.
Av. Presidente Wilson, 231 – 8º andar
20030-021 – Rio de Janeiro – RJ
Tel.: (21) 3525-2000 – Fax: (21) 3525-2001
rocco@rocco.com.br
www.rocco.com.br

Printed in Brazil/Impresso no Brasil

Preparação de originais
MAIRA PARULA

CIP-Brasil. Catalogação na fonte.
Sindicato Nacional dos Editores de Livros, RJ.

W483b	Welsh, Irvine
	Uma boa corrida/Irvine Welsh; tradução de Paulo Reis. – 1ª ed. – Rio de Janeiro: Rocco, 2018.
	Tradução de: A decent ride.
	ISBN 978-85-325-3098-1 (brochura)
	ISBN 978-85-8122-727-6 (e-book)
	I. Ficção escocesa. I. Reis, Paulo. II. Título.
	CDD–828.99113
17-45830	CDU–821.111(411)-3

para Robin Robertson
— certamente tem sido uma...

"Um intelectual é alguém que descobriu algo mais interessante do que sexo."

Aldous Huxley

Sumário

PARTE UM:
INOCÊNCIA PRÉ-BAWBAG

1. Dias de taxista • 15
2. Claro • 37
3. Batente no escritório • 49
4. Doce Liberty • 52
5. Jonty e a tempestade • 56

PARTE DOIS:
FURACÃO BAWBAG

6. *Speed dating* • 61
7. Jinty chateada • 65
8. Pra cima e pra baixo • 68
9. Refúgio no Pub Sem Nome • 69
10. Aperte o cinto, gatinha • 75
11. Em Deus confiamos – parte I • 81
12. Última parada do Bawbag • 86

PARTE TRÊS:
PÂNICO PÓS-BAWBAG

13. Jonty no pedaço • 91
14. Cavaleiro de armadura reluzente • 99

15. Jonty no McDonald's • 104
16. Hotéis e saunas • 106
17. Indiferentes ao fenômeno • 112
18. As lições do Bawbag • 122
19. Reunião de viciados em sexo • 127
20. O que rola em Penicuik? • 133
21. Pequeno Guillaume e Bastardo Ruivo • 148
22. Supermercado de confissões • 150
23. Coisa branca esquisita • 160
24. Instrumentos do diabo • 162
25. No camarote do Tynecastle • 183
26. O X do problema • 191
27. Em Deus confiamos – parte 2 • 194
28. Frio consolo • 198

PARTE QUATRO:
RECONSTRUÇÃO PÓS-BAWBAG

29. Excursão à sauna • 203
30. Em Deus confiamos – parte 3 • 209
31. Garota dourada • 219
32. Por ruas largas e estreitas • 227
33. Febril • 233
34. Velho Guerreiro 1 • 239
35. Os fumantes escoceses na ofensiva • 242
36. Economia dos transportes • 260
37. Velho Guerreiro 2 • 275
38. Outro golpe para os fumantes escoceses • 278
39. O cara do casaco amarelo-canário • 283
40. Fuga para Penicuik • 289

PARTE CINCO:
SOCIEDADE PÓS-BAWBAG

41. A vingança dos fumantes escoceses • 297

42. Velho Guerreiro 3 • 312

43. Evitando estresse • 315

44. Diário de Jinty – excerto 1 • 342

45. Pós-perecíveis • 343

46. As buças rosnantes de maio • 355

47. Diário de Jinty – excerto 2 • 368

48. Powderhall • 369

49. Em Deus confiamos – parte 4 • 394

50. Torneio na ponte • 398

PARTE UM

INOCÊNCIA PRÉ-BAWBAG

1
Dias de taxista

— Você nunca vai adivinhar quem eu levei no meu táxi outro dia — explica Terry Lawson, com o corpanzil envolto por um traje de corrida verde luminoso. Suas luxuriantes mechas encaracoladas esvoaçam loucamente na ventania que açoita a barreira de acrílico que serpenteia do prédio do aeroporto até os táxis estacionados no ponto. Terry se espreguiça e dá um bocejo; as mangas da sua camisa sobem, revelando correntes douradas nos pulsos e tatuagens nos dois antebraços. Uma delas é de uma harpa que mais parece um fatiador de ovos, com as inscrições HIBERNIAN FC e 1875 acima e abaixo. A segunda é de um dragão que arrota fogo e oferece ao mundo uma piscadela lasciva, encimando uma convidativa inscrição serpenteante: SOLTE SEU FOGO.

Cabeção, o parceiro de Terry, um homem magro e de aspecto asmático, assume uma expressão vaga. Acende um cigarro e se pergunta qual parte dele conseguirá fumar antes de ser obrigado a receber o grupo de passageiros que já se aproxima, empurrando seus carrinhos repletos de bagagens rampa abaixo.

— Aquele puto da TV — confirma Terry, coçando o saco através do poliéster.

— Quem? — resmunga Cabeção, avaliando as pilhas de malas de uma imensa família asiática. Mentalmente, ele fica desejando que o homem estressado que avança ali atrás ultrapasse a família na rampa, só para não ser obrigado a carregar tantas malas no seu táxi. Terry que fique com aquela corrida. O sujeito tem um sobretudo aberto por cima de um terno escuro, uma camisa branca e uma gravata, com óculos de aro preto e, o que é mais notável, o cabelo cortado no estilo moicano.

Subitamente, o homem passa à frente da matilha, e o ânimo de Cabeção se eleva. De repente, ele estanca, porém, e consulta o relógio, enquanto a família asiática vai passando lentamente, e cerca Cabeção feito um enxame.

— Por favor, por favor, depressa, por favor, por favor — exclama um patriarca em tom de súplica, enquanto uma chuva fina começa a molhar o acrílico.

Terry fica vendo seu amigo lutar com as malas.

— Aquele cara que faz comédia no Canal 4. Ele andava comendo aquela gata, como é o nome dela, que tem um corpaço da porra — diz ele, desenhando um violão com as mãos e chegando mais perto do acrílico em busca de abrigo.

Enquanto Cabeção se esforça e bufa com as malas, porém, Terry examina o homem de óculos e sobretudo, cujo cabelo incompatível esvoaça ao vento por todos os lados enquanto os dedos martelam os números de um telefone. Terry reconhece o sujeito de algum lugar, talvez uma banda musical, e depois vê que ele é mais velho do que seu penteado sugere. Subitamente, surge um subordinado medroso, com cabelo louro encimando um rosto tenso, e para cautelosamente ao lado dele.

— Sinto muito, Ron, o carro que tínhamos encomendado quebrou...

— Saia da minha frente! — rebate o empresário punk (pois é assim que Terry já pensa nele), com um sotaque americano. — Vou pegar a porcaria deste táxi! Basta você mandar entregar minhas malas no quarto do hotel!

Por trás de suas lentes rosadas, o empresário punk nem sequer faz contato visual com Terry antes de entrar na traseira do táxi e bater a porta com força. Coberto de vergonha, seu subordinado fica parado em silêncio.

Terry entra no táxi e gira a chave na ignição. — Vai pra onde, chefia?

— O quê? — O empresário punk olha por cima dos óculos reativos à luz, vendo a traseira de uma cabeleira cacheada.

Terry gira o corpo no assento. — Para. Onde. Você. Quer. Ser. Levado. Por. Mim.

O empresário punk percebe que aquele taxista com um monte de saca-rolhas na cabeça está falando com ele como se ele, o empresário punk, fosse uma criança. *A porra do Mortimer não consegue resolver nada. Agora me obriga a aturar esta babaquice.* Sua mão se tensiona na alça do táxi e ele engole em seco.

— Hotel Balmoral.

O Imoral.

— Boa escolha, parceiro — retruca Terry, já vasculhando mentalmente o banco de dados dos encontros sexuais que teve lá, geralmente durante dois períodos específicos do calendário. Nada iguala o Festival Internacional em agosto e o Hogmanay de Edimburgo em termos de acrescentar sabor à sua dieta básica de xotas cabeludas do conjunto habitacional e de atrizes pornô cansadas de guerra. — Então, qual é o seu ramo de trabalho?

Ronald Checker não está acostumado a não ser reconhecido. Além de um influente incorporador imobiliário, ele é amplamente conhecido por seu bem-sucedido programa *O Pródigo*, um reality show em que ele é o astro. Rebento de uma abastada família de Atlanta e formado em Harvard, ele seguira os passos do pai no ramo imobiliário. Ron Checker e o pai jamais haviam sido próximos, e este fato o fazia ser absolutamente mercenário na utilização dos extensos contatos do velho. Assim, o filho se tornou mais bem-sucedido do que o pai, saindo do âmbito dos estados americanos do Cinturão do Sol para o mercado global. Ron decidiu que venderia um programa de TV para as redes, posicionando-se como uma versão sulista, jovem e meio punk de Donald Trump, que já fizera sucesso com *O Aprendiz*. Um amigo estilista lhe dera o corte moicano, e um pesquisador da rede cunhara o bordão: "Trabalho dá tesão." *O Pródigo* virou um programa com distribuição planetária, já em sua terceira temporada, e Checker sabe que é exibido no Reino Unido. Nervoso, ele pergunta ao taxista: — Alguma vez você já viu *O Pródigo*?

— Ao vivo, não, mas sei do que você está falando — assente Terry. — Aquele negócio de "Pode Meter Bronca" foi polêmico, foi, mas existem umas gatas que gostam disso. Alguns safanões, se é que você me entende. Não que eu seja sexista, nada disso. Pra mim, é uma prerrogativa da mulher. Elas exigem, você fornece... é o que os cavalheiros fazem, não é, parceiro?

Checker está achando difícil entender aquele taxista. Só consegue responder secamente: — Sim.

— Você é casado, parceiro?

Pouco acostumado a ser interpelado com tanta presunção por um desconhecido como aquele prosaico taxista escocês, Checker fica boquiaberto. Prestes a dar uma resposta tensa, "Cuide da sua vida", ele relembra que após o fiasco de Nairn sua equipe de relações públicas lhe pediu que tentasse conquistar corações e mentes. Como parte do processo de incorporação imobiliária, uma pequena enseada e algumas casas tombadas haviam sido destruídas, com a realocação dos ninhos de uns poucos patos raros. Em vez de dar boas-vindas ao campo de golfe, a maioria dos locais passara a ver a iniciativa com maus olhos.

Forçando sua sensação de invadido a transformar-se num sorriso de enforcado, Checker se permite dizer: — Divorciado, três vezes.

Então é levado a pensar em Sapphire, sua terceira esposa, com algum rancor, e depois em Margot, sua primeira, com dor aguda e pungente. Tenta se lembrar de Monica, a fugaz segunda esposa em exercício, só que mal consegue trazer a imagem dela à mente, o que o deixa alegre e um tanto chocado. Na sua cabeça, aparecem apenas o rosto sorridente de um advogado e oito cifras gordas. Para um homem que ainda tem pela frente um ano antes de completar quarenta, três é uma estatística perturbadora.

— Boa! Eu também! — proclama Terry, mostrando empatia. Depois, em tom de triunfo, entoa: — Consigo até descobrir onde elas estão, e cuidar bem delas... essa parte nunca foi problema! Este meu velho parceiro aqui... — Ele alisa a virilha tranquilizadoramente, antes de continuar. — Ele nunca teve muitos dias de folga, posso garantir! A gente precisa funcionar, não é, parceiro?

O sorriso de Terry se abre, enquanto Checker simplesmente desfruta o prazer de estar encostado naquele assento duro, que parece tão bom depois das limusines e executivas de aviões em que ele constantemente se vê.

— Agora, ficar preso a elas, bom... sabe como é! A pior coisa que alguém pode fazer é se apaixonar. Você finge pra si mesmo que vai passar o resto da vida comendo exclusivamente aquela gata. Só que nós não somos feitos assim, parceiro. Então, depois de alguns meses, o olho desejoso e o pau duro saem pra brincar novamente! Eu te garanto!

Checker sente suas faces se avermelharem. Em que inferno particular ele fora lançado por Mortimer? Primeiro viera o defeito mecânico no jatinho Lear, que o forçara a aceitar a ignomínia de um *voo comercial*, e agora aquilo ali!

— Já passei da época de fazer cerimônia — diz Terry, baixando a voz e virando brevemente a cabeça. — Escute, parceiro... se você estiver atrás de um programinha qualquer por aqui, é só gritar. Eu sou o cara. Arrumo qualquer coisa que você queira nessa cidade. Mas só estou avisando, sacou?

Ron Checker não entende direito o que aquele sujeito está "só avisando". *O babaca realmente não faz ideia de quem eu sou!* Apesar do surto de desprezo que sente pelo taxista, porém, há uma outra coisa acontecendo: Ronald Checker está vivenciando a excitação fantasmagórica de estar isolado, de ser um viajante novamente, tal como em seus dias de estudante, e não mais um mimado turista a negócios. E o assento rígido causa uma sensação boa na coluna! Estranhamente, Checker admite que um lado seu, o lado liberado pelo divórcio mais recente, está se divertindo! E por que não? Ali está ele, agindo sozinho, livre de incompetentes sicofânticos como Mortimer! Ele precisava ser limitado e sufocado pela visão que os outros têm de Ronald Checker? Não era mais divertido tentar ser outra pessoa por algum tempo? E aquele problema nas costas! Talvez já fosse hora de começar.

— Eu agradeço... hum...

— Terry, parceiro. Terry Lawson...

— Terry Lawson — diz Checker, brincando com o nome na sua boca. — Bom, é um prazer conhecer você, Terry Lawson. Eu sou Ron. Ron Checker.

Ele olha para o taxista no retrovisor, em busca de um sinal de reconhecimento. Nada. *Este palhaço realmente não sabe quem eu sou, tão absorto está em sua própria vida trivial e mesquinha.* Mas ele já vira aquilo ali mesmo na Escócia, durante a debacle de Nairn.

– Olha aquela ali! – uiva Terry Lawson, diante do que parece a Checker uma jovem até bastante comum, parada em um cruzamento de pedestres.

– Sim... atraente – diz ele, com concordância forçada.

– Já estou a fim de mandar ver!

– Sim... escute, Terry... eu adoro estes táxis – começa Checker, subitamente inspirado. – Estes bancos duros são um alívio para as minhas costas. Eu gostaria de contratar você por uma semana. Você me levaria a alguns lugares turísticos aqui pela região, e a um ou dois compromissos profissionais mais ao norte. Tenho uma negociação a fazer em uma destilaria de Inverness, e adoro jogar golfe. Haverá alguns pernoites, mas sempre nos melhores hotéis, é claro.

Terry fica intrigado, mas nega com a cabeça. – Sinto muito, parceiro, mas os meus turnos já estão planejados.

Desacostumado a ver resistência nos outros, Checker fica incrédulo. – Vou lhe pagar o dobro do que você ganha em uma semana!

Um grande sorriso, emoldurado por uma cabeleira cacheada, olha de volta para ele. – Não posso ajudar você, amigão!

– O quê? – guincha a voz de Checker, em desespero. – Cinco vezes! Diga aí quanto você ganha em uma semana, e eu lhe pago cinco vezes mais!

– Esta é a época mais movimentada do ano, parceiro, só fica atrás do Natal e do Ano-Novo... pior até do que a porra do festival. Estou faturando dois mil por semana – mente Terry. – Duvido que você possa me pagar dez mil por semana só pra circular por aí!

– Eu pago! – ruge Checker, enfiando a mão no bolso e sacando um talão de cheques. Agitando o talão atrás de Terry, ele grita: – *Estamos combinados?*

– Escute, cara, não se trata só de dinheiro... eu tenho clientes regulares que dependem de mim. Outras atividades, se é que você me entende. – Terry se vira e bate com o dedo na lateral do nariz. – No jargão empresarial, não se pode comprometer a atividade central só por um lance individual. A gente precisa cuidar da clientela de longo prazo, parceiro, do fluxo de renda constante, e não se perder em projetos colaterais, por mais lucrativos que sejam no curto prazo.

Pelo espelho retrovisor, Terry vê Checker pensando no assunto. E fica satisfeito consigo mesmo, embora esteja apenas citando seu amigo Sick Boy, que faz os vídeos pornôs que ele estrela de vez em quando.

— Mas eu posso oferecer...

— Continuo tendo que dizer não, parceiro.

Checker fica atônito. Ainda assim, lá no fundo, ele pressente que há algo naquele homem ali. Talvez seja até algo de que ele próprio precisa. A ideia impele Ronald Checker a pronunciar uma expressão que ele, conscientemente, não lembra de ter pronunciado desde sua infância em um internato.

— Terry... por favor — diz ele, arquejando ao empregar a expressão.

— Tá legal, cara — diz Terry, abrindo um sorriso diante do espelho. — Nós dois somos homens de negócios. Tenho certeza de que conseguiremos chegar a algum tipo de acordo. Mas só uma coisa... pra abrir logo o jogo com você... — A cabeça de Terry gira para trás. — Esses pernoites em hotéis... não vai ter bichice alguma acontecendo!

— O quê?! — protesta Checker. — Eu não sou a porra de um viado...

— Não tenho nada contra, se esse for o seu lance, tipo, não vou dizer que eu mesmo não curto um pouco de ação pela porta dos fundos, mas um cu cabeludo com um par de culhões balançando na frente, bom, isso não faz a linha do Terry aqui — diz Terry, negando enfaticamente com a cabeça.

— Não... você não precisa se preocupar com isso! — diz Checker, fazendo uma careta devido ao gosto amargo do poder cedido, mas engolindo a pílula mesmo assim.

O táxi para diante do Balmoral. Os carregadores, obviamente já na expectativa da chegada de Ron Checker, literalmente largam o que estão fazendo, inclusive a bagagem de um outro hóspede, para cercar o táxi enquanto o americano salta. O vento aumentou, e uma rajada súbita levanta as oleosas mechas de Checker, tingidas de preto, em direção ao céu, mantendo-as erguidas feito a formidável cauda de um pavão, enquanto ele fala com o motorista.

Terry Lawson tem muito mais consciência do que Ronnie Checker de que os carregadores continuam ali perto. Saboreia o momento, demorando para digitar os algarismos no telefone, enquanto troca informações de contato com seu passageiro. Os dois se despedem com um aperto de mão, em que Terry se porta agressivamente até onde pode, sem deixar dedos hesitantes para serem esmagados, calculando que Checker é o tipo do homem que conscientemente daria um aperto de mão dominador.

— Vou entrar em contato — diz Ronald Checker, dando um sorriso meia-boca do tipo que as pessoas dão intimamente quando imaginam um rival detestado sendo atropelado por um ônibus. Terry fica vendo o americano se afastar com um andar confiante, enquanto tenta inutilmente alisar o cabelo atacado pela ventania, visivelmente aliviado ao passar pelo porteiro que sorri obsequiosamente.

Os carregadores ficam decepcionados ao descobrir que não há bagagem alguma no táxi, lançando a Terry alguns olhares desconfiados, como se, de alguma forma, ele fosse responsável por aquilo. Terry se irrita, mas há assuntos urgentes a tratar. O funeral do seu velho amigo Alec deve acontecer à tarde. Ele segue de carro até seu apartamento no South Side, onde troca de roupa e liga para Cabeção, que vai levá-lo ao cemitério de Rosebank.

Cabeção é pontual, e Terry se acomoda no táxi agradecidamente. No entanto, o veículo é uma versão mais antiga, menos reluzente e luxuosa do seu próprio e adorado TX4, fabricado pela London Carriage Company, e o ambiente espartano faz com que ele se sinta exageradamente trajado, com um paletó de veludo preto, camisa amarela abotoada até o colarinho, sem gravata, e calça de flanela cinza. Ele prendeu as mechas encaracoladas para trás com um elástico, mas algumas já escaparam e ficam balançando de forma irritante no seu campo de visão, enquanto ele esquadrinha as mulheres nas ruas, já rumando para o distrito de Pilrig, que parece gélido e deserto ao redor do parque. Enquanto Terry salta do táxi e se despede de Cabeção, uma chuva fria começa a cair. Esse é o primeiro enterro a que ele comparece na vida, e fora uma surpresa saber que a cerimônia de Alec não ocorreria nos locais de costume, os crematórios de Warriston ou Seafield. Fora também revelado que havia um jazigo familiar, comprado muitos anos antes, e que Alec seria enterrado ao lado de sua falecida esposa Theresa, morta tragicamente em um incêndio. Terry jamais a conhecera, e conhecia Alec desde os 16 anos de idade, mas ao longo dos anos descobrira, por meio de ocasionais acessos de remorso e lamento alcoólicos, que fora Alec, de porre, quem acidentalmente começara, com uma fritadeira de batatas, o incêndio que levara a esposa a falecer.

Erguendo a gola do paletó, Terry vai até o túmulo onde já se encontra reunido um grande grupo de enlutados. O lugar está movimentado, mas também sempre fora provável que o falecimento de Alec provocasse um conclave de bebuns. O que surpreende Terry é descobrir que muitos rostos antigos, que ele presumira mortos ou presos, meramente deixaram de se aventurar além de seus supermercados locais, desde que fumar passara a ser proibido.

Mas nem tudo ali faz a linha barata. Um Rolls-Royce verde passa orgulhosamente pelos portões, triturando o cascalho da trilha. Todos os outros carros estão estacionados na rua lá fora, mas o Rolls, afrontando os perplexos funcionários do cemitério, aproxima-se ao máximo das sepulturas, antes que dois passageiros masculinos de terno e sobretudo saltem cerimoniosamente. Um é um gângster que Terry conhece como o Bichona. Ele chega acompanhado por um homem mais jovem, de olhar matreiro e traços finos, e que, na visão de Terry, parece fisicamente fraco demais para ser um segurança.

Essa grande entrada, que certamente atraiu a atenção dos enlutados ali presentes, não consegue manter a atenção de Terry, e ele logo desvia o olhar para outras direções. A experiência já lhe ensinou que o sofrimento afeta as pessoas de formas diferentes. Junto com os casamentos e os feriados, os funerais forneciam as melhores oportunidades de pegação. Com isto em mente, ele lembra que a vereadora Maggie Orr voltou a usar seu nome de solteira, abandonando o pesado sobrenome Orr-Montague, cuja última parte pertencia a um advogado de quem ela se divorciara recentemente. Terry se vê armado com duas informações: uma, que Maggie envelheceu bem, e a segunda, que o término de um relacionamento e a consequente agonia significam vulnerabilidade dupla. Talvez ele consiga recuperar a antiga Maggie, aquela menina confusa de Broomhouse, ao invés da profissional autocentrada e confiante em que ela se transformara. A ideia o excita.

Quase de imediato, ele vê Maggie parada perto de uma grande lápide em forma de cruz celta, conversando com um grupo de enlutados. Ela está usando um discreto conjunto escuro e fuma delicadamente um cigarro. Bem gostosa, pensa Terry, lambendo uma camada de sal que se cristaliza no seu lábio superior. Ele faz contato visual com Maggie, permitindo que um leve sorriso, primeiro, e um triste meneio de reconhecimento, depois, sejam trocados entre os dois.

Stevie Connolly, o filho de Alec, chega perto dele. Stevie é um cara magro e musculoso, com um jeito permanente de semi-indignação herdado do pai.

— Você encontrou o meu pai, não foi?
— Foi. Ele morreu em paz.
— Você era colega dele — diz Stevie em tom acusatório.

Terry recorda que pai e filho jamais haviam sido próximos, e até sente alguma solidariedade, pois ele próprio vive uma situação semelhante de alienação paternal, mas não sabe ao certo como reagir à declaração de Stevie.

— Pois é, a gente trabalhava nas janelas juntos — diz em tom brando, relembrando outro capítulo movimentado de sua vida.

A careta desconfiada de Stevie parece estar dizendo: "além de arrombar a porra das casas." Antes que ele consiga vocalizar esse pensamento, porém, uma série de chamados e sinais perpassa o cemitério, compelindo os enlutados a se agrupar lentamente em torno da sepultura. O sacerdote (Terry dá graças a Deus que Alec, embora fosse de origem católica, tenha deixado instruções para que o funeral fosse o mais secular e breve possível, o que significava a Igreja da Escócia) faz algumas observações incontestáveis sobre Alec ser um homem sociável, que sentia falta de sua adorada Theresa, cruelmente apartada dele. Os dois agora estariam juntos, não apenas simbolicamente, mas até o fim dos tempos.

Um par de salmos é cantado, com o sacerdote tentando esforçadamente estimular o entusiasmo do que provavelmente é o coro de apoio mais fraco e constrangido na história da cristandade, ainda mais sem a proteção acústica de um recinto fechado. Segue-se um curto discurso de Stevie. Ele mal consegue encobrir seu rancor em relação a Alec e o papel deste na morte de sua mãe, antes de convidar qualquer um que se sinta assim inclinado a vir ao microfone dar seu testemunho. Sobrevém um silêncio nervoso, com um intenso estudo das folhas de relva úmida.

Então, diante da insistência do filho e da sobrinha de Alec, Terry se levanta para falar, de pé sobre um caixote atrás do microfone. Olhando para aquele mar de rostos, ele abre o que pensa ser um sorriso vencedor. Depois bate com o dedo no microfone, como já viu fazerem os comediantes de stand-up nos espetáculos do festival de Edimburgo.

— Uma vez, Alec, assim que viu os resultados e percebeu que não tinha saída, partiu pra um porre maciço, bebendo metade do estoque do supermercado local! Esse era o Alec — troveja ele, esperando uma erupção de risos.

Em torno do túmulo, porém, a maioria fica imóvel. Os poucos que decidem reagir se dividem entre risadas semiabafadas e arquejos horrorizados. Maggie abana a cabeça tristemente para Stevie, cujos punhos estão brancos de tão cerrados. Entre dentes quase rachados, ele sibila, "Ele pensa que está fazendo a porra do discurso do padrinho de casamento de um vagabundo qualquer!".

Terry resolve ir em frente, erguendo a voz diante dos resmungos que se intensificam.

— Então ele resolveu enfiar a cabeça no forno — arfa ele. — Mas como Alec era Alec, já estava tão bêbado que pensou que a geladeira fosse a porra do forno! Desculpem o meu linguajar, mas é isso... ele abriu o compartimento inferior da geladeira, só que não conseguiu enfiar a porra da cabeça ali, por causa da cesta de arame e das batatas fritas congeladas, de modo que enfiou a cabeça no contêiner plástico ao lado da cesta e encheu o troço de vômito! — A gargalhada de Terry explode no cemitério frio e úmido, depois ele arremata: — Se fosse qualquer outro puto, a culpa seria da medicação, mas esse era o Alec, ora!

O rosto de Stevie murcha, enquanto ele absorve isso, já sendo tomado por um acesso de hiperventilação. Ele lança um olhar de socorro para Maggie e seus outros parentes, como se dissesse: "Do que ele está falando? Hein? Que história é essa?"

Só que Terry, com as mechas fustigadas pelo vento, tem a palavra ali; a todo vapor, nem sequer percebe a reação dos enlutados.

— Bom, mesmo com a porta aberta, aquela foi uma noite tão fria que, quando eu encontrei Alec na manhã seguinte, sua cabeça estava congelada na porra de um bloco sólido de água suja, desde a parte de baixo do queixo até a parte de cima da nuca. Por algum motivo, havia uma maçã congelada na água, como se ele estivesse tentando engolir aquela porra antes de desmaiar! Mas esse era o Alec! — Terry faz uma pausa, preenchida por alguns muxoxos, enquanto algumas cabeças balançam. Terry olha para Stevie, que está sendo contido por Maggie, agarrada firmemente ao seu braço. — Um companheiro e tanto de copo! Mas é ótimo ver Alec enterrado ao lado da sua adorada Theresa... — Ele aponta para a sepultura ao lado daquela onde eles estão reunidos. Depois indica um trecho gramado entre os dois túmulos. — Foi ali que enterraram a tal fritadeira velha, entre os dois — diz ele com expressão séria, suscitando verdadeiros arquejos de repulsa e algumas risadas mal abafadas. — Em todo caso, já terminei. Vejo vocês lá no boteco pra tomarmos um trago, tipo em memória do Alec. — Terry salta do caixote de volta para o meio dos enlutados, que se afastam como se ele tivesse uma doença contagiosa.

O restante da cerimônia transcorre sem controvérsias, embora surjam alguns olhos lacrimejantes quando a inevitável "Sunshine on Leith" começa a soar no frágil sistema de som, enquanto o caixão é baixado à cova. Terry sente frio demasiado para esperar o fim do hino. Ele se afasta devagar e vai descendo a rua na direção do pub Guilty Lily, onde terá lugar a recepção. É a primeira pessoa a chegar ali, e fica aliviado ao se sentir aquecido em um dia tão feio e encharcado. Lá fora já está escuro feito breu, embora ainda sejam quatro da tarde. Uma garçonete taciturna aponta para uma mesa coberta por uma toalha branca, cheia de copos de cerveja, uísque e vinho, além de outra com um bufê típico de cerimônias funerárias: minicachorros-quentes e sanduíches de queijo com presunto. Terry vai até o banheiro cheirar uma carreira, volta e pega uma garrafa de cerveja. Enquanto ele se posiciona junto ao balcão, os enlutados vão entrando. Já de olho em Maggie, Terry nem sequer nota o desagrado de Stevie. Maggie se encaminha elegantemente para a grande lareira do outro lado do salão, enquanto Terry fica imaginando quanto tempo ela levará para vir até ele.

Confortando e aplacando Stevie, que está todo tenso, Maggie o leva para longe de Terry, na esperança de que ele relaxe. Enquanto dá uma olhadela para Terry, ela lembra dos primeiros encontros dos dois, de como ela (ironicamente percebe agora) preferiu ele em vez do doce e bem-sucedido Carl Ewart, que nutria uma paixão não correspondida por ela. Terry, porém, já possuía aquela confiança bombástica, que obviamente não mudara. E é preciso que se diga, com base no seu porte audacioso, empoleirado em uma banqueta ali no balcão, que ele está muito bem. Obviamente, ele anda se cuidando, e ainda exibe, por mais implausível que seja, aquela cabeleira de cachos encaracolados que é uma verdadeira força da natureza. Os cachos não parecem ter rareado ou caído, embora Maggie desconfie que Terry use Grecin 2000.

Assim, Maggie é compelida a examinar disfarçadamente seu próprio reflexo em um dos janelões, fingindo estar olhando para a escuridão lá fora. Quando mais jovem, ela nunca se sentira sortuda por ter corpo e busto pequenos; ao se aproximar dos quarenta, porém, começara a ficar grata por ser assim. Havia pouco material a ser atacado pela força da gravidade, e qualquer tração em potencial era contrabalançada pela ginástica feita quatro vezes por semana, além de uma obsessão por comida saudável e a disciplina de porções alimentares moderadas. Maggie também frequentava spas, usava os melhores produtos para a pele e fazia tratamentos de esfoliação. Ser confundida, com bastante frequência, com uma irmã mais velha de sua filha era uma grande fonte de orgulho discreto para essa mulher esguia e esbelta.

Maggie se vira e vê que Terry já percebeu aquele seu prolongado olhar de autoexame. Seu ânimo murcha, enquanto ele abre um sorriso e se aproxima, apontando o dedo à guisa de advertência.

— Pois é, peguei você conferindo sua aparência no vidro! Não que eu culpe você, entenda bem... estou gostando do que vejo aqui!

Maggie sente uma mão invisível abrir à força um sorriso no seu rosto. — Bom, você também está muito bem, Terry.

— Só que eu preciso me esforçar pra isto. — Terry dá uma piscadela extravagante.

Ele não mudou nada, pensa Maggie. Não vai mudar nunca. Ela volta o olhar para a lareira. Stevie já tem um uísque na mão, e está agradecendo a presença de alguns convidados idosos.

— Então, como vão as coisas? — pergunta Terry. Antes que ela possa informá-lo, ele mesmo responde por ela. — Mudanças grandes, com o divórcio e a ida da filhota pra faculdade... foi o que eu ouvi.

— Pois é, são fontes impecáveis — diz Maggie, erguendo aos lábios o copo de uísque.

— Então você anda solitária. — Terry sorri, falando em tom de afirmação.

Maggie decide responder como se aquilo fosse uma pergunta. — Quem disse que eu ando solitária?

— Então já tem namorado novo? Bom, ele é um cara sortudo! Isto eu digo de graça!

— Também não falei isso.

— Bom, então qual é o lance?

— O "lance" é a minha vida, que não é da sua conta!

Terry abre os braços. — Ei! Não se pode confortar uma velha amiga num momento de necessidade?

Maggie começa a retrucar que a tentativa de conforto em massa feita por Terry no seu discurso funerário lhe deu um status de quase-pária, mas Stevie se aproxima deles com um olhar assassino.

— Que negócio foi aquele? Aquele discurso? — diz ele, enfrentando Terry com os olhos esbugalhados de fúria.

— Foi difícil equilibrar o tom — assente Terry, aparentemente alheio à ira ardente de Stevie. — Eu queria manter um clima assim "Alec *friendly*", sabe como é?, mas ao mesmo tempo deixar que a família virasse a página, dá pra entender? — Ele balança a cabeça, cheio de si. — Acho até que consegui, se posso falar assim — continua ele. Depois pega o celular e abre umas imagens. — Tirei umas fotos com o celular, feito aquele artista plástico, o Damien Hirst. Dê uma olhada...

Ele enfia o aparelho na fuça de Stevie.

Stevie nunca fora próximo do pai; ao ver a imagem da cabeça de Alec presa em um bloco de gelo, com vômito amarelo saindo da boca, porém, ele não aguenta.

— Eu não quero ver isto! Saia já daqui, caralho!

— Qual é, parceiro? Vire essa página!

Stevie tenta agarrar o celular, mas Terry dá-lhe um empurrão no peito e ele cambaleia para trás.

— Qual é, parceiro... você está fazendo uma cena aqui... mas o dia é do Alec — avisa Terry.

— VÁ SE FODER... LAWSON! — gagueja Stevie, enquanto dois parentes se aproximam para puxá-lo dali. — Esse puto é um maluco do caralho... vocês precisam ver o que ele tem naquele telefoooone...

A voz de Stevie vai ficando cada vez mais esganiçada, enquanto ele é arrastado, sob protesto, para o outro lado do salão.

Terry se vira para Maggie. — Você tenta ajudar esses putos, os familiares do falecido, a virar a página, e não recebe nem a porra de um obrigado!

— Você é louco — diz Maggie, sem qualquer tom de elogio, com os olhos arregalados de descrença. — Não mudou nada!

— Só mantenho o pé na real — diz Terry orgulhosamente, mas Maggie cruza correndo o bar para reconfortar seu primo. Ela sempre foi uma putinha besta, pensa Terry. Além disso, Stevie nunca se deu bem com Alec... o que esse hipócrita quer, bancar o filho sofrido?

Agora o Bichona atraiu o olhar dele, e já está se aproximando. Apesar de raramente usar trajes que não sejam ternos e camisas sociais de grifes caras, o Bichona sempre tem uma aparência levemente suja. É como se ele tivesse passado a noite toda com aquelas roupas, e houvesse acabado de recobrar a consciência. A impressão é realçada pelo fato de o Bichona ser quase cego: seus olhos de toupeira, permanentemente estreitados, só reforçam seu jeito sonolento. Sendo um homem que extrai prazer sádico da violência, ele é paradoxalmente sensível acerca de qualquer coisa relacionada aos seus olhos. A cirurgia a laser já foi descartada, e ele resiste até a lentes de contato. O Bichona também é dado a suar profusamente, de modo que suas roupas logo parecem grudentas. Ele já levou ao desespero os melhores alfaiates de Edimburgo (e alguns de Londres); apesar dos melhores esforços deles, em cerca de quatro horas, ele sempre vai do arrumado ao desleixado. O parceiro mais jovem do Bichona, cujo rosto é cheio de ângulos tensos, está encostado na coluna de tijolos no centro do bar, com um drinque na mão, esquadrinhando sorrateiramente as mulheres mais jovens ali reunidas.

Terry dá as costas para o Bichona. Ele lembra de que na sua época de colégio, nos anos 1970, todo mundo era chamado de "bicha". Naquela época, talvez só "punheteiro" disputava o título de insulto mais comum além de bicha. Só que o Bichona era *o Bichona*. Continuamente oprimido, ele não tomara o tradicional caminho vingativo para dar o troco ao mundo, que era virar policial: o Bichona nadara contra a corrente e virara o gângster número 1.

É claro que Terry sabe que o Bichona, em termos estritos, não é homossexual, e que ele próprio é uma das poucas pessoas que ainda se refere a ele pelo velho apelido escolar. Isso é até perigoso, porque o Bichona subiu na vida sendo um escroto abusado e violento. Na cabeça de Terry, porém, Victor Syme sempre será, em parte, aquele filho da puta de casaco de lã marrom, de quem ele frequentemente confiscava um pãozinho com biscoitos diante do furgão do padeiro na hora do recreio escolar.

A virada no jogo, para o Bichona, fora seu ataque totalmente inesperado a Evan Barksdale com uma chave de fenda afiada. Barksdale era um valentão covarde que, junto com seu irmão gêmeo Craig, mantinha uma campanha de violência sistemática e implacável que acabara levando o Bichona àquele frenesi sangrento e psicótico que instantaneamente obrigou o mundo, e o próprio Victor Syme, a redefinir seu status nas ruas. Evan Barksdale, feito um doutor Frankenstein da periferia, sem querer criara um monstro substancialmente mais perigoso do que ele ou seu irmão jamais poderiam ter esperança de ser. É claro que o Bichona deparara com dor e sofrimento ao longo de sua estrada pessoal, coalhada de violência, para Damasco, mas aprendera muito com a perseguição de Barksdale; tudo o mais era insignificante, comparado com a tortura psíquica que ele já sofrera.

Diante da aproximação do Bichona, Terry sente suas nádegas se contraírem involuntariamente. Vai haver encrenca. Ele já fizera alguns negócios com o Bichona, entregando cocaína aos marinheiros da base naval em Helensburgh, antes de ser chamuscado por um aperto na segurança que tornara aquele mercado perigoso demais.

— Terry — diz o Bichona, fazendo Terry se sentir assaltado por um bafo fétido e já familiar, feito talo de repolho.

— Desculpe, Vic. Refletindo bem, percebo que foi de mau gosto... tipo, o meu discurso — admite Terry, conferindo novamente a posição do jovem aprendiz do Bichona.

— Porra nenhuma! Foi genial! Esses cuzões não têm senso de humor — diz o Bichona, balançando a cabeça. — Alec estaria morrendo de rir. O dia era dele, e não deles...

Ele faz uma careta de reprimenda para a família enlutada.

Terry fica tão aliviado que baixa a guarda, mostrando mais receptividade do que o normal à proposta subsequente do Bichona.

— Escute. Eu preciso de um favor seu. Vou passar um tempinho na Espanha, duas ou três semanas, talvez mais. — O Bichona baixa a voz. — Só entre nós dois, a chapa está esquentando um pouco pro meu lado. Preciso que você fique de olho lá na sauna. A Liberty, que fica na Leith Walk.

Terry sente seu parco meneio de cabeça se retardar até a imobilidade. — Hum, eu não entendo muito de saunas...

— Não há o que entender. — O Bichona faz um gesto de desdém com a mão coberta de anéis. — Além disso, ouvi dizer que você ainda faz vídeo pornô com aquele filho da puta... como é o nome dele mesmo... lá em Londres?

— Sick Boy, sim. De vez em quando. Só um passatempo. Mas não rola sacanagem.

O Bichona ergue uma sobrancelha desconfiada.

— Basta dar uma conferida lá duas vezes por semana — diz ele, olhando para seu jovem acólito, que está pondo um sanduíche e um cachorro-quente em um prato de papel. — Só pra manter esse pentelho do Kelvin, que é irmão caçula da patroa, e as porras daquelas piranhas abusadas dentro dos conformes... ou dentro das camas. — Ele abre um sorriso e conclui. — É pra garantir que se abram os lábios de baixo, e não os de cima!

Terry sabe que deveria estar dando uma gargalhada cúmplice, mas sente os traços do seu rosto murcharem. É o tipo de encrenca que ele preferia dispensar.

O Bichona é astuto demais para não saber que ameaças constituem o último recurso quando se busca obediência, e que num primeiro momento sempre é melhor conquistar corações e mentes. — Obviamente, você pode dar umas trepadas gratuitas lá, por conta da casa. Umas paradas bem boas.

— É justo — diz Terry, sem conseguir evitar que as palavras saiam da sua boca, embora um lado seu esteja ultrajado. Ele jamais pagou para fazer sexo e diz isto ao Bichona.

— Todos nós pagamos por isso, de alguma forma — observa o Bichona.

Terry reflete sobre os três acordos de divórcio que já fez, além da perseguição que andou sofrendo por parte da Agência de Suporte Infantil para que pagasse a pensão alimentícia, e não consegue contestar a observação.

— Você não está errado. Eu passo lá mais tarde — diz ele.

— Eu sabia que podia contar com você, parceiro. — O Bichona soca com alegria, e nem tanta leveza assim, o ombro de Terry. — Kelvin!

O rapaz gira, sintonizado feito um cachorro ao som de um apito agudo, e vem se aproximando.

— Terry, esse é o Kelvin. O Terry vai ajudar você na Liberty enquanto eu estiver fora.

— Já falei pra você que não preciso de...

— Já está combinado. — O Bichona cala com um gesto os protestos de Kelvin. Depois avisa: — Seja simpático.

O capanga parece refletir sobre isso, antes de cumprimentar Terry feito um pistoleiro, com um seco meneio de cabeça que é retribuído também com um mínimo de esforço. Captando essa vibração, o Bichona tenta introduzir alguma leveza no clima, enunciando algumas nulidades futebolísticas. Terry já queria se afastar dali antes, mas agora fica decidido a fazer isso. Ele gosta do esporte, assiste a partidas na TV, e, às vezes, ainda vai aos jogos do Hibs, mas acha que o futebol não tem absolutamente sentido algum como tema geral de conversa. Então pede licença e vai procurar Maggie, resolvendo que é hora de construir pontes. Encontra Maggie parada sozinha perto do balcão, bebendo uísque, e aparentemente em um estado de contemplação profunda. Ele pega um copo na mesa, e ergue-o para ela.

— Amizades ausentes?

Relutantemente, ela toca seu copo no dele.

— Sinto muito pelo discurso. Só pensei que era o que Alec quereria.

— Mas e o que meu primo quereria, porra?

Terry fica encantado ao ver que o álcool já diluiu o refinamento profissional, e que o tom de Maggie já voltou a ser o do conjunto habitacional.

— Eu admito que errei. Não pensei nisso — assente ele. A verdade é que o discurso tivera mesmo a intenção, em parte, de sacanear Stevie. Alec era um bebum, sim, mas ao menos tinha bom coração, diferentemente do pai de Terry, e Stevie jamais valorizara isso.

— Você e ele eram próximos — diz Maggie.

— Ele era um dos melhores, e fomos grandes amigos durante anos — concorda Terry. Depois seu rosto se enruga provocantemente. — Lembra como ele e eu nos conhecemos? Por você!

O rosto de Maggie enrubesce por baixo do brilho do uísque.

— Pois é — diz ela, evocando para Terry um eu anterior, mais jovem, e com faceirice suficiente para que ele se sinta encorajado.

Depois de outro par de drinques, segue-se a discreta saída conjunta deles, com uma caminhada pela Newhaven Road. Está frio e úmido, além de não haver táxis à vista. Os dois se arriscam a ir até Ferry Road, e os únicos veículos na vizinhança são os pesados caminhões que passam com uma velocidade ameaçadora, rumando para as docas do Leith. Terry percebe que Maggie está perdendo qualquer pressa que tivesse, mas felizmente se aproxima deles um táxi dirigido por Cliff Blades, um parceiro de bebida seu no Taxi Club de Powderhall.

— Entra aí, Terry! — entoa jovialmente Blades, com seu sotaque inglês, antes de notar a atitude, os trajes e a localização deles, somando dois mais dois. — Ah, vocês estiveram no crematório... lamento pela sua perda. Alguém próximo?

— Não, foi no cemitério. Pois é, o tio dela. — Terry meneia a cabeça com sobriedade para Maggie. — E um amigo bem íntimo meu. Maggie, este é o meu colega Blades. — Em seguida, ele assume um tom de leveza forçada. — Não deixe que Blades comece a falar do nacionalismo escocês nem pelo caralho.

— Da *independência* escocesa, por favor — retruca Blades.

— Não, não vou fazer isto — diz Maggie objetivamente.

Apesar de ser inglês, Cliff Blades é um ardoroso defensor da independência escocesa; já Maggie, embora tenha no íntimo aderido à ideia, ainda segura o chicote do Partido Trabalhista na Câmara.

Conhecido por sua discrição, Blades larga Terry e Maggie diante do prédio dela em Craigleith. Terry fica surpreso ao ver o ânimo de Maggie, que o leva direto para o quarto sem quaisquer preliminares. Mas certamente não podia esperar que ela ainda fosse a adolescente casta e pudica que ele conhecera naquele mesmo cenário tantos anos antes. Ao que parece, Maggie simplesmente está feliz por sentir um pau duro dentro de si, sem fazer qualquer pergunta. Ele ouvira dizer que a ruptura entre ela e o tal Colin fora um processo longo e arrastado. Agora, com a filha na universidade, ela pode botar pra foder novamente.

E é isso que eles fazem, com prazer.

Depois os dois ficam deitados na cama, e Terry olha para o relógio, imaginando quanto tempo levará para ter outra ereção após ter se desgastado ali (ele calcula algo entre três e quatro minutos). Então eles ouvem o barulho da chave na fechadura da porta no andar de baixo. Arrancada de seu satisfatório cochilo após o coito, Maggie ergue o corpo.

— O que... o que foi isso?

— Tem algum puto na casa — diz Terry. — Você está esperando alguém?

— Não...

Maggie sai da cama e veste um robe. Terry vai atrás dela, colocando a calça cinza. Acostumado a roupas mais informais, seu corpo estranha o tecido.

Ao descer, Maggie entra imediatamente na cozinha e vê sua filha Amber preparando um sanduíche. – O que... pensei que você estivesse em Glasgow, na universidade.

– Voltei pra casa por causa do aniversário de 21 anos da Lucy neste fim de semana – diz Amber, mal erguendo o olhar.

– Eu estive no enterro do seu tio Alec. Acabei de dar uma deitada...

– Isso é evidente. – Amber bufa de riso, ao ver Terry aparecer de peito nu atrás da mãe.

Maggie fica dividida. Um lado seu simplesmente não quer que a filha a veja assim, enquanto outro lado tenta inutilmente enfatizar que não se trata de grande coisa, e ela diz: – Eu... nós...

– Mamãe, o que você faz da sua vida é só da sua conta. Sério – diz a filha. Depois olha para Terry.

– Terry. Eu sou... hum, sou um velho amigo da sua mãe.

– Isso também já está bastante claro – diz Amber, com uma certa carga na voz. Maggie não consegue decidir se aquilo é porque a filha desaprova a situação, ou porque é hostil a qualquer presunção de sua parte de que ela pudesse desaprovar. – Bom, eu vou ficar na casa da Kim e deixar vocês dois à vontade.

– Não precisa, eu estou de saída. Meu turno no táxi. Bom ver você, Scarlett.

– Meu nome é Amber.

– Desculpe, errei a cor – sorri Terry, subindo a escada outra vez.

Depois de um tempo, Maggie vai atrás dele para o quarto, onde ele já está vestindo e abotoando a camisa. – Puta merda!

– Ela é uma garota bonita. Mérito seu – diz Terry, vestindo o paletó.

Maggie percebe o brilho nos olhos dele. – Nem pense nisso!

– Você acha que eu sou o quê?! Jamais passou pela minha cabeça – protesta Terry. Quando mente descaradamente, ele é mais convincente do que nunca e Maggie, apesar de ter passado a vida inteira metida com política, praticamente acredita.

Terry liga para Blades a fim de ver se o táxi continua na vizinhança, mas ele pegou uma corrida para o aeroporto. Cabeção está por perto, porém, e apanha Terry quinze minutos mais tarde, levando-o ao seu apartamento no South Side.

Terry troca de roupa imediatamente e depois sai outra vez em seu próprio táxi, pois há algumas entregas a serem feitas na zona oeste de Edimburgo, principalmente em Broomhouse, Wester Hailes, Sighthill e Saughton Mains. Depois de terminar esta tarefa, ele pensa em ir até a Liberty Leisure, a tal sauna do Bichona, mas prefere passar na Galeria de Arte Moderna em Dean Village, pois pode haver umas xotas mais elegantes passeando por lá. Fica encantado quando duas jovens fazem sinal e entram no táxi.

— Pra onde vamos, meninas?

— Hotel Minto — diz uma delas, com sotaque americano.

— Beleza. De onde vocês são?

— Estados Unidos.

— Ah, isso eu já tinha percebido. De qual parte da América?

— Rhode Island.

— Rhode Island? Este nome é por causa da Ilha de Rodes da Grécia, não é? Olha, vou falar uma coisa pra vocês — diz Terry, virando rapidamente a cabeça para trás. — Deviam chamar o lugar de "Ilha do Colosso de Rodes", se todas forem iguais a vocês duas.

2

Claro

Eu gosto de morar na Oxford Street, porque aqui no South Side você tem tudo. Uma rua calma, perto do centro e das bucetas de escritório, próxima da universidade e das jovens xotas estudantis, e um bom ponto pra trazer as garotas do conjunto habitacional. Nada muito sofisticado, só uma boa sala de estar com um sofá em L, um quarto com uma cama king size e uma cozinha pequena com todos aqueles shakes de proteína... eu sou movido por essas porras. Não tenho muita mobília no apê; gosto de chamar de "minimalista" o meu conceito de design de interiores. Possuo uma estante com alguns livros que Rab Birrell me empresta; nunca leio nada, mas guardo tudo ali só pra impressionar as gatas que estudam. *Moby Dick*, *Crime e castigo*, essas merdas. A porra do Dostoiévski, tentei ler um, mas cada filho da puta do livro tinha uns cinco nomes diferentes, então larguei de mão pra escapar daquela merda toda! Com total razão, caralho.

Eu vou à Hog's Head comprar CDs e filmes de segunda mão, e aproveito o wi-fi gratuito do Southern Bar. A piscina comunitária fica quase ali na esquina, e o Lawson aqui precisa estar sempre em forma. Sim, aqui no South Side a gente tem tudo. Não há Starbucks no Leith; talvez junto aos prédios do governo lá perto das docas, mas não no verdadeiro Leith! Mas há montes de cafés pra gente ir; eu nem ligo muito pros botecos daqui, só vou ao Southern por causa do wi-fi.

E dirigir táxi é o melhor emprego que já tive nesta merda de vida. Claro. Este é o melhor momento de Terry Lawson; nem aquele trampo de vender refrigerante nos caminhões consegue competir com isto! A porra do corujão aqui vai virando a cabeça pra todos os lados, lançando o olhar pelas janelas do TX4, pronto pra dar o bote nas pererecas perdidas! E elas ainda pagam você! Está tudo no taxímetro, e o taxímetro não mente. É melhor em agosto, com todas as corridas de turistas esnobes na cidade, mas esta época também é ótima, porque o período festivo está bem perto, e as xotas estão todas ouriçadas por aí. O problema da Escócia é que nós temos minas gostosas, mas somos um tanto monoétnicos. Montes de garotas de cabelo escuro, algumas louras, e ruivas, mas quase todas são brancas. Eu tenho inveja dos taxistas de Londres, porque lá você consegue misturar a coisa um pouco mais.

Não gosto da Lothian Road, mas lá tem o Filmhouse, o Usher Hall e o Traverse, sempre lugares decentes onde se encontram xotas elegantes. Só que no momento não há nenhuma disponível, porque os espetáculos devem estar em andamento. De repente, começa a chover, um toró forte, e uma turma de garotos aparece saltitando perto de mim, fazendo sinal, mas eu acelero, vendo os pulos que eles dão pro lado. Fico só rindo, enquanto as porras dos idiotas gritam e me xingam lá atrás. Não estou interessado nesses filhos da puta; só quero as garotas. Por puro esporte, porém, resolvo parar e dar uma espiadela nos rostos aliviados deles. Deixo até que se aproximem bastante, antes de gritar "VÃO SE FODER, SEUS FRACASSADOS!". Daí saio acelerando pra caralho pela rua, só gozando a expressão na fuça deles pelo espelho retrovisor!

Das tavernas de vinho aos salões de bingo, de novinhas com cara de bebê (força de expressão, tipo dentro dos limites da lei) a chaves de cadeia, gordas, magras, esnobes, destituídas: em toda parte onde houver a porra de uma necessitada, você me verá dentro deste possante preto, ronronando junto ao meio-fio, pronto pra enfiar no rabo delas!

Naquela noite, as gatas ianques não perderam tempo, ora essa! Aquilo foi um golaço e tanto! É claro que você sempre vai atrás das garotas em férias, porque nada se compara a uma viagem pra derrubar as inibições de qualquer gata. Agora tenho outro ianque no celular, o escroto do Ronnie daquele outro dia, que tem a cabeça parecida com a daquele dinossauro que fura o T-rex com o chifre, antes que os dois caiam no precipício.

— Vou precisar que você me leve a East Lothian nos próximos dias. Um lugar chamado Haddington.

— Moleza, parceiro. Conheço bem.

— Ótimo. Eu estava pensando em amanhã, mas ouvi dizer que a cidade será atingida por um furacão.

— Pois é, estão dizendo isso... o furacão Bawbag.

— Essa merda é séria. O Katrina deixou Nova Orleans totalmente arrasada, e vocês não parecem preparados pra isso!

— Sem essa, parceiro... aqui a gente só pega vento com chuva, mas é sempre a mesma coisa.

— Acho que você não está entendendo a magnitude da situação aqui, Terry.

— Não se preocupe, meu chapa... basta você ficar entocado lá no Balmoral até a coisa serenar. Deixe o serviço de quarto cuidar de você. Agora, se precisar de companhia, não peça ajuda ao puto da recepção, porque ele simplesmente arrumará uma piranha metida a besta que vai tosquiar você. Já eu lhe trarei uma dupla de meninas animadas que sabem fazer uma festa, e isto vai lhe custar pouco, além da conta do frigobar e talvez uns dois mil. Essa gata que eu conheço, já fiz filme pornô com ela, é a supergroupie da cidade; já traçou todos os esportistas, todas as personalidades televisivas, todos os jogadores de futebol ou comediantes que botaram o pé aqui. O apelido dela é "Venue 69", de tanto que ela fica ocupada durante o festival. E adoraria ter uma marca sua no poste da cama dela. Pode crer.

A voz do tal Ronnie parece feita de aço. — Pensei que você não soubesse quem eu sou!

Puta merda, fiz uma cagada, mas mantenho a frieza. — Não fazia a menor ideia, até jogar você no Google hoje de manhã. Gosto de conferir quem são meus clientes, só pra ver se há algo suspeito acontecendo. Sem querer ofender, claro. Trabalho dá tesão!

Claro que eu tinha reconhecido o filho da puta, desde o início. Depois de um breve silêncio, ele diz: — Isso mostra iniciativa... mas toda cautela é pouca. Preciso lhe pedir que seja discreto.

— Esse é o meu sobrenome, parceiro. Ninguém consegue pular de cama em cama feito eu, se não souber o que significa essa palavra, por dentro e por fora! Mas então, você quer ser apresentado a essas xotas, ou não?

— Isso não será necessário. Eu ligo pra você — diz o puto, desligando em seguida.

Mas até que é a porra de um trato decente: vou faturar uma bolada por semana, se ele só vai precisar ser levado a Haddington algumas vezes! Queria saber que tipo de negócio ele tem lá. Bom, isso é da conta dele, não minha. Enquanto isto, ainda posso cuidar da porra do meu negócio! Meu barco está pronto pra zarpar, caralho!

Verifico o celular: um monte de mensagens de gatas diferentes... até daquela dupla de garotas de Rhode Island! Elas eram bem gostosas e, acima de tudo, animadas pra caralho! Embora Sick Boy diga que paquerar é o melhor esporte, não dá pra gente viver só tentando derrubar as defesas delas. Às vezes a gente só quer botar a porra da mercadoria na mesa e dizer: você está a fim ou não? Elas estavam a fim pra caralho, se estavam! Pena que tenham partido pro continente no dia seguinte.

Fico farejando bucetas nas pontes, mas nenhuma gata faz sinal pra mim, então pego outro passageiro, um babaca empertigado, de terno, carregando uma pasta. Acho que ali não rola gorjeta.

E vou pensando em garotas, duas especificamente: Suzanne Prince e Yvette Bryson. As duas com quem transei naquele fim de semana, há quase dez anos, depois do terceiro divórcio. Como resultado, ganhei dois bastardinhos de presente. Mas sou totalmente favorável a que Guillaume e o Bastardo Ruivo mantenham os sobrenomes das mães. Só que isto é feminismo. Eu, se pudesse escolher, teria enfiado a porra daquele tubo nas xotas delas e chupado feito a porra de uma bicha até sentir gosto de sangue, pra depois cuspir os dois bastardos sanguinolentos na pia do banheiro. Mas as duas queriam ter filhos, de modo que aqui estão eles, e eu não me queixo, desde que o nome Lawson continue fora das certidões. Esta é a porra da verdade!

Tanto Suzanne quanto Yvette são mulheres independentes, e acho que a esta altura eu até já me safei, mas as pessoas e suas circunstâncias mudam pra caralho. Você não pode baixar a guarda, porque a Agência de Suporte Infantil tem braços longos. Só que eles não vão entrar nestes bolsos aqui, caralho...

Voltei pela Prinny e vou subindo o Mound. O puto aqui atrás está com uma cara de cu que acho melhor começar a papear, se quiser arrancar uma gorjeta dele.

— Então, o que você faz na vida, parceiro? — digo.

— Medicina.

— É médico?

— Mais ou menos. Sou um especialista — diz o puto, olhando pra fora. — Por que pegamos este caminho?

— Bondes modernos... sistema de mão única... desvios... o prédio da Câmara... mas então, em que você se especializou? Olhe só pra mim... eu sou especialista no amor. Lembra daquela música? Sharon Brown? "I Specialize in Love"... lembra dessa? Não?

— Acho que não.

Alguns putos têm menos sangue do que a porra de uma pedra. — Mas então qual é a sua especialidade, parceiro?

— Ginecologia.

— Gineco-ca-ra-lho... malandro! — Quase avanço um sinal vermelho, depois de me virar pro cara. Ele é jogado pra frente no assento. Ainda bem que o coitado colocou o cinto; caso contrário, teria atravessado o espaço entre os bancos, e agora estaria sentado, todo espremido, na porra do meu colo! — Desculpe, parceiro... eu só estava pensando... que você já deve ter visto muito mais conas do que eu! Não quer um assistente?

O sujeito recua no assento. — Não acho que...

— Vou lhe dizer uma coisa, parceiro... eu conheço bem o terreno ginecológico de uma gata! Isso posso falar com certeza! Talvez não domine todos os termos técnicos, como você, mas sei que quando a gente aperta este botão, BANG! Isso aqui acontece. A gente preenche aquele buraco e UAU! Ah, seu malandro — digo eu, prosseguindo em direção a Cameron Toll, enquanto um caminhão tenta me dar uma fechada.

— Obrigado. Vou manter em mente esse conselho inestimável — diz o sujeito, mas então meu celular toca. Nada de inusitado nisso, mas o nome BICHONA aparece no visor do aparelho. Eu ignoro a chamada, mas sei que preciso ir logo até a tal sauna e dar uma espiadela.

Não curto esse trampo, porque o crime passa a vir te procurar assim que você é tachado de criminoso. Eu não sou um gângster, nem ladrão profissa ou traficante de drogas; só nunca olhei os dentes de um cavalo dado. Se alguém nos oferece um agrado que parece saboroso, tudo bem. Só que existem uns babacas que esboçam as propostas mais absurdas e ridículas, verdadeiras chaves de cadeia, geralmente apenas porque estão procurando algo pra fazer, um pouco de aventura. Você diz a esses putos, claro que com cortesia: vão se foder. Traficar drogas é um grande risco, com muita perturbação pra pouca recompensa. Dirigir táxis é entediante, e fazer filmes pornôs é bom pra sustentar alguns luxos modestos, mas ninguém pode se fiar nisso. Eu faço alguns serviços pro Connor, mas não pro Tyrone ou o Bichona, se puder evitar. A supervisão de piranhas e cafetões, bom... simplesmente não é a minha praia.

— É ali o hospital, você pode parar aqui mesmo — diz a voz ali atrás.

— Beleza. Então, você vai ver mais algumas xotas aí, parceiro?

— Algo assim.

— É um trabalho duro, mas precisa ser feito por alguém! Por falar nisso, eu consigo ver um monte de conas aqui na traseira deste carro. Geralmente não são do tipo que você quer, não é, parceiro?

— Suponho que não... bem, obrigado.

— Vou lhe dizer uma coisa, parceiro, tipo voltando ao lado técnico. Sabia que os esquimós têm mil palavras pra neve? E vocês, ginecologistas, têm o mesmo número pra xota? Aposto que têm — digo, recorrendo ao velho truque de só abrir a porta quando a carteira aparece e, acima de tudo, continuar falando! O resultado é que o sujeito me paga muito mais! Um escroto feito ele nunca teria me dado uma gorjeta se eu fizesse cara feia. O bosta do Cabeção vive reclamando das gorjetas. É porque você é um puto de cara feia, digo a ele.

Só que este sujeito aqui compareceu, e parece estar se divertindo. — Esquimós... neve... dessa eu vou ter de me lembrar!

Então rumo na direção do centro outra vez. Apanho mais um pouco de brilho com Rehab Connor e levo a encomenda pra Monny, no

Leith. Provavelmente, Connor é o maior traficante da cidade no momento. Ele próprio nunca toca no troço. Na realidade, trabalha em tempo integral como terapeuta de drogas no Departamento de Serviço Social. E faz dois números pra todos os putos: o primeiro, se você está limpo, mas no meio de uma crise, e precisa conversar com alguém; o outro, se você está precisando de um fornecedor. Com isso, o safado cobre a porra do mercado todo! Uma vez ele me contou que andava orientando um sacana que falou assim: "Olhe, Connor, pra mim isto não está funcionando... esta sobriedade, esses conselhos. Na realidade, eu preciso mesmo é que você seja meu fornecedor." E Connor respondeu: "Sem problema, mas só se você ligar pro meu outro telefone. Tenho uma reputação a zelar. É preciso ser profissional."

Daí decido encerrar o dia indo ao conjunto fazer uma visita à velha, Alice Ulrich, sobrenome dado a ela pelo falecido segundo marido alemão. Estou parado no sinal perto do Festival Theatre, quando um idiota bate levemente na janela. Devo ter esquecido de desligar a placa luminosa.

— Estou ocupado, parceiro — digo ao sujeito.
— Sua placa de "livre" está ligada.
— Eu esqueci de desligar, só isso.
— Por lei, você é obrigado a me levar.
— Desculpe, parceiro, eu adoraria, mas acabei de acertar outra corrida — digo, batendo levemente na tela. — Central. Computadorizada.
— Isto é um absurdo!
— Minhas mãos estão atadas, parceiro. Nada me daria mais prazer do que levar você, mas eu sou um escravo da Central. Quem não aceita o serviço que eles dão é posto fora do circuito a noite toda, como castigo — digo, ligando o motor e partindo. Ainda ouço o sujeito vociferando na rua lá atrás sobre leis e contratos... alguns putos não podem ser contrariados. Em todo caso, logo paro no sinal e buzino pra uma morena com um casaco marrom comprido, recebendo de volta um sorriso maroto. É legal ser legal.

Então vou pra casa da velha em Sighthill. Ela vive dizendo que nunca sai, mas quando chego lá vejo que ela já vestiu casaco, chapéu e luvas. — Pode dar uma carona pra sua velha mãe, Terry? Eu não pediria, mas com este tempo...

— Aonde você vai?

— Ao Royal.

Jesus-meu-saco-Cristo, isso fica a quilômetros daqui, e eu praticamente acabei de vir da porra do lugar.

— Qual é o lance... você não está legal? — digo.

— Não, eu estou bem — diz ela. Depois olha para mim com ar obstinado. — Se você quer saber, eu vou ver o seu pai.

Eu sabia que alguma merda estava acontecendo. — Ok. Então é isso que você vem aprontando, não é?

— Ele não está bem, Terry. A letra C. Já não tem muito tempo de sobra.

— Que bom.

— Não fale assim!

— Por que não? — digo, abanando a cabeça. — Não acredito que você vai ver o sujeito, caralho. Está se deixando sacanear por ele novamente. Depois de tantos anos sendo humilhada pelo cara.

— Ele ainda é o seu pai... e o pai de Yvonne!

— E que merda ele já fez por nós?

Ela aponta pra mim, com os olhos ardendo de fúria. — Não comece a falar dele! O que você já fez pelos seus filhos? Tem um bom número deles jogados por aqui, e só Deus sabe onde mais! Donna esteve aqui com Kasey Linn ontem, e contou que não tem notícias suas há séculos.

— O que é *queijo lin*?

— Kasey Linn! Sua neta!

— Ah... a menina — digo. Puta que pariu, quase esqueci que Donna já teve uma filha. Eu deveria ir visitar a criança, mas odeio a ideia de ser avô. Só que pras gatas eu já sou um VEGC: Vovô Que Eu Gostaria de Comer!

Mas agora ela está me olhando de cara feia. — Você nem foi ver a criança ainda, sua própria neta, por Cristo! Foi?

— Tenho andado meio ocupado...

— A menina já tem quase um ano! Você é um vagabundo imprestável! Pior do que Henry Lawson era!

— Vá se foder — digo, saindo irritado da casa.

A velha que pegue dois ônibus!

— Espere, Terry! Espere, filho!

Então eu desço a escada, vendo que começou a chover novamente, enquanto entro no táxi. Kasey Linn... isto lá é nome que se dê à porra de uma criança? Na tela, há a mesma mensagem babaca da Central. É daquele puto, o Jimmy McVitie... Big Liz avisou que ele estava de plantão hoje.

CORRIDA NA WESTER HAILES DRIVE, NÚMERO 23.

Eu digito de volta:

ACABEI DE PEGAR UMA CORRIDA EM SIGHTHILL.

Então:

VOCÊ É O TÁXI MAIS PRÓXIMO NA VIZINHANÇA.

Eu: QUAL PARTE DE ACABEI DE PEGAR UMA CORRIDA EM SIGHTHILL VOCÊ NÃO ESTÁ ENTENDENDO?

Isso cala a boca do intrometido. Só que eu ergo o olhar e soco o painel ao ver minha mãe sair porta afora, descendo a rua rumo à pista dupla. Dou a volta pelos fundos do conjunto e vejo a velha parada junto ao ponto de ônibus improvisado, debaixo da chuvarada que cai. O troço já nem é mais um abrigo, caralho, graças aos putos que inventaram a porra desses bondes modernos. Então paro ao lado dela e abaixo o vidro.

— Entre aqui, mãe!

— Posso muito bem esperar o ônibus!

— Olhe, desculpe. Eu só não queria ver você sacaneada por ele novamente. Entre aqui!

Ela parece pensar no assunto, antes de ceder e entrar.

— Prove que você é um homem melhor do que ele — diz ela, chegando até a apontar o dedo pra mim. — Aja direito com seus próprios filhos! Visite a Donna! Telefone pro Jason! Traga os outros dois meninos até aqui!

Eu nem vou discutir com ela sobre isto. Não sou tão mau quanto a velha faz parecer: a cada poucas semanas falo pelo telefone com Jason, lá em Manchester. Então pego o viaduto e seguimos quase em silêncio até o hospital. Ela salta e pergunta se eu gostaria de subir pra ver meu pai, ou mandar um recado a ele.

— Diga a ele: obrigado por nada e vá se foder.

Ela não parece feliz ao entrar, e isso me faz pensar. Então digo a mim mesmo: foda-se. Ligo pra Suzanne e Yvette, as mães do pequeno Guillaume e do Bastardo Ruivo, e combino de sair com os dois garotos. As duas mal conseguem acreditar, mas parecem ficar bem felizes.

Vou apanhar Guillaume em Niddrie Mains primeiro, e depois subimos de carro as elegantes Blackford Hills pra pegar o Bastardo Ruivo. Até vejo o fedelho pensando, enquanto o Bastardo Ruivo desce correndo a alameda do casarão, pelo meio do jardim todo bem tratado, pra nos encontrar: "Por que ele e a mãe moram aqui, enquanto eu e minha mãe moramos naquele conjunto fedorento?" O sacaninha do Bastardo Ruivo, usando uma camiseta vermelha que só faz realçar sua, bem, *vermelhidão*, entra e ambos trocam um "oi" fraco. O Bastardo Ruivo não fala muito, mas está sempre olhando em torno. Talvez ele tenha o cérebro da mãe, porque sua cabeça vai afilando pra trás até formar uma ponta, feito a porra de um alienígena. Tipo a daqueles putos verdes que sempre ficavam abusados com o Dan Dare, sabe?

E também há o pequeno Guillaume. No início, Suzanne estava convencida de que ele era filho de um garçom francês. Ela dera pro puto na noite anterior, antes de mim, mas não havia chance alguma disso: a quantidade de esperma que sai destas bolas aqui é surreal, caralho! Se logo depois ela abrisse as pernas em cima de um balde, daria pra colar papel de parede na merda da casa toda!

Só que com esperma desta qualidade, você precisa tomar cuidado pra caralho, porque as gatas querem filhos com personalidade. Sendo homem pegador, e tendo estes instintos, eu preciso ficar de sobreaviso. Ter certeza de que a garota está prevenida. Mas com esta história de AIDS e DST, um monte delas ainda exige camisinha, que sempre mata a porra da paixão no melhor momento. E quem tem um cacete feito o meu pode levar horas colocando uma delas. Pra mim, é como se fossem destruídos todos os ganhos da pílula e da revolução sexual. Culpa da merda do governo: se todos aqueles viados das escolas públicas não vivessem comendo uns aos outros, não existiria AIDS ou DST, pra começar.

Em todo caso, esse é o pequeno Guillaume. Um só fim de semana de loucura, e logo eu estava passeando com ele e o Bastardo Ruivo por aí. No começo, nada me atrapalhava, a gente se vira, e eu caí de boca, participando de todos os eventos de pais solteiros. Creche, recreação, escola, eu fiz a porra do circuito inteiro. Contava a todas as mães solteiras que a mãe do pequeno Guillaume morreu no parto, mas eu adotei o Bastardo Ruivo, que era meu sobrinho, depois que o pai, meu irmão caçula, morreu no Afeganistão, e que a mãe tinha virado uma viciada em drogas. Tracei uma meia dúzia de mães muitas vezes, e até botei uma pra fazer filme pornô, mas depois os meninos cresceram, começaram a abrir o bico e todo mundo sacou a armação. Pra dizer a verdade, depois disso até perdi um pouco de interesse nos dois putinhos.

Já estou com os garotos num café pra tomar um suco antes de irmos à matinê no cinema: não há lugar melhor pra se levar crianças com um frio desses. Então o Bastardo Ruivo ergue pra mim aqueles seus olhos e diz: — Você não me ama tanto quanto ama o Guillaume.

Puta que pariu! O que este putinho espera? Será que tem visto a porra do seu cabelo no espelho ultimamente?

— Uma pergunta pra você, parceiro, que parece saber de tudo. O que é o amor? — digo.

O lábio inferior do Bastardo Ruivo se sobrepõe ao superior. — É tipo... num sei...

— Vocês são irmãos, bom, meio-irmãos, e podem se amar um ao outro. Mas de um jeito diferente daquele que, digamos, um homem ama uma mulher, certo?

— Sim — assentem os dois ao mesmo tempo. Felizmente, caralho. Já é um alívio. Não quero um filho bicha, principalmente o vermelhinho; o puto já não vai ter moleza alguma, só por ser um bastardo ruivo!

— Bom, é tipo... vocês dois são diferentes, e eu tenho o mesmo amor por ambos, mas de modos diferentes — digo, deixando que eles pensem sobre isto. É uma pena que, no caso do Bastardo Ruivo, seja uma coisa meio ele-não-está-junto-comigo, caralho! Em todo caso, eu levo os dois pra ver um filme chamado *Up*. Nossa, eu quase berrei de alegria quando o tal velho lá começou a falar da esposa morta e contar que eles queriam ter filhos, mas não podiam! Tive vontade de dizer pra ele, berrando pra tela: leve esses dois escrotinhos aqui, porque eu não quero nenhum deles! Comprei pipoca, cachorro-quente, sorvete, Twix, essas merdas todas, pros dois putinhos gulosos!

Então fico aliviado pra caralho ao largar os dois, mas até que não foi um dia ruim. Guillaume primeiro, em Niddrie Mains. Enquanto ele entra em casa, com um breve meneio de cabeça por parte da mãe, Suzanne, eu olho pro Bastardo Ruivo e digo: — Pode se considerar sortudo por morar em Blackford Hills. Você não duraria dois minutos aqui embaixo.

— Por que o Guillaume e a mãe dele são tão pobres?

O que se pode dizer a isso? Eu só pergunto ao Bastardo Ruivo o que ele acha, e o menino fica sentado ali, pensando no assunto, durante todo o percurso de volta a Blackford Hills. — Será que é porque a mãe dele não é muito instruída?

— Provavelmente tem algo a ver com isso. Mas então a gente tem de perguntar... por que ela não é tão instruída quanto a sua mãe?

O camaradinha salta do carro de cenho franzido. Fico olhando, enquanto ele sobe a alameda até o casarão, esmagando o cascalho debaixo dos belos sapatos pretos.

Então, ao passar de volta por Oxgangs, eu tiro a sorte grande. Uma garota está parada no ponto de ônibus diante de um pub chamado Goodie's. Ela parece já ter tomado algumas doses e faz sinal pra mim. Quando eu paro, porém, ela me afasta com um aceno.

— Você quer entrar ou não?

— Estou indo pra Stockbridge, mas só vou ter dinheiro quando encontrar meu amigo lá.

— Tudo bem. — Dou um sorriso. — Entre aí. A gente pode fazer algum tipo de trato, se você estiver a fim.

Ela focaliza o olhar em mim. — Talvez a gente possa.

A fim pra caralho, e nem banca a inocente quando desligo o motor em uma viela de Marchmont que sempre uso: um dos meus pontos preferidos.

— Você não vai desligar o taxímetro? — pergunta ela, enquanto eu abro a porta traseira.

— Está certo, é difícil vencer um hábito antigo — digo eu, voltando à frente. — Ainda bem que você me lembrou, porque isto aqui pode demorar um bom tempo!

3
Batente no escritório

Ah, sim, eu sou um homem de sorte! Sorte nem é a palavra, não mesmo. Jonty MacKay, o homem mais sortudo do mundo! Esse sou eu, certeza que sou! Tenho um apê aconchegante em Gorgie, a minha Jinty, a internet no meu computador, DVD e TV. Além disso tudo, às vezes arrumo um serviço de pintura pra fazer. Pois é, de pintura.

Se eu pudesse mudar alguma coisa, seria conseguir ainda mais serviços de pintura, porque às vezes me sinto muito mal por Jinty fazer tantos serviços de faxina nos escritórios lá do centro. Sinto, sim. Mas tento garantir que sempre haja uma pizza Findus congelada, com batata frita McCain, do tipo que ela curte, prontas quando ela chega em casa. Mesmo quando é o turno da noite, e ela só chega de madrugada, eu garanto que a pizza dela esteja lá, certeza.

Findus.

Talvez fosse legal se eu conseguisse aprender a dirigir um carro, feito meu irmão Hank, que dirige uma empilhadeira. E, às vezes, Jinty fala pra mim: você não é tão idiota assim, Jonty, quer dizer, está sempre na internet, sabe mexer com computador, então poderia facilmente aprender a dirigir um carro. E aí Raymond Gittings podia te dar mais serviços de pintura!

Acho até que ela tem razão, mas pra mim a questão não é essa. Sempre digo que Deus, se quisesse que nós andássemos assim, teria nos dado rodas em vez de pés. Sim, teria. E eu não passo de um caipira simples lá de Penicuik. Dirigir um carro grande e bacana não é pro meu bico. É sim, Penicuik. O Hank vive me dizendo: pare de falar que Penicuik fica na roça, Jonty, porque lá não é mais roça, deixou de ser há muito tempo.

Pois é, mas pra mim ainda é roça, entende? Claro que é. Dá pra ver as Pentland Hills da casa da minha mãe, e pra mim, ver montanhas quer dizer roça. Certeza. Dois ônibus. Pois é.

Mas uma das melhores coisas é a tal da internet. Eu gosto daquele site que ensina o que fazer caso haja uma guerra. Como fazer bombas, coisas assim. Coisa de americano, só pode ser, dá pra ver pelo texto engraçado, é sim. Foguete de sinalização.

Então ouço a porta se abrir e Jinty entra. Ela está com frio. Eu desligo o computador, porque não quero que ela pense que passei o dia todo ali. Seu rostinho está todo tenso e avermelhado.

— Sente ali perto do fogo, Jinty — digo. — Fiz um pouco de sopa pra você. Não é sopa de verdade, é daquele tipo que precisa jogar água.

— Obrigada, parceiro — diz Jinty. — Isso deve me esquentar.

— Vai mesmo, esquentar pra valer. Pois é. Foi isso que eu pensei. Esquentar bastante. Depois ainda tem pizza com batata frita! Findus!

Jinty sorri, toda bondosa. — Você é um amorzinho, sabia?

Eu fico meio corado, todo vermelho. Depois aliso meu pinto por baixo da calça jeans. — Eu sei de outra coisa que vai esquentar você pra valer, Jinty, sei bem.

Mas Jinty só parece ficar triste.

— Hoje à noite, não, estou cansada demais. Vou direto dormir depois de comer. Talvez de manhã — diz ela. Então olha pro computador e se vira pra mim com um dos olhos fechados. — Você entrou na internet outra vez?

— Pois é, tem um site genial que ensina o que fazer se houver uma guerra.

— Desde que você não fique vendo sites de gente nua!

— Não, não estou, não, não...

— Estou brincando, Jonty! Não se preocupe com gente nua... você vai ver isso de manhã!

— Pois é, certeza, de manhã — digo. Sei que ela não anda muito a fim desde que começou a fazer serviço noturno naquele tal escritório. Cansada pra caramba, e não é de surpreender, pegando no batente tão tarde. É sim: sempre bem tarde. Mas isso não me preocupa: eu me aninho junto de Jinty na cama, só ouvindo falar do clima tempestuoso no canal meteorológico, e dos relatos dos barcos. Se o meu pinto endurecer, eu dou uns puxões nele até todo aquele treco esquisito jorrar pra fora, e então caio em um sono profundo. Pela manhã, Jinty pode ver que os lençóis estão melados e dizer, "O que é tudo isto aqui?". Eu só vou rir e dizer, "Ah, eu devo ter sonhado com você, gatinha". Então ela vai rir e dizer, "Acho que não estou dando o suficiente pra você, Jonty MacKay, seu diabo tarado". Depois ela vai me agarrar e será o máximo!

Então, é ótimo estar com Jinty. Jinty e Jonty, Jonty e Jinty. Às vezes, nós discutimos: quem vem primeiro? Ela diz: Jinty e Jonty. Então eu digo: Jonty e Jinty. E a gente dá muita risada por causa disso. Dá, sim! Certeza. Muita risada. A gente dá, sim. Pois é.

4

Doce Liberty

Eu precisei dar um plantão na Liberty Leisure. O Jonty não ia ficar feliz, porque ele é todo moralista, mas para mim é um ganho extra: basta ficar deitada de costas ou chupar alguma coisa. E o papo de alguns clientes de lá nem é tão ruim assim. Tem um velhote que fica tentando me convencer a viajar com ele, para Barbados ou o sul da França. Eu só digo, "Tá legal, mas pode ir com calma aí, meu velho, vai falando do preço do michê". Dessa eu tive de rir bem alto.

Eu trabalho nessa sauna na Leith Walk, porque aqui nessa terra dos excluídos tenho menos probabilidade de ser notada, e o coitado do Jonty pensa que estou faxinando escritórios! Só se for limpando canos e tubos! Ele me pergunta se lá onde eu trabalho há estrangeiras vindas do Leste Europeu ou da África, e eu digo, "Claro que sim, Jonty, e acho que eu sou a única escocesa lá!". Então ele ri disso, que Deus o abençoe.

Um cara chamado Terry, de cachos desgrenhados, vai ficar supervisionando o lugar enquanto Vic estiver na Espanha. Dá para ver que o escroto do Kelvin não ficou satisfeito. Mas eu vou ficar bem satisfeita, se o Terry mantiver Kelvin na linha. Só que esse tal de Terry… ouvi dizer que ele é um canalha, porque faz filmes pornô exibidos on-line. Ele entra quando Andrea está cacheando os cabelos de Leigh-Anne. Mas o tal do Kelvin está olhando para mim e diz: "É tão esquisito ver vocês, meninas, fazendo essas merdas umas nas outras. Parecem macacos que vivem se catando."

Kelvin sempre me deixa tensa. Ele tem duas expressões básicas. A primeira é uma careta debochada e dura, como que congelada no momento de apunhalar alguém. A segunda é uma cara feia e burra, como se ele estivesse tentando decidir se é uma boa ideia dedurar algum babaca. Aquele seu cabelo escuro e bem curto, quase de skinhead, sobre a testa baixa: juro que ele desafia a natureza, porque parece que os cabelos estão avançando, em vez de recuar. Um dia, os cabelos vão encontrar a porra das sobrancelhas escuras e emaranhadas; espero que possam cobrir até seus olhos inquietos e traiçoeiros.

— Não quero ser sexista, nada disso — diz Kelvin. — Mas para mim isso mostra que estamos acima da mulherada na escada evolutiva. Temos mais coisas em que pensar, além de nos vestirmos uns aos outros... tipo despir vocês!

— Isso é claro — diz Terry, só para calar Kelvin. — Lembram do Desmond Morris, o zoólogo que escreveu *O macaco nu*? Ele penteava o cabelo para esconder a careca, e vivia falando de rituais de cuidados pessoais. Ele diria que, por fazer isso aí, vocês duas estão a fim uma da outra!

— Não enche! — diz Andrea.

— Ei! Só estou falando o que ele disse! O cara estava na TV! Penteado pra disfarçar a careca!

Fico olhando para a sua cabeleira, cheia de cachos encaracolados.

— Isso aí é uma peruca?

— Peruca é o caralho! Pode puxar, anda!

Ele se inclina para mim e eu puxo.

— Parece bem macio — digo. Percebo que ele vai dizer algo, e arremato primeiro. — Macio em uma ponta, e duro na outra... é assim que deve ser, não? — Dou uma piscadela.

— Isso é claro — diz ele com um sorriso largo, enquanto o rosto de Kelvin vai ficando todo tenso.

Em todo caso, a atenção de Terry logo é desviada, quando Saskia, a polonesa, entra! Todos eles gostam dela! De qualquer forma, eu preciso ir, pois já dei o meu plantão e vou encontrar um pessoal antes de voltar para o meu Jonty lá em casa.

Então já estamos no Haymarket Bar. Fiona C tem no cabelo aquele tipo de franja que parece até meio boba. Eu não diria que ela é uma puta gorda, mas também não chega a ser magricela! Naturalmente bem fornida, seria uma descrição generosa. Angie tem cabelo escuro e encaracolado, olhos escuros e tudo, feito a porra da cigana que ela é. Vamos tomando vodca com Red Bull e eu começo a falar do filho de Sandra, que nasceu com a tal da síndrome de Down.

— Eu jamais criaria uma criança mongoloide. Não, obrigada! — digo a Angie e Fiona C.

— Suponho que seja porque você já tem o Jonty em quem pensar — diz Fiona C. Imediatamente, ela tapa a boca com a mão. — Eu não quis dizer isso, como se estivesse falando que o Jonty é mongoloide! Só que ele é um pouco lesado...

E eu fico ali, ardendo de raiva da porra da piranha.

— Só estou me guiando pelo que você conta, Jinty — continua Fiona C, praticamente implorando. A porra da puta sabe que está *quase* ganhando um chute na porra da buceta. — Tipo, que precisa fazer tudo, porque o Jonty é imprestável! Feito o meu Phillip! E eu só estou dizendo, Jinty, só estou dizendo que no momento você não ia querer lidar com uma criança problemática, mais nada.

A porra da piranha já implorou o suficiente: vou deixar passar. Vaca escrota!

— Se um deles saísse da minha xota, eu diria pra parteira: nem se dê ao trabalho de bater nas costas pra que ele possa respirar, porque essa coisa não vai pra casa comigo!

Há dois rapazes junto ao balcão. Um deles tem uma bundinha maneira.

— Mas é diferente quando a gente leva a gravidez até o fim, Jinty, e sente o bebê crescer aqui dentro — diz Angie.

— Deve ser.

— Acredite em mim, Jinty. Quando você tiver um filho seu... ou você e Jonty não querem se ocupar com isso? — arremata ela, agora em tom mais baixo.

— Eu ando ocupada o tempo todo, mas ainda não quero ter filho.

— Mas você já fez trinta e quatro, Jinty — diz Fiona C. — Precisa pensar na Sandra. Ela tem quarenta e três, eu sei, mas se você deixar correr frouxo, vai se aproximar da zona em que coisas ruins acontecem. Pense na Moira Aborto.

Fiona tinha razão. Moira já sofrera oito abortos espontâneos... e esses eram apenas os que nós sabíamos.

Angie se recosta, bebe um gole, estreita os olhos e lança o olhar pela janela. — Dizem por aí que vamos ter um furacão dos bons.

— Como os que levantam carros e tudo? — diz Fiona C.

— Isso é a porra de um tornado, piranha burra — diz Angie.

Precisei dar uma gargalhada, porque Angie não errou por muito.

— Mas o que a porra de um furacão faz? — pergunto a elas. — É só um vento forte soprando na sua cara. Só significa alguma coisa se você estiver no litoral. O que foi que Evan Barksdale falou outro dia? O único prejuízo que causa é uma inundação. Só aqueles vagabundos de Leith e Granton é que vão pagar o pato. Prova de que Deus torce pelo Hearts!

Fiona C ri, mas Angie fica calada, porque a porra da puta torce pelo Hibs.

Já é hora de me despedir e eu vou embora, descendo a rua para encontrar meu parceirinho. Venta forte e uma vaca elegante perde o chapéu na ventania. Ela vai atrás daquele jeito velho e vagaroso, que faz a pessoa parecer uma panaca total. Espero morrer antes de envelhecer assim.

5

Jonty e a tempestade

Vários anos antes, enquanto zapeava ociosamente pelo seletor de estações de rádio, Jonty MacKay encontrou por acaso uma com relatos náuticos. Ele descobriu que escutar aquilo, com a chuva e o vento inclementes, dava sono. E assim, adorava cochilar com os fones de ouvido na cabeça, enroscado em Jinty, imaginando que estava em um barco à deriva em alto-mar, castigado por ventos lancinantes.

A instintiva expressão de espanto de Jonty fora reprimida por repetidos golpes na cabeça dados por seu pai, Henry. Este castigo era ministrado toda vez que ele pegava o garoto parado com a boca aberta à caça de moscas. O processo de educação foi tão completo que, quando Henry saiu de casa, substituído por um padrasto, Billy MacKay, não foi preciso que o novo homem da casa dispensasse a mesma punição, mesmo que tivesse inclinação para tal. As surras sistemáticas haviam condicionado Jonty a manter os lábios fortemente comprimidos. Seu cabelo já começara a rarear, recuando nas têmporas e no topo da cabeça, quando ele ainda tinha vinte e poucos anos. Somado à boca tensa e aos olhos esbugalhados, isso lhe dava uma aparência perplexa, mas intensa, quase que levemente professoral. Com frequência as pessoas a princípio tratavam Jonty como se ele fosse um homem sábio, excêntrico e oracular.

Jonty ouvira falar de uma tempestade que estava se aproximando da costa leste da Escócia. Subitamente, a tempestade foi elevada à condição de furacão. Aquilo era ruim. A Escócia não tinha furacões. Talvez lá na Inglaterra eles nos ajudem, refletiu Jonty, nervoso. Certamente os ingleses não deixarão que algo de ruim nos aconteça. Então, ele entrou na internet para pesquisar mais, mas suas descobertas só lhe deram mais motivos para alarme.

Jonty descobriu que as pessoas já haviam apelidado o furacão com uma palavra feia, chamando-o de Bawbag. Escroto. Esse era o problema da Escócia, pensou ele. As pessoas viviam de gozação. Tal como faziam com ele próprio lá no Pub Sem Nome, já estavam rindo daquele pobre furacão. Era como ficar de gozação com a natureza, com Deus. Aquilo era pedir encrenca. Ainda bem que temos a Inglaterra para nos manter na linha, refletiu ele. Eles jamais debochariam de um furacão assim.

O programa passa a ser um noticiário.

Com o furacão Bawbag a caminho, o conselho dado pelo porta-voz do governo escocês, Alan McGill, de que os escoceses deviam simplesmente se abrigar nos bares locais durante toda a tempestade, foi condenado como irresponsável. Matthew Wyatt, do grupo de pressão FOFE, Fim da Opressão aos Fumantes Escoceses, disse que tal conselho expunha os fumantes da Escócia ao perigo. "Os fumantes escoceses estão novamente sendo discriminados por esta orientação patentemente ruim dada pelo governo. Ficariam melhor indo para casa, tomando um drinque e fumando confortavelmente, do que tendo de enfrentar os elementos ao ar livre, saindo em meio a uma potencial carnificina, apenas para dar uma rápida baforada." Hoje, porém, Alan McGill dispensava seu próprio conselho como um comentário improvisado, que não deveria ser levado a sério.

Jonty fica assustado. Ele se preocupa com Jinty, saindo em meio ao furacão. Então vai para um site que ele curte, Face the Future, que é administrado por sobrevivencialistas americanos. Ele não sabe o que é um sobrevivencialista, mas parece ser algo bom. Todo mundo quer sobreviver.

PARTE DOIS

FURACÃO BAWBAG

6

Speed dating

Terry levantara cedo para supervisionar as garotas da Liberty Leisure. Big Liz já está de volta à Central, de modo que ele sabe que não será perturbado com serviços indesejáveis. O teclado lhe diz que ela já começou seu plantão.

PEGUEI VOCÊ NO SATÉLITE DO AMOR.

Terry digita de volta:

TENHO AQUI UM FOGUETE BEM GRANDE, LADEADO POR DOIS ASTEROIDES.

Liz retruca:

PONHA TUDO NA MINHA ÓRBITA.

Terry lembra do Joy Division e digita:

SHE'S LOST CONTROL AGAIN!

Imediatamente Liz arruma para ele uma corrida: levar um homem do Parlamento escocês ao aeroporto. Àquela hora da manhã, na certa ele pegará outra corrida para voltar ao centro. O passageiro é um gordo de rosto avermelhado, feito a maioria dos parlamentares escoceses. O cargo ali é moleza; uma pesquisa revelara que, ao ser eleito para Westminster, cada parlamentar escocês ganhava, em média, cerca de quinze quilos durante o primeiro ano da legislatura.

— Então você trabalha no Parlamento, parceiro?

— Sim.

— Um membro do Parlamento?

— Membro do Parlamento escocês.

— O cara que nós tínhamos aqui no sul de Edimburgo... achava um barato levar putinhas pro gabinete dele em Westminster — diz Terry, virando a cabeça para trás com um dos olhos fechados. — Espero que vocês não estejam fazendo isso no Holyrood!

— Não... bom, não que eu saiba, pelo menos!

— Pois é, melhor manter o nível. Se bem que... se eu tivesse chance, iria direto pra Westminster. Toda aquela devassidão parlamentar? Que beleza! — Terry ri, limpando de forma brincalhona o painel. — Só que eu preferiria a Câmara dos Lordes à dos Comuns, parceiro, porque sou perito em fazer passar um projeto legislativo grosso e volumoso pela segunda câmara, se é que você me entende.

O parlamentar solta um riso abafado, e Terry pensa que o dia parece bom. Big Liz, lá na Central, volta ao canal do satélite e lhe indica no aeroporto um empresário que ele leva ao centro financeiro, antes de chegar a hora de ir à Liberty Leisure.

Quase sempre extrovertido na companhia de mulheres, Terry se vê estranhamente inibido ao entrar naquele escritório obscuro, localizado no térreo de um prédio residencial em uma rua comum perto da Leith Walk. Embora não tenha escrúpulo quanto ao seu pequeno envolvimento na indústria pornográfica (ele e seu amigo Sick Boy já fizeram cerca de trinta filmes de qualidade variável, muitos dos quais estrelados por ele próprio), Terry sempre fica enervado diante da prostituição.

É por causa dos homens.

Os clientes aparecem a qualquer hora. Ele fica mais surpreso com os funcionários de escritório, que chegam cedo para uma sessão com a garota escolhida, antes do trabalho. Muitos são jovens, com a vida sexual já destruída por filhos pequenos ou parceiras com depressão pós-parto, mas que ainda buscam evitar as complicações de um caso amoroso com alguém do próprio escritório. Terry tenta entendê-los, vendo-os entrar e sair, alguns com culpa disfarçada, outros com arrogância ostensiva. Só que não é bom pros negócios, reflete ele, exibir um desdém tão claro pelos clientes, e isso pode até chegar aos ouvidos do Bichona. Já Kelvin parece pouco se incomodar com eles; é Terry quem capta a maioria das vibrações hostis dele.

Ele reflete que isso é quase inevitável, dado o papel indeterminado, mas vagamente supervisor, que o Bichona lhe atribuiu, criando conflito e desconfiança no relacionamento. As meninas, depois que descobriram que Terry estava ali para monitorar o detestado Kelvin, começaram a se dar muito bem com ele, dividindo xícaras de chá e risadas.

Kelvin parece particularmente nervoso hoje, respondendo à conversa de Terry com monossílabos secos; portanto, apesar de gostar da companhia das meninas, ele fica feliz ao sair e voltar para o táxi.

O dia parece frio e cortante. Edimburgo está se preparando para o que é, oficialmente, seu primeiro furacão, ao menos na lembrança de todos, e que está marcado para atingir a cidade ao anoitecer. Muitas pessoas se preparam escolhendo o melhor pub para ficarem protegidas lá dentro, e a cidade parece deserta. Terry pega umas duas corridas, e depois apanha umas encomendas com seu fornecedor, Rehab Connor, lá em Inverleith, para levá-las a clientes em Marchmont e Sighthill.

Só à tarde ele volta ao centro da cidade. Localizando uma pequena rua de paralelepípedos em New Town, Terry estaciona o táxi diante de um lugar que curte, o Bar Cissism. É um trecho mal-iluminado, cheio de profissionais com ar atarefado. Terry recebe a senha B37, como as que são distribuídas em agências governamentais. Assumindo uma boa posição junto ao balcão, ele fica bebericando um suco de laranja, enquanto esquadrinha o mar de mesas ocupadas. Quando seu número é chamado, Terry caminha ousadamente até uma morena de ar saudável e senta-se diante dela. Já sabe como vai agir ali.

— Oi, eu sou a Valda — diz ela, abrindo um sorriso largo.

— Terry. Prazer em conhecer você, Valda. Escute, eu vou botar minhas cartas na mesa logo. — Ele sorri, arqueando uma sobrancelha sedutora. Valda olha para ele com uma neutralidade estudada, embora Terry ache que há um leve tremor no olho esquerdo dela. — Uma parte importante de qualquer relacionamento é o sexo, e é basicamente nisso que estou interessado no momento. Sou bem-dotado feito um cavalo, sem timidez na hora da distribuição de cenouras quando ainda era um potro, e com esta língua aqui não preciso nem de canudo pra chegar ao fim do milk-shake, se é que você me entende. Tenho um apê logo ali na esquina. Que tal sairmos daqui agora? O apocalipse que esses putos do noticiário andam chamando de Bawbag... bom, vai chegar à cidade mais tarde!

Valda Harkins se sente insultada. Começa a preparar sua resposta, mas, quando fica pronta para falar, Terry já está na mesa vizinha, levando exatamente o mesmo papo com outra mulher, Kate Ormond. Kate leva um susto. – Nossa... você está indo um pouco depressa demais...

– Beleza – interrompe Terry, já saindo da cadeira e se aproximando de Carly Robson.

Eles saem juntos dois minutos depois. Terry vai pensando no tempo que levará para chegar com ela ao seu apê no South Side, fechar a transação social e voltar para faturar algumas corridas, tentando levar os passageiros a seus destinos antes que o furacão chegue ali.

Durante o trajeto até o apê, a ventania aumenta e a recepção telefônica fica ruim. Terry vê várias chamadas não respondidas... sendo duas de Ronnie Checker. Ele tenta ligar de volta para Ronnie, mas as barras do sinal vão sumindo.

7

Jinty chateada

— Não esqueça de chegar em casa cedo, chegue em casa cedo, não podemos sair hoje à noite...

Jonty parece a merda de um papagaio. Bom, eu não vou ficar presa em casa só por causa de uma ventania, caralho. É o que eu digo pra ele: não vou ficar presa aqui dentro só por causa de uma ventania, Jonty.

Então ele se vira e me dá uma espécie de tubo que eu preciso levar comigo. Pergunto o que é, e Jonty fala que é um foguete de sinalização que ele aprendeu a fazer num site da internet.

— É um foguete de sinalização, pois é – diz ele. – Se você precisar enfrentar o furacão!

Falei que eu não ia sair com aquilo dentro da bolsa de jeito nenhum! Podia até explodir na minha cara! Então fui embora e larguei o Jonty lá, enquanto ele continuava implorando para que eu levasse o tal foguete maluco.

— Sai fora, Jonty. Você está começando a me irritar muito – disse, saindo e deixando Jonty lá.

Quantas vezes antes ouvimos todas essas besteiras sobre o clima? Ventania. Grandes merdas. Aqui está sempre ventando pra caralho!

Pego o ônibus para o Leith, o 22. A sauna anda movimentada. Alguns clientes conhecidos. Há um carinha que chega e só quer um boquete. Outro frequentador regular é um fisiculturista, mas tem um pau muito pequeno, talvez por tomar esteroides, embora isso só faça as bolas encolherem. O sujeito sempre quer uma trepada, e então você precisa atuar, porque ele olha dentro dos seus olhos, todo tenso e ensandecido. É tão ruim quanto o filho da puta do Kelvin. Mas, fora isso, é um plantão fácil.

Eu já estou me lavando, quando Kelvin entra. — Eu sou o próximo.

Não há nada que eu possa fazer. Quanto mais você não quer estar com ele, mais ele fica ligado e quer te comer. E quando ele começa, você precisa fingir que está muito a fim. Porque o Kelvin pode ficar bem escroto se perceber que você sente repulsa por ele. Nem foi tão ruim desta vez, embora o meu mamilo fique muito dolorido com os beliscões dele. O pior é todo aquele troço que sai da boca dele. Eu detesto trepar com o Kelvin, mas aqui se ganha bem.

Então fico feliz quando acaba e posso trancar minhas coisas no armário. Vou até o saguão, passo pela recepção e saio. Sigo a pé pela Leith Walk, na direção do centro. Um táxi para, embora eu não tenha feito sinal, e eu vejo Terry lá dentro.

— Quer uma carona?

— Pra onde você vai?

— Sighthill.

— Estou indo pra Gorgie.

— É caminho. Entre aí — diz ele, meio que sorrindo. — Ande! Não estou com o taxímetro ligado!

Então eu entro e nós rumamos pro centro.

— Escute — diz Terry. — Pode falar, se achar que eu estou sendo abusado ou algo assim, mas... você está a fim de transar?

Eu simplesmente reviro os olhos. — Passei o dia inteiro na horizontal.

— Tudo bem, mas é diferente se você mesma está a fim.

Não sei por que ele não pediu mais cedo. — Você podia nos comer a qualquer hora, lá na sauna. Tenho certeza de que ganhou passe livre, feito o Vic... ou a porra do Kelvin.

— Mas aquilo lá não é a minha praia — diz ele. — Pra que eu fique a fim, a garota também precisa querer.

E por mais engraçado que pareça, eu realmente estou a fim de transar. Pra começar, não quero passar a noite toda pensando que a última pessoa com quem estive foi a merda do Kelvin, mesmo que ele esteja a quilômetros de distância. Esse trabalho é engraçado, porque você realmente fica na horizontal o tempo todo, mas não entra no barato. Na realidade, pode até chegar a ser frustrante, porque, embora fique pensando em outras coisas, você às vezes acaba o plantão desejando transar direito. Porque quando trabalha você não sente que está transando direito, mas às vezes fica com vontade de fazer isso.

Então fico olhando pro Terry, com aquelas mechas desgrenhadas que parecem saca-rolhas. Ele tem no olhar aquele brilho que todos os pegadores têm.

— Já ouvi dizer que você não é de moleza — digo. — E que é bem-dotado.

— Satisfação garantida — diz ele, já saindo da Gorgie Road, entrando em uma rua transversal e estacionando o carro em uma viela.

8

Pra cima e pra baixo

Correndo sem parar, louco de preocupação por causa de Jinty, descendo as escadas duas vezes, claro, pois é, claro, duas vezes. Sem saber onde ela está. Tentando ligar pro celular dela e tal, pois é, claro, o celular.

Celular.

Muito medo de que ela esteja presa no furacão, o tal do Bawbag. Já não gosto que um furacão chamado Escroto tenha vindo se enfiar aqui, eles deviam ficar lá no canto deles, tipo nos trópicos, isto sim! Vão embora, furacões, de volta pro lugar de onde vieram! Não queremos vocês aqui na Escócia! Lembro bem do Hank contando... quando eles foram a Orlando, na Flórida, pois é, houve um furacão pavoroso. As árvores ficaram todas curvadas pra trás. Eu disse: "Curvadas pra trás, Hank?" E ele disse: "Sim, Jonty, todas curvadas pra trás."

Mas eram apenas palmeiras, não árvores de verdade. Verdadeiras árvores escocesas não tolerariam isso, com ou sem furacão. Pois é... eles não tentariam isso com árvores de verdade!

Então ligo a TV pra ver *Coronation Street*, que tem aquela garota bonita parecida com a Jinty, e fico dizendo a mim mesmo, na minha cabeça: volte pra casa, Jinty, volte pra casa ou dê um telefonema pra me dizer que está bem, que está bem, certeza, certeza...

9

Refúgio no Pub Sem Nome

Estou sentada na traseira do táxi, sentindo um latejamento satisfatório entre minhas pernas, prazerosamente em sintonia com a vibração do motor no banco. Vamos descendo a Daly Road, e está chovendo muito, com fortes ventos.

— Pode me deixar aqui mesmo — digo pro tal Terry.

— Mas a ventania está forte — diz ele.

Meu Deus, nem o Jonty, que parece uma máquina de sexo, já me comeu feito esse animal! Só que não vou dizer isso ao Terry, porque ele já é convencido demais, e realmente se acha o tal. Então olho de volta pra ele e digo: — E você lá liga pra isso, meu filho?

Terry parece ficar até um pouco magoado.

— O negócio é que você, obviamente, vai entrar no Pub Sem Nome — diz ele, apontando pro bar do outro lado da rua. Eu vejo Deek McGregor do lado de fora, fumando um cigarro. — Bom, eu também vou. Tenho uma encomenda a entregar.

— Pra quem?

— Você não conhece.

— Aposto que é pra um dos Barksdale! O Evan!

Terry revira os olhos, como quem foi descoberto. — Entre outros.

— Você tem do branco?

— Sim...

— Eu queria muito uma carreira.

— Mas não aqui dentro. — Terry lança o olhar pelas janelas em direção às ruas desertas, quase sem carros. — Este é o meu ganha-pão... ou um deles.

Ele enfia o carro em uma viela de terra em frente ao pub.

— Você conhece um monte de lugares discretos, não é, meu filho? — digo, pois dá pra ver que ele vive trepando e entregando drogas.

Terry simplesmente sorri e salta do táxi, vindo novamente para o banco traseiro, com a cabeleira eriçada pelo vento.

— Cristo, que ventania do caralho — diz ele. Depois me passa um embrulho. — Aqui... isso é seu.

Dou a ele a porra de um olhar como se não estivesse feliz, porque não estou mesmo, e digo: — Eu posso estar na vida, mas não estava trabalhando quando transei com você, meu filho!

— Ei... fica fria, Jinty... eu sei disso... é um presente... pra você ter um Natal branco — diz Terry. Depois ele se inclina bem perto de mim. — Lembre de que eu falei em fazer um filme pornô, se você estiver a fim. Uma grana graúda.

— Acha que eu posso?

— Fácil. Só precisa se livrar dessa barriguinha aí. — Ele cutuca meu estômago, mas com delicadeza. — Eu até gosto, acho sexy, mas pro vídeo você precisaria cortar os carboidratos durante um mês, e frequentar a nova academia comunitária. Em dois tempos ficaria toda malhada, e então era só ligar as câmeras...

Terry pestaneja, olha em volta, coloca um pouco de pó tirado de um saco plástico na borda do seu cartão de crédito, e meneia a cabeça para que eu meta o nariz ali. Não preciso que ele peça duas vezes!

Simmmm.

Então Terry também dá um teco. — Já estou ficando com tesão de novo, caralho... podia te comer outra vez agora mesmo...

Sua mão cai sobre a minha coxa.

— Pode ficar frio aí, meu filho — digo, afastando a mão dele. Bem que eu queria mais um pouco de pica, queria pra caralho, mas o Jonty pode aparecer a qualquer minuto. Além disso, homens feito Terry precisam ser mantidos sempre a fim. Se você dá pra eles a qualquer hora, eles começam a ficar de sacanagem. Tipo, já fui lá, já fiz isso, e já até comprei a porra da camiseta.

— Vá se foder! — Ele ri.

— Baixe a bola. E simplesmente entre ali — digo, apontando pro bar.

Terry sorri, porque no fundo ele é um sujeito de boa índole e sabe ouvir um não, ao contrário de alguns, como a porra do Victor e do Kelvin. Mas a gente mal consegue abrir a porta do carro, por causa da porra da ventania que sopra na viela. Finalmente conseguimos, lutando pra sair, e vamos quase nos carregando mutuamente até chegar ao pub!

Que alívio entrar lá! O lugar está lotado. Terry não bebe no Pub Sem Nome, eu pelo menos nunca vi o cara ali dentro, mas parece conhecer alguns dos frequentadores habituais. Eu tenho esperança de que ele fique, ao menos até Jonty chegar, mas depois penso, não, talvez não.

Terry avista Evan Barksdale, que tem um corpanzil de cervejeiro, comparado ao seu irmão gêmeo Craig, mais chegado a vodca. Eles desaparecem banheiro adentro, obviamente pra cheirar uma carreira e fechar negócio. Eu fico conversando com Jake, que administra o pub, até pegar meu telefone, ver todas as chamadas perdidas de Jonty e tentar ligar pra ele.

— Melhor mandar o Jonty vir pra cá antes que o Bawbag chegue! Não quero que ele fique preso em casa — digo a Jake, mas não consigo sinal.

— Pois é, o Bawbag — diz Jake.

Depois de um tempo Terry e Evan saem do banheiro.

— Agora vou ter de deixar vocês. — Terry sorri. — O dever me chama.

— Fique aqui, Terry, seu Hibby arrombado... você não vai fazer negócio algum hoje à noite! — diz Evan Barksdale.

— Vá se foder, nenhum furacão vagabundo vai impedir que eu faça minhas paradas. O dinheiro nunca dorme, parceiro. — Terry ri. — Ok, seus Hearts tarados... vejo vocês quando estiverem fedendo menos!

Ele vai embora. Em volta da mesa de bilhar, Craig Barksdale, Tony Graham, Stuart Letal e Deek McGregor ficam vendo Terry se afastar.

— O filho da puta é abusado pra caralho — diz Evan, virando-se na minha direção. — Como você conheceu a porra desse vagabundo?

Eu nem sabia que ele era a porra de um vagabundo! Teria pensado duas vezes antes de dar pra ele, se soubesse! Mas isso não é da conta do Evan.

— Ele andou saindo com uma amiga minha.

— É, ele é bom nisso – diz Evan, comprimindo os lábios e estreitando os olhos. — Mas não andou saindo com você, andou?

Eu olho direto pros olhos dele. — Isso te interessa?

Evan mexe os pés e baixa o tom, tentando forçar alguma alegria na voz ao dizer: — Jonty não ficaria muito satisfeito.

— Eu só faço o que quero.

— Ah, é? Prove!

— Como?

— Venha cheirar uma carreira comigo – diz ele, apontando pro banheiro.

— Tudo bem.

Então vamos até o banheiro feminino, onde há duas cabines. Entramos em uma delas, e Evan começa a esticar uma carreira enorme. Cada um de nós cheira metade. Meus olhos ficam marejados e meu coração dispara.

— Tudo bem com você? – diz ele.

— Sim...

Ele dá um sorrisinho, revelando dentes amarelados e sujos. — Muita gente aqui acha que o Jonty não tem caminhão pra tanta areia...

— Sei... é isso que você também acha? – digo. Puta merda, isto é uma luta, estou suando aqui, e meu coração martela feito uma britadeira.

— Só estou falando.

Isto não é real! Não é bom pra ninguém cheirar tanto pó, você pode bater as botas. Mas eu sou louca pelo troço e digo: — Meu coração... opa...

— Vamos ver – diz Evan, pondo a mão no meu peito. É uma sensação boa ter a mão dele ali, e ver seu sorriso idiota quando ele vê meus seios. De modo que eu não me mexo, enquanto ele abre os dois botões superiores da minha blusa e enfia a mão ali.

— Belos peitinhos, por falar nisso – diz ele. — Bote tudo pra fora!

— Bote outra aí primeiro – digo, embora continue pingando de suor, com o coração batendo feito um tambor. Mas eu sou louca por pó!

Ele faz isso, e nós cheiramos tudo outra vez. A essa altura já estamos, os dois, chacoalhando pra caralho. Então Evan desabotoa minha blusa e deixa que ela caia ao redor dos meus ombros.

— Que desperdício da porra — diz ele, soltando meu sutiã. Pega meus seios com as duas mãos e se aproxima de mim se esfregando todo. — O Lawson comeu você, né?

— Foi — digo, entrando no clima. — Ele me comeu com aquele pau grande... e você, vai me comer também?

— Vou.

Evan pega o zíper, mas então alguém bate no outro lado da porta.

— Jinty! Você está aí dentro? Hein? O que está fazendo? Jinty? Sim, você está aí! Certeza! Pois é!

É o Jonty. Nossos olhos se esbugalham, e Barksie põe a mão em cima da minha boca, com o dedo cruzado sobre os lábios.

— Eu sei que você está aí dentro... Jake e Sandra, lá no balcão, falaram pra mim... pois é, pois é... aí dentro, Jinty...

— Jonty, eu só estou me refrescando um pouco — digo a ele. Nem tento colocar minha blusa de volta... estou derretendo pra caralho...

— Jinty! Saia daí! Saia daí! Não toque nessas coisas ruins, por favor, não faça isso, Jinty — diz Jonty, com uma voz que já começa a falhar.

— Vou sair num minuto, não fique nervoso, Jonty! — digo, olhando pra Evan. Nós dois ficamos com as mãos cobrindo a boca, pra não rir alto!

A voz de Jonty está tão esganiçada, que parece que alguém cortou fora seus culhõezinhos!

— Estou vendo outro par de pés aí dentro! Por baixo da porta! Pois é, certeza, vejo, sim. Sei que é você, Evan! O que vocês estão fazendo? O que estão fazendo aí dentro?

— JONTY, VÁ SE FODER! — grita Evan. Eu balanço a cabeça e começo a rir.

— O que estão fazendo? O que vocês estão fazendo aí dentro? Saia! JINTY!

— Só estamos empoando o nariz, Jonty — digo eu. — Sei que você não gosta que eu faça isso, então volte pro balcão, peça um Bicardi ou uma Coca-Cola, que nós vamos sair num minuto...

Depois de falar, eu começo a fechar minha blusa.

— Nem pensar! Saia daí! JINTY! POR FAVOR! Por favor, saia daí, Jinty, querida, ah, por favor, sim, sim, sim...

O rosto de Evan se contorce novamente. — JONTY, ESTOU AVISANDO VOCÊ, CARALHO! CALE A BOCA!

— SIM — digo eu, porque ele já está começando a me enervar, por me fazer passar essa vergonha. — VÁ PRA CASA, OU PRA PORRA DO BAR! TOME A PORRA DE UM BICARDI OU UMA COCA-COLA, ORA!

Então há um estrondo, e depois outro, enquanto a porta cai voando sobre nós! Ele arrombou a fechadura! Eu coloco os pulsos sobre os seios, tentando me cobrir. — JONTY!

— VOCÊ...

Ele olha pra mim, depois pro Evan, e depois de volta pra mim, antes de continuar. — Jinty, venha pra casa! VENHA PRA CASA COMIGO AGORA!

Evan avança e empurra Jonty pra trás. — Vá se foder, Jonty, estou avisando você!

— Isto não é certo — diz Jonty, olhando pra nós e depois pro chão, enquanto balança a cabeça. — Não, não...

Então ele se vira e sai correndo do banheiro.

Eu já coloquei minha blusa de volta pra correr atrás dele. Evan agarra meu pulso. — Deixe esse idiota pra lá.

Ele tenta me beijar, mas eu lhe dou um empurrão.

— Vá se foder — digo. Saio do banheiro e encontro o bar lotado. Vejo Jake abrindo as portas e Jonty saindo. Vou até lá.

— QUEM QUISER SAIR, É AGORA! VOU NOS TRANCAR AQUI DENTRO ATÉ O BAWBAG ACABAR! — diz Jake.

— VOCÊ É DO CARALHO! — grita alguém.

Um cântico começa a ressoar. — BAWBAG, BAWBAG, BAWBAG! BAAWBAAG, BAAAWBAAG...

Não sei o que fazer, mas quando me viro e vejo Evan Barksdale agitando no ar um grande saco de pó e gritando, "A festa vai começar", sei que não vou a lugar algum por enquanto. Pois é.

10
Aperte o cinto, gatinha

E por falar em sinais de alarme, caralho! Está chovendo adoidado, e ventando muito, quando vejo uma gata andando pela Queensferry Road, que está deserta. Ela está indo em direção à ponte da Forth Road! A esta hora, e nesta porra de clima! Mas uma corrida é uma corrida e, além disso, quem pula dali em geral é homem; é muito raro você ter uma mulher tentando se matar assim. Até nos deram a porra de um curso pra que pudéssemos identificar a turma do harakiri. Ensinaram todas as coisas que você precisa falar pra tentar deter os caras. Tipo conselhos, coisas assim. Não que eu me incomode com essa porra; se o babaca quer pular, que pule e foda-se, ora. Vão pro caralho com essa história de Estado-babá do George Bernard Shaw; se um puto já decidiu fazer a porra do troço, deve ter bons motivos. Não é qualquer desconhecido que pode ir contra isso. Em todo caso, nunca seria eu! Pular de um penhasco pra no dia seguinte uma gata ligar dizendo que resolveu finalmente dar pra você? Nem por um caralho! Ainda tenho muita coisa pra viver, eu aqui. Mas até entendo que alguns sujeitos, que nunca transam, queiram pular, porque viver assim é piração!

Mas com as gatas é diferente. Ninguém de cabeça boa quer ver uma xota legal ser desperdiçada. A buceta de uma gata foi feita pra estar sempre quente pra sacanagem, e não fria, esticada em uma mesa, embora haja uns malucos tarados que se amarram nisso. Eu culpo a porra da internet, por deixar garotos verem pornografia explícita, quando ainda nem bateram uma bronha decente. Essa merda fode com a cabeça de qualquer um. Pode crer! Quer dizer, eu já fiz um ou outro filme pornô, sim, mas sempre entre adultos com consentimento mútuo, e não paradas ilegais.

Então eu paro e a garota entra no táxi. Ela tem o cabelo grudado na cabeça por causa da chuva, seu sobretudo preto está ensopado e os olhos parecem enevoados.

— Tudo bem, princesa? Hoje o tempo está um pouco ruim pra sair à noite. Não ouviu falar no furacão?

Mas a gata simplesmente fica sentada ali, com o olhar perdido no espaço. Ela tem olhos escuros, provavelmente castanhos, e um rosto arredondado. Ali as luzes estão acesas, mas ninguém parece estar em casa.

— A ponte — diz ela com um sotaque elegante, escocês ou inglês.

— O que está acontecendo lá na ponte? — digo. Subitamente, ela olha pra mim com cara de ofendida. Como se isso não fosse da minha conta. — Não olhe pra mim assim, com essa cara... se você pular da ponte, é em cima de mim que a polícia vem, entende? Eu preciso fazer essas perguntas!

Ela fica olhando fixamente pra mim, com os olhos arregalados de horror, feito aquelas gatas de filmes como *Pânico*, mas tipo diferente de *Pânico*, porque sua boca está fechada, como se ela houvesse sido flagrada por mim.

— Mas isso é com você — digo, dando de ombros. — Problema seu. Só me diga se vai ou não, pra que eu possa contar aos canas alguma história, tipo... você me falou que ia pra casa da sua irmã em Inverkeithing, mas depois disse que estava enjoada e precisava saltar pra vomitar, e quando eu vi já tinha pulado a balaustrada, esse tipo de merda. Preciso defender meu rabo.

Ela enfia a cabeça entre as mãos e murmura algo que eu não entendo. Então levanta a cabeça de repente. — Eu posso saltar aqui mesmo.

— Não, eu levo você até a ponte — digo, abanando a cabeça. — Na minha opinião, se já decidiu fazer o troço, você vai fazer. E o tempo está ruim pra caralho aí fora. É melhor partir com algum conforto...

A garota nem sequer pisca ao ouvir isso, e eu continuo, só pra colocá-la a par da situação.

— Mas vou lhe dizer uma coisa... você não vai sair deste táxi sem pagar a corrida antes.

— Mas eu não ia... eu tenho dinheiro — diz ela, enfiando a mão na bolsa.

— Quanto?

— Setenta libras e uns trocados...

— Não quero ser abusado — digo, dando uma olhadela no retrovisor. — Mas você podia muito bem passar tudo isso pra cá... tipo, se tem certeza mesmo. Porque é um desperdício de grana, sabe, pular com tanto assim no bolso. Tipo, sem querer abusar.

A gata parece se irritar, e pela primeira vez fica olhando pra mim. Depois meio que dá de ombros e se recosta no banco.

— Se eu tivesse qualquer dúvida de que chegou a hora de abandonar a porra deste lugar, você teria me convencido — diz ela, esticando o braço pra me mostrar o conteúdo da bolsa.

Eu paro diante do sinal vermelho, passando a mão pelo espaço entre os bancos pra pegar a erva, que enfio logo no bolso. Ainda bem que a rua está deserta, caralho.

— Não vou bancar o tipo engraçadinho, nem tentar deter você, sacou, mas preciso perguntar... por que uma garota jovem e bonita feito você quer fazer isso?

— Você não entenderia — diz ela, abanando a cabeça. — Ninguém entende.

— Bom, explique pra mim — digo, porque no tal curso eles nos mandam tentar fazer as pessoas falarem. — Qual é o seu nome? Eu sou o Terry, por falar nisso. Às vezes me chamam de "Terry Refresco", porque antigamente eu trabalhava nos caminhões de sucos e refrescos. Às vezes de "Terry Pornô", porque... bom, não vou entediar você com os detalhes.

— Meu nome é Sara-Ann Lamont — diz ela, como se fosse um robô. — E me chamam de Sal. S-A-L. Sara. Ann. Lamont.

— Você é daqui mesmo, Sal?

— Sim, nasci em Portobello. Mas moro em Londres há anos.

— Lamont, você falou, né?

— Foi...

Pelo menos não é Lawson, caralho. É preciso conferir, porque o puto do meu velho vivia espalhando esperma por aí, feito um lunático borrifando paredes de um manicômio.

— O que você faz em Londres, tipo, qual é seu ramo de trabalho?

Ela dá de ombros com amargura outra vez, e depois afasta dos olhos as tranças molhadas. — Eu escrevo peças. Mas o resto do mundo parece discordar disso.

— E lá em Londres não tem um namorado, alguém que possa estar preocupado com você?

— Ha! — Ela dá uma risada meio cínica. — Eu estou fugindo de um relacionamento emocionalmente abusivo. Estou de volta à minha cidade natal, com uma peça especialmente encomendada no Traverse. Supostamente, seria o retorno da filha pródiga. Só que os críticos não foram generosos, e eu estou farta. Isso responde as suas perguntas?

— Mas você vai se matar por causa de um namorado e uma peça?

— Você não entende...

— Arrume outro namorado. Escreva outra peça, se essa aí era uma merda. Uma vez, eu fiz um filme pornô sobre prisioneiros de guerra chamado *Elas gostam de tomar dentro*... não era muito bom, mas isso não me impediu de...

— Não era uma merda! — diz ela, pela primeira vez toda raivosa. — Você simplesmente não entende! Mas isso não me surpreende.

Tudo bem, então a gata vai virar comida pros peixes dentro de vinte minutos, mas eu não estou curtindo o papo dela.

— Saquei... eu não entendo, porque simplesmente dirijo um táxi, é isso? Como sou taxista, não se pode esperar que eu entenda a mente complexa de uma *artiste*?

— Eu não disse isso!

— Já trabalhei bastante como ator, não no palco, mas na tela, e entendo o processo, saiba você — digo a ela. — As pessoas acham que cinema pornô é só trepada, mas meu parceiro Sick Boy sempre diz, "A gente está contando uma história aqui", de modo que você precisa saber suas falas e acertar suas marcações. Não estou dizendo que eu sou a porra do Brad Pitt, mas também não digo que aquele babaca é o Terry Lawson! Ano passado, quando estávamos rodando *Dr. Perifa: um exame profundo*, eu tinha de enfiar um termômetro na buceta de uma gata, e outro no cu dela, enquanto dizia, "O buraco mais quente é o que vai receber este pau grande aqui, gatinha". Parece simples pra caralho, mas não é tão fácil assim, quando há câmeras enquadrando seu corpo, luzes brilhando na sua fuça, um microfone acima da sua cabeça e a porra do Sick Boy pulando enquanto grita ordens pra você!

Mas ela agora ficou ligada, e isso é bom, porque como dizia o tal cara do curso: "Deixem as pessoas ficarem falando."

— Eu nunca quis outra coisa além de escrever — grita ela. — Investi quatro anos da minha vida naquela peça e eles não entenderam! Não *me* entenderam! Aqueles sujeitos debochados, um grupelho de bichas velhas, eu até conseguia compreender, mas quando as falsas irmãs se voltaram contra mim, invejosas pra caralho...

Ela balança a cabeça, agitando as mechas molhadas, e arremata:
— Não, pra mim chega...

Não há muito o que responder a isso. Eu olho pra garota pelo retrovisor. Ela me lembra uma gata de Liverpool com quem trabalhei em *Torpedo Anal 3*. Foi quando fiz o papel do capitão de uma baleeira tripulada só por gatas, todas vestidas com meias-arrastão. Bordão principal: "Caiu na rede, é peixe!"

Enquanto passamos pela rotatória de Barnton, ela fica em silêncio, de cabeça baixa, olhando pras mãos unidas sobre o colo. Então eu penso, foda-se, vou tentar uma pequena jogada.

— Escute, talvez isto pareça um pouco ousado demais, Sal, mas posso lhe pedir um favor?

Ela olha pra mim como se eu fosse um maluco. — O que... *você* quer um favor? De *mim*? Qual favor eu poderia fazer para *alguém* agora?

— Bom, eu só pensei... caso você não esteja com muita pressa...

Dou de ombros e abro um sorriso ousado, arrematando: — Alguma chance de uma trepada antes de você pular?

— O quê? — Seu rosto se retorce um pouco e depois ela volta a ficar em silêncio. Por mim, tudo bem! Ela não disse que sim, mas também não disse que não!

— Eu só estava pensando, Sal, e sei que é um pouco ousado demais, mas quem não chora não mama. Quem sabe você queira partir com um estrondo, última noite na Terra. Uma coisa eu garanto... seria uma foda e tanto, com perdão da palavra.

— Você quer fazer sexo comigo? Ha, ha. — Sal Suicida ri, com uma voz muito estridente, como se não conseguisse acreditar no que está ouvindo. E puta merda... ela está tirando o casaco e despindo o macacão... fica sentada ali, só com o sutiã preto. — Vá em frente, pare o carro aí, faça a merda que quiser!

E eu faço mesmo, entrando em uma rua transversal pouco antes da cabine de pedágio da ponte aparecer. O vento uivante é tão forte que no início eu mal consigo abrir a porta; com uma trepada lá atrás, porém, o carro poderia estar até capotado de lado e soterrado sob uma avalanche, que eu ainda conseguiria abrir a porra da porta.

— Aperte o cinto, gatinha — grito para ela. — Porque vai ser uma trepada turbulenta!

11

Em Deus confiamos – parte 1

Senhor da Graça, salvador eterno, perdoai-me, pois sei que pequei contra vossos vadios devassos! Senhor, aceito que em vossa infinita sabedoria tenhais achado certo criar tais seres também, assim como criastes a barata e a mosca. Como vosso servo, não me cabe questionar vossos mistérios insondáveis. Só que meus comentários na revista Time, *sobre aqueles negros infelizes, foram distorcidos e tirados de contexto pela mídia liberal! Fui perguntado sobre os gastos governamentais e simplesmente disse que os cidadãos de Nova Orleans estavam sentindo vossa ira, e que o presidente Bush estava correto ao cair fora disso e deixar vosso julgamento se sobrepor.*

Essa não era a coisa certa a dizer?

Agora eu temo que possa ter vos ofendido, e que tenhais lançado este furacão sobre a Escócia para me punir pela tolice mortal de ousar interpretar vossos misteriosos desígnios!

Poupai-me, Senhor!

Eu largo a Bíblia de volta sobre a mesa de cabeceira, na louca esperança de que Ele esteja me escutando. Às vezes, Ele faz isso, como no caso daquele empreendimento imobiliário em Broward County, na Flórida, enquanto outras vezes meus pedidos parecem cair em ouvidos moucos, sendo exemplo disso o fracasso daquele shopping em Sacramento.

Sinto minha espinha tremer quando me apoio nos cotovelos e ergo o corpo na cama, a fim de pegar outra dose de uísque. Lembrando das palavras daquele médico pentelho em Nova York, sento ereto só para minimizar o refluxo, e sinto o elixir dourado deslizar lentamente goela abaixo, fundindo-se comigo e aquecendo meu núcleo interior. Mesmo com esse reconforto, porém, não consigo ficar neste quarto de hotel, escutando os ventos uivantes que estremecem as janelas. Parece aquela maluquice do Onze de Setembro: você fica esperando que um avião terrorista arrebente tudo aqui dentro, e talvez destrua a estação ferroviária! Mas estamos na Escócia, e quem se importa afinal?

Não, perdoai-me, Pai Todo-poderoso, eles também são seres humanos.

A janela chacoalha novamente e, desta vez, eu juro que consigo ver o vidro se curvar para dentro. Esses caixilhos vagabundos de madeira barata! Pego o telefone e ligo para a recepção. — Esse filho da puta vai arrebentar tudo! Quais são os planos de evacuação? Como diabos podemos sair daqui?

— Por favor, se acalme, senhor, e tente relaxar. Gostaria de algo do serviço de quarto?

— Que se foda o seu serviço de quarto! Nós temos uma situação de emergência aqui! Como vocês podem ser tão complacentes?

— Senhor, por favor, tente se acalmar!

— Vá se foder! Babaca!

Bato o telefone com força.

Pego a garrafa de uísque e me sirvo de outra dose. Esse Highland Park, um malte de 18 anos, desce muito bem. Os funcionários do hotel estão cagando e andando... eu pego meu celular, mas ainda não consigo sinal para falar com Mortimer. Aquele babaca já está despedido, caralho! Com a vontade de Deus, porém, se eu for poupado e sobreviver a esta provação, ainda poderei dizer na cara dele o *quão* despedido ele está!

A janela chacoalha com selvageria outra vez; a porra deste furacão está se aproximando e aumentando sua força. Edimburgo fica junto ao mar. Aquele castelo, lá na parte alta, é onde eu deveria estar! Aposto que o tal do Salmond (aqui até os políticos estão fora de forma, Jesus) e todos aqueles babacas estão lá agora, bebendo os melhores uísques e enchendo a pança com tripa de carneiro, a salvo da porra deste apocalipse! Eu agarro o telefone novamente e pego uma linha externa. Aqui eles nem sequer têm 911, é tudo essa merda de 999. Que parece um

666 invertido! É a porra de uma mensagem! Já praticamente sinto o bafo de Satã na minha nuca! Perdoai-me, Senhor!

Pai nosso, que estais no céu...

— Polícia de Lothian e Fronteiras...

— É da polícia de Edimburgo?

— Sim...

— Você disse algo diferente! Por quê? Por que você disse aquilo?

— Chamamos de Polícia de Lothian e Fronteiras... mas cobrimos Edimburgo.

— Bom, eu estou preso no quarto 638 do hotel Balmoral, aqui na Princes Street, em Edimburgo, bem no meio da porcaria deste furacão! — digo. O babaca na linha chega a dar uma risadinha, como se este cenário de vida-ou-morte fosse a porra de uma grande piada! Será que esta gente dá tão pouco valor à vida humana? — Qual é a graça?

— Nenhuma. *Você* pode até achar muito engraçado, mas está bloqueando as linhas para serviços de emergência...

— Estou *bloqueando* as linhas para serviços de emergência porque esta é a porra de uma emergência, seu babaca! Meu nome é Ronald Checker! Sou um empresário, e um cidadão americano!

Um suspiro fatigado vem da outra ponta da linha, como se o babaca, um policial de plantão, estivesse *bocejando* na minha cara! — Pois é, eu li no jornal que o senhor estava na cidade, sr. Checker. Adorei *O Pródigo*, por falar nisto. Bom, por favor, relaxe e se acalme.

— Relaxar? E como eu posso relaxar, posso saber?

— Sr. Checker, o senhor está no melhor lugar possível. Eu ficaria aí mesmo, se fosse o senhor!

— De jeito nenhum! Esta ruína aqui é uma armadilha mortal! Nós temos um problema. Eu quero uma escolta policial para me levar ao Castelo de Edimburgo!

— Não entendo. Por que o senhor quereria ir ao Castelo de Edimburgo? Há um furacão na cidade, e estamos orientando as pessoas a ficarem abrigadas.

— Não, *você* não entende mesmo, caralho! Nosso problema é o furacão! É por isto que eu estou ligando: vocês, seus babacas, obviamente nunca viram a porcaria de um furacão antes! Não têm diques, nem serviços de emergência, e estão pouco se importando! Bom, eu me importo! E se vocês não estão enxergando a merda que se avizinha, que vão todos para o inferno!

Bato o fone, fico de bruços, e entro rastejando embaixo da cama. Tenho os acordes tranquilizantes de Mahler nos fones de ouvido. *Poupai-me desta tormenta. Poupai-me, Senhor.*

Aquele taxista, o Terry, disse que consegue dar jeito em tudo! Só ele conseguirá me levar ao final deste acesso de pânico... eu encontro o número dele no meu celular... as barras do sinal estão aparecendo... está tocando...

— Ronnie, meu garoto!

— Terry... graças a Deus! Você precisa me ajudar. Fui apanhado por este furacão!

— Eu também fui apanhado por um furacão, Ronnie. Dentro do táxi, se é que você me entende...

— O quê?

— Deixa pra lá. Onde você está?

— No meu quarto no Balmoral.

— Você está bem aí, parceiro... experimente ser apanhado até os culhões em...

— EU NÃO ESTOU BEM! TODO MUNDO FICA ME DIZENDO QUE EU ESTOU BEM! VOCÊ NÃO SABE O QUE FOI NOVA ORLEANS!

— Tá legal, amigo... segure sua onda aí. Parece que você está tendo uma crise de pânico... não andou tomando besteira, andou?

— Não! Nunca toco em drogas! Bom, só um pouco de uísque e uns sedativos...

— Uísque e calmantes contam como drogas — diz Terry, e eu meio que *sei* disso. — Tá legal, bom, fique frio, nós estamos a caminho!

— Terry, obrigado, você é uma bênção... mas, por favor, venha depressa!

Já construí mais de duzentos arranha-céus, tentando me aproximar do Senhor a cada empreendimento, mas minha vertigem significa que nunca cheguei nem perto do topo de qualquer um deles.

Ligo a TV e vejo que ainda há sinal, mas não se pode captar a Fox News em qualquer desses canais britânicos. Todos só transmitem uma merda liberal, comunista e sem Deus, cheios de babacas com sotaque engraçado, que ficam desfilando com roupas esquisitas. Eu me sinto até aliviado quando encontro umas reprises de *Magnum*. Engulo mais dois sedativos com uísque. Então pego o telefone e ligo novamente para o serviço de quarto. Toca uma vez, duas vezes... eles me abandonaram, caralho! Esqueceram de mim neste fantasmagórico hotel gótico, que vai ruir à minha volta quando for arrebentado pelo furacão e...

— Serviço de quarto! Em que posso ajudar?

— Mande pra cá duas garrafas do seu uísque mais caro!

— Nosso uísque mais caro é o Macallan, um *single malt* de 1954, senhor, mas dele só temos uma garrafa, que custa duas mil libras.

— Pode mandar! O que mais vocês têm?

— A seguir, o mais caro é o Highland Park de 1958, que custa mil e cem libras.

— Mande as duas! E fale pro sujeito bater três vezes na porta.

— Farei exatamente isso com grande prazer, sr. Checker.

Portanto, vou beber a merda deles, e simplesmente manter a esperança de ser poupado a fim de levar umas garrafas decentes do verdadeiro Bowcullen de volta aos Estados Unidos! Mas antes preciso chegar ao fim da porcaria deste pesadelo.

Nova Orleans... Por favor, Deus, eu juro que, se conseguir sobreviver a esta noite, doarei uma soma de sete dígitos ao fundo de catástrofe do Katrina!

12

Última parada do Bawbag

O Pub Sem Nome se aninha na escuridão embaixo de um cortiço e uma ponte ferroviária. A localização clandestina e intimidadora, com uma atmosfera esotérica, transformou o antro em um ponto preferido pelos bebedores contumazes da área desde a sua fundação, ainda na era vitoriana. Em dias de jogos de futebol, a proximidade do estádio Tynecastle assegura a popularidade do bar entre os torcedores. Fora isso, o lugar tem um histórico acidentado, com uma série constante de proprietários desafortunados, e o ambiente sempre atraiu uma mistura de clientes divididos entre facções rivais de motoqueiros, monarquistas de direita, alguns bêbados veteranos, que apreciam os preços competitivos, e gangues antagônicas de torcedores de futebol, que atacam o bar por sua ligação com o time dos Hearts.

Para algumas pessoas, a maioria das quais jamais pisou lá dentro, o Pub Sem Nome tem uma imagem notoriamente ruim: trata-se de uma espelunca feia e brutal, cheia de dinossauros violentos, que representam uma era mais sombria. Para outras, as que frequentam o ambiente, o bar é simplesmente um lugar de liberação, um boteco da velha guarda, livre dos enfadonhos sermões de moralistas e repressores profissionais, além de satisfatoriamente resistente aos mornos apelos da modernidade.

Agora o local se encontra sob um tipo diferente de assédio. Lá fora sopra o Bawbag feito um acordeão tocado por um Satã asmático, com uma ameaça vagamente sedutora. No interior aquecido do Pub

Sem Nome, porém, os clientes logo se sintonizam com suas frequências. Aqueles sons estridentes são pontuados por baques ocasionais, que podem ser causados apenas pela queda de tacos de bilhar ao chão. Os frequentadores trocam olhares de sabedoria e fazem comentários fingidamente impressionados do tipo eu-não-gostaria-de-estar-lá-fora-agora. No entanto, a fissura por nicotina demonstra escasso respeito por fenômenos meteorológicos agressivos, e eles logo começam a se arriscar a sair porta afora, enfrentando as revoadas de poeira, pacotes de fritas e embalagens de comida descartadas que surgem no caminho. Brados desafiadores, do tipo "Puta que pariu!", ressoam contra um vento que transforma o simples ato de acender um cigarro numa tarefa frustrante.

Então, nas primeiras horas da madrugada, por volta de duas da manhã, tudo cessa. Ninguém nota direito a hora exata. Na realidade, muitos já se esqueceram do furacão ao saírem do pub, atravessarem as fantasmagóricas avenidas cobertas de lixo e irem cambaleando para casa.

Uma das últimas a sair é Jinty Magdalen, que parte tremendo pela rua na friagem da madrugada, com as cavidades nasais feridas, os olhos ardendo e a cabeça pulsando, sentindo-se pavorosamente perdida.

PARTE TRÊS

PÂNICO PÓS-BAWBAG

13

Jonty no pedaço

Na manhã seguinte, a aurora surge debilmente e Jonty MacKay se levanta com ela, como de hábito. Só que Jinty não está ao seu lado. Inundado por um dilúvio de lembranças, Jonty sente explodir em seu peito um acesso de pânico que lhe causa uma convulsão. Ele salta da cama e corre até a porta, que abre devagar. Quer gritar algo, mas as palavras ficam presas na garganta seca. Ele treme e começa a pingar de suor enquanto segue pelo corredor. Então, pela fresta da porta da sala, vê que Jinty dormiu no sofá. A cabeleira escura e despenteada dela se espalha sobre o edredom com o emblema do Hearts que ele lembra de ter colocado sobre ela na véspera. Jonty decide não perturbá-la; rapidamente, ele se veste e se esgueira para fora do apartamento, cruzando o patamar e descendo a escada.

No andar de baixo, uma jovem que traja uma burca, lutando com uma criança pequena e seu carrinho, olha para ele pela abertura. Jonty sente que os olhos dela sorriem, dançando na alma dele, e sorri de volta. Os dois trocam amenidades, ele daquele seu jeito delirante, ela de uma forma mínima, silenciosa feito uma gazela na floresta. Jonty ajuda a jovem, levando o carrinho lá para baixo, enquanto ela carrega a criança. Então ele empurra a pesada porta comum do prédio e enfrenta o dia claro. Depois fica vendo a mulher, sra. Iqbal, sair empurrando o carrinho com a criança em meio ao lixo que o furacão deixou pela rua.

Jonty pisca sob a pálida luz do dia. Ele se sente mal por ter saído sorrateiramente, mas por que não deveria fazer isso? Sobrou apenas um saquinho de chá, e ele se lembra de ter comentado isso com Jinty na véspera. Além disso, não há pão, pois ele tostara a última fatia, ou a casca propriamente dita, também no dia anterior. Isto não era bom, pois ele vai passar o dia trabalhando, pintando um apartamento em Tollcross. Precisa de um café reforçado, de modo que opta pelo McDonald's, já pensando na possibilidade de um Egg McMuffin. Só que Jonty não gosta do cheiro desses sanduíches, que lembra o odor do seu próprio corpo quando ele sai suado do trabalho e pega uma chuva a caminho de casa. Esta é a segunda grande decisão que ele precisa tomar. A primeira era: ir ao McDonald's da Princes Street, no West End, que fica a caminho do centro, ou pegar o caminho oposto e descer a rua até a loja da Gorgie Road. Ele opta pela segunda alternativa, pois gosta de tomar o café da manhã lá.

Já dentro do McDonald's da esquina da Gorgie com Westfield, pequenos grupos de crianças e adultos obesos sentam lado a lado com magricelas, que parecem imunes ao ataque altamente calórico e gorduroso das ofertas da loja. O mais magro de todos, Jonty MacKay, entra e fica olhando boquiaberto para o cardápio. Depois olha para duas comensais, rechonchudas feito perus natalinos, com blusas e casacos do Sainsbury's. Faz um comentário sobre a refeição delas. Repete o comentário. Elas reconhecem que ouviram o comentário, repetindo-o uma para a outra. Depois riem, mas Jonty não se junta à convidativa risada delas. Em vez disso, fica piscando novamente diante do cardápio, e depois para a vendedora, uma garota cheia de espinhas no rosto. Ele pede Chicken McNuggets, em vez do Egg McMuffin, embora o certo seja comer ovos no desjejum, e frango caia melhor no almoço ou jantar. Jonty acha que isso responde à pergunta: o que veio primeiro, o ovo ou a galinha? O ovo, por ser desjejunesco. Se é assim, porém, terá ele quebrado alguma lei feita por Deus? O dilema vai roendo seu ser, enquanto ele leva a comida até um assento vago. Então cobre um único pedaço de frango com ketchup: este será o Hearts McNugget, a ser comido por último. *Sai fora, Rangers! Sai fora, Aberdeen! Sai fora, Celtic! Sai fora, Killie! Mais que tudo: sai fora, Hibs!* Jonty vai cantarolando entredentes, enquanto mastiga os pedaços de frango empanado, engolindo todos rapidamente, um a um. Ele teme que as pessoas pensem que aquele único pedaço vermelho signifique Aberdeen, em vez de Hearts.

— Não é Aberdeen — diz para as mulheres do Sainsbury's, agitando o pedaço de frango espetado no garfo.

Pela janela, Jonty espia uma garota passando com um Labrador dourado. Ele pensa que talvez seja bom voltar como cachorro, desde que possa ser criterioso acerca do que vai farejar. E vai até o balcão em busca de um After Eight McFlurry. Já de volta ao assento, fica examinando o sorvete de chocolate com menta. Um vapor se ergue dali, causado pela refrigeração. Esses são os melhores momentos. Então demole sistematicamente a sobremesa, deixando sobrar apenas um pequeno pedaço, para que ele possa ficar sentado ali um pouco, só pensando.

Cerca de duas horas mais tarde, Jonty se encontra com Raymond Gittings no apartamento em Tollcross. Raymond é um sujeito magro, de ombros caídos, com ralos cabelos castanhos e uma barba desgrenhada. Ele sempre usa suéteres com gola polo, seja qual for o clima, e, junto com a barba, isto levou à especulação de que Raymond teria uma espécie de sinal de nascença ou uma cicatriz no pescoço, mas ninguém sabe ao certo. Ele tem uma barriga sólida, feito uma protuberância, que se projeta à frente como se Raymond estivesse grávido. Isto é considerado um fenômeno estranho, já que ele parece não carregar peso algum em outras partes do corpo.

Raymond gosta de Jonty, que é um trabalhador constante e barato. Ele consegue passar o dia inteiro pintando, e fica feliz com um trocado qualquer, sem fazer perguntas. É claro que Jonty seria mais útil se soubesse dirigir e possuísse seus próprios macacões, lençóis, pincéis ou solventes. O lado bom é que, por não ter tais itens, Jonty também nunca foi dedurado por seu trabalho não estar registrado legalmente.

— E aí, Raymond? E aí, parceiro?

— Jonty, como vai? Trouxe pra você um enroladinho de salsicha lá do Greggs. Pensei, não sei se o Jonty já tomou café, então vou levar pra ele um enroladinho de salsicha do Greggs!

Jonty ainda sente a presença dos pedaços de frango e do sorvete de chocolate com menta borbulhando na sua barriga, mas não quer decepcionar Raymond, então finge estar morto de fome. — Aí, Raymond, aí, parceiro, você é o melhor patrão do mundo, certeza, é mesmo, é sim.

Uma leve pontada de vergonha, feito uma sombra fugaz, passa pela alma de pequeno empresário de Raymond Gittings. Depois ele racionaliza a coisa, pensando que Jonty parece tão feliz... portanto, sob certos aspectos, ele provavelmente é mesmo o melhor patrão.

— E aqui a gente sempre se diverte, Jonty!

— É mesmo, Raymond, certeza, a gente se diverte! Pois é, pois é...

Jonty fica ofegando ali, com uma expressão viva e alegre, enquanto Raymond sorri para ele, antes de se enervar internamente devido ao impasse silencioso que se segue. Ele pigarreia, apontando para o enroladinho de salsicha na mão de Jonty. — Ok, então você enfia isso goela abaixo e depois cobre a roupa com o lençol lá na sala... vamos começar logo a jogar a emulsão nessas paredes!

Então Jonty devora o enroladinho, percebendo que, na verdade, já está faminto outra vez. Um McDonald's provocou isso. Depois, ele começa a trabalhar e cumpre um bom turno, antes de parar por meia hora para almoçar: uma torta de carne moída e um refrigerante lá do Greggs. Então volta a trabalhar sem parar até o final da tarde. Jonty realmente consegue dar uma demão de tinta atrás da outra nas paredes. Quando chega a hora de ir embora, ele pensa em Jinty e na discussão terrível que os dois tiveram antes de ele ir dormir. Não consegue ir pra casa, então liga pro Hank, seu irmão, e combina de ir jantar na casa dele. É bom que Jinty não se junte a eles lá, pois ela não se dá bem com Morag, a namorada de Hank. Melhor deixá-la esfriar a cabeça depois daquela briga.

Hank e Morag moram em Stenhouse, em uma antiga casa construída pelo governo, e comprada pelos falecidos pais de Morag ainda sob a legislação privatista de Margaret Thatcher. O pai de Morag morreu de um enfarte fulminante, e a mãe, que tem demência senil, vive em uma clínica de repouso. Kirsty, a irmã de Morag, fora a primeira a herdar a casa, mas largara o marido e levara os filhos para Inverness, a fim de viver com um sujeito que conhecera na Espanha. Para Hank e Morag, fora uma tarefa hercúlea despejar da casa o marido abandonado e amargo de Kirsty, mas finalmente haviam conseguido fazer isso e acabaram construindo um ninho feliz ali. O lugar é limpo, aconchegante, e Jonty gosta de lá. Morag fez carne assada com molho, purê de batatas e ervilhas.

— Carne assada... maravilha! – disse Jonty. – Pode crer!

— É mesmo, Jonty – concordou Hank. Ele é um homem alto e magro. Seu cabelo está recuando nas têmporas e rareando no topo, feito o de Jonty; diferentemente do irmão, porém, ele mantém os fios compridos atrás e dos lados. Usa uma calça jeans da Wrangler, e uma camiseta do Lynyrd Skynyrd com um emblema da bandeira confederada.

— Que pena a Jinty não poder estar conosco – diz Morag. Ela é uma mulher de ossos grandes, está usando blusa azul e saia preta. Trabalha em uma seguradora no centro. – Esses plantões dela devem ser de matar.

— Pois é... certeza – diz Jonty, subitamente nervoso. Hank e Morag se entreolham, inquietos.

— Seja o que for que alguém possa pensar dela... a Jinty tem raça – diz Morag com cautela, olhando para Hank e Jonty alternadamente. – Ela chegou em casa bem ontem, Jonty, com toda aquela confusão desse furacão?

— Sim... chegou, sim. Em casa. Pois é. Chegou em casa hoje de manhã cedo – diz Jonty, com uma alegria forçada na voz. – Trancada no pub! Pois é!

Morag franze o cenho, abanando a cabeça com um leve desdém, mas Hank dá de ombros.

— Isso não é, necessariamente, uma coisa ruim – declara ele. – Eu certamente esperaria que o pior do furacão passasse. Esse teria sido o meu conselho.

Jonty sente algo repuxando suas entranhas, e fica tentando não se mexer na cadeira. Ele muda de assunto, olhando para a molheira. – Molho legal, Morag. Ela sempre faz um molho legal, não é, Hank? Pois é, a Morag faz um molho legal?

— Mais do que legal, Jonty! Melhor do que o seu sonho mais louco! – Hank dá uma piscadela para Morag, fazendo a parceira corar levemente.

O resto da refeição ocorre em silêncio, até Morag olhar fixamente para Jonty e dizer: — Espero que a Jinty esteja cuidando bem de você, Jonty, porque você está virando um fiapo. Não acha que estou me intrometendo demais, acha?

— Pois é, virando um fiapo – repete Jonty. — Virando um fiapo. Pode crer. Sinto falta de visitar minha mãe em Penicuik. Está tudo diferente lá. Não é, Hank?

Hank está olhando para a televisão por cima do ombro de Jonty, vendo o noticiário escocês detalhar a devastação causada pelo furacão. *"Os prejuízos podem chegar a dezenas de milhares de libras"*, declara o locutor em tom sombrio.

— Pois é, é sim, Jonty – concede Hank. — Anda tudo bem diferente agora.

— Pois é, tudo diferente.

A sobremesa de torta de maçã com creme é despachada com gratidão. Mais tarde, enquanto Jonty, forrado e feliz, já se prepara para ir embora, Hank bate no seu ombro e diz: — Pare de bancar o sumidão e leve Jinty ao bar uma noite dessas. Ao Campbell's, ou ao Pub Sem Nome.

Jonty assente com a cabeça, mas não tenciona fazer isso. Não, senhor. Ele está firmemente convencido de que foi o Pub Sem Nome que criou todos os problemas, pra começar.

Então Jonty vai embora. Corta caminho pelo parque e volta à Gorgie Road, passando por uma lanchonete de peixe e fritas na esquina com Westfield. Ele gosta muito de lá. Contando com essa e a C. Star, a região de Gorgie tem lanchonetes melhores do que o Leith. Isto ninguém pode negar. Já as outras lanchonetes não são tão boas, e isto também precisa ser admitido. Mas a Gorgie sempre é uma ótima rua pra se passear. Onde mais se tem uma fazenda? A Leith Walk nunca teve uma fazenda! Lá na frente, ele avista a sra. Iqbal, do andar de baixo, novamente com a criança no carrinho. Um filhote moreno, pensa Jonty. Nada há de errado nisso, e certa noite no Pub Sem Nome, ele já dissera exatamente isso: que ninguém pode escolher a cor com a qual eles nascem.

Tony concordara com Jonty. Estava certo, ninguém era culpado por eles não serem brancos.

Evan Barksdale debochara, chamando seus vizinhos de terroristas retardados, e dissera que o tal apartamento no andar de baixo devia ser uma fábrica de bombas.

Mas Jonty ficara pensando: como uma mulher jovem e seu filho podiam ser assim? E dissera isso para a turma toda, Evan e Craig Barksdale, Tony e Stuart Letal. Mas Evan fizera pouco dele, dizendo que Jonty era burro demais para entender de política.

Jonty concordara que ele era apenas um rapaz caipira de Penicuik. É sim, é sim, Penicuik, pois é, ficara repetindo até o refrão sumir entredentes. Mas ficara intrigado ao saber que as pessoas podiam fabricar bombas em casa. Fora até pesquisar isso na internet. O coquetel Molotov; seria tão fácil fazer um.

Passando ao largo da sala onde Jinty ainda dorme, Jonty vai até o banheiro estreito e olha pela vidraça fosca para o outro lado da rua, onde vê, em toda a sua crueza, o Pub Sem Nome. Ele não quer entrar lá, mas resolve tomar coragem e fazê-lo, para mostrar a todos que nada há de errado. Então engole bastante ar, enchendo os pulmões, e cruza a rua até o bar. O nervosismo faz suas mãos tremerem, quando ele tira dinheiro do bolso e pede uma caneca de cerveja, que Sandra serve com um sorriso.

Ele ainda não olhou para os assentos ao lado do alvo de dardos, mas sabe que eles estão ali. Eles olham para Jonty em silêncio, até que ele ouve a voz trovejante de Stuart Letal. – Aí está ele!

– E aí, Jonty? – diz Tony.

Jonty pega sua caneca no balcão e vai se aproximando deles. Algo parece murchar dentro do seu peito, quando ele vê um sorriso debochado no rosto de Evan, que fica calado, mas encara Jonty intensamente.

– Eu vi aquela garota do meu prédio, a que usa máscara e tem um garoto moreno.

– Você se daria bem com ela, Jonty! Deve ser filha de algum fazendeiro, de uma cidade pequena, na roça – diz Tony, rindo.

— Nenhum cara fala mais assim como ele lá em Penicuik! Ele nem parece um verdadeiro filho de fazendeiro! Hein, Jonty? — diz Craig em tom desafiador, projetando o queixo à frente.

— É sim, é sim, Penicuik, certeza.

Todos riem do jeito de Jonty, que se tranquiliza por eles não saberem o que ele faz.

— Pois é, Gorgie mudou muito, também mudou feito Penicuik — explica Jonty ao grupo reunido. — Agora tem gente morena, tem os chineses e tudo, uns carinhas vendendo DVDs, aquele *O nome da rosa*. Bom filme esse, é. Mas Penicuik... agora está tudo diferente lá, certeza.

Todos riem novamente, menos Evan, que só gira o dedo perto da têmpora, informando Jonty que ele é maluco.

Jonty não liga para eles, e vai até o sistema de som. Há algumas canções natalinas geniais naquela máquina. Ele gosta de uma que chama de "I Will Stop the Cavalry", e acredita que a música é sobre uma ida ao Canadá. Jonty acha que ir para o Canadá seria ótimo, mas muito frio. Não que seja fácil ali, especialmente depois do furacão Bawbag. Todo mundo simplesmente ficou dentro do pub até a ventania passar. Mas isso também causou muitos problemas. Causou problemas terríveis a ele e Jinty. Agora ela não está bem. Ele terá de voltar para casa logo, para cuidar dela. Então Jonty pega sua caneca, bebe a cerveja e sai andando do pub sem olhar para qualquer dos rapazes ou se despedir.

Quando chega ao apartamento, ele ergue Jinty, que segue adormecida, e vai para o quarto. Coloca Jinty na cama, cobre seu corpo e beija sua cabeça. Será bom fazer para os dois uma bebida quente; ainda sobrou um pouco de uísque naquela garrafa que Hank trouxe tempos atrás.

14

Cavaleiro de armadura reluzente

O principal sentido de se ter regras é quebrar a porra das regras. Mas é sempre melhor quebrar as regras de outro filho da puta do que as suas próprias. Bom, eu quebrei a porra de uma das minhas regras quando fui pra casa com uma passageira. Claro que eu trago gatas pra casa o tempo todo, mas não é muito sensato fazer isso com uma passageira.

Algumas delas veem você como um padre ou assistente social, e às vezes você tem a mesma sensação, depois de ter recebido todas essas orientações de merda, essas babaquices que mandam não passar dos limites. Mas até faz sentido: você vai pra casa com uma passageira, é visto por algum puto e então pode facilmente ser dedurado pra Central. Isso é claro. Ainda bem que tenho Big Liz como minha espiã-fora-do-táxi, caralho. Só que com aquele furacão e a garota naquele estado de espírito vulnerável, querendo pular da ponte, eu pensei em dar uma de cavaleiro de armadura reluzente. Quando matarem o cavalheirismo básico, é melhor todos nós simplesmente desistirmos de tudo. Além disso, eu tinha acabado de dar uma trepada e tanto, caralho!

Então recebi um telefonema apavorado daquele americano no Balmoral: o maluco estava se cagando nas calças. Eu preciso ir até lá ver o cara, claro; a dez mil por semana, fico mais do que feliz por ninar o puto até que ele durma. E embora eu tenha acabado de traçar a Sal Suicida até fazê-la cair na real, não me sinto confortável de deixar a gata ir embora sozinha. Não que ela esteja com pressa de se mandar, ah, não. Na verdade, parece até meio chapada depois da nossa trepada, enquanto voltamos ao centro.

— Não podemos voltar para a sua casa?

— Claro – digo, meio cauteloso. — Mas precisamos ir falar com um sujeito pra quem estou fazendo um trabalho. Ele está tendo um puta acesso de pânico. Acha que vai ser pego pelo furacão. É americano. Acho que ele estava em Nova Orleans na época do Katrina, e ficou traumatizado.

— Aquilo foi terrível – diz Sal.

Então, quando eu chego no hotel, Ronnie está envolto em um roupão felpudo, tremendo e suando feito essas putas que cheiram pó malhado com veneno de rato. O corte moicano está úmido e penteado pra trás. Ele nos deixa entrar, e eu vejo que o puto já enxugou uma garrafa de Johnny Walker 18 anos, além de abrir um Highland Park que parece bem envelhecido. Há também uma garrafa de Macallan, ainda cheia. Vai ter jogo!

Ronnie parece estar se cagando todo, enquanto eu vou distribuindo as bebidas e batendo umas carreiras.

— Drogas... eu não toco em cocaína...

— Só um pouco, Ronnie, pra restaurar aquela confiança, parceiro. Depois disto aqui, você não vai mais ter medo do furacão Bawbag. Na realidade, vai até sair lá fora pra dar umas porradas no filho da puta!

— Acha mesmo que isso vai me ajudar?

— Claro.

Então caímos dentro do pó e do uísque. Ronnie já parece estar sob controle e diz: — Sabem, este tipo de coisa é que faz a gente valorizar a vida humana. Eu até pensei em fazer uma doação às vítimas do Katrina em Nova Orleans, mas... não recebi de Deus qualquer sinal afirmativo me dizendo para fazer esse gesto.

— Que porra de furacão, não é, parceiro? — Eu aponto pra janela. Ronnie sorri, mas Sal interrompe. — Então você fala com Deus?

— Eu sinto o espírito do Santo Pai dentro de mim.

Sal olha pra garrafa vazia. — Não acho que seja esse o espírito que você está sentindo aí dentro agora.

— Este uísque é muito bom — digo, captando o leve mau humor de Sal Suicida enquanto ergo o copo contra a luz.

— Isto não é nada, Terry. Estou esperando receber algo que... bom, digamos apenas que fará este uísque aqui parecer birita artesanal de fundo de quintal!

Sal estreita os olhos, focalizados em Ronnie. — Eu sei quem você é... já vi aquele seu programa de merda, em que você demite aqueles babacas, tão nojentos quanto você.

Ronnie solta uma gargalhada. — Bom, por falar em nojento, madame, você está no *meu* quarto de hotel, bebendo a porcaria do *meu* uísque...

— Qual é? Somos todos filhos de Deus aqui — digo eu. Depois olho pra Sal. — Você já não estava com a cabeça boa antes. — Daí me viro pro Ronnie. — E preciso dizer que você também não, Ronnie. Quem salvou o dia? Eu mesmo! Portanto, relaxem e bebam, enquanto eu preparo mais umas carreiras pra nós.

— Disso eu vou gostar, sim, senhor! — Ronnie sorri.

Sal revira os olhos, mas logo cafunga outra carreira. Eu fico pensando que um monte de pó com uísque talvez não seja a melhor coisa pra uma gata que acaba de tentar se matar, mas o meu Velho Guerreiro já desanuviou a cabeça dela e continua de plantão pra lhe fornecer uma ração extra... a qualquer hora que ela queira! As dúvidas de Ronnie já se dissiparam. Até aquele penteado dele secou e está meio que se aprumando outra vez. A tempestade vai diminuindo e Ronnie, embora esteja totalmente aceso, já está muito mais calmo e feliz, de modo que digo a ele que precisamos partir.

— Terry, nem sei como agradecer... fico devendo essa, amigo.

— Não se preocupe, parceiro. É que o Velho Guerreiro precisa entrar em ação.

Ronnie balança a cabeça pra mim e dá uma olhadela pra Sal. — Ok. Obrigado por terem passado aqui, vocês dois.

— Sempre à disposição, mano.

Dou um rápido abraço nele, enquanto Sal, sempre calada, levanta e pega a bolsa. Nós saímos, descemos e deixamos o hotel.

Caminhar pelas ruas é uma loucura, pois o vento sopra lixo por todos os lados. Um pouco de sujeira entra no meu olho, e meu cabelo precisará ser lavado novamente por conta de toda essa merda que está voando em torno de nós.

— Aquele cara é maluco — diz Sal. — Fica ouvindo vozes...

— Ei! Ainda há pouco você estava tentando se matar!

Sal dá de ombros. Nós voltamos para o meu apê e eu faço com que ela se deite na cama. O pó fez o serviço, como sempre acontece com as gatas: as carreiras deixam Sal nervosa e ligada. Então começo a dar meu recado pra valer, pois além de tudo ela tem uma xoxota bem apertada. E a história vai se repetindo ao longo da maior parte da noite: nós mandamos ver e depois dormimos um pouco; então o Velho Guerreiro faz com que eu acorde, e eu faço com que Sal acorde.

— Você nunca para? — diz ela, meio arquejando e meio gemendo, quando vou pra cima dela pela quarta ou quinta vez.

— Só depois que toda e qualquer ideia de suicídio tenha sido expulsa dessa sua cabeça aí — digo a Sal. Mas ela está adorando a coisa; a cada vez, é como se duas fatias de pão bem tostado pulassem pra fora das frestas de uma torradeira viva.

De manhã eu levanto com catarro e pó pingando do nariz, abro as persianas e olho pra rua. Parece estar fazendo frio lá fora. Há umas lixeiras emborcadas, um pouco de lixo voando e gaivotas gritando. Foda-se tudo. Eu me viro pra examinar o cafofo. Isto aqui é mesmo um abatedouro, e arrumar um apê no centro foi a melhor jogada que eu já fiz.

Fico pensando nas trepadas épicas que eu dei com Sara-Ann Lamont Suicida a noite toda: quilometragem extra com finalidades terapêuticas! A cura a todos os problemas do mundo? A porra de uma bimbada decente. Com que caralho alguém consegue se preocupar, depois de dar uma boa trepada? Política... que merda do caralho. Relacionamentos... ora, qualquer gata com um relacionamento ruim só precisa que alguém meta nela gostoso. Então a pergunta passa a ser: que relacionamento ruim? O sexo faz maravilhas! Espero que Sal não seja uma pirada com complexo de salvadora. Mas é tolice dizer isto: é claro que ela é uma pirada... ia se matar ontem à noite!

Ela aparece usando a porra da minha camiseta "Sunshine on Leith" e isto dispara os meus sinais de alarme. Como eu sempre digo, a hora de ficar nervoso com as mulheres não é na noite anterior, quando você está tentando tirar a calcinha *dela*, e sim na manhã seguinte, quando você está tentando tirar dela a *sua* camiseta! Isso é claro!

A gata é bem gostosa. A cabeleira preta à altura da omoplata e a maquiagem são góticas pra caralho, mas sensuais. Ela tem aquele corpo já um pouquinho pesado das trintonas, quando elas começam a se largar, e que eu adoro, caralho! É nessa idade que as gatas começam *realmente* a gostar de foder! Portanto, eu vejo uma mudança e tanto em relação ao semblante angustiado da véspera, quando Sal se joga no sofá com um sorriso arreganhado no rosto.

Eu olho pra ela. – Então... como você está se sentindo agora?

– Bem comida.

– Ainda suicida?

– Não – diz ela, toda pensativa. – Só irritada.

– Bom, fique irritada com os putos que perturbaram você. Não desconte em si mesma. Se fizer isso, eles vencem.

Ela abana a cabeça. – Eu sei disso, Terry, mas não posso deixar de ser *eu*. Já recebi toda espécie de orientação, todo tipo de conselho, tomei diversos remédios...

Eu aliso a virilha. – Você precisa é deste remédio aqui. Claro.

Ela ri. – Meu Deus... você é mesmo insaciável!

– Pode crer – digo eu. Depois dou uma piscadela. – Mas isso não é importante. A pergunta que você deveria estar se fazendo é: "Eu sou?"

15

Jonty no McDonald's

Eu nunca fui muito bom na escola, é. Não mesmo, não mesmo, não era. E sempre me senti mal por isso. A causa é que o pai verdadeiro Henry passava muito tempo trabalhando fora, e a mãe ficou gorda demais pra sair de casa. O Hank ia pra escola, e a Karen também. O pai verdadeiro Henry disse pra mim, "Você é um pouco lento, Jonty, a escola não vai fazer qualquer diferença, como faz com o Hank e a Karen".

Eu nunca falei nada, mas aquilo doeu em mim. Doeu no fundo do peito, como se a gente pudesse abrir o peito e tivesse aranhas lá dentro. Aranhas que rastejam sobre as perninhas e fazem a gente se sentir todo esquisito por dentro. Pois é, ele pôs aranhas no meu peito, isso ele fez, fez mesmo. E nem adiantou muito, sabe, pro Hank e a Karen. Sei que o Hank agora dirige uma empilhadeira, nem é tão ruim, mas a Karen só cuida da mãe. Um desperdício aquele curso de assistência social que ela fez. O curso deixava a pessoa capacitada, certeza; capacitada pra cuidar de toneladas de pessoas nas casas delas, e não apenas da própria mãe na sua própria casa. Um tremendo desperdício, pois é. Só a sua própria mãe, quando você está qualificada pra cuidar de toneladas de mães? É assim. Pois é.

Mas eu só ficava sentado no cemitério, lendo as lápides, a menos que estivesse frio demais, e então ia pra casa do Boaby Shand, atrás de uma xícara de chá e de um pouco de calor. A gente ficava vendo as corridas na TV e apostando um com o outro. Mas eu parei de ir, porque o Boaby sempre ganhava. "Você não saca as probabilidades, meu filho", ele me dizia.

Bom, eu saquei que as probabilidades estavam contra a minha vitória, isso eu saquei bem, certeza, não saquei? Então parei de andar com o Boaby. Ele era até legal, torcedor do Hearts, mas começou a ser chamado de feniano filho da puta porque tinha um tal de Bobby Shand no IRA. Então eu saí de Penicuik e fui morar em Gorgie.

Eu gosto de Gorgie, mas.

Gosto do McDonald's. É. Os Chicken McNuggets são o que eu mais curto, são mesmo. Gosto de sentir, quando mordo, que eles são bem suculentos, e não gordurosos, como às vezes acontece no Kentucky Fried Chicken. Também gosto do Kentucky Fried Chicken, mas só quando estou no clima, geralmente depois de umas biritas, isso eu curto. Jinty prefere peixe e fritas. Eu vivo dizendo que ela deveria ser mais aventureira. Você devia ser mais aventureira, Jinty, eu brincava com ela. É, mais aventureira. Mas eu gosto de comer McNuggets pra variar, pois é, variar um pouco. E aquela novidade, o After Eight McFlurry... eu gosto muito do After Eight McFlurry! Mas só feito uma guloseima às terças-feiras, porque é preciso guardar dinheiro. O mais engraçado é que eu nem gosto tanto assim do Big Mac. A gente fica muito empapuçado depois de um Big Mac.

16

Hotéis e saunas

Bawbag: que babaquice. Aquilo nunca foi um furacão! Foi uma porra de um não evento, aquela merda, a porra de uma brincadeira. As ruas estão um pouco sujas, com lixo espalhado, placas e cones de trânsito derrubados, e uma ou duas janelas quebradas, mas nada diferente do que a galera bebum faz toda porra de fim de semana!

Já fiz duas entregas no centro, então dou um pulo na Liberty Leisure pra ver como anda o império empresarial do Bichona. A tal da Saskia continua lá: gata polonesa, sexy pra caramba, está sempre de saia curta, com uns tops justos e cintilantes, como se estivesse indo pra boate, mas talvez seja um pouco frágil e com um ar perdido demais pra jogar este jogo.

— Nada de Jinty? — pergunto a ela.

— Nada, ela não apareceu — diz Saskia, parecendo até meio escocesa, mas com um sotaque do Leste Europeu. — Talvez tenha sido pega pelo furacão!

Eu fico rindo do papo dela, mas uma outra gata, a Andrea, olha bem pra mim e diz: — Talvez tenha sido mesmo.

Eu gosto do estilo da Saskia e da Jinty, mas muitas das outras garotas aqui não parecem tão felizes, e acho que sei o motivo: aquele escroto do Kelvin está, decididamente, atormentando todas elas. Quando ele aparece, o riso some. Eu não gosto disso, porque é preciso ter alegria no trabalho. Principalmente se o seu trabalho é trepar, porra!

— O movimento anda meio fraco — diz ele.

— Pois é — diz a tal Andrea, e isso me faz rir, porque ela fala com sotaque inglês, mas é meio chinesa.

— Entre ali, então — diz ele, apontando na direção de um dos quartos. — Tenho um consolo pra você.

O puto olha pra mim com um sorriso largo. Sinto vontade de socar e amassar a cara desse magrela filho da mãe. Embora a tal da Andrea seja uma vaca, dá pra ver que ela está mesmo assustada quando sai seguida pelo escroto. Não gostei dessa merda. Sugerir uma trepada a uma gata, tudo bem, mas *ordenar* que a garota trepe quando ela não pode recusar... bom, isso não está certo, caralho. Quando eles somem, Saskia me lança um olhar amedrontado, como se quisesse que eu faça algo. O que eu posso fazer? Não tenho porra nenhuma a ver com isso, só vim aqui pra dar uma ajuda ao Bichona e à porra do seu cunhado. Então digo a ela discretamente: — Você me avisa se a Jinty aparecer.

— Mas você pode ligar pra cá.

— Não quero falar com aquele risadinha — digo, apontando em direção ao quarto onde Kelvin provavelmente está fazendo Andrea sofrer. Mantenho a voz baixa, porque as garotas parecem odiar Kelvin, mas neste tipo de esquema sempre existem alcaguetes.

Ela olha pra mim por um segundo e rabisca seu número em um pedaço de papel.

Eu volto pro carro, nem um pouco satisfeito. Digito o número de Saskia e mando uma mensagem: *Qualquer notícia da Jinty, você me grita. Terry. bj*

Pois é, há umas belas trepadas ali, e a porra do Bichona mandou que eu me servisse à vontade, por conta da casa. Mas que se foda; mesmo que seja de graça, a gente sempre quer estar com uma gata que curta o lance, feito a tal da Jinty, e não com uma que esteja só batendo a porra do ponto. Além disso, com a jeba que eu tenho, elas é que deviam estar me pagando pela porra dos *meus* serviços! Claro! A tal da Jinty já conhecia o esquema, e fico imaginando quando ela vai voltar.

Uma mensagem de Saskia chega voando: *Sim, e por favor, faça o mesmo se tiver alguma notícia. S.*

Garota legal. Mas eu não sou a favor da prostituição. Não é certo que garotas como essa Saskia sejam obrigadas a vender o corpo por grana. Dá muito mais dinheiro fazer alguns filmes pornô pra gente como eu e Sick Boy. Só que eu não quero mencionar isso, porque a coisa pode chegar ao Bichona e ele me acusar de aliciar suas funcionárias, ou pior ainda, tentar se intrometer na porra da nossa jogada. Eu já estou enrolado demais com o filho da puta.

Chegando à Easter Road, vejo o tal gerente novo, aquele que veio de Dublin, saindo de uma loja com o *Evening News*, de modo que dou uma buzinada e aceno pra ele. Só pode ser melhor do que aquele último puto imprestável. Então pego um passageiro na London Road. É outro puto com cara de fuinha, que logo me pergunta: — Por que pegamos este caminho?

— Bondes... sistema de mão única... desvios... prédio da Câmara...

O telefone toca e é a Sal Suicida. Vou encontrar com ela em Grassmarket, onde largo esse escroto miserável. O muquirana filho da puta só me dá uma gorjeta de cinquenta *pence*, porra. Enquanto isto, a Central já começa com babaquice:

POR FAVOR, PEGUE UMA CORRIDA EM TOLLCROSS.

Só que não é a Big Liz, portanto aqueles putos que vão chupar a porra do meu pau, se conseguirem colocar os lábios tensos feito cus em volta dele. Eu digito de volta:

ACABEI DE PEGAR UMA CORRIDA EM GRASSMARKET.

Sal entra no táxi, e agora está com uma aparência muito melhor. É como se já houvesse um pouco de vida nos seus olhos. Nada como uma boa trepada pra recolocar tudo em perspectiva, caralho! Pode crer!

A melhor coisa de se comer uma gata na traseira de um táxi de *verdade*, feito os antigos, é que depois da trepada ela não pode sentar na frente com você. Existe uma pequena distância agradável, não é?

— Onde a gente vai dar uma trepada? — digo, virando pra trás. — Você vai transar em grande estilo, com todos os buracos preenchidos, porque eu trouxe um amiguinho aqui comigo.

E levanto o vibrador que geralmente mantenho embaixo do banco. Ela ergue uma sobrancelha matreira. Essa não tem nada de boba; sabe que só isso já faz minhas bolas chacoalharem, tremerem.

— Todos os taxistas de Edimburgo são pervertidos sexuais viciados em drogas?

— Só aqueles com quem vale a pena conversar!

Ela dá uma risadinha diante disso. — Podemos ir para o meu hotel. Tenho um quarto no Caledonian até amanhã, quando preciso voltar para a casa da minha mãe em Porty.

— Beleza – digo. – Vamos viver a vida enquanto você tem o espaço!

Eu gosto de foder na traseira do táxi, mas uma suíte de luxo também cai bem, feito uma luva. Uma coisa que aprendi ao longo dos anos: se o destino lhe deu um cacete feito um cavalo (não o pau de um cavalo, mas o *cavalo* em si), ora, porra, use o troço. Mas se ele lhe deu uma língua feito o cachecol do Doctor Who, você precisa é acioná-la. Então chegamos à cama de um quarto elegante. Vou direto pro andar de baixo, lambendo tudo feito um debiloide diante de sorvete, e já bancando o abusado com o vibrador. Sal fica um pouco tensa no início, mas algumas garotas só precisam de uma ajudinha pra se liberarem sexualmente. Tudo é negociável. É como eu sempre digo: vá se foder significa não, não significa talvez, talvez significa sim, e sim significa anal. Pode crer!

Então, logo estamos suando pra valer, e ela fica pirada, subindo em cima de mim, e a certa altura quase arrancando a porra do tapete no meu peito! Jesus Todo-poderoso! A coisa vira uma sessão louca, até passando naquilo que eu chamo de "teste de arrependimento pela câmera ausente". Isso acontece quando você trepa tanto que até parece um filme pornô, e pensa: "como eu queria ter gravado tudo isso aqui."

Ficamos deitados ali na cama, e pelo serviço de quarto pedimos uma garrafa de vinho tinto com um sanduba. Eu não deveria beber e dirigir, mas tenho uma paradinha já malocada pra me reanimar depois. Sal começa a falar em abandonar Londres, e em arrumar um lugar pra morar aqui mesmo.

— Já cansei de lá – diz ela, olhando pra mim com uma expressão que não sei direito qual é. Quer dizer, nem posso falar nada: onde ela mora é problema dela. Tenho vontade de dizer: nem pense em se mudar por minha causa, caralho! Não sou esse cara. Gatas piradas, carentes, malucas, sugadoras de energia e destruidoras de almas, sim, mas com mais frequência umas trepadas geniais pra caralho. É sempre bom passar algum tempo com elas, e sempre um alívio se afastar delas.

Então gasto o dia inteiro nessa brincadeira e, quando entro de volta no táxi, abro a porra de um sorriso grande feito uma mancha de óleo em um recife de coral. Vejo passar uma garota de cabelo preto com um casaco vermelho, e por um instante acho que é Jinty, mas não. Dou uma ligada rápida pra Saskia lá na sauna, mas ainda não houve sinal dela. Então recebo uma chamada de Ronnie.

— Podemos ir a Haddington amanhã? Quer dizer, já é seguro viajar?
— Sim, claro que é.
— Serão canceladas as restrições apenas a viagens de emergência?
— Não há mais restrições a viagens. O furacão já passou.
— Vocês aqui são esquisitos pra caralho – diz ele. – Pela manhã nós combinamos como fazer.

Ronnie desliga.

Depois de mais duas corridas, sendo que em uma delas eu até pego o número de uma madame elegante, mas com cara de tarada, lá de New Town, Sal liga outra vez, e eu não consigo resistir à ideia de voltar ao hotel pra uma segunda sessão, que é mais insana ainda do que a primeira. É só foder, limpar o minibar, traçar umas carreiras e depois repetir tudo isso até a exaustão. Exaustão dela, obviamente, e não minha, claro.

Na manhã seguinte, eu acordo e vejo que o lugar está um lixo. Uma foda de estrela do rock! Então descemos pra tomar o café da manhã, os dois de olhos inchados. Um porteiro todo elegante, metido a besta, um babaca que mais parece um *concierge* francês com aquele uniforme de retardado, vem chegando perto. Dá uma olhadela pra nós e diz: — Um cavalheiro geralmente se barbeia antes do café.

Puto abusado. Então eu digo: — Eu prefiro esperar até estar completamente acordado. Do contrário, a gente se arrisca a cortar os culhões.

Isto cala a boca do escroto, que fica parado ali como se alguém tivesse enfiado um ferro em brasa naquele cu arrombado. Sal Suicida solta uma gargalhada diante disso, o que é bom. É lindo ver Sal rir assim. Uma gata inteligente, gostosa e ainda jovem, com tanto talento, tentando se matar? Ela escreve peças e tudo! Antigamente, eu mal conseguia escrever a porra do meu nome pra assinar um documento. Ela sabe fazer tudo isso, e quer pular da porra de uma ponte? Só pode ser pirada pra caralho! Claro que é, esse é o problema!

Em todo caso, o café da manhã completo parece bom, mas eu apalpo os pneus na minha cintura e penso: talvez seja melhor me ater a um mingau com amoras. O telefonema pra fazer o tal filme pornô pode rolar a qualquer momento: Sick Boy sempre dá muito pouco tempo de aviso prévio quando está pronto pra rodar. Não é como em Hollywood, onde você ganha uma boa grana por um filme, e dois meses depois já está rodando o próximo. Aqui você precisa estar pronto. De modo que só peço isso mesmo.

Quando o prato chega, Sal diz: — Nunca pensei que você fizesse a linha saudável.

— Eu gosto de aveia — digo com uma piscadela. — Talvez uma trepadinha depois?

— Você é um monstro — diz ela, balançando a cabeça. — Viciado total. Não consegue passar algumas horas sem fazer sexo!

— E não é?

— Deveria frequentar um grupo de viciados em sexo.

— Talvez eu faça isso mesmo — digo rindo, mas já pensando que é algo a considerar. Tudo é possível. Mas este mingau, que diferença de categoria! Minha velha nunca fez um mingau assim!

17

Indiferentes ao fenômeno

O pub já não está enfumaçado, mas os fantasmas de antigas baforadas de cigarro parecem permanecer ali dentro. Em um canto perto da jukebox, os gêmeos Barksdale estão sentados, curtindo uma ressaca simbiótica, com alguns camaradas mais animados: Tony, Stuart Letal e Deek. Um jornal, *The Daily Record*, está aberto sobre a mesa diante deles, com uma reportagem sobre como os ursos pandas recém-chegados enfrentaram o furacão no zoológico de Edimburgo.

"Eles pareciam notavelmente indiferentes ao fenômeno", disse um tratador veterano. "Parece até que já absorveram um pouco do famoso estoicismo escocês."

Os lábios de Evan Barksdale se comprimem, quando Jonty MacKay entra no bar e pede um copo de leite. O leite é servido por Sandra, a atendente do bar, com muita gentileza, pensa Jonty.

— Aí está, Jonty.

Claro que Jonty tem consciência de que os rapazes lá do canto estão olhando para ele com o leite. Então Craig Barksdale berra de lá.

— Você pegou alguma doença, Jonty? Tipo sexualmente transmissível? Uma gonorreia?

— Nada disso, nada disso, só estou tentando não beber — diz Jonty, balançando a cabeça. — Beber demais é ruim pra gente, certeza.

— É porra nenhuma!

— Leite no Pub Sem Nome? O politicamente correto pirou de vez! — diz Deek.

Jake, que está polindo copos atrás do balcão, olha para Jonty e diz:
— Esse leite aí é por conta da casa, parceiro.

— Obrigado, Jake, pois é, obrigado...

— Ouvi dizer que você é bom de pintura, Jonty.

— Pois é, a pintura, certeza, pois é...

— Não quer pintar este pub aqui? Mas teria de ser de manhã bem cedo, porque não posso fechar o bar. E você mora do outro lado da rua!

Jonty reflete sobre o assunto. Um dinheiro a mais seria bem-vindo.
— Pois é, Jake, eu posso levantar cedo, certeza...

Evan Barksdale, que ouviu o diálogo, ergue os olhos do jornal sobre a mesa. Ao se juntar a eles, Jonty ouve Evan declarar: — Essa porra desse negócio dos pandas... eu sabia que tinha algo de errado nisso. Viram que eles já admitiram que são uns católicos escrotos?

Tony se intromete: — Os dois pandas que o zoológico recebeu da China são católicos escrotos?

— Isso mesmo.

— Qual é?

— Estou dizendo a você, porra.

— Sai dessa!

O olhar de Jonty vai de Evan para Tony.

— Pare de fazer isso com os olhos, seu panaca — diz Evan. — Até parece que ele está na porra de Wimbledon! Ha, ha, ha, ha!

Uma gargalhada ressoa ao redor da mesa. — Ha, ha, ha, ha!

Jonty fica imaginando o que eles querem dizer com aquilo. Não há tênis ali dentro do pub.

— Já batizaram um deles de "Sunshine", como "Sunshine on Leith", e estão dizendo que ele é torcedor do Hibs — diz Evan Barksdale. — São uns chineses vagabundos, católicos safados. Bem quando a porra da Câmara dá pra trás na promessa de nos ajudar a ter um estádio novo!

— Você não está errado, Barksie — interrompe Stuart Letal. — Lembra que aquele vagabundo do Riordan foi jogar na China? E logo depois, a gente fica sabendo que havia dois pandas vindo pra porra de Edimburgo? Não demora muito aqueles putos nojentos dos Proclaimers vão estar fazendo um show lá!

— Ha, ha, ha, ha! — Tony ri.

— Pois é, você pode rir pra caralho, mas isto não está certo. — Evan Barksdale abana a cabeça e olha para Jonty. — O que você me diz desta porra, Jonty?

— Eu gosto dos pandas, certeza, é sim, mas acho que eles estão pouco se lixando pro Hibs ou pro Hearts. Com aquelas cores, é mais provável que torçam pelo Dunfermline ou pelo St. Mirren. Certeza, preto e branco, certeza. Pois é. Pois é. Pois é. Dunfermline. Pois é. St. Mirren. Pois é.

— Ele pegou você nessa, Barksie — diz Tony.

— Fodam-se os pandas — debocha Evan Barksdale. — Nem vejo por que esses idiotas são tão importantes. Não conseguem trepar uns com os outros nem pra se salvar da extinção, e também não querem mudar de alimentação.

— Um urso politicamente correto — diz Deek. — Que louco!

— Outra rodada? — diz Craig Barksdale, apontando para os copos já quase vazios. — Tennent's?

— Sim. Tennent's — diz Tony.

— Sim. Então peça outra torta pra mim, seu puto — apela Stuart Letal. — Vou dar o dinheiro a você!

— Sim, Tennent's — diz Evan Barksdale.

Craig Barksdale vira-se para Jonty. — Você vai querer o quê?

— Nada, nada mesmo, estou bem só bebericando o meu leite, é.

Craig Barksdale revira os olhos, mas fica bastante aliviado que Jonty tenha recusado uma cerveja.

— Pois é, eles não trepam, a porra dos pandas — diz ele ao irmão.

— Porra, bem que eu gostaria de uma boa trepada agora mesmo — anuncia Tony.

— Ha, ha, ha, ha!

— Mas então, você não vai fazer da Jinty uma mãe de família, Jonty? — pergunta Tony.

— Ha, ha, ha, ha! — Todos ficam sentados nas cadeiras em volta, estudando a reação de Jonty.

— Não — diz Jonty, de crista baixa. — Não mesmo. Não.

— Pois é, criança custa dinheiro pra caralho, Jonty — diz Tony em tom triste. — A sua vida não é mais sua. Mas sempre é bom dar um filho a uma gata, porque assim ela não vai transar com outros caras, a menos que seja uma verdadeira piranha, é claro. Uma piranha de verdade vai sair trepando por aí, e não há nada que você possa fazer a respeito. Mas ouça bem as minhas palavras, Jonty, dê um filho a uma garota... só um ou dois, entenda bem, porque mais do que isso destrói a gata no departamento xota. A trepada nunca mais é a mesma depois de um filho. A minha Liza só se recosta e aceita. Nenhum entusiasmo... — Ele balança a cabeça com tristeza. — Quando você trepa com a Jinty, ainda é como era no começo, Jonty?

— Não — diz Jonty, já se sentindo muito triste. Porque não era mais assim.

— Esta conversa está ficando deprimente pra caralho — grita Evan Barksdale. — Mas isso é por causa da porra do Natal que está chegando.

— Então, é pra ser a época da boa vontade — diz Stuart Letal. — Algum corno aí tem pó? Algum corno aí quer ligar prum filho da puta qualquer?

Jonty já não aguenta mais e se levanta da cadeira, dizendo: — Eu preciso ir, é, preciso mesmo.

— Pois é, tem dinheiro aí — contesta Evan Barksdale, ainda ouvido por Jonty. O adversário eleva a voz, enquanto ele já sai do pub. — Esse putinho safado ainda vai pintar o pub! Quando foi a última vez que ele pagou a porra de uma rodada? É isto que eu estou dizendo, Tony.

Jonty sai porta afora e ruma rua abaixo, raciocinando que é injusto ele precisar pagar uma rodada de bebidas, se só está bebendo leite de graça. Já começou a esfriar novamente, mas a chuva parou, embora a calçada esteja enegrecida de umidade, formando uma camada de geada com desenhos que fascinam Jonty. Impulsivamente, ele bota a sola do sapato em um deles, destruindo a intrincada ornamentação, e é quase levado às lágrimas por um gesto seu ter provocado a eliminação de algo tão belo.

Um jornal gratuito, jogado fora na calçada, distrai Jonty daquela dor. Ele apanha o jornal.

Pouco depois que volta ao apartamento, a campainha toca. Jonty mantém a corrente presa ao portal, e só abre a porta até o parco limite dos elos. Uma jovem olha para ele, torcendo o nariz como quem sente um cheiro ruim, e Jonty tem de admitir que o apartamento anda um pouco sujo, já que Jinty está doente. A casa precisa ser limpa. Ele precisará se esforçar mais.

— A Jinty está? — diz a garota, que parece estrangeira. Polonesa, talvez. — Sou a Saskia, amiga dela no trabalho.

— Não. Não, ela não está, não mesmo, não não não — diz Jonty, negando com a cabeça. Depois, pensando no Pub Sem Nome, informa a Saskia. — E ela também não vai voltar praquele lugar. Eu sei de tudo que acontece naquele lugar! Sim, eu sei! Coisas sujas! É, é...

Saskia cruza a mão sobre o peito, em um gesto que Jonty lê como indicador de vergonha, e diz: — Desculpe, eu sei que não é bom, mas eu precisava ganhar dinheiro...

— Porque é errado o que acontece naquele lugar!

Então Saskia baixa a cabeça e se afasta dali, pensando na sua família em Gdansk, que ficaria arrasada se soubesse de onde vinha o dinheiro que ela mandava para eles toda semana via Western Union, enquanto Jonty fica refletindo sobre Barksie, aquela cocaína maléfica e o que aquilo já fez com todos eles. Uma fúria borbulha dentro dele. Para se acalmar, ele apanha o jornal gratuito e vai lendo devagar.

Os fumantes escoceses já foram elogiados por seu heroísmo ao enfrentarem elementos extremamente inóspitos, como o devastador furacão conhecido pelo nome de "Bawbag" (versão chula de scrotum) pelos habitantes locais. Enquanto a tempestade chegava ao máximo da fúria, por volta de uma hora da manhã, grupos de fumantes saíam espontaneamente dos bares de Grassmarket, em Edimburgo, entoando uma versão desafiadora e vibrante da canção patriótica "Flor da Escócia". No entanto, em vez de resistirem ao "orgulhoso exército de Eduardo II", tal como na consagrada letra de Roy Williamson, eles substituíram o trecho por "Furacão Bawbag". Hugh Middleton, um estucador de 58 anos, afirmou: "Nunca vi algo assim. A gente ficou simplesmente urrando a nossa canção noite afora. O mais espantoso é que o furacão pareceu amainar depois disso. De modo que realmente mandamos o furacão 'voltar para casa e pensar melhor'. Acho que o recado é: se você vier à Escócia e se comportar, será bem tratado. Mas se passar dos limites..."

Os políticos se apressaram a cobrir de elogios os bravos fumantes. O deputado escocês George McAlpine disse: "Os fumantes escoceses passaram por um período ruim ultimamente, mas demonstraram grande força interior e uma coragem inspiradora."

Jonty sente uma explosão de orgulho, e lágrimas prateadas escorrem por suas faces. Ele até gostaria, apesar dos riscos à saúde, de ser um fumante.

Já recomeçou a chover forte. Pancadas de água gélida chicoteiam o ar. Saskia ergue a gola, fazendo uma careta de desespero, enquanto a água fria escorre por sua nuca. Quando ela se aproxima de Haymarket, soa uma buzina e um táxi aparece ao seu lado.

— Entre aí, princesa!

Saskia olha para o sorriso largo e a cabeleira de mechas encaracoladas.

— Eu não tenho dinheiro...

— Ei! Você está falando comigo! Entre aí!

Ela não precisa ser convidada uma terceira vez.

Enquanto eles cruzam a cidade, Terry reflete sobre o ditado: "mais vale um pássaro na mão do que dois voando." Ele conclui então que aquela passarinha na sua mão é algo que não tem preço... a menos que você esteja na Liberty Leisure. E é nessa direção que ele está indo com Saskia.

— Eu fui ver Jinty, mas ela não estava, e o namorado falou que ela não vai voltar. Acho que ele sabe o que ela fazia e mandou parar.

— Bom, isso é uma pena — diz Terry, curtindo a afetação edimburguiana no sotaque de Leste Europeu de Saskia. — Eu gostava daquela garota. Durona pra caralho, e um pouco louca, mas era legal. Pra onde ela foi?

— Ele não falou. Aquele namorado dela é um homem estranho.

— Todos nós somos, gata, e vocês também.

Terry sorri para ela, recebendo de volta um sorriso que afasta as preocupações de Saskia e muda a sua expressão, revelando uma beleza intensa e paralisante, que incendeia Terry por dentro.

Sua safada...

Em momentos de candura, Terry admitia que se dava muito bem com garotas feridas. Alguém que tivesse uma carreira própria, dinheiro no banco e nenhum problema de saúde mental... isso era ótimo por um tempo, mas elas tendiam a se cansar dele logo, depois que recebiam suas rações de Velho Guerreiro. As malucas davam um trabalhão, sim, mas viviam voltando em busca de mais.

— Quando termina o seu plantão? — pergunta Saskia.

— Assim que largar você pra começar o seu, eu acabo. Preciso ir encontrar um parceiro.

— Posso saltar aqui, se for mais fácil pra você...

— Sem problema, está tudo bem. — Terry confere as horas no painel do carro. Dez minutos depois, ele se entristece um pouco ao vê-la sair do táxi, a uma distância discreta da sauna. Não há qualquer pacto formal entre os dois, mas ambos sabem que não seria bom serem vistos juntos por Kelvin.

Então ele parte ao encontro de Ronnie Checker no Balmoral. Terry nota que Ronnie está com cara de bobo. *Que bom ver esse ricaço escroto, tão gabola na TV, com ar de quem se portou feito um verdadeiro retardado!*

— Pra onde, Ronnie?

— Aquele lugar em Haddington.

— Então você sobreviveu ao Bawbag — provoca Terry.

— Sim... sinto muito por aquilo. Acho que fiquei meio histérico. Sabe, eu vi o Katrina, como membro de uma força-tarefa bancada pelo governo — mente Ronnie. — Aquelas pessoas não queriam a nossa ajuda, a nossa liderança. Não foi culpa da administração federal... a mídia liberal distorceu tudo. Mas eu vi um monte de merdas. Acho que esperava algo na mesma escala aqui.

— Pois é, não foi um grande furacão... pelo menos eu não notei — diz Terry, alisando a virilha. — Na hora, estava ocupado com o meu próprio tornadozinho.

— Que diabo... aposto que estava! Aquela garota era bem animada, Terry — declara Ronnie, logo baixando o tom de voz e franzindo rapidamente os traços do rosto. — Sabe, sempre foi uma fantasia minha foder com ódio uma dessas piranhas militantes do Ocupem as Ruas! Ela não tem umas amigas, não?

Terry não sabe direito o que Ronnie quer dizer, mas é levado a refletir sobre os encontros sexuais que já teve com a mulherada fina. Sim, os opostos podem se atrair, principalmente no quarto. Pelo menos a curto prazo.

— Não tenho certeza, mas vou perguntar a ela, parceiro.

Eles rumam para East Lothian, que parece ter passado incólume pelo furacão. Em um trecho do bosque que leva à praia, os dois saltam e olham ao redor. Ronnie está animado, com o vento agitando o penteado moicano sobre seu crânio feito uma escova.

— Imagine se este lugar fosse um campo de golfe supermoderno... era só derrubar aquelas árvores, aplainar e embelezar a área em torno, construir alguns apartamentos de luxo... que diabo, podíamos revitalizar este buraco!

Terry acha que a paisagem está bem assim mesmo, mas fica calado. Nesse ramo, é bom sempre agradar o cliente. Eles que fiquem obcecados com o que quiserem. Afinal, todo mundo tem suas obsessões, até ele próprio, admite Terry.

— O que você acha? — pergunta Ronnie, esmagando um pouco de mato molhado sob o salto do sapato.

— Mas esses filhos da puta não têm visão alguma, parceiro — retruca Terry, ainda tentando descobrir se aquele papo de Ronnie significa "precisamos nos libertar das algemas de Westminster", ou "somos idiotas que não conseguiriam administrar o lugar por conta própria".

Ainda sem conseguir decidir, ele arrisca: — Mas não quero falar mal de ninguém, entenda bem. Só que preciso dizer... eu gosto do bosque. Não podemos acabar com tantos lugares pra trepar ao ar livre.

Ronnie mal parece registrar o comentário, pois está respirando profundamente, enchendo os pulmões. Depois admite: — O ar aqui é mesmo muito fresco e doce.

A próxima parada é a Câmara de Haddington. Terry tem boas lembranças dessa cidade, com imagens de uma garota local dançando em sua mente. Assim que ele estaciona, um homem sai do prédio, saudando Ronnie e levando-o para dentro. Terry fica vendo os dois entrarem no velho prédio da Câmara. Depois se espreguiça e boceja.

A chuva parou e o céu já clareia, enquanto nuvens escuras avançam para oeste com intenções ameaçadoras, abrindo um trecho azul-claro. Terry sai do táxi, vê o computador de Ronnie no banco traseiro e volta a entrar no carro, abrindo displicentemente o aparelho, que continua ligado. Ele acessa a rede, procurando seu site de jogos predileto, e fica tentado a apostar em um azarão no hipódromo de Haydock. Resiste, porém, e vai para o X-tra Perversevere, o site pornográfico de Sick Boy. Sente um desejo exibicionista de mostrar a Ronnie *A explosão da bomba sexual*, que ele considera seu melhor trabalho recente. O enredo culmina na tentativa, por parte de Terry, de fazer gozar uma frígida agente da al-Qaeda, interpretada por sua amiga Lisette, que está ligada por controle remoto a um conjunto de explosivos nas cavernas de Bora Bora (filmado perto de Dover), de modo que seu orgasmo detonará tudo e derrubará a rede terrorista inteira. Ele acha que isso se encaixará bem na visão política de Ronnie. Então fica encantado ao ver que Sick Boy finalmente disponibilizou o filme pornô-*hooligan* que eles fizeram no ano anterior. *Máfia bruta* é sobre um grupo de torcedores marginais que descobrem que seus principais adversários levaram suas namoradas para Maiorca. Eles drogam o bando da torcida adversária, e mais tarde filmam com as garotas dos rivais uma orgia total, que exibem no telão do estádio durante a partida seguinte entre os dois times. Só que é preciso apreciar a crueza desse filme com calma, e, no fim do trailer, Terry fica satisfeito ao ver que os pneus nos seus quadris não sobressaem.

Ele decide que talvez não seja bom deixar Ronnie saber que andou mexendo no computador, então vai até o histórico para limpar tudo. Depois de completar o procedimento, percebe que a caixa postal de Ronnie continua aberta. Então lê algumas mensagens, todas bem entediantes e inócuas, embora uma, obviamente vinda do advogado da ex-mulher de Ronnie, pareça um pouco sinistra. A que mais mexe com Terry, porém, chegou naquela manhã mesmo:

Caro sr. Checker

Confirmo que é do nosso interesse sua recente oferta de $100.000 pela remanescente garrafa de Bowcullen Trinity que possuímos. No entanto, sinto-me obrigado a informar que recebemos uma proposta também de outra parte, localizada na Europa.

Com isto em mente, sugiro que o senhor venha nos visitar na Destilaria Bowcullen, onde poderá almoçar e gozar da famosa hospitalidade das Highlands, a fim de examinar esse item de colecionador tão raro e altamente valorizado.

Atenciosamente,
Eric Leadbitter-Cullen
Presidente, Destilaria Bowcullen

— Cem mil pela porra de uma garrafa de uísque? — arqueja Terry em voz alta, fechando o computador, enquanto do prédio emerge Ronnie, distraído por uma conversa animada com um homem robusto, que usa um terno de tweed.

Terry salta e vai em direção aos dois, enquanto o sujeito aperta a mão de Ronnie e volta para o prédio da Câmara.

— Tudo bem, parceiro?

— Claro que sim, Terry. — Ronnie sorri. — Nossa próxima viagenzinha será às Highlands. Você conhece a Destilaria Bowcullen, em Inverness-shire?

— Não, mas logo conhecerei, parceiro — diz Terry sorrindo e imaginando como uma garrafa de uísque podia valer cem mil dólares, mesmo que fosse em dinheiro eletrônico americano.

18

As lições do Bawbag

Está tudo frio, e com correntes de vento, quando eu levanto do sofá. Um sono todo aos pedaços, cheio de pedaços, foi sim. Mas não posso entrar no quarto, porque Jinty não está falando comigo. Não mesmo, não posso. Então fecho a porta sem olhar para dentro. Não há som algum, só um cheiro horroroso.

A friagem é como uma camisa nas suas costas; uma camisa branca e fria, mas que você não pode tirar, não pode mesmo. Lembro de uma vez, ainda moleque, em que caí dentro da água no porto de Newhaven. Meu pai, o pai verdadeiro Henry, desceu a escada de ferro e me agarrou. Depois me puxou pra fora, ou eu teria me afogado. E eu não conseguia tirar das minhas costas aquela camisa gelada. Minha mãe, que na época ainda não era tão gorda, começou a desabotoar a camisa, e eu fiquei berrando que ela se apressasse, foi sim, berrando. Estava muito frio. Que nem agora, certeza, que nem agora. Meus pés estão bem, sem problema, não estou preocupado com meus pés, mas minhas costas e minhas mãos...

Reviro as almofadas do sofá e encontro umas moedas: de uma libra, de cinquenta pence, de cinco pence, e mais uns cobres! Já sei aonde vou! É, já sei mesmo, já sei mesmo.

Então vou ao Campbell's em busca de calor. De todo jeito, é melhor do que o tal de Pub Sem Nome! Ali dentro o calor é grande, é sim, bem grande. Vejo um jornal aberto: é o *Scotsman*, bem chique, e todo sobre o furacão Bawbag. Pois é.

Pode-se dizer que a vida pós-furacão jamais será a mesma. As lições do Bawbag foram que os escoceses, mais uma vez, perceberam que estavam de volta ao centro do mundo, o que nos parece ser a reação comportamental apropriada para este tipo de calamidade natural, ainda que no contexto de uma Grã-Bretanha forte e livre, e com uma presença militar poderosa para auxiliar nossos aliados americanos em sua busca altruísta pela manutenção da paz no mundo.

Eles não estão errados, não mesmo, não estão errados. A vida nunca mais será a mesma. Mais do que a cocaína, do que o gêmeo Barksie, ou até do que aquela turma no Pub Sem Nome, foi o Bawbag que fez tudo isso!
Ah, Deus. Ah, Deus.
Vejo Maurice, o pai de Jinty, entrar e viro de lado. Ele meio que se empoleira junto ao balcão. Está usando um belo casaco amarelo. Parece até que um canário gigante entrou no bar, e que o balcão é o seu poleiro. Mas ele já me viu. Ah, Deus, ele me viu, viu mesmo.
— Jonty!
Só me resta largar o tal jornal grã-fino e rumar pra lá com minha cerveja.
— Casaco bacana esse aí, Maurice, meio amarelo-canário, certeza. Parece muito confortável, parece mesmo, certeza, Maurice. Casaco amarelo-canário. Pois é. Amarelo-canário.
Maurice esfrega a manga do casaco com o polegar e o indicador.
— Não se vê muitos destes por aí, Jonty.
— Usando isso, você nunca vai ser atropelado em uma manhã escura — diz o barman.
Maurice aparenta levar a coisa a mal, fazendo uma careta, mas depois abre um sorriso.
— Não, isso não vai acontecer mesmo! — diz ele. Depois vira pra mim. — Pois é, Jonty! Eu nunca vou ser atropelado ao atravessar a rua usando isto!

Eu simplesmente rio. — Não, não vai mesmo, certeza, certeza, certeza, não vai ser atropelado usando isso! Não vai mesmo, Maurice, certeza.

Então um sujeito parado no outro canto do balcão, e que parece meio bêbado, diz: — A menos que se trate de uma execução sumária por crimes contra a moda.

Maurice está segurando o balcão, e os nós dos seus dedos embranquecem. — Gente ignorante é sempre invejosa, já notou, Jonty? Já notou isso?

O sujeito simplesmente sorri, como se não desse a mínima.

— Pois é, mas não morda a isca, Maurice, não morda a isca, não mesmo, não mesmo. A isca.

Graças ao bom Deus, o sujeito se vira prum amigo, e aparentemente Maurice resolve esquecer o assunto.

— Eu não quero voltar pra cadeia, Jonty, não na minha idade — diz ele. Seu rosto, alegre um minuto atrás, fica todo sofrido. — Já não sou jovem, Jonty. Agora eu não aguentaria passar mais um tempo na prisão...

Ele olha de volta pro sujeito, que está conversando com o amigo, um cara mais jovem, e arremata: — Por causa de escrotos invejosos feito você!

— É inveja, Maurice.

— Pois é... todos eles ficam sentados no banheiro, dando umas fungadas esquisitas — diz ele, imitando o som. Eu até faço uma careta, pensando em Jinty. — Mas aos fumantes escoceses não são dados os mesmos direitos! Não, nós temos de ir lá pra fora, debaixo de chuva, enquanto os viciados em drogas, esses drogados invejosos, têm liberdade pra infringir a lei sempre que quiserem dentro dos banheiros!

— Certeza, é inveja mesmo — digo eu. — Porque esse é um belo agasalho, Maurice. Bem quente, aposto!

— Você nem acreditaria, Jonty! — diz Maurice, já se alegrando novamente. — Ontem à noite, eu saí durante aquele furacão, a porra do tal de Bawbag, ou seja lá que nome tenha aquela merda... o furacão estava em plena Gorgie Street, e eu não senti coisa alguma! Nada!

— É mesmo? Aposto que não! Esse casaco é demais! Enfrentaria até o Bawbag, e poria o furacão no seu lugar! Aposto que sim!

— Você não está errado, Jonty. — Maurice ri. Depois mergulha o punho da manga na sua cerveja Tennent's, esfrega uma mancha ali e diz: — O único problema é que mancha à toa. Isto aqui foi um pouco de molho que caiu do meu pão com bacon lá no café.

Ele dá de ombros e arremata: — Mas foi culpa minha, eu botei molho demais.

— Demais.

— Pois é, foi demais, Jonty, é fácil fazer isso — diz ele, já com o olhar triste outra vez.

— Muito fácil fazer isso, Maurice, porque nada é melhor do que um pão com bacon e molho, certeza, certeza, molho, certeza, pão com bacon, certeza.

— Pois é, e você tem a minha Jinty pra fazer tudo isso. A Jinty sempre fez um bom pão com bacon, reconheço isto nela. Com aquela salsicha quadrada e tudo! Os ingleses não têm isso! Não têm mesmo!

— Os ingleses não têm isso?

— Têm porra nenhuma! Eu já trabalhei lá na Inglaterra, Jonty... Cambridge, Lancaster, Luton... e comi café da manhã completo em toda parte. Nenhum deles tinha a nossa salsicha quadrada. Fiquem espertas, caralho, dizia eu pras proprietárias que serviam o café da manhã nas pousadas onde me hospedava... a porra da salsicha quadrada! Foi feita já pro pão!

— Certeza, foi feita pra isso!

— A minha Jinty... um pão com bacon, um pão com ovo, e um com a salsicha quadrada, né, Jonty! Foi a mãe que ensinou isso a ela!

— Certeza, aposto que foi!

Maurice bebe um gole da cerveja. — Como ela está? A Jinty? Não tem aparecido ultimamente. Aposto que recebeu algum dinheiro!

Ah, não... sinto uma dor no coração quando ele pergunta isso.

— De jeito nenhum, ela agora só anda mais calma, é, anda mais calma — digo a ele, mas sem querer ouvir Maurice contar histórias sobre sua esposa morta, a mãe de Jinty.

— Aquela ali é igual à mãe dela – diz Maurice, com os olhos vidrados como se já fosse chorar.
— É, é, deve ser...
— Igual à mãe, e diferente da mãe, se é que você me entende...
— Certeza... pois é... pois é... pois é.
— A mãe dela era uma grande mulher. Não passo um só dia sem pensar nela.

Pois é, as lembranças deixam a gente triste, mas eu já tenho as minhas próprias pra me entristecer, então termino a bebida e saio dali, saio mesmo, certeza. Digo a Maurice que preciso ir. Mas que é um belo casaco amarelo-canário, é.

19

Reunião de viciados em sexo

É um lugar sujo pra caralho e meio fedido; deve ter havido um casamento aqui outro dia. As cadeiras estão dispostas em semicírculo ao redor de um babaca, que se apresenta como Glen. Há umas vinte pessoas na sala, cerca de quinze são homens. Não vou arrumar porra nenhuma aqui! E como eu sou carne nova no pedaço, todos os olhos estão sobre mim, principalmente os do puto do Glen. Um escroto de rosto rechonchudo, franja loura e olhos sérios como os de alguns americanos, olhos que parecem *implorar*. Então eu me levanto pra que as gatas possam definir as linhas gerais do Velho Guerreiro (em semialerta permanente sob a apertada cueca de náilon que estou usando). Já exibindo na cara um sorriso acabo-de-cair-dentro-de-um-barril-de-xotas, eu simplesmente digo: – Meu nome é Terry e sou um viciado sexual.

Todos começam a me dar as mais sinceras boas-vindas: "Oi, Terry", "Olá, Terry"... essa merda toda. Percebo então que certa gatinha já registrou o que ela vai querer pro almoço! Ela tem cabelos pretos, lábios finos e apertados, com aquele brilho de pegadora no olhar. Ela cruza as pernas cobertas por meias de náilon, pra dar uma apertadinha abusada na buceta. Só pra fazer a xota acordar e ver que mais tarde haverá uma salsicha tamanho jumbo no menu! Puta que me pariu, já consigo sentir o Velho Guerreiro crescer três centímetros. Ela vai servir!

O Glen idiota me lança um olhar irritado quando eu me sento, mas estou cagando: já falei o que tinha de falar e coloquei a mercadoria em exibição. Hora de apenas relaxar pra ver quem morderá a isca e será fisgada. Então me recosto com a perna direita aberta e um pouco erguida, pra deixar o Velho Guerreiro se exibir plenamente junto à parte interna da minha coxa. Mas o tal do Glen não quer saber disso.

— Talvez, Terry, você pudesse nos dizer por que está aqui?

Dou de ombros levemente. — Essa é um pouco profunda. Por que qualquer um de nós está aqui, parceiro? Eu vim a esta reunião porque gosto de trepar. Pensei que encontraria alguns espíritos semelhantes. É o tempero da...

— Acho que você não compreende o sentido deste grupo — diz Glen com uma espécie de arquejo, já franzindo a cara. Alguns muxoxos são ouvidos pela sala.

Só que eu sei muito bem qual é esse tal de sentido, porque andei examinando as reações das gatas; a maioria delas tem os cantos da boca virados pra baixo, como vítimas de derrame, mas a gatinha morena, aquela que conferiu minha mercadoria à mostra, está quase às gargalhadas! Vou pra porra da minha casa com ela! Isto eu garanto!

Só que o puto do Glen continua falando montes.

— As pessoas deste grupo tiveram suas vidas destruídas por serem viciadas em sexo, e por agirem de forma inadequada diante de tais emoções...

Ele olha ao redor em busca de apoio, e um gordão escroto se levanta.

— Eu sou o Grant, e estou sóbrio há oito anos...

— Muito bem, Grant — diz Glen, enquanto os outros putos começam com todas aquelas merdas de "que bom pra você, parceiro".

Não consigo entender isso.

— Quando você diz sóbrio, quer dizer que não dá uma trepada há oito anos? Porque eu, se passasse oito anos sem dar a porra de uma trepada, não estaria sóbrio, estaria bebendo pra caralho!

Há alguns arquejos e abanos de cabeça diante disso, mas a tal gatinha à minha frente simplesmente tapa a boca com a mão pra abafar uma risada. Só que o puto do gordo, o tal Grant, já está quase chorando.

— Esse vício me custou toda a minha vida, minha família, minhas filhas lindas, e o amor de uma mulher fantástica...

Eu o interrompo. — Eu até consigo acreditar, olhando pra você, parceiro. Não quero ser mal-educado, mas você é um cara grandão... só que em todos os lugares errados, se é que me entende. E ficar sentindo pena de si mesmo... nenhuma gata quer saber disso...

Olho pras garotas ao redor, em busca de apoio. Feminismo em ação!

— Não... você não entende... estou sóbrio por opção...

Já estou ficando empolgado e pergunto: — Quando diz que está sóbrio, você quer dizer que nunca trepa?

O tal do Glen entra de sola. — Terry, você parece entender de forma fundamentalmente errada o sentido deste grupo. Nós estamos aqui para falar sobre as perdas devastadoras que nosso vício causou. Você também deve ter tido casamentos desfeitos, filhos afastados, relacionamentos destruídos...

Isso me coloca na chapa quente. Um mar de rostos, gatas, crianças, e a maioria das minhas xotas parece passar feito um clarão diante dos meus olhos. Bucetas raspadas no estilo brasileiro, ruivas, louras, mas elas logo são cobertas por uma floresta pulsante de espessas moitas pretas, coisa que me indica estarmos de volta à porra dos anos 1980.

— Pois é... eu também já passei por tudo isso. Não é muito legal, eu admito, porque não é, e, além disso, você precisa dar alguma coisa pras garotas... Mas vocês aqui, meus camaradas... são muito da turma do copo-meio-vazio. Eu já dei um monte de trepadas boas pra caralho com umas xotas de alta qualidade — explico. — Aconteceram merdas também, reconheço isso, mas não mudaria a porra de um minuto algum de tudo! Já fiz mais de vinte filmes pornô!

O puto do Glen percebe o rumo que a prosa está tomando e tenta desviar a conversa. — Olhe, este grupo tem o objetivo de enfrentar nosso vício, e não celebrá-lo.

Uma gata que parece xucra pra caralho, mas com quem eu ainda daria umazinha, vira pra trás e diz: — Típico mecanismo de defesa... não enfrentar a perda, a dor e o sofrimento que a doença do vício causa!

— Você pode falar sobre isso o quanto quiser, mas nossos primos italianos dizem: não se cospe no prato em que se come!

Bom, isso arranca algumas risadas, antes que tudo fique entediante outra vez e seja preciso ouvir os putos ficarem falando que trepar fodeu com a vida deles. Vão pro caralho com isso: se você pegar as fodas e espremer todas em uma equação, só vai sobrar a raiz quadrada de porra nenhuma! E a única porra de raiz com que eu me importo é o Velho Guerreiro, que já está endurecendo bastante. Calma, garoto...

A tal gostosinha de cabelo preto é uma safada total... bem devagar, ela me dá uma piscadela discreta. Sua puta! E logo recebe de volta minha piscadela de "estou a fim"! *Você aí, com esse cabelo preto retinto... vai sentir bem a porra do meu pinto! Eu garanto!*

É claro que, durante o intervalo do café, nós saímos porta afora, entramos no táxi e vamos até Pentland Hills. Eu paro em um local deserto, entro na traseira do táxi e logo estou metendo pra valer, em grande estilo!

Nós gozamos como a Inquisição Espanhola e depois ficamos sentados ali atrás, só arfando. Eu penso que é melhor saber o nome da garota. Detesto comer uma gata e esquecer de perguntar o nome dela, ou, o que é mais importante ainda, de dar meu próprio nome a ela. Mas é só pra que ela possa avisar as amigas.

— Eu sou o Terry, por falar nisso.

— Ouvi você falar isso na reunião.

— E você é...

Percebo que ela está muito angustiada, quase chorando. A culpa e o arrependimento não demoraram nada pra dominá-la.

— Eu sou *anônima*... ou pelo menos deveria ser, droga!

— Qual é?

As lágrimas começam a rolar, enquanto ela diz: — Fiz de novo! Tive uma recaída! Preciso ligar pra minha terapeuta...

A gata está invocada pra caralho: que cara feia! Em situações assim, você sempre precisa acalmar os ânimos.

— Está bem, princesa... vou levar você pra sua casa. Onde fica?

— No South Side — diz ela, afastando o rosto do telefone e depois voltando ao aparelho. Eu dou a partida no carro, mas deixo o microfone ligado, assim consigo ouvir cada palavra do telefonema.

— Kerry, é a Lorraine...

Ao menos já sei o nome dela.

— Eu tive um incidente... um taxista... ele tinha um pau enorme...

Vejo que ela olha pra mim, mas mantenho o olhar na rua. Só que aquilo é um bálsamo pro meu ego!

— Foi durante a reunião... sim, um pau muito grande, mesmo... sim, nós saímos da reunião durante o intervalo do café... não sei, mas era grande... estou muito perto da sua casa agora...

Ela bate na janela e diz: — Vire à direita na Rankeillor!

Puta que pariu, pra mim é praticamente na esquina! Então viro e estaciono. Há uma outra gata, um pouco mais velha, esperando na porta de uma escada. Ela olha pra mim quando eu salto do táxi, e eu vejo que a mulher está conferindo a silhueta do Velho Guerreiro, que já voltou ao modo semialerta.

— Oi. Eu sou a Kerry. Então você também estava na reunião?

— Prazer, Kerry. Eu sou o Terry... Terry e Kerry — brinco eu, mas a expressão da mulher permanece séria. Então digo: — Sim, estava.

Ela arregala bastante os olhos, enquanto se vira pra Lorraine. — Então o Terry também é vulnerável...

A morena Lorraine olha pra mim, toda confusa, antes de se virar novamente pra Kerry, que olha pra mim outra vez, com a cabeça mexendo loucamente, e diz: — Você também não deve ficar sozinho, Terry. — Depois ela se volta pra Lorraine. — Vocês dois... subam pra tomar um pouco de café. Precisamos processar isso.

Olha, nós processamos a porra toda muito bem! Eu passei a noite inteira com as duas lá! Queria que Sick Boy ainda morasse aqui... teria mandado o puto aparecer com sua câmera e registrado a noitada toda! A coitada da Lorraine só não ficou muito satisfeita pela manhã, tomando café com torradas, quando eu pedi dez paus a ela.

— Está no taxímetro, você pode conferir. Há um velho ditado no ramo dos táxis: a câmera pode mentir, mas a porra do taxímetro nunca mente!

— Mas...

— Desculpe, gatinha, mas não posso fazer qualquer exceção... é o meu ganha-pão.

Peguei a grana e deixei as duas lá. Verifiquei as chamadas e mensagens perdidas no celular. Uma pilha delas, todas de gatas. Minha agenda está totalmente tomada!

O celular toca novamente e eu atendo, porque é Jason.

— Terry... como vão as coisas?

— Bem, Jason. Bem, garoto. Adorando o trabalho no táxi, e quanto ao resto tudo anda correndo bem, entende? Escute, talvez eu tenha umas coisas pra você examinar, tipo documentos legais, sacou?

— Eu sou especialista em propriedades, Terry, mas eu só ajudo gente a comprar casas... não protejo gente que arromba casas.

— Ei! Eu não arrombo uma casa há anos!

— Fico feliz por saber. Escute, vou passar aí em breve. Tenho uma notícia. Acabei de ficar noivo da Vanessa. Provavelmente vamos esperar até o ano que vem, quando ela terminar o mestrado, para marcar o casório.

— Parabéns, parceiro. Ela é uma... boa garota – digo a ele. Já ia dizer uma bela gata, mas lembro que ele é meu filho, e que é preciso fazer um certo esforço.

Ficamos trocando novidades por um tempo e depois eu vou até o Southern Bar com o meu computador pra aproveitar o wi-fi gratuito. Entro na internet e começo a pesquisar os uísques mais caros. Fico boquiaberto.

O uísque Trinity, um *blend* de estoques raros, incluindo alguns que vêm maturando na destilaria há mais de 150 anos, é produzido pela Bowcullen em Glencarrock, Inverness-shire, e já se mostrou muito popular entre colecionadores sérios. A primeira garrafa foi adquirida por intermédio de um agente por um comprador americano anônimo, descrito apenas como um "cliente de alto perfil", enquanto a segunda foi adquirida por lorde Fisher, de Campsie. A terceira se encontra em exibição no museu da destilaria em Glencarrock, onde permanecerá, sem jamais ser posta à venda.

Então é por isso que Ronnie veio pra cá; aquele puto maluco já tem uma das três únicas garrafas raras de Bowcullen, e está disposto a pagar duzentos mil dólares pelas duas restantes. Ou talvez até mais. Bom saber disso!

20

O que rola em Penicuik?

Penicuik é uma viagem de dois ônibus, certeza, pois é. Você pega o primeiro até o centro, e depois outro para o que um jornal já chamou de "um longo caminho até a periferia da cidade e uma cidadezinha mineradora encravada ao pé das Pentland Hills". Eu sempre lembrava disso, porque Penicuik ganhou fama por sair no jornal, como se fosse Nova York ou algum lugar assim. Pois é, foi isso mesmo, certeza. Eu gosto de ir sentado na frente, lá em cima, olhando pelas janelas, porque isso ajuda a controlar o meu enjoo. Pois é, ajuda, mas eu ainda estou um pouco nauseado quando salto, duas paradas antes do centro da cidade, e sigo pra casa da minha mãe lá no conjunto habitacional.

Eu sei que já deveria ter ido ver a mãe há séculos, porque ela não sai mais de casa. Pois é, nunca vai à rua. Desde a minha época na escola, já era gorda demais pra sair de casa, e há alguns anos ficou gorda demais até pra sair da cama. Karen cuida dela. Agora Karen também anda muito gorda. Certeza, gorda demais.

Ficamos na cozinha do andar térreo e Karen faz uma pizza pra mim. Pizza congelada. Legal.

— Legal — digo.

— Pois é, você sempre gostou de pizza — diz Karen, já comendo um pouco também. — Como vai a Jinty?

Fico sem saber o que dizer. É como se ela soubesse que há algo de errado pelo olhar que lança pra mim. Não gosto que as pessoas olhem pra mim como se soubessem que há algo de errado. Porque mesmo que saibam que há algo de errado, elas não sabem o que está errado. É preciso lembrar disso. Certeza, é preciso.

— O que está havendo, Jonty?

Eu simplesmente olho pra ela e digo: — A Jinty me largou.

Karen arregala os olhos. — Outro homem?

— Não sei. Ela ficou com uma rapaziada no Pub Sem Nome durante o furacão, pois é... pois é... pois é...

— Que chato ouvir isso, Jonty — diz Karen. — Eu achava que vocês dois eram um casal bacana.

Eu não engulo isto, porque as duas só se encontraram uma vez na casa do Hank, e nunca se deram bem, não mesmo. Parecia que ela e Morag tinham se juntado contra Jinty, e eu não gostei disso, certeza, claro que não, porque já aturei gente se juntando contra mim dezenas de vezes, e não é agradável, não mesmo. Foi só porque a Jinty falou pra ela: "Engraçado você e Jonty serem irmã e irmão, sendo Jonty tão magro, e você tão gorda." Karen não gostou nada disto! Certeza que não gostou. E agora fica olhando pra mim, enquanto eu digo: — Ela vai voltar. Já fez isso antes, fez, sim. Pois é.

— Bom, talvez — diz Karen, em um tom meio debochado. Só que eu não vou discutir, não vou mesmo, porque é legal estar de volta à antiga casa da minha mãe. Certeza, a casa antiga. A que tem todos aqueles cachorros de porcelana acima da lareira, e não só suvenires de lanchonete, mas pugs, labradores, pastores alemães, terriers e tal. E eu queria um cachorro, porque não me deixaram ter um depois que o Clint morreu, mas a Jinty dizia, "Deixe de maluquice... pra que a gente ia querer um cachorro?".

Mas aqui nós tínhamos todos esses cachorros de porcelana, porque minha mãe gostava. Eu sempre gosto de recordar como era a casa, quando eu morava aqui.

— Você lembra de Robbo e Crabbo? — pergunto a Karen. — Aqueles dois canários, Robbo e Crabbo?

Karen olha pro canto onde a gaiola costumava ficar.

— Pois é, lembro que precisamos nos livrar deles, quando o pai verdadeiro Henry voltou, porque os dois queriam bicar o peito dele — diz Karen.

Pois é, foi uma tristeza quando ele voltou, porque fomos obrigados a nos livrar de Robbo e Crabbo. Já o Billy MacKay me deixava ter aves, porque além de Robbo e Crabbo, eu ainda tive Stephane. Só que Stephane estava mais pra periquito. E azul. Eu fico rindo, pensando em Robbo e Crabbo partindo pro peito do velho, como se fossem dois pit-bulls, arrancando os mamilos dele com os bicos afiados feito giletes, certeza, eu estou rindo, mas Karen não está, porque fica toda perturbada e depois começa a chorar.

— O que foi?

— Ele está morrendo. No hospital Royal. O pai verdadeiro Henry.

— Hum — digo, pensando que é só uma viagem de ônibus até o hospital. Se for o Royal Infirmary. Um só ônibus daqui até lá. Mas dois, se for de Gorgie pra lá. Billy MacKay não era um pai verdadeiro, mas era melhor, porque nunca me bateu. — Ah, é, aquele hospital, o Royal.

— Eu sinto que devia fazer uma visita a ele. Não sei pra quê... ele nunca nos tratou direito. Deve ser porque ela não pode sair e ir até lá — diz Karen, apontando pra escada que leva à mãe. — Mas ele nunca nos tratou direito, Jonty. Não é? Nem o Hank foi tratado direito pelo nosso pai de sangue. Ele tratou mal a todos nós, não é, Jonty?

— Pois é, pois é, ele nunca foi bom. Aquilo não era certo — digo eu. — Não era mesmo.

O rosto de Karen está todo avermelhado sob o seu cabelo louro. Cabelo louro, sim, como era o da mãe antigamente.

— Só que ele é nosso pai, mesmo assim — diz Karen, ainda chorando, até mais um pouco. — Isso deve valer alguma coisa!

Ela parece estar me implorando pra dizer qualquer coisa. Eu não gosto de ver mulher chorar. A Jinty, é preciso reconhecer, não é muito chorona. Já a Karen é diferente. Chora sempre. O pai verdadeiro Henry costumava dizer que ela chorava por nada.

— O que há de errado?

— Minha vida está errada, é isso que há de errado! Eu estou amarrada a ela — geme Karen, apontando pro teto e indicando minha mãe lá em cima. — E já vou indo pelo mesmo caminho... olhe pra mim... eu sou uma porca!

Ela abre os grandes braços carnudos.

— Não, não é!

— Sou, sim! Ninguém nunca vai me querer!

— Vai querer, sim – digo a ela. Vejo que Karen não acredita, de modo que ponho o braço em volta do seu ombro, e digo: — Veja só... se não fosse seu irmão, eu quereria!

Não sei por que eu falei isso, provavelmente só porque a Karen é boa. Certeza, ela foi boa comigo e até me deu aquela pizza, isso ela fez. Quando você está muito solitário, e a Jinty nem fala, é bom ter gente bondosa por perto. É, sim.

Karen olha bem nos meus olhos e diz: — Mas não deixe que isso detenha você... tipo, ser meu irmão.

Seu rosto está muito sério, e eu não gosto disso. Então digo: — Mas eu estou com... quer dizer...

— Ninguém vai saber, Jonty. Se você faz alguma coisa, e isso é segredo, ninguém mais fica sabendo, não conta de verdade como algo ruim. Como poderia, se não está ferindo ninguém?

— Não conta...

— Não conta, se ninguém mais sabe. Quem vai saber? Quem vai sair ferido? A mãe não consegue descer a escada. Ninguém vai saber. Essa é a beleza da coisa, Jonty! Ninguém vai saber!

— Ninguém... ninguém, certeza...

— Eu preciso de um homem. O Brian parou de aparecer quando eu engordei. Só que engordar, Jonty, não tira a vontade de...

— Não tira a vontade...

Então vamos pro sofá e Karen diz: — Só precisamos fazer tudo em silêncio.

— Pois é – digo, com meu pinto safado já todo duro. Ela abre meu zíper e me agarra com força. Eu não gosto disso, porque a Jinty faz de um jeito bem suave.

Então, com o rosto todo franzido, Karen diz: — Meta bem, enfia tudo dentro!

Eu não estou feliz, não mesmo, mas é como se o pinto safado tivesse vida própria. Karen vai erguendo a saia e baixando a calcinha, com as coxas grandes bamboleando feito crianças em luta. Eu não quero que ela comece a fazer barulho, não com minha mãe no andar de cima, e só penso em acabar logo com a coisa... vou baixando a calça e tentando encontrar o buraco sexual de mulher no meio de toda aquela gordura. Não é fácil, não é como eu faço com Jinty, mas logo começo a me arquear e a meter nela.

– Não me beije, porque isso é nojento... mas me aperte, Jonty, aperte com força... me foda, Jonty!

– Sim...

Fico olhando pra pilha de roupa suja na cadeira ao lado do sofá, enquanto vou empurrando e apertando...

– Isso, Jonty... você tem braços fortes e um pau grande prum rapaz tão pequeno e magro... com mais força...

Fico preocupado com os rangidos que o sofá está fazendo. Então ouço a mãe dizer: – Quem está aí embaixo!

– SÓ O JON-TY – grita Karen.

– Vem com ele aqui em cima! Traga o Jonty pra me ver!

– SIM... UM MINUTO!

– O QUE VOCÊS DOIS ESTÃO FAZENDO AÍ EMBAIXO!?

Karen começa a ficar avermelhada, como acontece com muitas garotas que já estão perto da linha de chegada, como dizia Jinty. "Não pare, Jonty, até cruzar a porra da linha de chegada", costumava dizer ela. Às vezes, ela falava palavrão. Eu não gosto desse linguajar, que fica até pior em mulheres, pois é, e só cria encrenca. Mas eu dizia "Sim, Jinty, vou fazer isso, sim, sim, sim". Só que agora é Karen que faz um barulho longo, agudo e estridente. Ela faz isso. Pois é. Pois é.

Então tudo fica em paz. Até a mãe já parou de gritar. E Karen cochicha no meu ouvido: – Papai costumava fazer isso comigo. O pai verdadeiro Henry, e não o Billy MacKay, que nunca tocou em mim. Mas naquela época em que o Henry voltou, lembra? Eu tinha uns 12 anos. Ele fazia isso no meu quarto, Jonty, quando levantava no meio da noite. Dizia que não conseguia mais dormir com ela. Dizia que eu já era uma mulher, agora que estudava no colégio. Fazia com que eu até me sentisse uma mulher, embora, na verdade, não fosse.

– Pois é – digo eu, mas isso não está certo, nada disso, nada disso é certo. Eu me sinto todo tenso, muito tenso, e não em paz como você geralmente fica depois que lança pra fora a gosma do pinto duro.

E Karen continua falando...

— Ele dizia que ela lhe dava nojo — diz ela, fazendo uma cara ruim, a mesma cara que lá no Pub Sem Nome todos eles fazem quando estão de sacanagem. — Foi por isso que ele foi embora na primeira vez, e aconteceu de novo quando ele voltou!

Ela lança o que eu chamo de "um olhar de coração mau" pro andar de cima, na direção da minha mãe, como se fosse culpa dela. Mas não é. Não mesmo. Porque é culpa dele. Daquele Henry Lawson. Certeza. Então a voz de Karen fica toda suave outra vez, e eu, mesmo ainda estando com ela no sofá, preciso abrir bem os ouvidos pra escutar.

— Então ele vinha até mim. Enquanto a gente transava, ele enfiava na minha boca uma das suas meias. Dizia que era pra que eu não fizesse barulho, mas eu mal conseguia respirar com aquilo, e acho que isso dava ainda mais tesão nele.

Os olhos de Karen se fecham com força e depois se abrem. Eu não gosto disso, e já estou me sentindo sujo.

— Às vezes, dava pra ouvir a voz dela através das paredes finas, chorando e chamando o nome dele. Acho que ela sabia o que a gente estava fazendo...

— Eu nunca soube...

— Na época, eu era magra, não tinha gordura. Mas agora ela se vingou — diz Karen, olhando pro teto e fazendo um sinal com os dedos em V para minha mãe. — É como se eu fosse prisioneira dela. Não posso fazer coisa alguma! Mal saio de casa! Só vou às compras por uma hora, uma vez ao dia!

— Pois é — digo, sentindo Karen mover o corpanzil e me esmagar contra o encosto do sofá.

Ela meio que empoleira a cabeça no cotovelo e se vira pra mim. — E se a Jinty não voltar? Só estou falando por falar, tipo assim, mas você poderia vir pra cá, Jonty? Pra me ajudar a cuidar da sua mãe? No seu antigo quarto, Jonty!

— Talvez — digo. — Mas a Jinty vai voltar.

— Talvez — diz ela.

Nós saímos do sofá e subimos pra ver minha mãe. Karen traz a pizza do lanche dela, já cortada em muitos pedaços pequenos. Há um cheiro de suor no quarto, e um leve bafo azedo, como em certas manhãs no Pub Sem Nome. Lá fora é dia claro, mas ali dentro as cortinas continuam fechadas. Dá pra ver que há uma pilha enorme na cama. É o que parece, uma pilha imensa. Só dá pra ver que é minha mãe pelos dois olhos azuis e pelos cabelos louros grisalhos. É como se uma lesma gigante houvesse engolido minha mãe até os olhos. Ela já engordou mais ainda, certeza, engordou mesmo.

— Oi, mãe! — digo, dando um beijo na sua bochecha.

Ela não consegue girar direito a cabeça, mas seus olhos meio que se viram pra mim. — O que vocês dois andaram aprontando?

— Nada — diz Karen. — Eu só estava dando um pouco de pizza pro Jonty. E também trouxe pra você uma porção, já toda cortada.

— Estavam fazendo muito barulho!

— Pois é, você conhece o Jonty! Sempre aprontando! Ele ficou fazendo cócegas em mim — diz Karen, olhando pra mim e rindo.

— Eu pensava que vocês já tinham passado dessa idade — diz a mãe, ainda sem afastar do travesseiro a cabeçorra, e arquejando quase sem fôlego. — Bom, nós ainda temos aquelas sacolas plásticas da loja empilhadas embaixo da pia. Você sabe quais são, Karen.

— Sei.

— Faça o Jonty levar aquelas sacolas embaixo da pia, Karen! Mas só algumas, não todas!

— Mas ele não vai querer aquilo, mãe — diz Karen.

— Por que não? — Ela olha para Karen, e depois os olhos em sua cabeça maciça giram na minha direção. — Jonty, leve as sacolas, meu filho! Elas sempre são úteis!

— Está bem, mãe — digo. — Eu sei disso. Vou levar as sacolas. Vou sim. Certeza.

Karen põe a bandeja com o prato perto da cabeça da mãe, que levanta um grande braço carnudo, até então debaixo das cobertas, e agarra a bandeja. Karen a ajuda a erguer o corpo à frente, e vai colocando mais travesseiros embaixo dela. A mãe começa a pegar os pedacinhos de pizza e as batatas fritas, já enfiando tudo na boca.

— Bem crocante — diz ela, e não está errada, pois Karen faz tudo bem crocante.

— Sei que você gosta de crosta fina — diz Karen. — Mais crocante.

— Pois é... boa e crocante — diz a mãe.

A mãe come até devagar pra uma pessoa tão gorda, mas esse devagar e sempre até que funciona, porque ela está muito, muito gorda. É preciso reconhecer isso, é preciso.

— Então me conte, Jonty... o que você anda aprontando, menino? — pergunta ela. — Como vai o Hank? Ainda está com aquela mulher esnobe? Nunca vem visitar a velha mãe! Penicuik já não serve mais pra ele?

Eu começo a conversar com ela, mas Karen fica fazendo caretas ao lado do rosto dela, e isso me faz rir.

— Qual é a graça? — diz a mãe. — Ela está fazendo troça? Você está fazendo troça, Karen?

— Não, não estou — diz Karen.

Só que ela está, e eu preciso pensar em meter meu pinto duro dentro dela, e assim ficar envergonhado demais pra rir. E agora já quero ir embora, porque não me sinto bem. Algumas pessoas, como aqueles caras lá do Pub Sem Nome, falam que uma trepada é só uma trepada, falam assim mesmo. Mas uma trepada não é só uma trepada, porque é diferente com a Karen ou com a Jinty. A Jinty é toda macia, e cheira bem. Uma pele muito macia. A melhor parte sempre era segurar Jinty nos meus braços depois que a gente transava e falar que eu nunca deixaria algo ruim acontecer com ela.

Então ela dizia: — Você está falando sério, Jonty?

— Estou, estou, sim — dizia eu.

— Eu sei que você está — cochichava ela, antes de me dar um beijo. Sim, uma pele muito macia e quente. Era demais.

— Lembra da primeira pizza congelada que você fez, Karen? — diz a mãe.

— Lembro — diz Karen, começando a abrir um sorriso largo.

— Você não tirou a embalagem de celofane antes de botar a pizza no forno!

— Embalagem de celofane — digo. — Pois é, o celofane.

— Isso foi séculos atrás! Eu era uma menininha!

— Pois é — diz a mãe. É como se seu rosto houvesse ficado rijo, e ela meio que parecesse a mãe novamente. — Tentou fingir que era pra ser assim mesmo. Mas eu falei: o que é isto? Você não tirou a embalagem! O Jonty é que sabia que era preciso tirar a embalagem!

— Pois é, mas ela tirou a pizza da embalagem — digo eu. — Só esqueceu de tirar o celofane, né, Karen?

— Isso ela esqueceu! — diz a mãe, meio cantarolando.

— Pois é, eu sou uma inútil, sou mesmo. Não consigo fazer nada direito, nada — diz Karen, toda irritada, já saindo.

— Karen — diz a mãe. — Vá atrás dela, filho. Diga a ela que era só pra dar risada. A gente sempre dava risada, né, Jonty? Pois é, a gente não costumava dar risada?

— Sim, mãe — digo, dando um beijo nela.

— Lembre de comer, Jonty. Faça aquela mulher cozinhar pra você. Aquela que você anda sustentando lá na cidade!

— Sim, mãe, sim, mãe — digo, já descendo a escada.

Só que não damos risada ali dentro há muito tempo. Está tudo diferente agora. Não me entendam mal: a pizza congelada foi legal, mas eu fico feliz ao pegar as sacolas plásticas e rumar de volta pra cidade. Pois é, fico mesmo.

Karen fica parada lá fora, acenando pra mim enquanto eu desço a rua. — Se ela não voltar, Jonty, lembre do seu velho quarto!

Mas eu finjo que não ouço e sigo em frente sem olhar pra trás, até chegar ao ponto do ônibus. Karen entra em casa, porque seus braços já estão ficando vermelhos de frio. Certeza, muito, muito vermelhos. Então vejo Phil Cross, um colega de escola, parado no ponto.

— Morando lá na cidade agora, Jonty... foi o que eu ouvi dizer.

— Certeza, em Gorgie, é mesmo — digo. — Já sou um rapaz da cidade!

— Jonty, agora um cosmopolita total, parceiro!

— Pois é, cosmopolita, sou isso mesmo — digo, já vendo o busão cor de vinho se aproximar. Parece que ninguém está sentado na janela dianteira lá de cima. Legal! E Phil vai lá pro fundo, o que é bom, porque eu não quero conversar com ninguém, preciso pensar direito nas coisas ruins que aconteceram. É terrível, é, quando um troço ruim acontece. E tudo porque eu e Jinty não transávamos há algum tempo. Isso faz um cara trepar com qualquer coisa. Faz com que ele se desvie. Era isso que Jinty costumava dizer: preciso dar pra você hoje à noite,

Jonty MacKay, ou você vai correr atrás de todas as outras garotas de Edimburgo!

Mas eu nunca fiz isso. Só na escolinha, no playground. Mas isso não conta. Pois é.

Dentro do ônibus, um dos telefones no meu bolso começa a tocar. Geralmente é o da Jinty, com a ligação de alguma colega. Eu sempre deixo o aparelho dela vibrando e ignoro a chamada. Desta vez, porém, é o meu celular, de modo que confiro, e é o Hank. Ele fala que Malky, meu primo, acaba de nos convidar pra ver o jogo do meio da semana em um camarote especial do estádio de Tynecastle. Fico superempolgado com isso! Eu! No camarote especial!

Quando chego ao apartamento, não consigo adormecer, por mais que me sinta cansado. Jinty não vai acordar, então fico vendo filmes antigos na televisão até tarde da noite, como sempre fazemos. É chato fazer isso sozinho, mas eu tenho medo de entrar naquele quarto e dormir com Jinty lá. Certeza, tenho mesmo. Por isso, pego o edredom reserva, cubro meu corpo e fico vendo TV na poltrona mesmo.

Antes que eu perceba, o dia já clareou, minha boca está superseca e na TV umas garotas estão ensinando a assar bolos, pois é, estão fazendo isso mesmo. Os bolos parecem bons, parecem mesmo, mas também eles jamais botariam na TV garotas que não soubessem assar bolos. Não mesmo, não botariam. Não faria sentido. Eles só precisariam fazer um pequeno teste, pra ter certeza de que elas sabiam assar bolos. Não iam querer uma garota que não soubesse. Na TV, não. Pois é.

Eu levanto e afasto o edredom. Tenho um gosto ruim na boca, e estou tremendo de frio. A geladeira e o armário estão vazios. As janelas ficaram tão cobertas de gelo que nem abrem mais pra que um pouco do fedor pudesse sair da casa. Estou ficando faminto, mas é como se houvesse vermes roendo minhas entranhas. De nada adianta incomodar Jinty, já que não estamos nos falando, então eu vou ao McDonald's tomar o café da manhã. É, isto talvez me faça parar de tremer.

As pessoas dizem que todos os McDonald's são iguais, mas eu acho que o de Gorgie é o melhor de todos. Pois é. Aqueles que ficam lá no centro não são tão bons: as pessoas são metidas demais, nem falam com você. Não é como em Gorgie. Vou andando pela rua até lá e peço Chicken McNuggets. Legal. Até a tremedeira parou! Parou mesmo! Pois é, ainda havia espaço pra um After Eight McFlurry, mas isso eles não tinham, só os McFlurries comuns.

— Por que não tem o After Eight? — pergunto pra moça do balcão.
— Era só uma promoção — diz ela. — Por tempo limitado.
— Eu gostava tanto daquele After Eight McFlurry de menta.
— É, mas era só uma promoção, agora acabou.
— Pois é... pois é... pois é, o After Eight McFlurry de menta.
— Agora acabou.
— After Eight McFlurry de menta. Pois é, como eu gostava daquilo — digo a ela. — Gostava mesmo!
— Agora acabou. Era apenas por tempo limitado. Eles só botaram aqui pra vender por um tempo limitado, pra ver se havia demanda. Tempo limitado.
— Vão botar de volta?
— Acho que sim. Se houver demanda do povo.
— Como a gente demanda?
— Não sei... Grace! — grita ela pra uma outra garota, que tem belos dentes, brancos e grandes. É, dentes muito brancos. — Tem gente aqui querendo saber quando o After Eight McFlurry de menta vai voltar. Falei que era por tempo limitado, mas que eles podiam botar de volta se houvesse demanda.
— É isso mesmo — diz a garota nova, que é supervisora. Então a primeira garota vai atender um cara gordão que quer um cheeseburger duplo com Coca. Mas sem fritas. Eu até pensei que ele ia querer as fritas, por ser muito gordo. Mas não se pode dizer isso pra ele. Gente como Jinty diria, "Não vai pedir fritas? Pensei que gente como você sempre quisesse fritas!". Pois é, ela faria isso. Mas é assim que você se mete em encrenca, abrindo a boca e dizendo coisas ruins pras pessoas.

Eu olho pra garota supervisora, e digo: — Tem algum papel que eu precise assinar?
— O quê?
— Pra que eles saibam que eu gostei. Quer dizer, como eles vão saber?
— Eles sabem.

— Tipo... como podem saber?

— Desculpe, senhor, mas não tenho tempo pra conversar sobre isso – diz ela. – Próximo, por favor!

Acho que elas vivem muito ocupadas. Mas hoje ainda vou fazer a pintura, e quase esqueci disso! Portanto, é bom me apressar! Então termino de comer depressa e rumo pra porta, passando pelo carinha do cheeseburger duplo com Coca, que nem tocou no sanduíche.

— Você não tocou no cheeseburger – digo a ele.

— Não, eu gosto de beber a Coca primeiro.

— Hum.

Vou pensando nisso, ao sair da lanchonete. Olho pra trás e o cara acaba de levar o cheeseburger duplo à boca. Ele para de boca aberta e olha pra mim. Eu me afasto, porque não é legal ficar olhando pra gente gorda.

Chego ao apartamento, que é bem ao lado do último que pintei. Raymond Gittings está esperando ali e diz: – Jonty... hoje você vai fazer os rodapés aqui dentro, parceiro.

Ele me mostra o aposento, e há uma garota jovem, tipo estudante, escrevendo numa escrivaninha.

— Esta aqui é a Scarlett, Jonty... ela aluga o apartamento. Você terá de pintar em volta dela.

— Oi, Scarlett, pois é, vou fazer isso mesmo, certeza.

A garota ergue o olhar e sorri. Belos dentes brancos, e cabelos pretos, mas com sardas que poderiam pertencer a uma garota mais ruiva. Parece uma garota boa, é, uma garota boa.

Raymond vai embora, e eu começo a pintura. Deitado de bruços, vou pintando os rodapés. Enquanto pinto, vou contando à garota o que aconteceu no McDonald's.

— Tem tudo a ver com demanda agregada. Eles fabricam uma certa quantidade... se vender bem dentro daquele período, eles lançam o produto no mercado.

Isso me faz pensar, é, certeza que faz.

— Demanda agregada. Tipo placar agregado no futebol. Só que na Europa. Tipo... não é bom empatar um jogo fora, se você perdeu por cinco a um em casa antes! Não, não é!

A garota baixa o olhar do seu livro com um sorrisinho. — Sim. Acho que é exatamente a mesma coisa.

— Eu sei o que você quer dizer — digo, erguendo o olhar ali do chão. — Mas pra mim pode ser uma discussão entre o After Eight e o McDonald's sobre os lucros.

— O quê? — A garota baixa o olhar do livro novamente. — Não sei se entendi...

— Pra ver quem ganha mais dinheiro, o McDonald's ou o After Eight. Por mim, eu daria a maior parte do dinheiro ao After Eight, porque isso é mais justo, já que o McDonald's deve ter mais dinheiro. É, eu faria isso.

— Certo...

— Quer dizer, é preciso comer refeições decentes, e não dá pra viver à base de After Eight, que é uma espécie de guloseima. Já um hambúrguer, dá pra viver comendo só hambúrguer. Ou só McNuggets. O McDonald's tem o McFlurry, aquele McFlurry comum. Mas o coitado do After Eight não tem nada como o Big Mac ou os Chicken McNuggets!

— Sim... você está certo — diz a garota, levantando. Ela enfia em uma bolsa todos os seus papéis e livros. — Só vou dar uma saidinha.

— Tudo bem — digo. Sei como ela se sente, porque estudar deve ser muito difícil. Tipo, quando eu estava na escola, achava muito difícil me concentrar. E isto quando eu estava lá! Eles viviam dizendo: pare de olhar pela janela, John MacKay, e comece a olhar pros seus livros, mas sempre em um tom besta. Pois é, faziam isso. Com essa garota, Scarlett, deve acontecer a mesma coisa. É um nome legal, Scarlett. Se ela tivesse um namorado apaixonado, o namorado poderia dizer, "Estou com escarlatina!". Eu queria que ela estivesse aqui pra poder lhe contar essa piada: seu namorado deve estar com escarlatina! Pois é.

Mas até consigo me concentrar nos rodapés. Muita gente não gosta de pintar rodapés, mas eu não me importo. Gosto de deitar no assoalho quentinho e ir rodando pelo aposento inteiro, certeza, eu rodaria pela casa inteira se me deixassem... foi isso que Raymond Gittings uma vez me disse: "Você rodaria a casa toda sem parar, se nós deixássemos, Jonty." E eu respondi: "Pois é, Raymond, eu faria isso, chefia, certeza."

Foi um bom dia de trabalho, em troca do pagamento de uma diária justa, de modo que sinto que mereço uma cerveja depois de tudo. Então, quando volto a Gorgie, penso em entrar no Campbell's, mas não faço isso, não faço. Vou pro lugar ruim, aquele Pub Sem Nome, e entro lá de cabeça erguida, porque não quero que eles pensem que tenho algo a esconder. Deles, não! E também preciso falar com Jake sobre a pintura. Pois é.

Só que ele não está atrás do balcão, então vou até o banheiro e boto meu pinto pra fora a fim de mijar, mas sinto uma coceira forte. Não é uma coisa legal de se dizer sobre a própria irmã, mas acho que Karen, por estar muito gorda, não deve andar limpando as partes baixas tão bem quanto Jinty, não mesmo. Então encho a pia com água quente e enfio meu pinto ali dentro, tipo, só pra limpar tudo por baixo do capacete. Então Stuart Letal entra com Tony e os dois me flagram.

— O que você está aprontando aí, Jonty? — diz Tony, arregalando os olhos.

— Só quero lavar o meu pinto, que está coçando um pouco. Coçando muito, pois é, pois é...

Eles riem e entram no reservado pra fazerem mais troços ruins. Não há toalhas de papel, então ponho meu pinto embaixo do secador de mãos. Que loucura! O pinto fica seco em um segundo! É bom e reconfortante sentir o ar quente soprar no meu pinto, que logo fica muito duro!

Então os irmãos Evan e Craig entram.

— Que porra é essa que você está fazendo aí, seu putinho escroto?

Meu pau amolece novamente, quando Stuart Letal e Tony saem do reservado. — Que monumento você tem aí, Jonty!

— Está comendo a porra do secador? — diz Evan, apontando pra mim.

Eu já fechei o zíper e estou saindo, enquanto eles me seguem porta afora, rindo e falando coisas. Só que eu não quero fugir. Deles, não. Então vou e peço uma cerveja. Depois levo a bebida até uma cadeira, com eles ainda atrás de mim.

— Tudo bem, Jonty! — diz Evan, como quem finge ser meu amigo, mas eu sei que ele não é meu amigo, não de verdade, pois é. Não mesmo. — Por onde anda a Jinty esses dias? Não vejo a garota aqui desde aquela noite louca, em que todo mundo ficou trancado!

Sinto meu rosto ficar vermelho e dou um gole na cerveja fria. Às vezes é genial sentir a frieza da Tennent's. Tem um gosto bacana, meio de cigarro, e isso é bom, por causa da proibição de fumar: assim ainda dá pra sentir o gosto de um cigarro com cerveja.

— Acho que ele sufocou a Jinty até ela morrer! — diz Tony.

Eles estão de gozação eles estão de gozação e eu não consigo falar, e meus ouvidos começam a zumbir, e eu quero sair correndo porta afora, mas estou preso no meio deles e não consigo me mexer.

— Foi essa porra desse seu cacete enorme, Jonty — diz Stuart Letal. — Desceu pela goelazinha dela? Morte por boquete!

Todos riem, menos Evan, que olha pra mim de cara feia. É, e eu não gosto disto.

— Não quero ouvir esse tipo de coisa — digo a eles. — Não mesmo.

Eles dão mais risadas ainda e Tony diz: — Qual é, Jonty, não fique emburrado. A turma só está brincando. Todo mundo tem é inveja, parceiro!

Mas não não não, não quero saber disso, e digo: — Pra algumas pessoas, não é brincadeira.

Então levanto, abro caminho entre eles e me afasto, deixando metade da Tennent's ali, até sair porta afora.

— Esse aí é maluco pra caralho! Um pervertido filho da puta — diz Evan, quando eu chego lá fora.

Depois ainda ouço Tony dizer: — Não, o Jonty é legal, é um filho da puta inofensivo.

Então atravesso a rua e vou pra casa. Fico vendo televisão um pouco e depois volto ao McDonald's pra jantar. É melhor do que ficar escutando bobagem no pub, certeza. E tem a Jinty, provavelmente ainda no quarto, sem dizer nada. Bom, se ela não vai falar comigo, eu também não vou falar com ela. Não mesmo.

Eu estava faminto. Pintar rodapés deixa a gente com fome, por causa do cheiro de esmalte. Rodapés e portas. Então pensei em pedir um cheeseburger em vez de Chicken McNuggets, só pra variar um pouco. Pois é, sempre é bom variar um pouco. Certeza.

21

Pequeno Guillaume e Bastardo Ruivo

Saí com os moleques, Guillaume e Bastardo Ruivo. Fomos ao cinema ver *Detona Ralph*. Como filme pra crianças, nem é tão ruim. Do cinema Vue, seguimos em direção ao bar de peixe na Montgomery Street, a fim de rangar. O pequeno Guillaume ergue o olhar pra mim.

— O Ralph ama a Vanellope?

Fico um pouquinho sem jeito ao pensar nisso.

— Hum... sim... mas como se fosse uma filha, ou talvez irmãzinha, uma amiguinha. Não no sentido de querer transar com ela, nada disso, porque ela é nova demais.

Guillaume enrola o lábio inferior pra baixo e olha pro Bastardo Ruivo, que parece balançar a cabeça. Eles não estão entendendo nada.

— Quer dizer, o Ralph não é um tarado, um pervertido sexual — explico. — Ele é apenas um cara grandalhão e burro, que mora sozinho e trabalha numa obra...

Então percebo que, opa, é melhor simplesmente calar a porra da boca!

Os dois moleques ficam pensando no assunto, e então o Bastardo Ruivo diz: — Qual mãe você amou mais, a dele ou a minha?

Jesus-meu-saco-Cristo! Os dois ficam olhando pra mim com cara de Oliver Twist, enquanto cruzamos o sinal na London Road. Bom, essa me deixou meio embatucado. Fico tentando lembrar qual das mães deles trepava melhor; já faz muito tempo que não como nenhuma delas. É nisso que dá ter uma agenda tão cheia. Provavelmente era a do Bastardo Ruivo. Já que ela não é muito bonita e é menos comida, isso faz com que se esforce mais quando o cacete aparece.

— Amei as duas com o máximo da minha capacidade, que é considerável — digo, deixando que os pivetes reflitam sobre isso.

— Mas você está falando de sexo, e não de amor — diz Guillaume, enquanto entramos no Montgomery e sentamos. Com um grito, eu peço três jantares de peixe pra garota atrás do balcão. Fico pensando que ela é meio pesadona, com varizes nas pernas, mas o sacana do Velho Guerreiro já sinaliza no código Morse dos culhões, "só um minutinho!".

— Você só tem nove anos — atalho Guillaume. — Não devia estar pensando em transar nessa fase!

— Ele tem uma namorada — diz o Bastardo Ruivo, rindo e apontando pra ele.

— Não tenho, não! — diz Guillaume, agarrando e entortando pra trás o dedo do Bastardo Ruivo, que começa a berrar.

— Já chega! — digo eu, e os dois se aquietam quando a gororoba chega. Meu Deus... o que é essa sexualização inapropriada das crianças? A porra daquela escola deve estar cheia de tarados assediando os coitados! Que história é essa? Alguém pode me dizer?

— Vocês ainda têm uns dois anos pela frente antes de começar a pensar nesse troço — explico a eles. — Eu tinha onze anos quando perdi a virgindade...

Eram tempos mais inocentes: hoje em dia qualquer criança parece a porra de um animal.

22

Supermercado de confissões

Jonty entra na Igreja Católica. Olha admirado para as estátuas de Jesus e da Virgem Maria. Tenta imaginar quem tem mais dinheiro, o papa ou a rainha: a Igreja Católica Romana feudal, ou a aristocrática monarquia britânica. Fica especulando se, para um pintor ou um decorador, é melhor ser católico ou protestante.

A princípio, ele está assustado. O pai verdadeiro Henry costumava dizer, quando ele ainda era garoto: *Não entre ali, filho, ou aqueles esquisitões de vestido vão agarrar você.* Só que tudo ali era muito requintado, diferente daquela velha igreja em Penicuik, do reverendo Alfred Birtles, um sacerdote com um nariz cheio de pelos, e que tinha um estranho cheiro de úmido, que Jonty sempre associa a igrejas.

Ele vê a cabine do confessionário, entra e senta, como todos fazem na TV. Percebe que o outro lado está ocupado e a divisória deslizante se abre. As mãos magras de um homem ficam parcialmente visíveis através de uma treliça. Há um odor fresco no ar, mistura de loção pós--barba e da madeira polida da cabine, diferente do cheiro mofado e úmido do reverendo Freddie Birtles.

— Olá, meu filho — diz a voz do padre. — Qual é o seu problema?

Jonty pigarreia. — Eu não sou católico, padre, não aceito ter um papa, não mesmo, não mesmo, não concordo, mas quero confessar meus pecados.

— Eu realmente acho que você deve ir falar com alguém da sua própria fé, já que sente a necessidade de desabafar — diz o padre. Seu tom é profundo, pensa Jonty. Isto o deixa preocupado, pois parece a voz de um professor pouco bondoso. E ele não gosta do que está ouvindo.

— Mas o senhor está aí pra ajudar, então deve ajudar, porque somos todos filhos de Deus, tipo assim. Todos filhos de Deus, padre, é isso que diz na bíblia, certeza, a bíblia.

— Só que o ato de confissão é um santo sacramento. Para que funcione, é preciso ter fé. E você professa a fé protestante, suponho?

— É, isso mesmo, protestante, pois é, esse sou eu, um protestante escocês, Igreja da Escócia, certeza, pois é.

— Então... por que vir aqui? — diz o padre. — Você não tem qualquer ligação com a doutrina e os ensinamentos da Igreja Católica. Nem crença alguma nisso.

— Pois é, geralmente eu não gosto desse negócio de papa, mas gosto da confissão. É legal! Eu gosto da ideia de ser capaz de confessar meus pecados. É bom pra alma, pois é, bom pra alma.

Ele ouve o barulho do padre expelindo ar com força. Depois, devagar e deliberadamente, a voz diz: — Mas você não entende? A pessoa não pode simplesmente escolher e pegar um artigo de fé específico, que por acaso lhe interesse. Uma igreja não é igual a um supermercado!

Jonty pensa no Tesco, no Sainsbury's, no Morrisons. Reflete que algumas coisas ficam melhores quando compradas em lojas diferentes.

— Mas talvez devesse ser! Isso seria muito bom, certeza... se a gente pudesse simplesmente escolher as melhores partes de cada religião! Então você só iria à igreja pra casamentos ou funerais, feito os protestantes, confessaria os seus pecados, feito os papistas, e cobriria as garotas de roupas, como os muçulmanos, pra que outros homens não pudessem olhar pra elas!

— Eu não penso que...

— Porque esse é o problema, padre, é sobre isso que eu quero conversar... quando os outros caras olham pra sua garota!

— Eu realmente acho que você deve sair...

— Mas nós somos todos criaturas de Deus...

— Por favor saia, antes que eu chame a polícia – diz o padre, e Jonty já o ouve se levantar.

— Não há necessidade disso, já estou indo. – Jonty se levanta, mas ao sair se depara com um homem mais jovem do que supunha, um filhote de padre. Ele fica chocado; aquele tipo de homem poderia ter uma namorada, se quisesse. Na verdade, nem precisaria pensar em crianças. – Já estou quase fora daqui...

— Vá! – O padre aponta para a porta.

Jonty sai correndo da igreja. Sabe que o padre, com aquele vestido, jamais o alcançaria, mesmo sendo um cara jovem!

Lá fora já esfriou. Jonty pode ver o seu bafo de dragão, mas continua correndo até chegar à escada do prédio em segurança. A sra. Cuthbertson, sua vizinha de porta, vem se aproximando pelo lado oposto, lutando com uma grande sacola de compras.

— Jonty, está muito frio, filho.

— Está mesmo, sra. Cuthbertson, muito mesmo. Frio, sim. Posso levar essa sacola de compras lá em cima pra senhora. Pois é. Compras.

Jonty abre a pesada porta do prédio, e a velha de ossatura frágil se esgueira para dentro, ansiosa para se refugiar do vento.

— Jonty, que Deus te abençoe, filho... eu já não consigo fazer o que fazia antigamente.

— Sem problema, certeza, sem problema – diz Jonty, pegando a sacola. – Bem pesada, sra. Cuthbertson, pois é, muito peso aqui...

Ele repete isso, mas o peso não o incomoda. Embora magro, Jonty é musculoso e tem força.

— Jonty, você não está brincando, filho – diz a sra. Cuthbertson, apalpando o ombro e o braço doloridos com alívio agradecido. Os dois começam a subir a escada, com ela andando devagar ao lado dele. – Pois é, Jonty, você é um bom rapaz, filho. Um dos melhores.

— Só um garoto caipira simplório. De Penicuik, pois é, Penicuik.

A sra. Cuthbertson nega com a cabeça e seus olhos faíscam com fervor.

— Jonty, não deixe ninguém dizer que você é simplório, filho, porque você não é. – Ela aponta para o peito dele. – Talvez você seja mais lento, por não ser um garoto da cidade, mas não é simplório. Jonty, você tem um bom coração, filho.

— Só que um bom coração não vale nada — rebate Jonty. Pensando no sofrimento com Jinty, ele expõe sua tese. — Não faz ninguém feliz, não faz mesmo.

A sra. Cuthbertson fica magoada e põe a mão no velho peito ossudo. — Jonty, não diga isso, filho. Se a gente não tem um bom coração, não tem nada.

— Ah, bom, talvez. — Jonty assente, já chegando ao patamar da escada. — Mas se você tem um bom coração, algumas pessoas só querem enfiar uma faca nele. Veem o bom coração como o centro de um alvo de dardos. E dizem: "Vamos pegar esse bom coração aí." Pois é, fazem isso. Fazem mesmo.

O rosto da sra. Cuthbertson murcha diante dessa resposta. Jonty sabe que está dizendo a verdade, mas a óbvia melancolia dela o obriga a se calar. Ele se afasta e entra em seu apartamento. Percebe que está tremendo novamente por ter caminhado sob a chuva fria com a gola úmida erguida. Então dá uma espiada dentro do quarto e vê Jinty com os olhos azulados, como se tivesse passado sombra, parada na cama tal como ele a deixou, com a cabeça apoiada em uma pilha de travesseiros. Pensa em entrar e está prestes a bater na porta, mas recua a mão e volta para a sala de estar. Olha para o outro lado da Gorgie Road, na direção da ponte e do Pub Sem Nome. Um táxi passa roncando.

Terry está chegando ao centro da cidade. Ele foi visitar a mãe em Sighthill, deixando duas encomendas em Broomhouse e em Saughton Mains, seu velho território de caça. Olha para o Pub Sem Nome e pensa em perguntar por Jinty. No entanto, há uma pontada familiar na área da sua virilha.

— Está na sua hora — diz ele a si mesmo, enquanto responde a uma das duas mensagens que Sara-Ann lhe deixou e ruma para o hotel Caledonian.

Sara-Ann está fazendo as malas, a fim de ir para a casa de sua mãe, e pergunta a Terry algo sobre o apê dele no South Side. Ele não gosta do olhar esperançoso que ela lhe dá e muda de assunto da maneira que conhece melhor.

— Há tempo pra uma rapidinha antes de partirmos pra Portobello?

Ela enlaça os braços em torno dele e agarra sua juba crespa. Os dois vão cambaleando até a cama. É uma sessão selvagem e intensa, do tipo que faz Terry ansiar pela aparição de duas filmadoras e um microfone na ponta de uma haste, cabendo até a presença opressora e mandona de Sick Boy, com uma expressão estoica no rosto, de prancheta em punho. Seria um preço que valeria pagar para ter aquilo ali gravado em vídeo.

Depois, nos destroços da cama saturada de suor, Terry, sentindo uma pontada de romantismo no coração, diz: — Dá pra ver que você nunca teve filho. Essa sua xota aí é retesada feito um tambor!

— Isso era para ser um elogio?

— Claro que sim, é a melhor coisa que se pode dizer a uma garota! Ninguém quer ouvir que tem uma buceta feito o Grand Canyon. A sua é mais apertada do que a mão de um pão-duro!

Eles conversam sobre amores passados. Sara-Ann conta a Terry que já teve relacionamentos com homens e mulheres. Terry, ou melhor, o Velho Guerreiro, ouve apenas a segunda parte, e envia um sinal ao seu cérebro.

— Nós temos muito em comum.

— O quê?

— Bom, você gosta de garotas, e eu gosto de garotas.

— Sim. Eu já estava completamente cansada de homens. Então Andy apareceu e foi um grande erro — admite Sara-Ann. Ela abana a cabeça e indaga em voz alta: — Portanto, por que diabos eu me meti nisto aqui?

— Se ajudar, pense em mim como uma lésbica, só que com pau e culhões.

Ela lança um olhar marcante para ele. — Esse comentário não é original, Terry. Na realidade, todo cara com quem eu já saí falou algo nessa mesma linha.

Terry dá de ombros diante dessa declaração, mas mentalmente resolve nunca mais dizer aquilo a uma mulher bissexual.

— Você tem acesso à internet neste quarto?

— Tenho, fique à vontade — diz Sara, meneando a cabeça na direção do laptop. Ela se reclina na cama, vendo Terry afastar as mechas encaracoladas e encarar a tela com um olhar ardente. — E você... já esteve com algum outro cara?

— Simplesmente não é o meu lance. Não me entenda mal... eu já tentei — diz Terry, erguendo o olhar da tela. — Pensei, deve haver algo de bom nisso, então tentei enrabar um carinha em uma noite qualquer. Mas assim que vi aquele rego peludo, percebi que o Velho Guerreiro aqui...

Ele alisa o pau, sentindo uma pontada satisfatória. — Não fiquei com a menor vontade. E ele se levanta por qualquer coisa, assim... — Ele estala os dedos e explica: — Bom, se você é um ator de filmes adultos, precisa ser capaz disso. Então pensei que talvez fosse porque o tal carinha era meio machão, de modo que em outra noite arrumei uma travequinha. Vou lhe dizer... muitas das gatas que eu já tracei, fora as do seu tipo aí, tinham um ar bem mais rude do que aquele carinha. Um rego depilado entre as nádegas rosadas, então pensei: lá vamos nós...

Os olhos de Terry se voltam para a tela, enquanto Sara-Annn inclina o corpo à frente.

— E o que aconteceu?

— Porra nenhuma. Este cara aqui ainda não estava a fim de jogo — diz Terry, girando na cadeira, de frente para ela, e apontando para o pênis. Depois dá de ombros. — Sim, em um mundo ideal, todos os outros homens seriam celibatários, e eu seria bissexual, pra aumentar o volume de oportunidades. Mas não... precisei encarar e aceitar a minha heterossexualidade.

Sara-Ann fica sentada de pernas cruzadas na cama e afasta o cabelo para trás. — E se alguém tentasse te comer?

— Com a porra das minhas hemorroidas, nunca. Só de pensar, fico com os olhos lacrimejando.

— Achei que você ficou tenso, quando eu tentei... você sabe, com meu dedo...

— Claro! Com essas unhas que você tem? Eu passaria uma semana com o jornal enfiado no brioco, só pra tentar estancar o sangue!

— Merda. — Sara-Ann dá uma olhadela para a mesa de cabeceira e coloca o relógio no pulso. — Precisamos ir.

Eles descem, fecham a conta no hotel, entram no táxi e cruzam as chuvosas ruas de Edimburgo. Terry sabe que está sendo explorado, mas ele tem um lado que gosta de bancar o bom samaritano, e acaba levando Sara-Ann até Joppa, um subúrbio ainda mais esnobe do que Portobello, como ele já desconfiava.

— Espere — diz ela. — Eu só vou largar tudo isto aqui. Você me leva de volta para a cidade, e a gente vai tomar um drinque.

Terry luta para abafar seu desconforto. — Você não prefere se acomodar direito?

— Não. Já passei dezessete anos muito bem acomodada aqui, e mal podia esperar pra me mandar desta merda. Nada mudou.

Terry logo vê por quê. A mãe de Sara-Ann aparece: uma mulher magra e desconfiada, de cabelos grisalhos, que olha com desdém para o táxi. O primeiro pensamento de Terry é que ele adoraria dar umazinha com ela. Então faz um aceno amistoso, mas a mulher reage com uma careta azeda e se vira para a filha.

— Essa chaminé velha aí precisa de uma escovada — diz Terry baixinho. Depois olha para o próprio pau, que já se avoluma sob a calça. As vozes em tom elevado lhe dizem que mãe e filha parecem estar trocando palavras duras.

Então a mãe entra correndo na casa, seguida por Sara-Ann, que bate a porta com força atrás de si. Pensando que ela pode não voltar, Terry se pergunta se deve ligar para o telefone dela. Enquanto ele delibera, porém, Sara-Ann reaparece subitamente, com o rosto tenso e pálido. A maquiagem dos olhos está levemente borrada, e é óbvio que andou chorando.

— Eu quero beber pra caralho — declara Sara-Ann, ao entrar no táxi. — Um lugar barato e sujo combina com meu humor no momento.

— Então vou levar você ao Taxi Club em Powderhall... lá tem a cerveja mais barata da cidade!

Eles rumam para o Leith, e depois para Pilrig: Terry vai explicando o sistema de bondes, enquanto entra em Powderhall pelas ruas secundárias de Broughton. Quando entram no pequeno clube, veem que o lugar está praticamente vazio, mas Cabeção está jogando dardos com Cliff Blades, supervisionados por Jack Perneta, um veterano das Falklands que tem uma perna protética e só bebe cidra.

Terry apresenta todos a Sara-Ann. — Este aqui é o meu parceiro Cabeção. Chamado assim porque não é o ônibus mais rápido na rodoviária de Lothian.

Cabeção olha para ele, de queixo caído. — Você me contou que todo mundo me chamava de Cabeção porque eu vivia pensando grande!

— Eu menti, parceiro — admite Terry, deixando que Cabeção reflita sobre as implicações sociais dessa revelação, enquanto meneia a cabeça para um homem com óculos de lentes grossas. — Este é o Blades. E este puto babão perneta aqui é o Jack.

Então Terry gesticula teatralmente para seus amigos e arremata: — Já esta beldade fascinante é Sara-Ann Lamont, conhecida como Sal, e eu fico feliz por dizer que ela não consegue tirar as patas gulosas de cima de mim!

Sara-Ann sente uma estranha timidez dominá-la, detestando por só conseguir pensar em uma resposta fraca e pudica.

— Bem que você queria — diz ela, antes de se corrigir. — Puta merda, acabei de voltar pra cá e já virei uma professorinha cheia de pudores!

— De onde você é? — pergunta Blades com sotaque inglês.

— De perto de onde você é, ao que parece. Londres.

— Eu sou de Newmarket, na realidade.

— A Central anda te sacaneando ultimamente? — pergunta Jack a Terry.

— Nada. Enquanto eu estiver passando o rodo na Big Liz, ela me deixa em paz. Aquele McVitie é que é filho da puta, mas ele logo vai se aposentar.

— Pois é, eles vêm tentando armar pra cima de mim — diz Jack, fazendo uma careta e erguendo um uísque aos lábios.

— Aqueles putos da Central sabem nos enervar — concorda Terry. — Na semana passada, eles me tiraram do circuito a noite toda, só porque eu rejeitei uma corrida das barcas até Granton. Falaram assim, "Você é o táxi mais próximo". E eu disse: "Mas estou na Queensferry

Road, não na Ferry Road, seu idiota. Aprenda a ler a porra do mapa." O puto do McVitie, ouvi dizer que foi ele, falou: "Meu satélite diz que você é o táxi mais próximo." Então falei: "Seu satélite está todo fodido. De onde essa porra veio... do espaço sideral, algum lugar assim?"

Jack ri. — Pois é, você tem a ficha dele por causa da Liz.

Terry dá uma olhadela e percebe uma leve reação de Sara-Ann diante do nome de Liz. — Mas eu tenho entrado muito pouco no sistema, porque ando trabalhando prum cara, o Ronnie Checker... saca, aquele puto americano da TV?

— Trabalho dá tesão! — grita Jack.

— Aah, eu imagino que ele seja uma espécie de tirano no trabalho — diz Blades.

— Nada, na verdade, o puto é cagão pra caralho, não é, Sal? Com medo do Bawbag! Cagou a porra da cueca toda! Precisamos ir até lá na outra noite, só pra segurar a mão do puto, não é?

— Ele achava que ia ser algo parecido com o furacão Katrina em Nova Orleans — diz Sara-Ann, rindo.

— Bom, esqueçam esses furacões de merda, porque eu vou lhes dizer quem são os verdadeiros putos: aqueles escrotos lá da Central! — diz Jack Perneta. — Tentando me forçar a fazer um teste! Dizendo que eu não estou apto a dirigir um táxi! Eu dirijo táxi há anos!

— Você vai virar motorista particular, meu garoto — observa Cabeção.

— Motorista particular? Nunca conheci um puto desses que não tivesse um prontuário do tamanho do seu braço!

Terry vai até o banheiro, a fim de mijar e cheirar uma carreira. Quando volta, fica encantado ao ver Sara-Ann se aproximar com uma rodada de bebidas em uma bandeja.

— Que classe — diz ele, meneando a cabeça para os outros. — Eu gosto disso numa gata.

Sara-Ann olha os homens ao redor da mesa com um acentuado viés socialmente antropológico. E tenta imaginar por que, embora tenha sido criada na mesma cidade, jamais passou tempo algum na companhia de homens como aqueles.

— Bom, em muitos aspectos, eu sou um homem antiquado — declara Blades. — Mas a vontade de pagar as próprias contas é um traço atraente em qualquer pessoa.

Sara-Ann dá um meio sorriso para ele. — Mas o que atrai você em uma mulher, Cliff?

Blades cora levemente. — Teriam de ser os olhos dela. Dizem que são as janelas da alma.

— Mas no seu caso, elas nem podem ter olhos, caralho! É um emprego de bengala branca, parceiro — diz Jack Perneta.

— E você, Terry? — pergunta Cabeção. — O que atrai você numa mulher?

— Simplesmente o fato de haver mulheres suficientes pra esse puto tarado — ruge Jack, antes de olhar sem jeito para Sara-Ann. — Desculpe, gata, eu não quis dizer que...

— Cale a boca, seu perna de pau — ruge Terry. Depois ele se vira para Clifford Blades e põe o braço em torno dele. — Eu estou com você, Cliff, porque é aquilo que você falou, parceiro... nada mais sexy em uma gata do que os olhos, quando ela abre os *olhos* chupando o seu pinto, ou fecha os *olhos* abrindo as pernas.

As gargalhadas bêbadas ressoam, enquanto o operador de karaokê entra e começa a instalar o equipamento em um canto do lugar.

— Parece que vai ser uma noitada e tanto! — grita Blades.

— Não posso ficar fodido demais aqui — diz Terry, lançando um ligeiro olhar de súplica para Sara-Ann. — De manhã preciso levar um babaca americano às Highlands.

— Quero mais bebida! — anuncia Sara-Ann.

— Só se você concordar em cantar uma música comigo — declara Terry.

— Feito!

— Negócio fechado — diz Terry, que vai até o operador de karaokê, pedindo que ele ponha para tocar "Small Town Girl", do Journey.

23

Coisa branca esquisita

Lembra do nosso primeiro encontro, Jinty, naquele pub da Lothian Road? É, na Lothian Road. Lembra disso, Jinty? Lembra do que você falou pra mim? Você disse: "Você não é muito inteligente, né, Jonty?" Eu quis responder: "Bom, talvez você também não seja muito inteligente, Jinty. Pode ser mais do que eu, mas não é tão inteligente assim." Mas fiquei calado, porque você era uma nova garota, pois é, era mesmo, e então você disse: "Bom, mas não importa, porque você é um cara legal, e eu gosto de você." Então nós fomos pra casa e transamos. Você meio que se mudou pra cá depois disso, porque me contou que tinha sido expulsa pelo cara com quem morava, e não queria ser obrigada a voltar pra casa e ficar com o Maurice.

Lembra da nossa primeira transa? Do sarro? Você falou: "Opa, Jonty, você é um garotinho mais crescido do que eu pensava! É um rapaz já grande... pode não ser alto ou musculoso, mas todo o seu peso está nesse pau!" E eu meti tudo em você, Jinty, lembra? Rachei você ao meio, e você gostou! Gostou muito! Certeza, gostou mesmo, pois é. Mas eu me sinto mal com isso: todos eles, naquele Pub Sem Nome, debocharam do meu pinto. Pois é, provavelmente eles querem que eu vá fazer a pintura lá pra poderem me atormentar mais. Você nunca debochou do meu pinto, Jinty.

É, você era minha namorada, Jinty. Menos quando tomava um porre. Você mudava quando tomava um porre, pois é. Ficava uma coisa diferente, Jinty, ficava mesmo, era uma coisa diferente. A bebida do demo, certeza, a bebida do demo. E aquela coisa branca esquisita, não não não, eu não quero falar sobre isso... botar você na cadeia... e você não queria ir pra cadeia. Porque foi isso que deixou o seu pai esquisito, certeza, Jinty... o seu pai, Maurice, ficou esquisito lá na cadeia, é, ficou mesmo...

E eu falei pra você, Jinty, quando você voltou e nós tivemos aquela briga, quando você disse que ia sair novamente, eu falei: "Não fique na rua durante o Bawbag!" Foi isso que eu disse. Foi, foi mesmo. Não naquela noite, quando a ventania na Gorgie Road chegou a mais de cem quilômetros por hora. Você não quis me escutar, queria voltar pro pub, ficar com eles, queria mais daquela coisa branca esquisita, então eu tive de impedir você, Jinty, pois é, tive mesmo, certeza, certeza, certeza, certeza, certeza, foi mesmo, foi mesmo, foi mesmo, foi mesmo, pois é, é, é, é, de Penicuik, foi mesmo, pois é, foi, foi, foi, é isso mesmo, certeza, certeza, certeza, certeza, certeza. Foi.

Eu nunca devia ter saído de Penicuik.

Nunca.

Não.

24

Instrumentos do diabo

Foi uma sessão e tanto lá no Taxi Club ontem à noite. Alguns putos dizem que o Taxi Club não é mais o que era antigamente, e não é mesmo, mas continua tendo uma das cervejas mais baratas da cidade, e isso conta. Sal Suicida ficou bêbada pra caralho e quis voltar pra casa comigo. Eu me esquivei, e ela desmaiou, então levei a coitada de volta pra Joppa. A caminho de lá, ela acordou e me mandou parar em algum canto, já tirando a roupa. Puta que pariu. Eu achei um cantinho e fiquei metendo nela até ela dormir de novo, mas deu um trabalhão. Sal topa todas e é muito gostosa, mas aquela xota raspada que ela tem precisa ser mais bem aparada, ou então crescer outra vez, porque quase arrancou o meu saco escrotal, que mais parecia a porra de um pneu furado na estrada. Serviço feito, porém: ela ficou mais do que chapada depois da trepada e de toda a birita. Eu até precisei carregar Sal pra fora do táxi e amparar seu corpo, enquanto tocava a campainha. A velha apareceu e arrastou a filha pra dentro. Ainda consegui ouvir o começo de outra briga, aos gritos. Mas me mandei logo.

    Hoje levantei cedo a fim de ir até a sauna, depois de parar e tomar o café da manhã em um lugar que serve um belo mingau de aveia. Carboidratos complexos: preparam você pras trepadas do dia. Quando uma gata diz, "Qual é o seu segredo, Terry?", eu sempre respondo: mingau de aveia. Elas pensam que estou brincando, mas não estou: é a melhor fonte de carboidratos complexos.

A tal da Jinty era meio vadia, mas todos nós temos nossa chance. Só que também era bem gostosa, e isso é o principal. Eu não curti muito a energia daquele lugar, a Liberty Leisure, e não gosto de pensar que ela pode estar encrencada. A mulherada, mesmo em um lugar assim, não deve ter qualquer problema: é preciso respeitar as xotas.

Então vou conferir a sauna, mas só encontro a Andrea, com um olho roxo, e aquele puto do Kelvin, todo sorridente. Não vejo Jinty, nem Saskia, e isso me deixa meio preocupado. De modo que não me demoro e volto pro carro. Ligo pra Saskia, mas a ligação cai na caixa postal. Está ficando frio na rua: todo mundo já começou a usar roupa de inverno, e sobram apenas alguns putos mais duros na queda, de jaqueta ou suéter.

Eu volto pra Gorgie e dou uma passada no Pub Sem Nome. Os irmãos Barksdale estão lá, e Evan (ao menos eu acho que é Evan) está na mesa de bilhar com outro carinha.

— Barks.

— Terry.

Evan pode ser legal, na realidade, pode até ser engraçado em dias bons. Basicamente, porém, ele é um daqueles filhos da puta reclamões que têm inveja de todos os outros filhos da puta. Sempre foi assim, desde os tempos de colégio; tem um ar meio emburrado e esquivo, tipo "como eles conseguiram isso, e eu não?". É esquisito pensar que ele oprimia o Bichona naquela época. Todos nós oprimíamos, acho eu, mas Evan levava a coisa ao extremo. Até eu mandei que ele parasse com aquela porra algumas vezes.

— Nenhum sinal daquela gata, a Jinty?

— Não, o puto do Jonty não deixa mais que ela saia. Ele pegou a Jinty de sacanagem comigo no banheiro. Ha, ha, ha! Foi na mesma noite em que você trouxe ela aqui, lembra? — diz ele. Seu parceiro, um magricela de suéter com gola em V, dá uma risadinha. É o tal do Stuart Letal. Evan alinha sua tacada e ergue o olhar da mesa pra mim. — Na noite do furacão... lembra?

— Sei. Beleza. Mas então... por onde anda esse tal de Jonty?

O gêmeo de Evan aponta pra um putinho de ar abobado em um canto que foi isolado. Ele está pintando as paredes de uma alcova. Fico observando, enquanto ele dá pinceladas firmes e constantes, com um olhar meio que perdido no espaço.

PUTA QUE ME PARIU!

AH, NÃO.

Eu conheço a fuça desse putinho! Ele é irmão da porra do Hank, ou seja, filho daquele puto do meu velho que está no hospital! O que o torna, tecnicamente, meu meio-irmão, caralho, embora eu nunca tenha trocado uma só palavra com o sacana na vida! E eu comi a gata do coitado, esse putinho abobado!

JESUS TODO-PODEROSO!

Ao menos não é tão ruim quanto algo que já me aconteceu antes. Comi uma gata de férias em Tenerife, e descobri que ela era filha do velho escroto do Henry! Nem te conto, passei uma hora de pau mole depois de descobrir isso! De modo que agora eu tenho uma regra de ouro com xotas aqui da cidade, mesmo quando encontro com elas fora da cidade, tipo em férias: sempre pergunto quem é a porra do pai delas.

O carinha olha pra mim e meio que sorri. Penso em ir até ele, mas não... que se foda, e faço apenas a saudação de um bebedor. Ele sorri de volta pra mim, todo tímido, e depois desvia o olhar pra parede. Então fico sentado junto ao balcão, com uma garrafa de Beck's, olhando pra ele.

— Ele não é bom da cabeça — diz Craig, o outro Barksdale. — Foi ao banheiro, lavou o cacete na porra da pia e ficou secando embaixo do secador. Retardado da porra.

— Mas ele tem um cacete e tanto — ri um camarada chamado Tony. — O filho da puta parece a porra de um tripé!

Faz sentido: se o carinha anda comendo aquela gostosa da Jinty, precisa ter alguma vantagem a seu favor, que provavelmente, deve ser um cacete grande. Herança genética da família Lawson, talvez a única coisa decente que o puto do Henry deu a nós dois. Mas não posso falar com o cara: não quero chamar atenção pro fato de ter traçado a senhora dele. O coitado já parece tão abobado, e provavelmente, nem sabe que ela anda dando expediente como puta.

Entro no táxi e sigo pro campo de golfe, a fim de apanhar Ronnie, que marcou encontro comigo lá. Ele está com aquele idiota empertigado... Mortimer é o nome do sujeito, e os dois andaram tendo outra rusga.

— Faça disso a sua prioridade! — arremata Ronnie, despachando com desdém o bobalhão. O camarada se vira e lança pra mim um olhar esquisito, enquanto se afasta em direção ao carro. Ronnie abana a cabeça com desgosto e depois sorri pra mim. Está usando um boné com o emblema do Atlanta Braves; o penteado moicano deve estar todo amassado por baixo. Nós seguimos até o Balmoral e ele sobe a fim de pegar suas coisas. Fico esperando por ele no saguão e aproveito pra ligar novamente pra Saskia. Desta vez, ela atende, o que é um pequeno alívio.

— Terry...

— Tudo bem, amiga? Você está legal?

— Sim, eu só estava com um pouco de gripe. Ainda não há sinal de Jinty?

— Não — digo, ouvindo um espirro dela. — É melhor você tomar um remédio e voltar pra cama. Vejo você mais tarde, e grito se tiver alguma notícia.

— Tá legal... eu também, se ouvir alguma coisa. Obrigada...

— Combinado... saúde. — Desligo bem na hora em que meu parceiro Johnny Cattarh telefona pra contar uma história de quetamina, que eu prefiro não ouvir, e fico feliz quando me livro do cara. Histórias sobre drogas parecem histórias sobre sonhos ou trepadas: só são interessantes as nossas próprias. Eu só vejo filmes pornô pra fazer uma lista das garotas com quem adoraria trabalhar: basicamente, todas elas, é bom lembrar. Seria bom ir até Tufnell Park pra rever Camilla e Listte. Gatas top. Isso me deixa com vontade de ligar pro Sick Boy, que atende imediatamente, coisa incomum.

— Terry.

— Simon! Como vai?

— Ocupado. O que você quer?

— Estou louco pra fazer um pornô! Não tem algum roteiro em produção?

— Nada da fila, além de *Pegador 3*, que é um filme do Curtis, como você sabe.

O putinho gago. Eu ensinei à porra do escroto tudo que ele sabe.
— Sei...
— Estou dando um tempinho e trabalhando na distribuição. O site está sendo reformulado, o que exige um investimento substancial de tempo e dinheiro. Mas isso facilitará o *downloading* e o processamento dos cartões de crédito, de modo que temos esperança de ser recompensados na vendagem. Estou reposicionando a imagem da marca Perversevere Films como erotismo de qualidade, Terry, e nesse mercado nobre o desenvolvimento de um roteiro leva mais tempo. Não consigo nos ver rodando *Pegador 3* antes da primavera. Você continua tendo aquelas aulas de interpretação?
— Sim — minto eu. Parei no ano passado. Só havia três gatas na porra da turma e, depois que eu comi todas, o curso perdeu o sentido.
— Que bom. Continue paciente, e continue magro.
— Beleza. Enquanto isso, vou continuar garimpando talentos!
— Tenho certeza que sim. Até mais — diz ele, desligando. O sujeito é ríspido, mas não me incomoda, pois Ronnie já está saindo do elevador. O boné sumiu, mas o corte moicano continua penteado pra trás.
— Só estava tentando arrumar um serviço trepando — eu digo, sorrindo e acenando com o telefone.
— A sua mente é de mão única, Terry — diz Ronnie, balançando a cabeça. Depois seus olhos se estreitam. — E então, como anda aquela sua amiga militante do Ocupem as Ruas?
— Não sei direito se a gata é militante — digo, verificando as mensagens no telefone. — Ela escreve peças de teatro, essas coisas.
— Teatro, é? Nunca me amarrei — diz ele. Mas dá pra ver que fica pensando no assunto.
Então pegamos a porra do táxi e eu acelero, saindo da cidade. Ao cruzarmos a ponte da Fourth Road, eu conto a ele de Johnny.
— O cara me contou que tomou uma merda chamada quetamina. Disse que não sabia o que estava fazendo, que aquilo era como viajar ao passado e perder a noção da hora. E eu falei, seu puto, eu faço isso o tempo todo com o meu cacete. Todo o sangue sobe à cabeça, e algumas horas mais tarde, você acorda em um lugar estranho, com a polícia batendo na porta, pra depois ser autuado e jogado em uma cela na

Peterhead! Viagem no tempo? Seu puto, eu já comecei a chamar a porra do Velho Guerreiro aqui de minha máquina do tempo!

— Interessante...

— Estou arrasado por causa da noite de ontem, amigo. Bebi e trepei demais – digo, tirando um papelote do bolso. – Aí... está a fim de dar um teco, parceiro?

Ronnie olha pra mim, tentando entender o que eu estou falando.

— Brilho. Pó. Coca. Branco.

— Ah... eu já falei que não tomo drogas, Terry.

— Hoje em dia não dá pra classificar um pouco de brilho como a porra de uma *droga*, parceiro. Além disso, não foi bem isso que eu vi naquela noite em que o Bawbag ficou chacoalhando a sua janela!

— Aquilo foi uma emergência... não, eu detesto drogas, embora acredite que elas sejam instrumentos de Deus para enredar e erradicar os desprezíveis habitantes dos guetos, baixando assim a carga tributária. Eu prefiro seguir uma dieta preparada por um nutricionista especializado, para quem almeja a longevidade.

— Cada qual com seu cada qual. Só não escute muito esses chamados especialistas, parceiro... todos eles fazem parte de uma indústria que só existe pra roubar a sua grana – digo, simplesmente pra fazer o camarada cair na real. – Ele é pago pra lhe dar conselhos, não é?

— Sim. E muito bem pago.

— Bom, conselho, eu lhe dou de graça. Você pode até dizer que o meu não tem valor, porque eu não sou especialista. Ou você pode ser esclarecido e pensar: "Este puto não tem qualquer interesse nisso, então pode ser que tenha razão." Quem você paga pra lhe dar conselhos? Gente feito o puto do Mortimer, que só fala o que ele acha que você quer ouvir. Isso não adianta!

— Tá legal, tá legal... meu Deus, Terry, você fala muito bem. Mas que diabos você quer dizer com tudo isso?

— Você tem todos os órgãos no seu corpo: fígado, rins e tal. A função desses órgãos é processar toda a merda que você bota pra dentro de si mesmo. Certo?

— Sim...

— Então, se você nunca dá um pouco de merda pra eles, só coloca frescuras pra dentro, seus órgãos não estão sendo testados. E nunca chegam a criar o nível de resistência que precisam ter. Pense nos times escoceses, quando vão jogar na Europa. Então uma doença de verdade atinge você, estilo Real Madrid, e os seus órgãos se mostram inúteis, porque nunca jogaram pra valer. Isto é científico, parceiro... é por isso que aqueles xamãs tribais antigos viviam tomando todo tipo de veneno, ou entrando nas florestas e desertos. Os caras caíam, vomitavam e cagavam feito loucos, mas depois voltavam purgados. E viviam longos anos — digo eu, segurando o papelote. — Dê a suas tripas um pequeno teste. O que eu chamo de um período de treino rigoroso. Sem passar dos limites, só tipo um pequeno exercício.

Decididamente, Ronnie fica pensando no assunto, porque começa a mexer no penteado moicano e diz: — Você acredita mesmo nisso? Que um teste ocasional é a melhor maneira de manter os órgãos vitais em boa forma?

— É claro! Tudo tem uma função! Eles que comecem a fazer a porra do serviço deles! Não estou falando pra passar dos limites, mas um teco de vez em quando não faz mal algum!

— Cacete, Terry... eu não tocava em drogas desde o primeiro ano da faculdade, antes daquele Bawbag aparecer... e agora... você é uma má influência — diz o puto, olhando pra mim com uma expressão teatral de magoado, mas já pegando o papelote, pondo um pouco sobre uma chave e cafungando.

Porra, tenho certeza que o penteado moicano dele se eriçou com aquele tiro!

— Escute, você me confidenciou as suas atividades. Posso tomar a liberdade de fazer o mesmo?

— É claro, Ronnie, tamo junto — digo ao cara. Obviamente, é papo furado meu. Isto aqui é um negócio, e nos negócios não há solidariedade. O puto deveria saber disso mais do que eu. Já a viagem está ficando genial: vamos nos aproximando das margens de Loch Leven.

— O lance da terra é importante, mas não passa de mais uma transação imobiliária. Trata-se apenas de um legado, e é isso que caras como o Mortimer não percebem. Eu estou aqui para obter uma coisa que só um outro homem nesse planeta tem, porque só existem três delas. Eu já tenho uma, e quero as outras duas. Ambas estão aqui na Escócia, e estou me aproximando delas – diz ele, pondo o dedo sobre os lábios. – Tudo isso é sigiloso, você entende. Eu tenho rivais.

O puto está falando das garrafas de uísque da destilaria Bowcullen, mas obviamente não vou deixar que ele perceba que eu já sei do que se trata, e de quanto quer pagar. No site da destilaria, eles dizem que a terceira garrafa não está à venda, mas provavelmente é conversa-fiada, só pra aumentar as ofertas. Tudo está à venda, se alguém chegar à porra do preço certo.

Passamos por uma aldeia, e eu paro diante do sinal, enquanto Ronnie dá uma enorme cafungada. Quando olho em volta, porém, percebo que estamos bem ao lado da porra de uma radiopatrulha.

PUTA MERDA.

Os policiais viram tudo, e já nos mandaram estacionar, o que eu faço do outro lado da rua. Eles fazem o mesmo alguns metros adiante, e saltam imediatamente.

– Caralho... é a polícia – digo, enquanto Ronnie enfia o papelote no bolso. – Não me dedure, ou eu perco minha licença.

– Eu não sou dedo-duro, cacete! Pode deixar que eu cuido disto! – grita Ronnie, enquanto o policial bate levemente na janela. Ronnie baixa o vidro, com um pouco de pó ainda no nariz. Ligado pra caralho, ele diz: – Algum problema?

O policial olha pra Ronnie, e depois pra mim. – Aonde você está levando este homem?

– Até a destilaria Bowcullen. Ele tem uma reunião...

– Por que você está interrogando o meu motorista, cacete?

– Senhor, peço que mantenha a calma... obviamente, está fora do seu estado normal.

– O quê?! Você sabe quem eu sou?

– Vou ter de pedir que nos acompanhe até a central de polícia, senhor, e poderemos saber esses detalhes no caminho...

– De jeito nenhum! Eu tenho uma reunião de negócios importante! Há algo em jogo aqui! Algo que você não conseguirá nem em um milhão de anos com esse salário de policial escocês, seu fracassado de merda!

– O senhor vai vir comigo – rebate o policial, começando a gritar algo no rádio.

— Seu verme da porra! Sabe quem eu sou? Posso esmagar você e toda a porcaria do batalhão policial de Lothian com um só telefonema!

— Poderá fazer isso lá na central, senhor. Agora, quer, por favor, me acompanhar? — diz o policial, já enfiando a mão e abrindo a porta.

Ronnie sai, e é agarrado pelo policial por baixo do sovaco. Ele empurra o policial, que tropeça e cai sentado de bunda.

— Vão se foder, seus babacas! Eu sou Ronald Checker!

Um segundo policial vem da radiopatrulha e atinge Ronnie com um Taser. O moicano de Ronnie parece se eriçar até as pontas por um segundo. Depois ele cai no chão e a urina se espalha pelo tecido claro das suas calças de golfista.

O policial do Taser parece preocupado. — Ele agrediu um policial, e eu não tive opção.

Eles carregam Ronnie, que está semiconsciente, até a traseira da radiopatrulha.

— O senhor nos siga, por favor — diz bruscamente o outro policial.

Então sigo a radiopatrulha até a central de polícia da porra de Kincross. É um prédio de merda, com dois andares, feito duas casas de um conjunto habitacional que tivessem sido grudadas. Enquanto eles autuam o puto, eu noto o seu computador no banco traseiro e passo a mão nele. Entro na caixa postal, que continua aberta. Vou vendo as merdas de sempre, mas há uma que é interessante.

Para: rchecker@getrealestates.com
De: lsimonsen@mollersimonsen.com

Querido Ronald

Espero que esteja bem.

Como você deve ou não saber, eu também fiz uma oferta por aquela rara garrafa de uísque Bowcullen, parte da coleção "Trinity". Você, é claro, já possui uma das garrafas.

Vou direto ao assunto: sinto que a destilaria está nos pondo um contra o outro para aumentar as ofertas. A coisa mais cavalheiresca e esportiva a fazer seria

a seguinte: nós dois adquirirmos a garrafa em conjunto, e depois decidirmos quem será o proprietário dela, jogando uma partida de golfe.

O que me diz?

Cordialmente,

Lars Simonsen

Para: lsimonsen@mollersimonsen.com
De: rchecker@getrealestates.com

Querido Lars

Pode vir com tudo, caralho!

Checker

    Pelo telefone, eu jogo no Google o nome do puto do Lars Simonsen. O camarada é rico pra caralho! Então fico pensando... quem tiver algo que esses dois sacanas querem tanto só pode estar em uma posição muito forte! Isso é claro!
    Vou à cidade e compro uma calça, calculando que Ronnie tenha uns 86 de cintura. Entrego a calça ao policial na recepção. Ronnie é liberado cerca de uma hora mais tarde, e parece meio abalado ao falar com um advogado, que aparentemente ajeitou as coisas com a polícia.
    Então ele sai e a calça parece lhe cair bem.
— Como foi?
— Babacas! Eu tive o direito de dar um só telefonema e eles desabaram. — Ele olha na direção do advogado. — Estou com vontade de enfiar um processo no rabo deles.
— Obrigado por não dizer que o pó era meu...
— Tudo bem. Mas eu gostaria de contar com a sua total discrição no que diz respeito a este episódio.
— Claro, parceiro. Ninguém consegue viver pulando de cama em cama, feito eu, sem ser um pouco discreto, caralho. Fui eu que escrevi

o manual da discrição — digo a ele, meneando a cabeça na direção das suas pernas. — Como estão as canelas... tudo bem?

— Estão bem, Terry, mas eu me sinto meio enjoado. A porra daquele Taser, cara... babacas! — grita ele pra trás.

— Devagar, parceiro... discrição, lembra? — digo, levando Ronnie na direção da porta, porque é melhor darmos o fora da porra do lugar.

Não é uma viagem ruim até Inverness, mas Ronnie está um pouco enjoado, de modo que somos forçados a parar o carro umas duas vezes. Na primeira, perto de Perth, ele parece bastante nauseado, mas na segunda já está bem falante, e nem se incomoda com o fato de ainda vomitar um pouco. Eu sei muito bem com o que ele está animado.

Saímos da rodovia e pegamos uma estrada secundária um pouco ao norte de Inverness. Há uma placa da destilaria Bowcullen, mas quem não conhecesse a tal estrada secundária poderia facilmente passar direto. Entramos em uma mata intimidadora, com uma pista única. Eu preciso até abrir caminho, quando um puto com um Land Rover surge no sentido oposto. A destilaria fica à direita: um casarão antigo, feito de arenito vermelho antigo, com um prédio moderno por trás. Se fosse primavera, com uma vegetação exuberante, as árvores impediriam a visão da destilaria a partir da estrada. Avançamos pelo cascalho da alameda, até abrirmos as portas do carro e darmos de cara com o ar frio.

Dentro da casa, é tudo grandioso e revestido de madeira, com um balcão de recepção. Uma gata mais velha, sofisticada e de ar sensual, que eu adoraria foder até ela desmaiar em cima daquele balcão, dá um sorrisinho pra nós dois. Depois ela chama um cara, que aparece e saúda Ronnie. Eu me afasto, fingindo ler um folheto reluzente em uma estante. É sobre todos os uísques produzidos por eles, mas não há menção à coleção Trinity.

O sujeito de ar matreiro tem uma voz sussurrante, então não consigo ouvir o que está sendo dito, mas aí Ronnie se aproxima de mim, com os olhos cintilantes.

— Terry, por favor, nos siga. Quero te mostrar uma coisa linda — diz ele. Depois me apresenta ao tal sujeito. — Eric, Terry. O Terry é um amigo meu, e o Eric dirige esta destilaria. Um negócio familiar... certo, Eric?

— Há quase quatrocentos anos — diz o puto matreiro.

Ele passa conosco por um posto de vigilância, e depois descemos até um grande porão com paredes de tijolos, do tamanho de um hangar de aeronaves. O lugar parece antigo, e é mesmo, mas dá pra ouvir um moderno sistema de ventilação em funcionamento. Há mais garrafas de uísque do que se poderia imaginar que meu velho parceiro Alec conseguisse beber! Então chegamos a um corredor, com uma porta trancada no final. O tal do Eric saca uma chave grande e abre a porta. É outro aposento todo revestido de madeira, mas cheio de cristaleiras iluminadas, exibindo uma gama de uísques *vintage*. Parece que todas as garrafas têm uma data e uma pequena anotação. A que está no lugar mais proeminente, na parede do fundo, é uma garrafa da coleção Trinity.

Seu tom é vermelho-escuro, mais parecido com vinho do que uísque, mas a garrafa tem uma forma esquisita, cheia de curvas, um pouco semelhante ao edifício Gherkin lá de Londres.

— O Bowcullen Trinity — diz Ronnie, quase sem fôlego. — Uma das três únicas garrafas existentes.

— Sim, nosso plano original era manter uma eternamente, e vender as outras duas — diz Eric, sorrindo para Ronnie. — Mas... você e a outra parte fizeram ofertas competitivas. O custo operacional deste lugar é alto, e a recessão nos obriga, infelizmente, a examinar todas as opções de renda. Esse uísque custa caro, de fato, mas isso simplesmente reflete a escassez e a raridade dos estoques que entram em sua composição. Alguns deles vêm maturando na destilaria há mais de um século e meio.

Ronnie lambe os beiços e vai papeando com o tal do Eric enquanto seguimos pro andar de cima. Então pega o telefone e diz, "Mortimer. Prepare a oferta formal. Largue tudo e finalize este negócio".

Então saímos e entramos de volta no táxi. Aparentemente, deveríamos ter almoçado ali, mas a prisão de Ronnie estragou tudo. Sei muito bem quanto vale a merda daquele uísque, mas fico bancando o idiota.

— Tenho certeza que o uísque é bom, mas parece grana demais por uma garrafa de birita, parceiro.

— Não é pra beber, Terry. Trata-se de um item de colecionador. Um investimento. Só vai se valorizar!

— Pena o outro puto estar envolvido.

— Sempre há um trato a ser feito, Terry... lembre-se disso.

Chegamos ao hotel Highland, que é bom pra caralho. Tomamos uns uísques no bar, e Ronnie fica falando deles.

— Não consigo acreditar que você seja escocês e não entenda nada de uísque!

Esfaimado, eu peço um filé com fritas e cogumelos, embora pegue leve nas fritas, já preocupado com os pneus na minha cintura e o prazo final daquele filme pornô. Ronnie luta com uma tigela de caldo escocês, porque o choque do Taser fodeu com o seu apetite, e decide se recolher logo pro quarto, a fim de dar uns telefonemas. Eu fico vendo parte de um jogo da Champions League com o barman. Estamos na baixa temporada, com o hotel praticamente deserto, e nenhuma mulher por perto. Então resolvo ir pra cama. Desligo o telefone e fico deitado, nu da cintura pra baixo. Recorro ao velho truque de ligar pro serviço de quarto, pedir um sanduíche e fingir que estou dormindo.

Infelizmente, é a porra de um camarada que entra, pedindo desculpas com a cara avermelhada.

— Desculpe, senhor — diz ele, pousando a merda do sanduíche e se mandando.

Eu ligo pra Big Liz, da Central, e faço sexo por telefone com ela. É menos arriscado do que a coisa real: quando ela senta na sua cara, aqueles grandes lábios parecem as luvas de um oficial da Gestapo! Então bato umazinha e depois repito a dose com Sal Suicida. Quando gozo a segunda vez, meu pau está dolorido pra caralho: quase arranquei a cabeça do bicho! Mas tenho uma boa noite de sono.

De manhã, vamos a um restaurante que fica na margem de um lago. Entramos e vemos dois sujeitos: um é alto, magro feito um trilho, com cabelo claro e sotaque escandinavo. O outro é um camarada atarracado, e mais parece um segurança. Eu recebo um olhar gélido da parte do escroto, e devolvo outro a ele. Não custa ter bons modos.

Então Ronnie e o sujeito alto vão pra uma mesa lateral, pedindo o café da manhã e confabulando, de modo que eu e o tal segurança sentamos em outra mesa, um pouco distante. Uma garota se aproxima e anota nossos pedidos.

— Eu comeria essa daí — digo ao camarada, assim que ela se afasta. — Na porra de um minuto!

O puto simplesmente fica sentado ali, com aquela cara esquisita.

— Escute, parceiro, você pode ficar sentado aí com essa cara feia enquanto quiser, mas eu não quero mais ver essa porra — digo. — Ou você se alegra, ou eu mudo de mesa.

Ele fica olhando pra mim, como se fosse me dar um soco, mas depois estende a mão.

— Jens — diz, com um sorrisinho nos lábios.

— Terry — digo eu, notando que o sujeito tem um aperto de mão dos bons. — Terry Lawson.

— Terry Lawson.

Então a garota volta com o café da manhã, e eu sei que o serviço é decadente: um pequeno Bloody Mary pra acompanhar as ostras e os arenques que eu pedi, e o salmão defumado do tal Jens.

— Sinto o cheiro do lago nesse puto daqui — digo ao sujeito. — Nenhum traço de fiorde nas escamas!

Damos algumas risadas, enquanto Ronnie e o outro cara continuam com as fuças enrugadas, em uma discussão profunda. Então eles tiram cara ou coroa. Ronnie fica todo animado; o puto deve ter ganhado. Depois disso, tudo se resume a grandes apertos de mão.

Enquanto voltamos pra cidade, Ronnie parece satisfeito, mas um pouco pensativo. Logo, ele liga pra Mortimer, sem sacar que tenho o microfone ligado, e consigo ouvir a porra toda.

— O acordo é que cada um dê cinquenta mil dólares, para comprarmos a segunda garrafa da coleção Trinity por cem mil paus. O pessoal do Lars vai botar cinquenta mil dólares na conta n.º 2. Nós vamos fazer a aquisição da garrafa, que ficará sob a nossa custódia até Lars e eu jogarmos uma partida de golfe, cujo vencedor levará a garrafa como prêmio...

Dou uma olhadela pra cara de Ronnie no espelho; ele já está ficando avermelhado pra caralho.

— Não quero discussão sobre isso, Mortimer! Você já deixou claras as suas opiniões... Para mim este *é* a porcaria do panorama geral! Faça o negócio acontecer!

O puto do Mortimer está levando uma dura, coitado!

— Como assim, o que acontece se eu perder? Se eu perder, cada um de nós terá uma garrafa, e jogaremos outra partida, sendo que o vencedor ficará com as duas garrafas. Agora faça o negócio acontecer! Cacete!

Ronnie desliga o telefone, e eu finjo que ligo o sistema de som do táxi.

— Tudo bem aí, Ronnie?

— É só um babaca que não quer fazer a porra do seu serviço, Terry. Mortimer não entende de uísque e também não entende de golfe. Só pensa nessa transação imobiliária vagabunda, e na sua própria comissão — desdenha Ronnie. — Claro, os números são bons, mas ele é um universitário ianque bestinha, sem alma.

— Então você fez o trato, Ronnie?

— Sim, mas, por favor, mantenha isso em sigilo.

— Já falei pra você, parceiro... eu escrevi a porra do manual da discrição. Escute, sobre esse assunto mesmo... nós devíamos comemorar. O que você acha de dar uma trepada?

— Prostitutas? Eu não pago por sexo!

— Não me venha com essa — digo a ele, pensando nas sábias palavras do Bichona. — Se eu desse uma só olhadela nas suas ex-mulheres, aposto que diria que você já pagou pra caralho! Roupas, carros, casas, joias...

Isso pega o cara de jeito!

— Você tem razão, eu podia ligar para uma garota de programa de alto nível agora mesmo — diz ele, agitando o telefone. — Só que essa merda não me diz nada...

— A mim também não, parceiro. Não estou sugerindo putas. Conheço muitas maneiras de arrumar uma transa legal!

— Terry, estou ocupado demais para me envolver com mulheres! Preciso ligar pra porra daquele sueco e conversar sobre a nossa combinação...

— Dinamarquês, meu chapa, o cara é dinamarquês – digo ao ignorante. – Ninguém nunca está ocupado demais pra dar uma trepada, parceiro... de que adianta trabalhar sem parar, se você não pode curtir um pouco de sacanagem? Você vira a porra de um viciado em trampo... triste! Deixe que o puto do Mortimer resolva isso... é como eu sempre digo: pra que ter um cachorro, se você mesmo vai latir?

Dá pra ver que o puto já está me dando razão, e eu continuo – Vamos dar uma conferida em um bar maluco de *speed dating* que eu conheço, bolado pra profissionais ocupados como nós... só vai levar uns dez minutos pra armar a jogada!

— Ah, que diabo – diz o filho da mãe, chegando a dar um sorriso. – Sabe, Terry... eu ando até me divertindo com essas nossas aventuras!

Eu também. A volta pra cidade é tranquila, e eu estaciono perto do Bar Cissism. Imediatamente, vejo que há carne nova no pedaço! Que beleza, até uma gata ruiva! Eu já me empolgo, e logo nossa conversa pega fogo! Mal posso esperar pra ver se o tapete combina com as cortinas da ruiva! Enquanto papeamos, pelo canto do olho eu espio Ronnie, que está sentado conversando com outra gata.

— Por que você tem o cabelo assim? – diz ela.

Ronnie não parece satisfeito, porque levanta e vai pra outra mesa. Babaca! Foda-se ele... eu vou abrir o jogo com a tal ruiva.

— Pra ser sincero, eu não estou procurando um relacionamento. E pra ser mesmo transparente, nem estou a fim de sexo constante... só umazinha já me satisfaria no momento. Nada que diminua você, que é bem gostosa... mas minha agenda está lotada nos próximos meses.

— Eu só estou atrás disso mesmo – diz a garota. – Também ando ocupada. Você mora perto daqui?

— Sua carruagem aguarda... com licença um instante – digo, já pensando, *golaço*... enquanto vou até Ronnie, que está conversando sobre golfe com uma puta elegante. – Ronnie, tenho de dar uma saída rápida. Tem uma xota me chamando.

— Você não pode me deixar aqui – diz ele, olhando pra garota à sua frente, que está verificando algo no celular. – Eu estou sendo paquerado!

— Que bom pra você!

— Mas você é meu motorista...

— Preciso vazar, meu chapa, tem uma xota me chamando — repito, pra enfatizar que aquilo não é uma brincadeira. — Como você mesmo diz: feche o negócio, porque trabalho dá tesão...

Dou uma piscadela na direção da ruiva, e continuo: — Mas dá pra ir a pé até o hotel, logo ali do outro lado da rua. Vejo você na recepção daqui a uma hora. Vocês ianques precisam caminhar mais, entrar e sair de carros o tempo todo não é bom pra ninguém!

— Ok. Em Roma, como os romanos — diz Ronnie. Ele olha pra garota ao telefone e sussurra pra mim — Nenhuma delas parece ter assistido ao meu programa, mas ficam impressionadas quando conto que estou hospedado no Balmoral.

— Aposto que sim — digo, porque todas as gatas aqui dentro sabem quem ele é, e estão prontas a tomar tudo dele.

Só que isso é problema dele, porque eu já estou muito a fim dessa ruiva maluca. Ela é cheia de sardas, como se algum puto tivesse acabado de gozar alaranjado na cara dela. Só o cabelo é um pouco curto demais, porque a vantagem de ser ruiva é deixar a porra das mechas fluírem. Isto no caso das mulheres, obviamente; no caso dos homens, tipo o Bastardo Ruivo, é melhor fazer o escroto raspar o couro cabeludo todo. Só que ela parece tão obcecada pelo meu cabelo quanto eu pelo dela. Quando saímos, ela começa a alisar as mechas e diz: — Gosto do seu cabelo.

— Sinto o mesmo pelo seu — digo ao chegarmos à rua.

— Você só quer descobrir se o tapete combina com as cortinas — sorri ela.

— Bom, já que você mencionou o assunto, eu não vou mentir...

Então, quando chegamos à minha casa, tiramos a roupa (ela não tem a menor timidez), e eu vejo a melhor moita ruiva que já vi na vida! Ela mantém os pelos fartos, mas aparados em um belo V, feito uma flecha apontando para o local, como se eu precisasse de algum controlador de tráfego aéreo que me orientasse para aquela plataforma de pouso! Queria que Sick Boy não tivesse ido pra Londres, porque poderíamos usar uma câmera digital e incluir esta aqui no catálogo! Mas aquela plumagem ali em cima diz que é hora de começar usando a língua!

— Você deve receber muitas lambidas nessa sua xoxotinha aí — digo.

— Até que eu me dou bem.

— Pois vai se dar muito bem aqui — digo, dando uma piscadela. — Esta minha língua conseguiria tirar migalhas até do fundo de um tubo de Pringles.

Ela dá uma risadinha e vejo seu olhar baixar pro Velho Guerreiro, já em posição de sentido, feito uma raposa encarando uma galinha apetitosa.

— Pois é, a primeira gata com quem eu transei era epilética e asmática, e começou a ter um acesso duplo, bem na hora em que estávamos transando! Depois eu disse a mim mesmo, "Terry, não deixe seus padrões baixarem". E desde então não baixaram! Em todo caso, menos papo e mais pau...

Eu caio de boca, mas ela se vira e dá o mesmo tratamento ao Velho Guerreiro. A gata é perita: chupa, lambe, aperta, morde e enfia tudo até o fundo da garganta. Cara, quando você encontra o seu equivalente no mundo das gatas, é genial, é do caralho! Vocês reconhecem que ambos têm outros buracos e paus pra colonizar, de modo que não há motivo pra fingir que aquilo vai dar em algo, mas são momentos vintage do caralho.

Fico imaginando se podemos combinar algo diante das câmeras mais tarde, quando... puta que pariu... ela está arquejando e empurrando meu pau pro lado... eu saio de cima, viro, e meto tudo dentro dela, em grande estilo. Seu rosto vai ficando da mesma cor do cabelo, enquanto ela faz uma cara de piranha malvada... nós dois vamos urrando e nos debatendo, como se algum puto houvesse nos encharcado de gasolina e incendiado... o tempo começa a passar mais devagar, como se tivesse acontecido um acidente de carro... nós vamos enchendo de barulho o quarto, o apartamento, o prédio, a rua, a cidade, o país e o mundo, sinalizando pra algum tarado espacial verde, com cinquenta paus e xotas no corpo, já se aproximando da Terra, que ele pode ver parte desta ação... um outro jeito de dizer: uma trepada decente.

Depois que nossas cabeças arriam cansadas, eu faço a proposta do filme pornô, mas ela não se interessa.

— Eu trabalho no Royal Bank of Scotland. A última coisa que quero é que todo mundo no meu escritório me veja fazendo isso na internet!

Trabalhando no Royal Bank of Scotland, ela só podia mesmo ser uma fodedora. Afinal, aqueles putos lá só fazem foder com todo mundo! Mas ela não se demora, e eu gosto disso. É o tipo da gata que já vai estar pensando em paus, mas paus diferentes, daqui a uma hora. Quando ela sai, eu verifico o telefone. O coitado do Ronnie já deixou duas mensagens, então corro pro Balmoral, ainda meio atordoado. Mas logo entro em foco, só de olhar pras xotas que passam na rua. É feito uma carreira de pó, e o Velho Guerreiro já dá sinais de vida, como se quisesse comida novamente. Então a ideia do pó começa a me perturbar, e eu entro em uma viela transversal da Chambers Street. Estico duas carreiras enormes em cima do painel e dou uma cafungada em cada narina.

Vou voando até o Balmoral, estaciono e entro no saguão. Vejo Ronnie esperando, mas o telefone toca novamente, e desta vez o BICHONA aparece no identificador de chamadas. É realmente burrice; preciso mudar isso pra VICTOR, mas tenho preguiça, e até gosto de ver o apelido aparecer. Aceno pra Ronnie, que também está atendendo uma ligação, enquanto o Bichona reclama por causa da tal Jinty.

— Uma das nossas putas sumiu, Tez.

— Pois é, a Jinty, nenhum sinal ainda. Não foi vista por nenhuma das outras garotas.

— Certo... ela não falou alguma coisa pra você... tipo, sobre mim?

— Não, nunca falou sobre você, nem sobre a sauna — digo, porque ela não falou mesmo. E mesmo que tivesse falado, eu não ia dedurar a Jinty pra este puto.

Silêncio ao telefone, enquanto eu olho pro espelho e vejo Ronnie olhando pra mim daquele jeito impaciente, só porque já encerrou sua ligação. Ele olha pra mim como se me possuísse, e o Bichona continua na linha, provavelmente todo putinho porque Jinty nunca falou dele. Pra putos feito o Bichona, ou Ronnie, tudo gira em torno deles: ficam muito irritados se ninguém está falando deles, e muito paranoicos se todo mundo está. É por isso que todos os famosos, gângsteres, empresários e políticos são simplesmente fodidos pra caralho. Já eu me desvio de toda essa merda; trepar é que é o meu grande barato. Mas agora preciso lutar pra manter a boca fechada, com todo esse pó circulando dentro do meu organismo.

Então a voz diz: — Está certo, Terry, mas me mantenha informado. Se ouvir qualquer coisa sobre o Kelvin, avise discretamente. E continue tentando achar a Jinty.

Quando termino a ligação, vejo que Ronnie ainda não está satisfeito. O puto sabe que eu estou ligadaço, e sabe que algo está errado. Mas eu falo antes.

— Como foi com aquela gata? Comeu?

— O quê? Não, nós trocamos telefones, e ela disse que apareceria aqui, mas ligou para reagendar.

— Reagendar? Pra mim parece que ela está de sacanagem, parceiro. Dica minha: nunca corra atrás de uma condução ou de uma garota, sempre há outra vindo.

Ronnie ainda não sorri. Ele pode ser um careta hoje em dia, mas, na juventude, provavelmente cheirava mais carreiras do que o Cabeção em uma agência de apostas.

— O que está acontecendo... você está legal? — diz ele. — Está cheirando mais cocaína? Depois das encrencas que nós tivemos com aqueles policiais babacas!

Resolvo contar a ele o meu dilema.

— Tem uma gata que é grande amiga minha — explico (se você não pode contabilizar como grande amiga alguém que já comeu, nossa situação como espécie é triste pra caralho). — Ela parece ter sumido da face da Terra, e como desapareceu durante o meu plantão, eu estou me sentindo um pouco culpado.

— Seu plantão?

Então começo a falar do Bichona, dizendo que estou tomando conta de um negócio dele onde a garota trabalha, e que quero ver a reaparição dela antes que ele volte da Espanha, pra que ele não fique irritado.

— Você deveria envolver a polícia nisso — diz Ronnie, antes de parecer pensar melhor sobre o assunto.

— Não quero envolver a polícia em coisa alguma que nós fazemos. Melhor manter o Estado e suas agências fora dos nossos negócios particulares — digo.

— Está certo — concorda Ronnie. — Babacas. Que diabo, aqui a polícia nem tem revólver. Acho que é por isso que eles andam por aí perturbando os cidadãos decentes, em vez de trancafiar a escumalha dos gângsteres dos guetos.

Subitamente, percebo que estou enjoado pra caralho, meio que suando, tonto, então preciso me sentar. É como se eu estivesse em uma porra de uma viagem aqui, e procuro recuperar o fôlego, enquanto tudo vai girando ao redor. Aquele pó devia ter alguma merda...

Ainda ouço a voz de Ronnie, dizendo: — Terry, você está bem? O que está havendo?

— Sei lá — digo, me apoiando na lareira, e vendo pessoas se registrando no balcão. Isto não está bom. Ronnie bota a mão no meu ombro.

— Você está legal, parceiro? — Eu ouço a pergunta, mas a voz parece abafada e distante. Depois ele grita: — CHAMEM UM MÉDICO!

Então eu já estou no chão, e nem lembro de ter caído, mas estou na porra do chão, olhando pro grande candelabro cintilante do saguão. Tentando me levantar, digo: — Seu escroto, você passou um minuto desmaiado aqui...

— Não se mexa — diz Ronnie, prendendo meu corpo ali. — Há uma ambulância a caminho.

— Eu não preciso de...

— Isto não está bom, Terry. Você precisa de um exame. Posso fazer meu plano de saúde cobrir tudo.

E eu fico pensando: com aquele puto velho do Henry no hospital, somado às pernas da velha, talvez eu deva mesmo relaxar aqui nesta porra e deixar o pessoal me examinar. A genética, coisa e tal. Chega a porra de uma ambulância lá fora, os caras entram, trazem uma maca e me levam embora...

25

No camarote do Tynecastle

Estamos indo pro grande camarote especial sob a arquibancada! Revestimento de madeira nas paredes, dizem eles, é, revestimento de madeira! Eu! Jonty MacKay, lá de Penicuik! Pois é, eu e Hank vamos entrar pra ver meu primo Malky! Simplesmente passando pelas portas, como se fôssemos muito importantes! Se eu contasse isto pra Jinty, ela diria: "Você vai subir na vida, Jonty! Não vai mais querer falar com gente feito a gente!"

Só que eu falaria com a Jinty, certeza, falaria sim, mas primeiro ela precisa falar comigo. Precisa mesmo. Mas nem quero pensar nisso, porque estou animado e feliz, embora Hank não pareça muito satisfeito.

— Hank, agora eles vão pensar que nós somos bons demais pra Penicuik — digo, porque eles vão pensar isso. Tipo, se nos vissem aqui.

— Não há nada de errado com Penicuik, Jonty — diz Hank. — As pessoas esquecem disso... pessoas como Malky. Não vá você virar uma delas.

— Mas foi legal da parte dele nos convidar, Hank, foi legal sim.

— É, acho que sim — diz Hank, olhando pra mim daquele jeito, tipo, bem nos olhos, como fazia quando éramos mais novos. — Desde que ele não comece a tentar mandar em nós. Malky esquece que nós valemos tanto quanto ele.

— Tanto quanto, Hank, pois é, tanto quanto. Valemos sim, pois é — digo, já chegando à porta. Um sujeito de paletó vinho nos dá um sorriso muito legal. Ele parece um comissário de bordo. Bem que eu gostaria de um paletó vinho assim. Pra ficar elegante. Seria um emprego genial, receber as pessoas no camarote especial em dias de jogo. Só que... e se algum conhecido meu quisesse entrar, mas não estivesse na lista? Eu precisaria barrar o cara, porque esse seria o meu serviço. Mas eu não teria coragem de fazer isso, certeza, não teria mesmo. Talvez não seja o emprego certo pra mim, porque eu gosto de pintar com o Raymond. Rodapés. Então, quando chegamos perto do sujeito de paletó vinho, ele diz, "Bem-vindos ao camarote especial do Tynecastle!", e nos deixa entrar, porque lhe damos nossos nomes: pois é, nossos nomes estão na lista.

— O porteiro nos deu um sorriso bem legal, Hank — digo, enquanto entramos no camarote, que tem as paredes todas revestidas de madeira, como o pessoal contava. — É legal ser legal. Revestimento de madeira e tudo!

— Americanizado demais — diz Hank. — Ninguém quer essa merda *fashion* no futebol escocês.

— Mas *fashion* é uma palavra americana, Hank, então talvez você mesmo já esteja ficando americanizado, hein? Peguei você! Certeza, peguei, peguei, peguei!

Só que Hank não me ouve, porque está olhando pra Malky, que segura uma bebida na mão, enquanto fala com algumas pessoas. Pois é, Hank já está fazendo uma cara meio feia e diz: — Malky pensa que é grande coisa por dirigir uma firma de minitáxis. Bom, pra mim, ele não é porra nenhuma.

Eu entendo o que Hank quer dizer, mas ter uma frota de táxis é melhor do que dirigir uma empilhadeira, e até do que pintar uma casa ou um pub, disso eu não tenho dúvida!

— Pois é... é mesmo — digo a Hank, olhando em torno.

Há toalhas de mesa brancas e sujeitos de terno! Então vou até uma parede e começo a cheirar o revestimento de madeira, só pra sentir o verniz. Mas logo sinto a mão de Hank no meu ombro.

— Pare de cheirar madeira, Jonty!

— É só pelo cheiro do verniz, Hank...

— O que eu já lhe falei sobre cheirar madeira? Você está nos envergonhando! — diz Hank. Aparece um outro comissário e mostramos a ele os passes que Hank tem. Ele acena com a cabeça e Malky está ali perto, conversando com dois sujeitos de terno. Mas justiça seja feita: ele vem logo nos dar boas-vindas.

— Meu primo Hank e meu primo Jonty!

— É legal aqui dentro, bem legal — digo, porque é mesmo. — Tem revestimento de madeira e paredes cor de creme mais acima. Magnólia, é como se chama esse tipo de tinta. Pois é, eu sei tudo sobre isso, sei mesmo. Isto é que é viver!

Malky meneia a cabeça pra um sujeito com um belo terno azul.

— Keith Fuller — diz ele, meio que sussurrando. — Ele se deu muito bem no ramo de vidraças duplas na década de 1980. Viram o que ele fez? Reinvestiu tudo em seguros pessoais, troços médicos e coisa assim.

Ele bate com o dedo levemente no nariz e arremata: — Ganhou uma grana preta.

Fico pensando nisso, porque o tal do Vladimir, o cara lituano lá da Rússia, não deve mais estar ajudando o clube, e digo: — Por que ele não vem ajudar o clube?

Malky vai começar a falar, mas meio que não consegue.

— O Jonty pegou você nessa — diz Hank. — Se ele tem tanto dinheiro assim, por que não ajuda o clube?

Malky abana a cabeça.

— Ninguém já enriqueceu botando dinheiro em um clube de futebol, mas um bom número empobreceu — diz ele. — Digamos que o Keith faz parte de um pequeno consórcio, em que eu espero até ter uma pequena participação, que está acompanhando os acontecimentos bem de perto...

Ele bate levemente na lateral do nariz outra vez.

— Isso é uma merda — diz Hank, e Malky o ouve, mas finge que não.

Então aparece um carinha que diz: — Olá, Malcolm.

— Deans, meu grande amigo!

Eles começam a levar um papo sobre as chances do Hearts no jogo. Eu, se fosse o técnico, o tal do Paulo Sérgio, mandaria todos passarem a bola pro Ryan Stevenson. Certeza, Ryan Stevenson.

Então o tal carinha vai embora, mas logo surge um sujeito alto. Ele parece muito elegante, ou todo engomadinho, como diria minha mãe. Malky nos apresenta o engomadinho, dizendo — Meu grande amigo, Donald Melrose QC!

E o engomadinho, com aquelas letras esquisitas no fim do nome, diz — Malcolm... como você está?

— Acabei de contar aos meus primos Hank e John...

— Jonty — digo eu, e Malky parece ficar meio emputecido comigo, mas eu sempre fui conhecido como Jonty, desde a época de Penicuik, e ele deveria saber disso, certeza, deveria saber disso.

— Jonty — diz o sujeito, olhando depois pro Hank e balançando a cabeça. Então sorri e vira pro Malky. — Esse lendário consórcio, um mito da Scotsman Publications, que pode ou não existir, e do qual, presumindo-se que exista, eu fosse realmente um membro, embora, como você sabe, nenhum documento ateste ou prove a existência do mencionado consórcio...

Fico tentando seguir o engomadinho, o tal de Donald, mas ele fala rápido e difícil demais, e eu não consigo ouvir direito...

— Então, isso pode muito bem ser fruto da imaginação de alguns dos membros mais obtusos do nosso Quarto Estado local — diz ele, sorrindo pra mim outra vez. — Ainda não se pode evidenciar a existência de qualquer ata de reunião, qualquer documentação, ou qualquer e-mail sobre isso entre membros proeminentes da comunidade empresarial ou autoridades municipais de alto escalão.

Dá pra ver que ele daria um bom advogado, porque nem você nem ninguém entenderia o que ele estava dizendo, até você ser trancafiado na cadeia. Aí você entenderia tudo! Certeza, entenderia sim. Pois é.

Mas o que ele fala me faz pensar, de modo que viro pro Hank e digo — Parece o Clint, aquele cachorro, Hank... lembra do Clint, o cachorro?

Hank desvia o olhar, como se não tivesse me ouvido, então puxo sua manga.

— O que foi, Jonty?

— Desculpe... como é mesmo seu nome? — diz o engomadinho.

— Jonty, meu primo – diz Malky.

— Pois é, Jonty – digo. – É. Jonty. Jonty MacKay.

— O que tem esse tal de *Clint, o cachorro*, Jonty? – diz o engomadinho do Donald Melrose. Mas a palavra "cachorro" nem parece caber direito em uma boca tão elegante.

— Lembra que eu ganhei o Clint, aquele cachorro, Hank? – digo, mas Hank simplesmente dá de ombros, como se não conseguisse lembrar, então eu me viro pro engomadinho do Donald. – Sabe, quando eu ganhei Clint, o cachorro, ele tinha uma coisa na garganta. Mas eu já tinha ido à escola e contado pra todo mundo que eu tinha um filhote de cachorro, e todo mundo queria conhecer o Clint...

Enquanto vou explicando, Donald olha pro Malky, que olha pro Hank.

— Então eu cheguei em casa e o cachorro tinha sido sacrificado por causa de algo na garganta – continuo, virando pro Hank, que segue olhando pro outro lado do camarote. – Lembra, a mãe e os outros disseram pra mim, a mãe e o pai verdadeiro Henry: "Clint, o cachorro, adoeceu, e não conseguia engolir direito." Por isso mataram o bicho.

— Fascinante – diz o elegante Donald. Depois pergunta: – E no caso, qual é o seu raciocínio?

— Todo mundo dizia "Onde está esse filhote, esse tal de Clint, o cachorro?". Mas quando eu contei o que tinha acontecido, eles simplesmente disseram, "Você está de onda, Jonty, não existe esse cachorro, você inventou tudo isso!" E eu não podia provar que existia, sim, mas eles também não podiam provar que não existia. Não mesmo, não podiam! Só que isso significava que era eu que devia provar a coisa, porque já tinha falado pra todo mundo que o Clint existia. E existia mesmo! Lembra, Hank?

Mas Hank continua olhando pra longe, e então, Malky diz em voz baixa: – Jonty...

O elegante Donald parece um bloodhound, daquela raça de farejadores que tem olhos caídos e vermelhos. É, ele parece mesmo! Talvez tenha sido o Clint que me fez pensar nisso, mas o Clint não era um bloodhound.

— Hummm... então você está fazendo uma analogia, Jonty — diz o elegante Donald. — Uma *analogia* entre a existência desse cão desafortunado... o Clint...

— É, Clint, o cachorro, certeza...

— E a existência desse tal consórcio, objeto de tanta disputa e especulação?

Eu sei o que é uma alergia, porque era isso que o cachorro Clint tinha na garganta.

— Certeza, certeza. Na garganta dele. Certeza.

— Seu primo é um sujeito fascinante, com uma perspectiva sobre a vida muito interessante e especulativa, Malcolm — diz o elegante Donald, virando-se depois pra mim. — Jonty, precisamos retomar esta discussão em outra hora.

Ele consulta o relógio e conclui: — O jogo está prestes a começar, devemos tomar nossos lugares.

Então vamos pra parte dos assentos bons lá fora, olhando pros nossos velhos assentos na arquibancada. Assentos que não queremos mais! Agora, não!

E Malky cochicha na minha orelha: — Fique quieto, Jonty, e tente não me envergonhar, pelo menos diante de um membro do consórcio!

Os times já estão entrando em campo, saudados pelas torcidas.

— Mas ele estava dizendo que não existe esse consórcio...

— Shh! Os jogadores vêm aí.

Eu começo a agitar meu lenço, tentando criar um clima de apoio, é preciso ter um clima de apoio, quando um dos comissários se aproxima e diz: — Nada de agitar lenços aqui, parceiro... se quiser fazer isso, vá pra lá...

Ele aponta pros nossos velhos assentos na arquibancada.

— Só estou tentando apoiar o time. Certeza, apoiar o time — digo ao sujeito. Porque aqui ninguém canta "Hearts, Glorious Hearts" ou "The Gorgie Boys".

— Lá é que é o lugar de agitar lenços!

Então eu abaixo meu lenço, olho em volta e vejo que sou o único que tem um lenço ali! Malky se curva e diz: — Isso não se faz aqui, Jonty. Você não está mais na arquibancada! Neste nosso camarote é preciso seguir padrões de comportamento diferentes, Jonty. Aqui dentro, ninguém pode cometer um assassinato impunemente!

— Desculpe, Malky...

— Desse jeito você está nos envergonhando na frente dos membros do consórcio — diz Malky com um ar insatisfeito. — Não é todo dia que alguém feito eu, um cara comum de Penicuik...

— Pois é, Penicuik, Penicuik, Penicuik...

— Eu posso até ser convidado a entrar no consórcio!

— Mas não existe esse consórcio, o homem acabou de falar — digo, virando pro engomadinho do Donald, que está sentado atrás de mim. — Aí, Donald, aí, parceiro, aí, não existe...

Malky balança a cabeça, puxa minha manga e diz: — Jonty! Já chega! Você se comporte! Inacreditável.

— Desculpe, Malky...

Malky já está muito irritado comigo, com aquele ar magoado.

— Jonty, eu pensei que podia te educar ao trazer você aqui. Ajudar você a melhorar — diz ele, balançando a cabeça outra vez. — Mas eu me enganei.

Agora é o Hank que se eriça todo e vira pro Malky, dizendo: — Bom, se é isso que você pensa de nós, a gente simplesmente vai embora! Vamos, Jonty!

— Não, vamos ficar mais cinco minutos, por favor, Hank — digo, meio que implorando, segurando Hank porque Templeton já passou a bola pro Ryan Stevenson, e aqui está maravilhoso, porque acabo de receber um sorriso legal de uma loura vestida com uma espécie de casaco de pele marrom, sentada na nossa frente, e dizem que no intervalo você até recebe uma torta gratuita. Então digo pro Hank: — Vamos ficar até a torta do intervalo.

Ele dá de ombros e se recosta, tal como Malky, e é genial-genial, porque a bola faz zum! Direto na rede! E todos nós viramos amigos novamente, uns abraçando os outros, e eu digo pra loura: — Ryan Stevenson, é, certeza. Ryan Stevenson, lembra que eu falei?

— Foi mesmo, Jonty, você falou! — diz Hank.

— Jonty cantou a pedra! — diz Malky, dando um tapinha nas minhas costas.

Donald, o tal advogado, curva o corpo à frente, entre mim e Malky, dizendo: – Malcolm, este seu primo Jonty parece ser um Nostradamus moderno.

E eu fico de boca fechada, porque esse era o garoto da aldeia que tinha uma corcunda nas costas, e como ele era meio lento, os aldeões debochavam dele, como fizeram comigo no Pub Sem Nome naquele dia, certeza, fizeram mesmo. E esse advogado elegante, com sua educação, ele vê tudo isso, porque está acostumado a investigar culpa, e eu não quero pensar no Pub Sem Nome novamente, não mesmo, com muita certeza não quero. Nem pensar.

Então fico calado o resto do jogo. Faço isso. Pois é.

26

O X do problema

Tive uma noite bem ruim depois que voltei do hospital, sem conseguir dormir direito e me sentindo um merda total. O coração parecia disparado, e fiquei pensando que eu só podia ter recebido um pacote de brilho batizado: ou do pior tipo, ou do tipo bom pra caralho. E os exames que eles fizeram: de sangue, mijo, merda, raios X... os putos me fizeram passar pela porra toda.

Agora já estou ficando todo estressado por causa dos resultados.

De modo que no dia seguinte vou até a porra do hospital pra descobrir qual é o veredito. Fico esperando um pouco, e pra me distrair dou uma olhada na recepcionista. É uma gata já mais velha (bom, provavelmente, bem mais jovem do que eu, pra dizer a verdade, mas eu sempre fui um puto meio atemporal), que me dá um sorrisinho. Ela tem no olhar aquela centelha de pegadora e uma boca apertada que anuncia: F-Á-C-I-L. Procuro uma aliança de casamento, mas não porque isso seja um impedimento. Simplesmente é útil saber algo sobre o perfil, como se aquilo fosse um *CSI: Edimburgo*, ou, melhor ainda, *CSI — Cunt Scene Investigation!*

Já estou prestes a dar o bote, quando um sujeito bota a cabeça pra fora de uma sala. É o mesmo puto que apareceu aqui na noite passada, quando eu mal sabia onde estava; foi ele mesmo que me examinou. Eu só lembro, praticamente, que o cara enfiou o dedo no meu rabo pra conferir a próstata, e que meus olhos ficaram marejados. Nessa hora, falei pro sujeito: "Você sempre faz isso logo no primeiro encontro? Que tal um pouco de música e luz suave antes, hein?"

O puto não gostou, e ficou todo sério, exatamente como está agora.

— Sr. Lawson? Por favor, entre.

Bom, eu acho que a gente também precisa dar umas risadas no trabalho. Mas, no momento, não estou gostando da cara deste sujeito. Nem um pouco.

— Por favor, sente-se. Eu lamento, mas preciso informar ao senhor que os resultados iniciais dos nossos exames de ontem detectaram uma irregularidade na sua pulsação. É uma coisa bastante comum.

— O quê? O que é?

O puto parece não me ouvir, mas então me dá uma receita pra dois tipos de remédio.

— É importante que o senhor tome esses remédios e não faça qualquer coisa que possa causar estresse. Nada de álcool, e, particularmente, nenhuma atividade sexual.

O QUÊ?

Não acredito na porra que estou ouvindo aqui. — Mas isso é... o tempe...

— Enfatizo que qualquer forma de excitação sexual pode ser fatal — diz ele.

— HEIN? VOCÊ ESTÁ BRINCANDO, CARALHO!

— Infelizmente não, sr. Lawson. Em todo caso, esses anticoagulantes afinarão o seu sangue, tornando muito difícil atingir uma ereção. E, para termos uma garantia dupla, o segundo conjunto de comprimidos contém um composto que suprime a libido.

— Que porra...

— Sei que isto é um choque, mas o senhor tem um quadro cardíaco muito sério. Precisa começar a tomar esses remédios imediatamente, e nós vamos avaliar o efeito que eles causaram quando o senhor voltar, depois de uma semana. Enfatizo que ambos são essenciais, e que ajudarão a evitar ataques cardíacos, mas não reverterão os danos que seu coração já sofreu.

— Quais danos?

— O seu infarto foi leve, sr. Lawson. Infelizmente, não é incomum que infartos assim sejam seguidos por outros mais severos — diz o puto, olhando pra mim por cima dos óculos feito a porra de um pistoleiro. — Com isso, quero dizer... um infarto potencialmente fatal. Portanto, tome essa medicação imediatamente e lhe dê a chance de funcionar.

PUTA MERDA, JESUS.

Tento falar, mas não consigo. Não há o que dizer.

— Enquanto isso, precisamos fazer exames mais detalhados — diz ele, estendendo um papel. — Portanto, se o senhor pegar este formulário e for até a Radiologia no fim do corredor, eles já poderão entrar em ação.

Então saio dali atordoado e passo pela porra dos exames todos, mas alguns parecem ser os mesmos que eu já fiz.

Depois disso, eu me sinto muito abalado. Volto pro táxi e fico sentado ali, olhando pra porra dos comprimidos em dois frascos diferentes. Não consigo acreditar que a vida simplesmente possa mudar tanto assim, de repente, e que a porra da minha já tenha acabado.

O telefone toca. É a Sal Suicida. E eu desligo o aparelho.

27

Em Deus confiamos – parte 2

Golfe. A maior liberdade pessoal que um homem pode ter é a de percorrer um campo de golfe com um amigo ou um parceiro de negócios. Claro, eu preciso vencer o babaca do Lars, e ele joga bastante bem. Convidei Terry para carregar os meus tacos, mas ele prefere ficar sentado no táxi, todo tristonho, o que não é o seu estilo. Acho que a sra. Ocupem as Ruas deve estar torrando os culhões dele.

Tenho consciência de que preciso treinar para o *play-off* do uísque com aquele babaca sueco, então contratei um especialista, o profissional do clube local, um tal de Iain Renwick. O cara é um zero: uma única vez liderou o British Open no segundo dia, antes de desabar e mal conseguir ficar entre os dez primeiros no final. Só que isto transformou o sujeito em um herói eterno por aqui. Esse povo que vive celebrando a mediocridade, que diabo, chega a ser pitoresco, e eles parecem até felizes. É por isso que precisamos ajudar todos eles, precisamos torná-los esforçados e, sim, infelizes, porque *só assim* conseguirão algo. Estamos aqui para ajudá-los.

Estamos aqui para ajudá-los, ó Senhor.

Tanto eu quanto Renwick, que parece fora de forma, com vinte e cinco quilos acima do peso ideal, rosto avermelhado e suor profuso, estamos marcando três acima do par, lutando contra as súbitas rajadas de vento vindas do mar do Norte. Essa ventania transforma qualquer partida de golfe em uma loteria frustrante pra caralho. O pentelho do técnico está dizendo que minha postura é tensa demais, e que eu preciso "abrir meus ombros" na hora da tacada. Tenho vontade de dizer a esse viado que ele também ficaria todo duro, se estivesse disputando o que eu estou!

Fico aliviado quando recebo um telefonema e vejo que é a porra daquele viking.

— Lars...

— Ronald... tudo está certo em relação ao uísque? Você já está com a garrafa?

— A venda foi concluída.

— Obviamente, você compreende que eu gostaria de vê-la.

— Você *é* desconfiado pra cacete. Mas acho que eu também seria. Meu assistente, Mortimer, vai apanhar a garrafa e o plano é levá-la para um cofre particular no Royal Bank of Scotland.

— Primeiro o meu pessoal precisa examinar a garrafa para ver se se trata do artigo genuíno, e não de uma falsificação. Nós dois queremos desfrutar do melhor, sr. Checker... isso temos em comum.

— Claro. Não é problema você ver o uísque. Vou telefonar para o Mortimer... a garrafa deve estar conosco muito em breve.

Há uma risada fria na outra ponta da linha. — Que bom. E nós dois sabemos que existe uma terceira garrafa, adquirida por um colecionador particular, aqui mesmo na Escócia.

— O sangue azul... ouvi dizer que ele estava no Caribe — digo, com pressa demasiada. Estou vendo Renwick dar a tacada inicial no quinto buraco. O babaca gordo de rosto vermelho parece desconfortável com o vento, como se o ar estivesse sendo empurrado de volta para os seus pulmões de bosta.

Lars solta um risinho debochado para mim ao telefone. — Não insulte a nossa inteligência, Ronald. Eu sei que você sabe onde ele está, e que o seu pessoal anda em contato com ele. Tal como o meu. Tenho um corretor que...

— Tá legal... o que você está sugerindo?

— A mesma combinação. Nós juntamos nossos recursos e abordamos esse comprador. Depois fazemos uma aquisição em conjunto, e jogamos outra partida pela terceira garrafa.

Esse norueguês pode ser um viado da porra, mas certamente gosta de uma aposta esportiva.

– Que diabos, vamos nessa! Vamos jogar uma seriezinha aqui! Eu ligo para você quando a segunda garrafa estiver nas minhas mãos!

Então desligo e observo Renwick me dar uma olhadela matreira, enquanto telefono para Mortimer, que continua querendo ganhar tempo para falar da transação imobiliária envolvendo a porcaria do hotel e dos apartamentos. Eu falo direto com ele: foda-se o negócio do hotel, isto aqui tem precedência. A transação vagabunda só serve para acobertar minha aquisição da coleção Bowcullen Trinity. A Trindade mais santificada depois de Pai, Filho e Espírito Santo!

Dou outra olhadela para o pateta do Renwick: o filho da mãe tem um sorriso gosmento naquela cara de caipira-prosa-mas-burro-pra-cacete, como se soubesse de algo que você não sabe. Bom, não é sobre a porra deste esporte aqui, com certeza!

Estamos empatados em 74 quando chegamos ao último buraco, que tem par 5, e é o mais longo do campo, com 450 metros. Fico rezando por uma vitória contra esse ofegante charlatão escocês.

Se estiverdes ocupado, ó Senhor, por favor, ignorai minha procura por aconselhamento em relação a uma matéria que parece tão manifestamente frívola. Só levanto isto por estar seguro de que vossa energia e visão são ilimitadas. Como eu já disse em Liderança 2: o Paradigma Empresarial, "Almejem ter o olho de Deus nos negócios, para ver e conhecer tudo. Obviamente nunca chegarão a tal ponto de perfeição, mas Ele ama quem aspira a isso". (Isto não era uma insinuação de que sois suscetível a lisonjas; que diabo, esse fruto da vaidade é um pecado Mortal.) Mas, por favor, dai-me o poder e o olho para derrotar tanto este escocês alcoólatra, quanto aquele escandinavo socialista-materialista, incréu e de coração frio. Pois vós sois o poder, o reino e a glória, para sempre, amém.

E nesta terra sombria, com seus céus mortiços e machucados, Ele responde à minha oração! Uma gargantuesca tacada inicial, um hábil golpe de aproximação com o ferro 6 e um toque curto contra o vento brutal põem a bola dentro do buraco! Um *eagle* da porra no final! O putinho do Renwick termina com um acima! Sinto um turbilhão de glória divina erguer-se no meu peito, até que a ficha cai: eu estou *pagando* este babaca incompetente para *me* ensinar golfe.

— Boa partida — arfa relutantemente a traiçoeira criatura de suéter Pringle, enquanto eu me viro para achar Terry.

Vejo que ele está encostado na sede do clube, com as mãos nos bolsos, a testa franzida e o olhar perdido. Nem sequer reage quando uma mulher se inclina para pegar algo no banco traseiro do seu carro, exibindo ao mundo uma bela bunda. Pior, ele se eriça todo, indignado, quando Renwick, parecendo um infrator sexual, faz um comentário lascivo. Isso não faz a linha de Terry! Ao olhar para o rosto dele, você pensaria que o maldito mundo estava acabando!

28

Frio consolo

Jonty sabe que agora será impossível levar Jinty ao Pub Sem Nome. Ou até mesmo ao Campbell's. Não do jeito que ela está fedendo. Ele até chega a lamentar a injustiça da situação, porque em geral Jinty era muito limpa. Vivia tomando banho, não só de manhã, mas também quando chegava do seu trabalho naqueles escritórios sujos e empoeirados; era a primeira coisa que ela fazia. E o jeito como se lavava, aquele troço que ela passava, que não era sabonete, mas uma loção saída de um tubo com pedacinhos ásperos dentro. Às vezes, Jonty experimentava, mas sempre se arranhava com os pedacinhos. Todos aqueles cremes e perfumes, no entanto, davam a Jinty um cheiro muito bom e uma pele tão macia. Não como agora: a pele parece fria ao ser tocada, e um odor fétido emana dela.

E ela não está acordando; só fica deitada naquela cama. Jonty já tentou tirar com uma esponja a maior parte do sangue da sua boca e do queixo. Só que ela está começando a cheirar mal. Logo estariam reclamando no prédio todo, como as pessoas costumam fazer. Ele se preocupa com o que possam dizer: *Esse Jonty, ele nem deveria estar aqui na cidade, não passa de um caipira de Penicuik, não sabe cuidar de si mesmo.*

Mas ele ainda ama Jinty tanto, mesmo depois daquela discussão terrível. Está tão frio e úmido. Jinty mudou drasticamente, ele percebe isso, mas quando olha para ela descobre que está tão excitado quanto sempre ficava. Sim, ele ainda ama Jinty. Mas teria de passar algo em ambos. Há um lubrificante na mesa de cabeceira. Então ele fica olhando para ela, tocando e lubrificando sua ereção.

O apartamento está imundo. As roupas de cama têm o fedor de Jinty; não como ela era, mas como está agora. Jonty afasta o edredom e olha para ela deitada ali, fria e indiferente. Ele se coloca ao seu lado e ajeita sua franja, fazendo com que os fios caiam sobre os olhos, como, às vezes, acontecia.

É fácil tirar a calça jeans, depois a blusa e a calcinha de seda. Ele deixa o sutiã no lugar, não quer estender seu braço até as costas frias dela para abrir o fecho, antes de esquentá-la toda.

— Ah, Jinty, tudo bem, Jinty, não se preocupe, Jinty, você não vai ficar sozinha, eu estou chegando, vou ficar com você, vou sim, vou sim...

Quando o peso de Jonty cai sobre ela, a boca de Jinty expele um pouco de gás. O ar azedo fica mais fedido ainda.

— Ah, Jinty...

Jonty empurra e se enfia pela abertura dela com seu pau lubrificado. Por que ela fez isso com eles? Por que teve de ir ao Pub Sem Nome?

— Ah, Jinty...

Jinty parece fechada para ele, mas subitamente um jorro gélido e ardente envolve o pau de Jonty, enquanto ele desliza dentro dela. Não é uma sensação totalmente desconhecida. Parecia uma brincadeira que faziam e que era assim: Jinty entrava em casa com as mãos frias (ela sempre dizia: "Mãos frias, coração quente") e agarrava o pau dele. Ela dizia: "Desculpe, Jonty, minhas mãos estão muito frias", e ele respondia: "Não importa, meu pau ainda está quente!". Só que agora ela está fria *lá embaixo.*

— Do jeito que você gosta, Jinty, do jeito que você gosta, mas agora você precisa acordar. Precisa acordar e se mexer — bufa Jonty, metendo nela.

Isto vai acordar Jinty, era como na Bela Adormecida... se alguém podia acordar com um beijo, não era mais provável acordar com uma trepada? E Sting tinha feito isso. Sting tinha. Sim, ele tinha. Jinty já vira aquilo uma vez em uma peça na TV, que ele só fora assistir porque Sting participava. Sting revivera uma garota trepando.

ACORDE, JINTY...

ACORDE...

Ele quase se detém quando uma mosca escapole da boca aberta de Jinty. O inseto gira no ar lentamente, pousa no rosto dela e rasteja ali um pouco, antes de sumir de vista. As moscas pareciam helicópteros quando ficavam cansadas. Então Jonty cerra os dentes e continua metendo. Vai meter até Jonty voltar à vida. Só que nada acontece. E ele continua.

— Eu transei com a Karen, Jinty, e sei que isso não foi certo, mas eu estava com medo, Jinty, estava com medo que você nunca mais falasse comigo novamente... falasse comigo direito!

Durante um momento parece até que Jinty está gostando, como sempre gostava. O cabelo cai para trás e seu rosto quase exibe um sorriso torto. Os dedos de Jonty sobem, e ele precisa encostar sua boca com força nos lábios congelados dela, a fim de suportar aquele olhar frio e vidrado. Assim está melhor. Desse jeito, ele pode penetrá-la toda, e ela sempre pode querer mais. Só que não é a mesma coisa, não agora que está completamente fria e rígida, com os lábios duros e azulados, e não macios como eram antes. Ela quase não parece Jinty mais. Só que ele ainda a ama, e ao menos pode fazer amor com sua adorada Jinty, não como Evan lá no Pub Sem Nome. Ele agora nem olharia para Jinty, torceria o nariz para ela, porque gente assim nada entende do amor, e Jonty jamais deixará Jinty partir, porque a ama demais.

Só que não é a mesma coisa.

E ele sabe: aquilo não é certo.

Ele continua metendo, mas não é certo, porque ela está muito fria, e ele está dolorido e tenso, mas continua penetrando cada vez mais... só que tudo parece tão frio, e o peso de Jinty se desloca sob ele, com a boca pendendo aberta... aquele cheiro sobe feito enxofre do fundo dela, e Jonty continua metendo para tentar trazê-la de volta, mas aquele cheiro na boca... *feche a boca... feche a boca...*

PARTE QUATRO

RECONSTRUÇÃO PÓS-BAWBAG

29

Excursão à sauna

Terry foi lançado em um universo novo, um espaço gélido e brutal, onde são expostas cruamente as incursões hostis dos outros. Ele fica rodando pelas escuras ruas chuvosas de Edimburgo, concentrando toda a sua atenção apenas nos movimentos automáticos da condução do táxi. As placas de trânsito, a luz de freio do carro à frente, os veículos que mudam de pista... ele dá a tudo isso a atenção plena do motorista novato. Tenta não pensar em sexo ou no estado de sua saúde, mas esses dois tópicos contraditórios surgem intermitentemente em sua mente febril. Terry luta contra a intrusão desses pensamentos, enquanto dirige pela cidade, ignorando instruções da Central e mensagens sexuais de Big Liz, cego às ameaças de ser tirado do satélite, e vai passando indiferente pelas mãos estendidas de passageiros que normalmente ele consegue farejar a quarteirões de distância. E quando Connor liga para lhe propor um negócio, sua reação é morna.

Às vezes, ele até esquece que o táxi está ocupado. Apenas uma olhadela pelo retrovisor para a pequena silhueta dela, recostada no assento, faz Terry lembrar que está levando Alice ao hospital novamente. Ele lamenta, tristemente, que mulheres como sua mãe sempre sejam enganadas por vagabundos feito Henry. Já no Royal Infirmary, ele fica esperando no café e bar do andar térreo, enquanto uma ligação ressoa no seu celular. É um número comprido e isso conjura imagens de mulheres estrangeiras laçadas durante o festival de Edimburgo em anos anteriores. Apesar de seus problemas médicos e dos comprimidos que já começou a tomar, Terry instintivamente aperta o botão verde. Para sua decepção, é o Bichona.

— Vic... não reconheci o seu número aqui, parceiro.

— Pois é, eu arrumei um celular espanhol, porque talvez fique aqui mais tempo. Algum tira anda rondando a sauna?

— Não que eu tenha percebido, Vic — diz Terry, levantando e se dirigindo à porta de saída. — Mas sei que alguns deles frequentam o lugar. Vou perguntar pras garotas... tipo, sutilmente.

— Você é o cara, Terry — diz o Bichona bruscamente, antes de baixar a voz. — Eu não posso conversar sobre isso com o Kelvin, porque as garotas não contam coisa alguma pra ele. Não gostam dele.

Terry fica em silêncio, pensando: *elas também não gostam de você, seu puto.*

O Bichona pergunta a Terry como estão as coisas lá. Terry informa que tudo anda correndo bem, mas que Jinty continua sumida.

— Parece que ela desapareceu da face da Terra.

— Piranhas de merda — diz o Bichona com uma voz de repente esganiçada, antes de prosseguir com um tom mais controlado. — Ela faturava bem. É melhor não ter se bandeado pro lado do Power. Continue atrás dela, Terry.

— Estou de olho — diz Terry, dando uma olhada no estacionamento castigado pela chuva. Ele dá um passo para o lado, abrindo a porta automática. Outro passo para o lado oposto, e ela se fecha.

— Continue atrás dela — repete o Bichona, acrescentando um ingrediente de exasperação. — Ela precisa aprender que ninguém simplesmente me larga sem a porra de uma explicação. Eu não trabalho assim.

Talvez já fosse tempo, reflete Terry, de parar de pensar em Vic como "Bichona".

— Tá legal, Vic, vou me esforçar ao máximo.

— É só o que posso pedir, parceiro, mas se eu conheço você, isso já será mais do que suficiente. Tenho muita fé em você — diz o Bichona em tom sinistro, antes de desligar.

Terry não é, por índole, fácil de intimidar. Ao longo da vida, ele já encarou muitos maridos e namorados ciumentos, irritando homens levados à loucura por suas próprias paixões destrutivas. No entanto, o Bichona, esta figura que outrora só merecia desprezo abjeto, agora lhe provoca arrepios, e ele se permite um calafrio culpado.

Quando deixa que seu pé se mova para o lado, a porta se abre outra vez. Então, pelo canto do olho, ele vê que está sendo observado por alguém. Um homem pequeno e magro, com cabelos ralos que se projetam para os lados. É o namorado de Jinty, o tal meio-irmão que ele já vira no Pub Sem Nome. Provavelmente veio ver o puto velho lá em cima, reflete Terry.

Jonty se aproxima de Terry. Estende o pé à frente, fazendo a porta deslizante abrir. Depois fechar. E abrir. Então ergue o olhar para Terry.

— Você põe o pé de um jeito, ela abre. Põe de outro, ela fecha. É.

— Isso mesmo — assente Terry.

Jonty faz a porta abrir e fechar novamente. Na outra ponta do café, um homem com uniforme de segurança franze o cenho e vem se aproximando deles.

— Abrir. Fechar — diz Jonty.

— É melhor parar com isso. O segurança está vindo.

— Ah — diz Jonty. — Mas deixo aberta ou fechada?

— Fechada — diz Terry, pegando Jonty pelo braço e puxando-o para perto. O segurança se detém a poucos metros, com os polegares enfiados no cós cintado da calça de flanela, e fica contemplando os dois por um segundo. Depois vira e volta para a sua mesa. Terry dá um pequeno sorriso.

— Você é o irmão caçula do Hank, não é?

— É, Jonty MacKay! Esse sou eu. Certeza. Sou, sim. Sou.

— Eu sou o Terry. Terry Lawson. Sou o irmão mais velho do Hank... bom, meio-irmão mais velho.

Jonty olha pasmo para Terry. — Isto quer dizer que você é meu irmão?

— Meio-irmão, sim. Mas não se empolgue, porque não é um clube muito exclusivo.

Jonty parece ficar desanimado com essa ponderação. — Sempre falaram que havia outros, pois é. Minha mãe e tal. É, é mesmo. Outros.

— Muitos, parceiro. Mas então o seu sobrenome é MacKay?

— Pois é, porque eu mudei, feito o Hank e a Karen, meu irmão e minha irmã, quando minha mãe ficou com o Billy MacKay. Certeza, Billy MacKay. Penicuik. É. Mas na verdade eu me chamo John Lawson.

— Beleza — diz Terry. — E vai subir pra ver o velho, então?

— Vou sim. Você também vai?

— Talvez mais tarde, parceiro.

Jonty balança a cabeça diante disso e se prepara para sair. — A gente se vê, Terry! A gente se vê, parceiro!

— Tudo bem, parceiro — sorri Terry, vendo Jonty se afastar.

Enquanto espera Alice, Terry acende um cigarro do maço que comprou no bar do clube de golfe na véspera, depois que Ronnie derrotou aquele suarento golfista profissional no último buraco. Ele parou de fumar oito anos antes. A porra do médico, felizmente, nada dissera sobre tabaco ou drogas, mas era razoável presumir que cheirar pó, para alguém com um sério problema cardíaco, não fosse uma boa ideia. Pouco depois, percebendo sua fraqueza e notando o olhar vigilante do segurança, ele apaga o cigarro antes de chegar à metade; pensando em Jonty, abre a porta e joga a guimba fora. Fica olhando para a máquina automática de vendas por quase dez minutos, resistindo a uma barra de chocolate, antes que sua mãe apareça. Alice parece frágil; é como se Terry estivesse vendo-a pela primeira vez, e ele se sente impelido a lhe oferecer o braço, que ela afasta.

A porta deslizante se abre e duas garotas entram no hospital. Apesar dos comprimidos de brometo antiereção que tomou, Terry ainda sente uma pontada na virilha. Para surpresa de Alice, ele vira o rosto na direção da parede.

— Havia um sujeitinho esquisito lá em cima — diz Alice, comprimindo os lábios com desprazer. — Ele ficava espiando pela janela, mas não quis entrar.

Terry assente, enquanto os dois cruzam o estacionamento sob um chuvisco mortiço.

— Pois é, eu vi esse cara mais cedo. Jonty é o nome dele. Mais um bastardo que o puto velho fabricou, depois que chutou você!

Alice se encolhe visivelmente, enquanto Terry abre a porta do táxi para ela, que entra. Ele assume seu lugar, liga o motor e parte. Está absorto em um só pensamento: NUNCA MAIS VOU DAR UMA

BOA TREPADA. Passa algum tempo antes que ele consiga ouvir a voz da mãe.

— Terry! Estou falando com você! Não vai nem perguntar como ele está?

— Você me contou que o puto está morrendo, então suponho que ele continue na merda.

Isto tem o efeito desejado, que é fazer Alice ficar quieta, mas ela murcha tanto sobre o frio estofamento do táxi, que Terry sente até um espasmo de culpa.

— Já não parece que vai demorar muito mais — pondera ela tristemente.

Terry não consegue sentir um mínimo de compaixão ou tristeza por Henry. Acha até chocante a extensão de seu ódio pelo sujeito, depois de tanto tempo. E fica mais do que feliz ao largar Alice de volta em Sighthill. Quando ela salta do táxi, já parou de chover, mas o céu continua coberto por nuvens negras.

— Donna quer ir até lá fazer uma visita. Para mostrar Kasey Linn a ele.

— O quê? — diz Terry, girando a cabeça. — Ela nem conhece o escroto! Agora quer levar a filha até ele?

— A menina mal conhece o pai, não pode ser culpada por querer conhecer o avô — diz Alice baixinho, em tom derrotado e nada belicoso, de modo que Terry suspira e liga o carro, partindo sem se despedir e rumando direto para o centro.

A chuva voltou e vai caindo em pancadas fortes, enquanto Terry liga o limpador do para-brisa, entrando melancolicamente no tráfego lento do centro da cidade. Depois de passar anos fazendo malabarismo com relações múltiplas, aturando toda uma miríade de problemas, ele acreditava que a vida sem encontros sexuais seria ao menos mais franca e direta. No entanto, a coisa parece estar se tornando mais complexa do que nunca, só que sem as recompensas antigas. Então ele volta à sauna no Leith.

Quando chega, encontra Kelvin na recepção. Terry descobre ser impossível olhar para aqueles olhos miúdos de camundongo sem que a palavra X-9 surja imediatamente no seu cérebro. Embora Kelvin jamais houvesse ligado para ele, os dois já haviam trocado números de telefone, seguindo um desgastado protocolo empresarial, e Terry arquivara o dele sob essa designação.

— Nenhum sinal de Jinty ainda? — indaga Terry, mecanicamente.

— Nada, e Vic não está satisfeito — estrila Kelvin num tom sorrateiro. Depois, sob o olhar fixo de Terry, ele continua: — Ele gostava de voduzar aquela piranha. Mas você podia conferir aquele boteco na George Street, o que ela frequentava toda noite de sábado. O Business Bar.

— Certo — assente Terry. — Eu conheço o dono de lá.

Imediatamente, ele percebe que não deveria ter revelado essa informação, que nos olhos de Kelvin já dispara uma série de jogadas trapaceiras, visíveis até do espaço sideral.

Então Sara-Ann telefona. Terry atende, já sob uma tempestade de acusações.

— Onde você está? Por onde tem andado?

Ele se afasta da recepção, longe dos ouvidos de Kelvin. — Ocupado, né...

— Aposto que sim! — ruge Sara-Ann. — Você nunca pensa em ninguém, a não ser em si mesmo!

Terry já está quase revelando seu problema médico, mas prefere se conter. Duas garotas estão sentadas nos divãs, conversando e bebendo café. Além disto, regra número um: não contar porra nenhuma às mulheres.

— Eu levei minha mãe pra visitar meu pai no hospital, depois fui ajudar um parceiro a encontrar sua garota no trabalho — diz ele, erguendo a voz para revelar seus motivos. — Ela está desaparecida.

Segue-se na linha um breve silêncio, que Terry toma como indicação de uma espécie de penitência. Isso é seguido por uma pergunta apelativa.

— Quando posso te ver?

— Dou uma ligada de manhã. Sem sacanagem, no momento estou atolado até o pescoço.

— Então não deixe de me ligar! Preciso ver você!

Dois dias antes, Terry pensava em Sara-Ann como uma mulher linda, e na companhia dela sempre se sentia animado. Agora que não pode trepar com ela, só consegue enxergar problemas e carências.

30

Em Deus confiamos – parte 3

Este silêncio incomum no trajeto até Musselburgh (afora a respiração rasa de Terry e o barulho do motor) já estão me incomodando pra caralho. Então volto ao telefone, verificando meus e-mails e olhando pela janela para a luz do sol, que cintila entre árvores quase nuas. Talvez isso seja um pequeno sinal de que Deus ainda não desistiu deste lugar totalmente.

Terry deve ser o único babaca que eu nunca tive vontade de demitir. Por quê? Esta é a pergunta que vai me perturbando durante todo o trajeto até o campo de golfe. Eu dirijo um negócio, e a primeira coisa que confiro é o currículo de qualquer empregado. Sou o astro (a porra do filho da puta do ASTRO) de um programa de TV, em que repetidamente enfatizo a mesma coisa. Então por que contratei Terry, um vagabundo de um conjunto habitacional qualquer, se nada sei sobre ele? Acho que foi porque ele nada quer de mim. Acho que foi porque ele disse não. Mas ele é a porra do meu *motorista*, e fica me dando ordens! Desse babaca, eu aturo umas merdas que nunca aturei de *ninguém*!

Deus, dai-me forças para resistir a este babaca estranhamente carismático, com sua cabeleira saca-rolha e suas drogas de bosta...

Mas... que diabo, preciso admitir que detesto vê-lo arrasado assim. Deve haver algo que eu possa fazer para alegrar o sujeito. Subitamente, tenho uma inspiração.

— Sabe, Terry, quando eu concluir este negócio aqui, adquirindo a segunda e a terceira garrafas do Bowcullen Trinity, você e eu vamos abrir uma delas e tomar um belo drinque juntos!

— Sim — diz Terry em tom melancólico, como se eu houvesse sugerido que ele vivesse à base de vales-refeição para sempre. — Mas você falou que as três garrafas juntas representavam um investimento. O grande valor estava na trindade, e que duas sozinhas não valiam um fuleco.

Fico pensando no quê, diabos, pode significar "fuleco"... provavelmente é uma palavra desse povo para libra ou "meio conto", como falam esses babacas aqui.

— Pois é, que diabo, mas a vida é para ser vivida! Eu posso divulgar que a terceira já foi consumida. Então a demanda pelas duas existentes deve até aumentar, depois inventamos uma besteira qualquer para a mídia sobre os motivos de precisarmos beber a terceira! Qual é? Vamos derrubar aquela filha da puta só para comemorar, cacete!

Terry não parece tão eufórico. — Você está colocando o carro na frente dos bois, Ronnie. Só tem uma garrafa por enquanto. Não deveria pensar que tudo já está certo.

— Esqueça esse papo de perdedor, Terry. Pense positivo e receba os prêmios da vida! Essa é uma pedra cantada. O meu *handicap* é cinco, o dele é sete. Eu já joguei na base do um contra um com aquele babaca holandês seis vezes e ganhei cinco! Qual é, parceiro? Pense um pouco: uma garrafa de uísque de cem mil dólares, o uísque mais caro do mundo em *todos os tempos*, e *nós* vamos estar bebendo esse filho da puta... aposto que você fica animado, não?

— Mal posso esperar.

Fico tentando entender o que provocou a porcaria dessa mudança de humor.

— Aquela gatinha que você adora vem enchendo o seu saco, é? A Ocupem as Ruas? Que diabo, não se preocupe com essa merda! O que foi mesmo que você falou, sobre ônibus e garotas?

Terry fica mordiscando o lábio inferior, como se estivesse prestes a falar algo, mas prefere se calar. Nós paramos no estacionamento e vamos tomar um drinque na sede do clube. Escolhemos o campo de

Musselburgh, já que o de Muirfield é um pouco conhecido demais. O corredor que leva ao bar é escuro e estreito. Ao final, há uma radiância que insinua luz, sem necessariamente prometê-la. Na arquitetura e no design, os escoceses parecem ter abraçado a escuridão exterior, criando cantos sombrios que evocam recessos escondidos, mas também o caráter de seu povo, cheio de câmaras ocultas e inóspitas. O corretor, Milroy, entra e se junta a nós. É um camarada de ar preocupado, tipo agente funerário, com cabelo curto, calvície incipiente e os olhos cinzentos de alguém que já foi vítima de um trauma, e que simplesmente aguarda ser enrabado dolorosamente outra vez. O filho da puta que realmente merece sofrer, porém, é o babaca do Mortimer, que ainda não apareceu com o uísque.

Ligo para ele, que diz ter acabado de sair do aeroporto de Edimburgo, pois seu avião chegou de Londres com atraso.

Telefono para Lars, a fim de lhe contar isso, e ele não fica feliz, mas já se sente melhor quando eu sugiro uma partida de golfe. Ele e seu capanga, que Terry cumprimenta com um aperto de mão, chegam um pouco depois. Lars diz que vem aprimorando seu estilo de jogo, pois quer me surpreender quando jogarmos pela garrafa de uísque, prefere jogar com seu próprio parceiro, um louro nazista com aqueles olhos azuis-laser que parecem estar eternamente à procura de algo para destruir. Nós deixamos que eles partam na frente, enquanto Milroy e eu resolvemos jogar um contra o outro. Terry participa como o nosso *caddie*, quando não está falando furtivamente ao celular, provavelmente com uma buça qualquer, talvez até aquela doce Srta. Ocupem as Ruas, enquanto a partida vai se desenrolando.

Mortimer enfim aparece, trajando um sobretudo e luvas de couro. Seguindo minhas instruções, ele carrega o uísque dentro de uma sacola comum. Faz que vai abrir a boca, mas eu decido que a penitência do babaca será percorrer o campo todo comigo. Que se foda esse bundão ianque empertigado! Bom, ele obedece, mas mantém no rosto a expressão de ter sido muito cavalgado e posto na baia ainda suado.

O corretor, Milroy, joga com *handicap* dez, e não é nada ruim, mas atrás da nossa dupla há dois babacas, que a cada novo buraco comentam que nós somos lentos demais. Um deles tem cabelo escuro oleoso e uma expressão tensa no rosto; ele vive piscando, como uma criatura subterrânea desacostumada até a uma luz parca como esta. O outro babaca é mais pesadão, tem cabelos castanhos, e parece quase imóvel, mas seus olhos se mexem matreiramente na cabeça. Ambos fedem a delinquência e encrenca. Então, já no nono buraco, que começa com um *farway* estreito, cercado por um denso arvoredo, eu me preparo para dar a tacada inicial, quando o pentelho de rosto emaciado grita que eles querem ir primeiro!

— O quê? — digo, sem conseguir acreditar nos meus ouvidos.

— Vocês precisam esperar sua vez na fila — diz Mortimer.

Olhando fixamente para mim, o cretino ignora Mortimer e diz: — Vocês são lentos pra caralho. Ridículos.

— Vocês vão esperar sua vez, cacete! Quem acham que são, seus babacas?

— Vá se foder, seu ianque de merda — diz o da cabeleira oleosa, dando um pulo à frente e metendo a cara na minha! O contato foi mínimo, mas foi contato, de modo que, já pensando em uma ação judicial, eu cambaleio para trás, curvando o corpo e segurando o nariz, como vejo aqueles jogadores de futebol aviadados fazerem na TV.

— Babaca! Viu o que você fez? Vocês todos viram isso?

— Você se meteu numa séria encrenca jurídica — anuncia rispidamente Mortimer, enquanto vem me ajudar a levantar. O mesmo faz Milroy, que pergunta se meu nariz está quebrado.

— Eu mal toquei nele — grita o sujeito. — Sem contato!

Então Terry avança.

— Vou mostrar a você o que é um contato, seu filho da puta — diz ele, agarrando um dos meus tacos de ferro e golpeando a canela do agressor de cabelo oleoso!

O bundão dá um berro e cai ao chão.

— Seu escroto... você quebrou a porra da minha perna — berra ele, erguendo o olhar para nós.

— Da próxima vez quebro a sua cabeça, seu folgado filho da puta — diz Terry, baixando o olhar com raiva para ele. O amigo do sujeito, que é mais robusto, fica parado ali, cerrando e abrindo os punhos.

— Você quer este ferro aqui enfiado na porra da sua fuça? — diz Terry.

— Não — diz o babaca de cabelo castanho, começando a recuar para longe do taco!

Eu me livro das atenções de Mortimer e aponto para o agressor, que está sendo ajudado pelo amigo a se afastar.

— Vocês nos atacaram e eu vou processar os dois, seus bundões!

— Ele bateu no meu parceiro! — diz o amigo do agressor, apontando para Terry.

— Foi legítima defesa, seus babacas!

— Pois é, vão se foder, seus palhaços, se mandem daqui! — grita Terry, brandindo o ferro. Os sujeitos recolhem suas coisas e partem, com o babaca manquitola se apoiando no amigo.

— Obrigado, Terry — digo, meneando a cabeça para Mortimer. — Precisamos chamar a polícia...

— Não, deixe pra lá — diz Terry. — Lembre de manter a polícia fora de tudo. Puta merda, Ronnie, você está mais pra um rebelde, a porra de um marginal, e não um universitário privilegiado.

Ao dizer isso, ele olha para Mortimer, que é obrigado a engolir mais essa! Terry até me faz pensar, e eu digo: — Acho que sim, mas ele...

— Está tudo bem, o cara só estava se exibindo e tentando intimidar você. Se quisesse lhe dar uma cabeçada mesmo, poderia. Mas acabou em um estado bem pior do que o seu.

— Reluto em admitir isto, mas ele tem razão — diz Mortimer. — Você já ficou com sua imagem ruim aqui por causa da polícia, Ron. Não queremos qualquer outra coisa que possa comprometer a transação de East Lothian.

Fico vendo o babaca se afastar mancando com o amigo. Depois abro um grande sorriso para Terry. — Você fodeu com os dois babacas! Cacete, Terry, você é doido!

— Estou mais pra amante do que pra lutador, Ronnie. Pelo menos eu era assim. Mas sempre acreditei no poder de um só golpe decisivo. E que coloca uma questão pra eles: ou se fodem, ou levam a coisa a sério.

— Uau — digo, vendo os vagabundos passando atrás das árvores, na direção da sede do clube e do estacionamento. — E se eles levassem a coisa a sério?

— Então seria a hora da ambulância. — Terry ri. — Geralmente pra mim. Mas, antigamente, eu também tinha uma certa reputação de durão. Sabe como conquistei isso?

— Por não aturar porra nenhuma de ninguém?

— Não. Um mito.

— Por ter parceiros bandidos?

— Agora estamos chegando lá. Essa foi uma parte grande da coisa: saber quem ter como amigo. Mas acima de tudo, foi por escolher cuidadosamente os meus adversários — diz Terry, erguendo o olhar para a sede do clube. Os babacas já sumiram de vista. — Aqueles caras não iam fazer coisa alguma, dava pra ver só de olhar.

— É sempre bom saber escolher nossas batalhas — digo, lançando um olhar desdenhoso para Mortimer, enquanto Lars e seu parceiro, que testemunharam toda a confusão lá do buraco onze, vêm se aproximando de nós.

Lars parece nervoso. — O que estava acontecendo? Houve uma briga? Jens poderia...

— Terry já resolveu tudo, e resolveu *bem* — digo aos dois.

— Onde está o uísque?

— Está aqui.

Milroy olha para Mortimer, que pega e abre a sacola.

De imediato, percebo pelo semblante de Mortimer que algo está fatalmente errado. É como se houvesse uma mão torcendo minhas entranhas. Eu olho para os céus, sugando o ar e buscando um pouco de inspiração divina.

Por favor, Deus...

— Sumiu! — guincha Mortimer. — Mas não pode, ficou ao meu lado o tempo todo...

POR FAVOR, SENHOR DEUS TODO-PODEROSO, MESTRE INFINITO DE TUDO, NÃO DEIXAI QUE ISTO ACONTEÇA COMIGO!!

— Você... — eu digo, olhando para a sede do clube...

Por favor, Deus...
Não há sinal daqueles babacas...

— Quando eu bati naquele cara, ou antes, vocês viram algum deles tirar a garrafa dessa sacola? — pergunta Terry, olhando com urgência para mim e depois para Mortimer.

— Eu não... eu acho que não — diz Mortimer, guinchando feito aqueles viados vestidos de couro que vivem passeando pelo Meatpacking District de Nova York!

— Eu... eu não sei... não consigo pensar direito, merda — digo a ele. — Eu cobri o rosto quando ele me bateu, não...

— O que houve?! — troveja Lars.

— Tenho certeza de que eles tinham uma sacola... era parecida... eles podem ter pegado a sacola errada — diz Mortimer, com o gogó da garganta subindo e descendo.

— Escute — grita Terry, olhando para mim. — Eu não aceito envolver a polícia em qualquer coisa, nunca. Mas estou quase pensando que agora seria um momento de baixar a crista...

— Vou ligar pra eles! — guincha Milroy, o corretor.

— Você perdeu... o nosso uísque! — arqueja Lars bem na minha cara.

Só que eu estou olhando para Mortimer. — Seu escroto... seu babaca incompetente! Você e eu chegamos ao fim da linha! Você já perdeu a validade! Pode se considerar demitido!

Mortimer olha para Milroy e depois para mim. — Mas eu não... não poderia... e a transação de East Lothian?

— QUE SE FODA AQUELA BABAQUICE! ESSES BABACAS ESTÃO COM O MEU UÍSQUE! VOCÊ NÃO ENTENDE? ESTOU CAGANDO PRA QUALQUER TRANSAÇÃO IMOBILIÁRIA! POUCO ME IMPORTA QUALQUER OUTRA COISA ALÉM DO MEU UÍSQUE!!! DEMITIDO! DEMITIDO! DEMITIDO! SUMA DA MINHA VISTA!

Mortimer recua alguns passos, piscando e engolindo em seco, mas não vai embora. Lars avança e se posta bem na minha frente.

— É o *nosso* uísque, e caso tenha sumido, você precisa pôr em jogo a sua própria garrafa — resmunga ele. — Porque metade dela já é minha!

— Se foi você... — eu digo, cara a cara com ele.

Ele me devolve um olhar de pistoleiro. — Eu não fiz nada! Isto é asneira sua, ou uma de suas jogadas!

— Não tem jogada nenhuma — grito de volta para ele, vendo Mortimer tremer, e Milroy falar freneticamente ao telefone com a polícia, dando detalhes sobre o roubo.

— Olhe, a polícia vai pegar os caras — diz Terry. — Alguém pode ter uma descrição do carro. Vamos pro bar esperar, até ver o que eles dizem.

Ótimo raciocínio. Eu me viro para Mortimer. — MORTIMER! ENCONTRE A PORCARIA DO UÍSQUE!

— Mas... você disse que eu estava demitido...

Eu faço uma careta para ele.

— Você será. Mas quando for, eu serei frio, conciso e cruel... forensicamente cruel, como acontece em uma entrevista de demissão. Vou estripar você, espalhando todos os seus inúmeros fracassos e defeitos pra que você possa examiná-los, enquanto tenta reordenar os escombros da sua vida. Sua demissão vai parecer uma cena de crime paranormal! Mas até que eu me controle o suficiente pra fazer isso, você continua na folha de pagamento — explico. — Agora encontre o meu uísque!

— Ron, eu tenho uma reunião no centro da cidade, com os incorporadores de Haddington.

— CANCELE! NEM PENSE EM FAZER QUALQUER COISA AVANÇAR, ANTES QUE EU PEGUE MEU UÍSQUE DE VOLTA!

Então vou ao banheiro, ajoelho no chão e rezo pela volta, sã e salva, da minha garrafa de Bowcullen Trinity, e pela prisão de todos os vermes pervertidos, traiçoeiros e incompetentes que contribuíram para a perda da segunda garrafa dessa bela criação.

Amado Senhor, devo inferir que não me considerais um guardião merecedor do Bowcullen Trinity? Tenho sido por demais egoísta e vaidoso? Isto era uma coisa pessoal, Santo Padre. Eu não estava vos pedindo para me ajudar a arranjar empregos para os trabalhadores locais, ou oportunidades para investidores da comunidade empresarial. Esta aqui, esta única coisinha diminuta, era para o Ron. Eu estava vos pedindo demais? Dai-me um sinal, ó Pai.

Quando volto, já há um policial presente. Ele nos conta que os babacas foram detidos, mas não há sinal do uísque. — Não está de posse deles. Os dois alegam nada saber sobre o assunto.

— Então que diabos vocês vão fazer a respeito?

— Fique tranquilo, nós estamos procurando.

Fique tranquilo. Eu não vou ficar tranquilo porra nenhuma. Preciso de toda a paciência e a força com que o Senhor me abençoou para manter a boca fechada. Vamos até o táxi: Terry, o corretor Milroy e eu. Reluto em deixar Mortimer fora da minha vista, mas não quero aquela criatura desprezível no carro junto conosco.

Rumamos de volta para a cidade, em um silêncio tenso, que Terry rompe.

— Escute, parceiro — diz ele, olhando para mim e para Milroy pelo retrovisor. — Não quero apontar o dedo pra ninguém, porque esse não é o meu estilo, mas aquele puto do Mortimer... o que você sabe sobre ele?

— Tudo! Ele é um alto funcionário da companhia! Eu sei muito mais sobre ele do que sei sobre você, cacete — grito para ele. — Tirando o fato de que você é traficante de drogas e pornógrafo, porra!

— Mas é isso mesmo que eu quero dizer... comigo é tudo aberto, você sabe o que está comprando — diz Terry, mantendo a calma. Depois faz um movimento flutuante com a mão. — Já o puto do Mortimer é um iceberg, com a maior parte boiando sob a superfície. Ele estudou administração com você em Harvard?

— Não, ele era de Yale... mas e daí?

— Grandes rivais, essas duas... pelo menos é o que eu ouço — diz Terry, com as duas mãos no volante.

— Sim, mas...

Paro de tentar explicar quando ouço Milroy arquejar para si mesmo: — Isto não é bom.

— Você é do sul, certo? Aposto que ele é do norte, não?

— Sim...

— Então já temos a velha rivalidade, a divisão entre norte e sul... Aposto que ele é de família rica, dinheiro antigo...

Deus, já estou vendo o rosto inexpressivo de Mortimer, com suas camisas sociais ridículas, e até sinto o cheiro daquela nojenta loção pós-barba; tudo para encobrir o fedor da traição!

— Aquele babaca todo obsequioso! Nunca pensei que ele poderia se rebaixar tanto...

— Pra mim, parece que ele é o cara — diz Terry, dando de ombros. — Ele tem acesso à sua conta de e-mail particular, não? Eu mudaria isso, parceiro, só pra ficar mais seguro.

— Não consigo acreditar que ele...

— É preciso reconhecer que a posição do puto foi ameaçada pela entrada em cena de Terry Lawson!

E Terry tem razão!

— Sabe, Terry, ele é obcecado por você! Vive insinuando que você não é confiável!

— É mesmo? Que coisa mais conveniente — rebate Terry rapidamente. — Pra mim, parece que ele é um sujeito ganancioso que simplesmente não tem a sua visão, Ronnie. Está obcecado pela comissão dele nesse negócio de Haddington. Vai ganhar uma bela bolada, aposto.

— É uma boa comissão, e ainda tem a taxa de agenciamento, porque foi ele quem viabilizou a negociação através de contatos que fez quando estivemos aqui pro projeto Nairn...

— Ele não curte a parada do uísque, parceiro — diz Terry, olhando para mim pelo espelho, e jogando a cabeleira para trás. — Pensa que isso faz você se desviar do foco principal. Portanto, eu não me surpreenderia se ele estivesse tentando melar essa sua grande jogada com o uísque pra obter um ganho pessoal, e também, é claro, por puro despeito.

Terry pode ser a porcaria de um vigarista em muitos aspectos, mas sem dúvida tem uma visão profunda da condição humana. Meu telefone toca novamente, e é Lars. Ele me conta que seu corretor ligará para Milroy, a fim de contratar uma agência de recuperação de objetos perdidos para encontrar o uísque. Fico feliz com isso, aqueles policiais inúteis estão pouco se lixando.

Mortimer.

Se as mãos dele estiverem manchadas pela traição, eu esmagarei o cretino desse Judas, que Deus me ajude.

31

Garota dourada

"Penicuik é muito maneira, eu tenho minha mãe e uma turma parceira." Isso foi um poema que eu escrevi uma vez, ainda na escola. Mas não é bem verdade, porque eu não tinha tantos amigos assim em Penicuik, pois eles viviam me sacaneando. É, sacaneavam mesmo. E lá em Gorgie, a coisa está ficando igual. Até pior do que aqui em Penicuik, pra falar a verdade. Em Penicuik, não tem um lugar tão ruim quanto aquele Pub Sem Nome. Certeza, não tem mesmo!

Aqui pelo menos eu tenho minha mãe e minha irmã. Enquanto em Gorgie só tem o Hank, mas agora ele já tem a sua própria família. Eu sei que ele não tem filhos, mas é preciso contar a Morag. Certeza, uma família própria, foi isso que eu falei pro Hank, eu disse: "Agora você tem a sua própria família." Pois é, então aqui eu tenho Karen e a minha mãe, embora as duas estejam ficando muito gordas.

Estou de volta à casa antiga, na sala da frente, e Karen está recostada na cadeira com uns biscoitos. Ela colocou dois enroladinhos de salsicha no micro-ondas, sim, fez isso mesmo. Há um cheiro na casa, um cheiro de roupa pra lavar e sopa, como eu gosto de chamar.

— Bom, eu acho que ela simplesmente foi embora, Jonty, e largou você de vez. Você sabia que mais cedo ou mais tarde isso ia acontecer, com uma garota feito a Jinty. Volúvel. Tinha de acontecer.

— Tinha mesmo — digo eu.

— Volúvel, essa é a Jinty. Você merece coisa melhor.

Eu ainda guardo comigo o celular dela, que às vezes toca, mas dá pra ver os nomes que aparecem, tipo ANGIE e outros, então eu ignoro as chamadas. Desta vez, porém, é o meu celular que toca, não o da Jinty. É o Raymond Gittings; eu sabia que era ele, porque o nome dele apareceu. Sim, é legal ver os nomes aparecerem, porque assim a gente sabe quem é, certeza, sabe mesmo. No telefone de Jinty, eu simplesmente ignoro todas: Maggie, April, Fiona B, Fiona C, Angie... faço todas caírem na caixa postal e deixarem suas mensagens. Depois reproduzo as mensagens segurando o aparelho perto da orelha fria de Jinty, pra que o bom Senhor lá no céu saiba que eu não ando bisbilhotando a vida dela.

Desta vez, porém, é o meu celular que está tocando, e é Raymond.

— Raymond, eu percebi que era você pelo visor do aparelho, percebi mesmo. Vi o seu nome e disse: esse é o Raymond.

— Pois é, Jonty, esse identificador de chamadas é genial!

— É mesmo, Raymond! Identificador de chamadas!

— Escute, eu tenho um servicinho pra você. Dois apartamentos de conjuntos habitacionais em Inchview. Danos provocados por fumaça. Já estou aqui agora, parceiro, com escadas, macacões sobressalentes, tudo. Mas realmente preciso de uma mãozinha, Jonty. Sei que você só anda a pé ou de ônibus, mas quando pode chegar aqui?

— Posso estar aí em uma hora, certeza! Certeza, uma hora!

— Sabia que podia contar com você, Jonty! Vejo você em uma hora... Inchview Gardens, 61.

— Porque eu não estou em Gorgie, e sim na casa da minha mãe em Penicuik. É, estou mesmo. Um ônibus, somente um ônibus.

— Uma hora, então, Jonty — diz Raymond, desligando o telefone.

Eu não deveria me importar, mas, às vezes, fico com o peito todo estressado quando falo, é, estressado no peito, como se houvesse aranhas rastejando lá dentro. Pois é. Eu sei que estou pintando o Pub Sem Nome, mas preciso ser fiel a Raymond, mesmo que isso signifique pintar o Pub Sem Nome à noite.

— Preciso ir agora — digo a Karen. Pois é.

E Karen não fica feliz, porque foi à cozinha buscar os enroladinhos de salsicha, e tem uma travessa de biscoitos com pedacinhos de chocolate, aqueles que são americanos. Ela está engordando de tanto comer essas porcarias americanas.

— Mas você acabou de chegar!

— Só que é trabalho, pois é, trabalho, e não dá pra recusar, Karen, se basta pegar um ônibus, certeza, porque pra Inchview geralmente eu pego dois ônibus, é, dois ônibus. Um de Gorgie até o centro, e o outro de lá até Inchview. É a mesma estrada de Penicuik, certeza, mas não é tão longe quanto Penicuik... não mesmo, não mesmo.

— Eu sei disso, Jonty. Sei que só é preciso um ônibus pra ir a Inchview — diz ela. Um dos seus dentes está morto, tipo, quase todo preto. Não sei se dá pra consertar. Mas isso não é tão ruim quanto comer comida americana. Pros americanos, tudo bem; eles podem engordar porque moram em casas grandes e andam em carros grandes, como a gente vê na TV. Pois é, a gente vê todos os americanos na TV.

Então penso que tenho dinheiro suficiente pra passagem, de modo que levanto. — Já vou!

— Não vai ficar pro enroladinho de salsicha? — diz Karen, meio boquiaberta, mas com os olhos semicerrados.

— Não. Preciso me mandar.

Karen não fica feliz, porque mais cedo foi a pé até a cidade buscar os enroladinhos de salsicha, e cidade aqui significa Penicuik, não Edimburgo, que fica longe demais pra Karen ir a pé. Se Karen fizesse isso, porém, até perderia um pouco de gordura. Mas nunca vai fazer!

— Mas eu comprei esse negócio especial lá no Greggs!

— Não, preciso ir — digo, já indo embora.

— Mas tudo vai ser desperdiçado!

— Não vai, não... pelo menos nesta casa, não... você sabe disso. Coma os dois — digo, abrindo a porta.

— Como posso comer os dois? — berra ela, mas dá pra ver que ela vai comer os dois, certeza, dá pra ver que vai.

— Dê um pra mãe, então!

— Ela já tem dois — guincha Karen.

Então eu saio e corro até o ponto de ônibus. Não há tempo a perder! Legal, porque bem nessa hora chega um ônibus que está indo na direção da cidade. Certeza, vai direto pra cidade, mas passa por Inchview, e é ali que eu salto. Chego ao apartamento e Raymond Gittings está lá.

— Oi, Raymond... olá, parceiro!

— Jonty, meu parceirinho confiável! Eu sabia que podia contar com você — diz Raymond, já me levando pra ver o lugar.

Só que meu coração fica muito mal, porque Raymond acaba de dizer o que a Jinty sempre dizia. Que eu era mais confiável do que os outros rapazes, que eu nunca fazia algo errado, e que ela sempre podia contar comigo.

Basta ver como aquilo terminou. Jinty toda fria, e eu nem consigo dizer a palavra, principalmente aquela palavra que significa que você não vai voltar, a palavra "M", porque continuo esperando que ela acorde, mas eu sei, sei no fundo deste coração mau, que Jinty não vai acordar mais, e agora tem aquele cheiro, aquele cheiro ruim, ruim. Certeza, certeza, certeza.

E Raymond está falando que os apartamentos renderão dinheiro alugados, assim que forem pintados por nós, de modo que realmente precisamos nos apressar. Isto vai me criar problemas no Pub Sem Nome, mas ao menos à noite dá pra evitar todo aquele pessoal estúpido. Certeza, não consigo mais aturar gente estúpida. Não, não consigo.

Então eu começo e vou passando a tinta com pinceladas firmes e suaves, pensando... se conseguisse um bom tom de tinta, poderia pintar Jinty de uma cor diferente daquele azul. Porque uma vez uma garota de um filme do James Bond foi pintada de dourado, e é isso que Jinty merece: ser pintada de dourado, porque na maior parte do tempo, quando não ia pro Pub Sem Nome, ou metia aquela coisa branca ruim no nariz, ela valia seu peso em ouro.

E, de repente, vejo que Raymond Gittings está embaixo de mim, porque eu estou no alto da escada. Ele diz: — Olha só... isto é incrível, Jonty. Mal consigo acreditar que você já fez tudo isso. Fantástico. Vai ter mais uma nota de cinco pra você! Está tudo bem aí em cima, Jonty? Oi! Você não está chorando, está?

Eu vou descendo, enquanto digo: — Não, é só o cheiro da tinta...

Só que estou meio que chorando, porque sempre choro em segredo quando alguém é legal comigo, feito o Raymond sempre é. Então limpo tudo e pego os ônibus, dois ônibus, pra chegar em Gorgie.

Passo de ônibus pela minha casa, pelo Pub Sem Nome, e até pelo McDonald's. Vou ao posto de gasolina pra comprar tinta dourada, que só vem em latas de aerosol. O rapaz me pergunta pra que eu quero aquilo, e eu digo que é pra pintar uma estátua em tamanho natural. O cara diz que vou precisar de meia dúzia, e que comprar ali não é o melhor dos negócios, mas então eu teria de ir a um atacadista, ou encomendar tinta dourada. Eu digo que preciso do troço agora. A maior parte do meu salário vai embora, mas vale a pena.

O lado bom é que ainda me sobra o suficiente pra um McNuggets no jantar. Com toda aquela pintura, eu nem tive tempo de parar pra almoçar, só agora. Até conto os McNuggets, que são catorze. Fico sentado ali, até que ergo os olhos e vejo meu primo Malky, parado na minha frente!

— Oi, Jonty! Estava passando, olhei pela vitrine e vi você sentado aqui — diz ele, olhando em volta com ar desconfortável.

— Oi, Malky! Vai pedir alguma coisa pra jantar?

— Hum... não, eu vou ao clube BMC encontrar um amigo taxista e tomar uma cerveja rápida. É claro que lá para aquelas bandas a coisa pode ficar feia, Jonty, então não vamos demorar muito. Não, nós vamos ao Magnum, em New Town. Eles fazem um belo prato de frango empanado... — Ele olha pros meus McNuggets. — De frango de verdade, e eu também espero encontrar lá um filé de hadoque decente!

— Filé de hadoque...

— O Derek Anstruther vai se juntar a nós lá — diz ele, encostando o dedo no nariz. — Ele é um amigo que, digamos assim, tem certas informações sobre o que acontece do outro lado da rua...

Ele meneia a cabeça lá pra fora.

— No BMC?

— Não! No estádio, Tynecastle!

— O Ryan Stevenson tem umas tatuagens geniais no pescoço.

— Pois é, elas são muito coloridas, isso eu admito!

— Não, é que é muito dolorido fazer tatuagens no pescoço, e isso mostra que o Ryan Stevenson só pode ser durão. Portanto, se eu estivesse escolhendo um meio-campista, escolheria o Ryan Stevenson, pois isso significa que ele seria durão!

— Parece lógico, Jonty! O que é isso na sua mochila? — diz Malky, pegando uma das latas de tinta. — Só espero que você, Jonty, não seja um desses grafiteiros de que nós tanto ouvimos falar... Jonty está no pedaço!

— Não mesmo, não mesmo, eu não sou — digo eu. Damos boas risadas por causa disso, eu e Malky, certeza que damos. Ele pergunta por minha mãe, Karen e Hank. Depois parte pro BMC. Pois é, mas nós demos umas boas risadas!

Quando termino de jantar, porém, desço a rua e volto ao apartamento. Lá tudo me parece frio e solitário. Porque o efeito das risadas já passou. É isto que acontece: você dá umas risadas, mas depois o riso passa, e a coisa perde a graça. Porque está frio.

Jinty.

Desculpe, Jinty, desculpe, querida, mas agora você precisa sair de casa. Eu não quero ir pra cadeia, Jinty, por causa do cheiro, não mesmo, não mesmo, não mesmo, a cadeia não. Não, não, não, não depois do que aconteceu com o seu pai, Maurice, que ficou muito esquisito.

Eu tenho na geladeira um pouco de carne moída do Morrisons, é, Jinty, carne moída. De manhã, vou tirar a gordura da carne pra fazer com ervilhas e purê de batata. Refeição caseira! Eu não posso comer no McDonald's o tempo todo, Jinty, porque não quero que o povo pense que fiquei metido a besta só porque arrumei um emprego. E é legal comer batatas de verdade às vezes. Essa era uma coisa que eu adorava em você, Jinty: um monte de garotas são muito preguiçosas na cozinha, mas você descascava uma batata. Pois é, você não tinha medo de descascar uma batata. Se me perguntavam, "A sua Jinty cozinha bem?", eu dizia: "Sim, ela não tem medo de descascar uma batata, não mesmo, não tem mesmo."

Pois é, Jinty valia seu peso em ouro, na maior parte do tempo, de modo que agora precisa *ser* de ouro. Então, pego aqueles jornais velhos e sacos plásticos que minha mãe me deu, e espalho tudo no chão. Depois ergo Jinty da cama e baixo seu corpo delicadamente sobre esse forro. Vou buscar a touca de banho que ela usava e enfio o cabelo de Jinty dentro do plástico, pra não espirrar tinta nos fios. Jinty era sempre exigente com seus cabelos. E então, começo a pintar lentamente.

Primeiro a cabeça na touca de banho, depois o rosto, o pescoço, os braços, os peitos, a barriga, depois outra lata, as coxas, os joelhos, as canelas e os pés. Nos lados do corpo, cubro o máximo que consigo. Então trago e ligo o aquecedor pra que a tinta seque.

Vou assistir ao meu DVD de *Atração mortal*, que tem umas garotas legais. O tipo de garota legal que usa preto. E eu vi uma delas, já mais velha, em outro filme. Mas ainda usando preto. Depois assisto a *Contatos imediatos*. Nós, Jinty e eu, costumávamos dizer no final: di-di-di-di-di. Quando volto, Jinty já secou e parece genial. Eu viro o corpo dela e pinto o lado de trás. Fico vendo *Nascido em 4 de julho* e depois *Platoon*. É bom que as pessoas vejam filmes de guerra. Se todos vissem filmes de guerra, veriam que a guerra é errada e não brigariam mais. É isso que está errado: há filmes demais sobre a paz. Isso não dá ao povo uma chance suficiente de ver com os próprios olhos como a guerra é errada. Não mesmo, não dá.

Quando volto ao quarto, Jinty já secou por inteiro. Ela parece genial, toda dourada. Feito uma estátua, mas ainda como era a própria Jinty. Só que é cedo demais, então eu examino todos os meus filmes de James Bond, mas não consigo encontrar qual deles tem a garota dourada. Então fico só assistindo a *007 contra a chantagem atômica*, que é muito antigo, mas bom mesmo assim.

Quando acaba, já é tarde, e eu olho pela janela. Não há ninguém na rua, e quase nenhum carro passando. Então eu enrolo o corpo dourado na capa do edredom do Hearts, aquele que nós compramos na loja do clube no último Natal, e levo Jinty lá pra baixo. Agarro os tornozelos dela, e simplesmente vou puxando escada abaixo. Se alguém chegar agora, eu estou perdido. Mesmo às quatro da madrugada, deve haver gente trocando de turno, e coisa assim. Mas Jinty está fedendo, e eu preciso me livrar dela. Não consigo olhar pra trás, porque sei que a cabeça dela está quicando, e eu não gosto disso, não mesmo, não gosto, mas preciso tirar esse corpo da casa e fazer parecer que ela nunca voltou depois do furacão.

Quando chegamos ao pé da escada, eu vou até o jardim dos fundos e trago o carrinho de mão. Boto o corpo ali dentro e vou descendo a rua com ela. A chuva parece feita de agulhas. Vou empurrando o carrinho naquele frio, debaixo de uma chuva gélida, que chicoteia meu rosto e machuca minhas mãos nas manoplas do carrinho. O edredom do Hearts fica todo molhado e eu consigo ver melhor a silhueta do corpo de Jinty. Não estou dizendo que nem ligo pra isso, mas ligo mais pras minhas mãos, porque teria sido melhor calçar luvas. Está muito frio, e a chuva parece ter um pouco de granizo, porque fica me pinicando todo, é, pinica feito o diabo. As ruas estão desertas, mas aí um carro passa e eu sinto *aranhas extremas no meu peito*. Só que o carro não para.

Aqui tudo está deserto, mas em Haymarket vai haver gente, e não posso me arriscar a ir por lá, não mesmo, não posso. Então vou por trás, com Jinty toda enroscada debaixo do edredom do Hearts. É um trabalho duro, mas eu consigo chegar aos fundos da estação onde passam as linhas de bonde. Há uma cerca, mas tem um buraco na cerca, então eu passo primeiro e depois meio que arrasto Jinty atrás de mim. A coisa parece difícil, mas eu percebo que é só porque o edredom do Hearts fica preso na cerca. Procuro em volta o melhor lugar pra deixar Jinty e depois arrasto o corpo pelo chão cheio de pedaços de concreto e tijolos.

Quando chegamos ao trecho da ponte, eu olho pra baixo e é pra lá que Jinty irá. Então jogo o corpo dentro de um buraco grande cercado por madeira e cheio de vergalhões de aço. Enquanto ela cai, é como se meu coração parasse de bater, mas, quando olho, ela caiu bem lá no fundo da caixa e nem bateu nas estacas de metal. Isso me deixa feliz, porque seria muito, muito ruim se ela caísse sobre aquelas lanças. O buraco é muito fundo e mal se vê o corpo, só o pedaço dourado de um braço que se descobriu do edredom. Eu desço até o fundo da ponte, e olho dentro do buraco de onde saem as estacas. Depois começo a encher tudo com escombros, chutando pilhas de entulho pra baixo, cobrindo o corpo dela. Então digo: "Saúde, gatinha", e volto pra casa.

Tenho esperança de que eles simplesmente joguem o concreto por cima dela, mas sei que provavelmente acharão o corpo.

Vou desviando pra voltar pelo outro caminho, por aquela grande rua larga, até que saio em Haymarket e um táxi para na minha frente.

32

Por ruas largas e estreitas

Puta que pariu, essa história de não trepar está me deixando maluco. Só que maluco pra caralho: maluco de ouvir vozes, maluco de pensamentos sombrios... maluco de todo jeito. Por isso, ando pegando todos os turnos que posso, bebendo aqueles chás cafeinados de viado pra ficar acordado e me distrair. Nesta época do ano e nesta hora da noite, tem movimento pra caralho, mas são mais trabalhadores noturnos, e não tantas gatas seminuas por aí pra torturar você. Com exceção, provavelmente, do pessoal da Standard Life, que pode aparecer a qualquer momento.

Ontem já foi ruim o suficiente precisar depor na polícia sobre o uísque. Depois eles me pediram pra ir até a delegacia no South Side e revisar o depoimento. "Quando foi a última vez que realmente viu a garrafa de uísque, sr. Lawson?"

Eu falei pro cana (um sujeito mais velho, com uma papada parecendo culhões embaixo do queixo) que só tinha posto os olhos na garrafa uma vez, junto com o Ronnie, e que isso tinha sido na destilaria Bowcullen, quando ela ainda estava em exibição na cristaleira. Já naquele dia no campo de golfe nem cheguei a ver o uísque... só vi o Mortimer chegando com a sacola. O puto podia até estar trazendo uma garrafa de uísque vagabundo do Tesco, ou qualquer outra merda dentro daquela sacola. O cana pareceu se satisfazer com isso, tanto quanto qualquer viado da polícia pode ficar satisfeito.

Depois dei uma fugida até a Liberty Leisure. Nem sinal de Jinty, e eles já pareciam ter desistido dela. Fui tomar um café com a Saskia e depois voltei pra cochilar (sozinho, o que foi uma tortura depois de passar tanto tempo com uma gata gostosa), tentando dormir o máximo possível antes de sair à noite. Recebi uma chamada e não reconheci o número, que provavelmente era de um telefone público, mas pela voz percebi imediatamente quem era. "Fique esperto." Só isso foi dito, antes que a linha ficasse muda.

Vou descendo a Balgreen Road e, pouco adiante, ao dobrar na Gorgie Road, vejo um sujeito empurrando um grande carrinho de mão de alumínio. Puta que pariu, é o idiota do Jonty! Eu freio ao lado dele. Jonty olha pra mim, a princípio meio preocupado, mas depois vê que sou eu e sorri.

— Jonty! Qual é a do carrinho aí, parceiro?

— Estou levando isto de volta pro meu prédio, é, estou mesmo.

— Tudo bem? — digo. O coitado está usando uma camiseta com uma jaqueta fina, mas parece encharcado e treme sem parar. — Você parece congelado, parceiro. Entre aqui. Estou com o taxímetro desligado! Ande logo. Aonde nós vamos?

— É nesta rua mesmo, Terry — diz ele. Depois aponta pro carrinho de mão. — Não se importa de levar isto no seu táxi?

— Já tive coisas mais rodadas aí atrás — digo, dando uma risada, mas o putinho não entende e fica parado, olhando pra mim. — Pois é, você parece congelado, parceiro. Eu iria pra casa, se fosse você...

Dou uma piscadela pra ele. Depois lembro da Jinty, e só pra ver se consigo fazer com que ele abra o bico, arremato: — Iria se enfiar na cama ao lado da patroa, não é?

O escrotinho continua parado olhando pra mim. Depois diz: — Ela viajou, pois é, e eu não sei pra onde foi, não mesmo...

Coitado do putinho. Ele é simplório pra caralho, mas dá pra ver que não está mentindo. Ela chutou o pau da porra da barraca. Provavelmente está dormindo com outro cara agora mesmo.

— Vamos nessa, parceiro... entre aí.

— Mas eu tenho um carrinho, Terry, um carrinho de mão.

— Isso não importa, basta enfiar o troço aí dentro, parceiro...

Então eu dou uma mãozinha pra ele, e nós vamos no táxi até um café que fica aberto a noite toda. Eu pago um café preto pra ele e peço um chá pra mim.

— Obrigado, Terry — diz Jonty. — É muita gentileza sua.

— Saúde, parceiro.

— Terry, o taxista bondoso — diz o putinho idiota. — Bondoso Terry. Mas você é bondoso, Terry? É bondoso? Pouca gente neste mundo é bondosa, Terry, mas você é. O bondoso Terry. É, Terry? Você é bondoso?

Já estou meio farto desse debiloide, pra falar a verdade. Só que o sacana certamente tem algum ponto forte pra conseguir laçar uma gata feito a Jinty. E segundo aqueles putos do Pub Sem Nome, esse ponto forte fica situado no departamento de calças, sem qualquer problema de coração pra foder com as coisas...

Fico pensando no que mais pode ter sido transmitido pelo puto velho do Henry e tento imaginar por que este camaradinha saiu tão simplório. Quer dizer, o puto velho não chega a ser um gênio da ciência, mas a mãe de Jonty devia ser drogada pra caralho, ou então deixou o escrotinho cair de cabeça no chão logo ao nascer. Lucy, minha primeira ex-mulher, era inteligente pra caralho, e o nosso Jason virou advogado. Já a Viv, a mãe da coitada da Donna, também estava longe de ser burra, mas é mais parecida comigo: tem um cérebro que funciona nos fundilhos. Mas nem Guillaume e, pra ser justo, nem o Bastardo Ruivo parecem tão burros assim. Graças a uma merda qualquer, a minha velha era a primeira da sua turma na escola David Kilpatrick, como vive me dizendo. Não que isso seja grande coisa: é como ser o criminoso sexual mais boa-pinta da penitenciária de Peterhead.

Pois é, quando essa escola foi demolida, toda a escória feroz dos conjuntos habitacionais ganhou o direito de frequentar a Leith Academy, junto com os fedelhos elegantes nascidos do outro lado dos trilhos. Mesmo ainda sendo a porra de um moleque em Saughton Mains, eu lembro de ver a irmã caçula da minha mãe, tia Florence, chorando muito e dizendo: "Ah, Deus... eles vão vir atrás de nós... aqueles baderneiros da DK vão vir atrás de nós..."

É claro que o puto velho era um deles, e foi assim que ele pegou minha mãe. Fez com que ela engravidasse de mim e os dois se mudaram pra uma casa nova em Saughton Mains. O velho safado só ficou lá até também dar Yvonne a ela, depois mandou tudo pro caralho. Passou a desfilar pela cidade, fazendo filhos por toda a parte. Como tudo isso foi antes da descoberta da AIDS e do exame de DNA, o puto não parava de rir!

Então eu levo Jonty pra casa e fico vendo o putinho arrastar o carrinho de mão prédio adentro.

— Vai dormir agora, Jonty?

— Não, Terry, vou trabalhar, um serviço por fora, pois é. Estou pintando o Pub Sem Nome — diz ele, puxando uma chave grande. — Eu devia estar fazendo isso de manhã, não conte a ninguém! É só porque eu tenho outro serviço com o Raymond. Raymond Gittings. Em Inchview, pois é, Inchview.

— Beleza, comigo o segredo está seguro, meu chapa. Vou ajudar você a se preparar lá em cima. O movimento está um pouco fraco — digo, saltando do táxi.

— Hum, eu não posso convidar você a subir, Terry... vou ficar envergonhado, porque o apartamento está imundo, sabe? Mas espere aqui, que eu desço depressa, certeza — diz o escrotinho, sumindo logo em seguida. Eu volto pro táxi e vejo uma mensagem que chegou da Central, obviamente de Big Liz.

VOCÊ ANDA LONGE DO SATÉLITE DO AMOR HÁ TEMPO DEMAIS, MENINO MALVADO! ACHO QUE ANDA PRECISANDO SER MAIS DISCIPLINADO!

Não consigo me forçar a digitar coisa alguma de volta. Então Ronnie me telefona. Esse puto liga a qualquer hora.

— Terry... que bom, pensei que você podia estar de plantão, então resolvi tentar ligar.

— Ronnie, como vão as coisas?

— O maldito uísque continua desaparecido. A polícia está cagando, e o Lars anda me enchendo o saco. Escute... posso me encontrar com você na sua casa dentro de uma hora?

Isso faz disparar meus sinais de alerta.

— Está bem, parceiro — digo, e dou meu endereço a ele.

Dito e feito, Jonty desce dois minutos depois e nós cruzamos a rua até o pub. Ele enfia a tal chave grande na fechadura e abre o boteco.

Fazemos os preparativos na área da despensa, atrás do bar, e subitamente percebo uma oportunidade perfeita pra mim. Fico vendo os uísques em oferta: o Macallan é provavelmente o melhor, e há um Highland Park, assim como aquelas merdas de Glenlivet ou Glenmorangie, que acabam sendo bebidos por babacas que não conhecem uísque e pensam que estão se dando bem, além das marcas costumeiras, como Bell's, Grouse, Dewar's e Teacher's.

— O que você está fazendo aí atrás, Terry? — Jonty ri. — Espero que não esteja roubando bebida, porque isso iria me encrencar, certeza que iria.

— Não, parceiro, aqui não tem coisa alguma que preste, hoje em dia eu já virei um conhecedor — digo. Ainda ajudo Jonty por algum tempo, mas depois deixo o coitado do idiota ali e volto pro South Side.

Quando chego ao meu apartamento, Ronnie está lá com Jens e Lars, além do puto daquele corretor com cara de fantasma, e dois tipos musculosos de terno, que parecem uns pedófilos nojentos. Dá pra ver na hora que os filhos da puta significam encrenca, mas não que possam fazer muita coisa. É por causa de toda aquela musculatura bombada, que é inútil pra um segurança verdadeiro, por não ter força funcional.

Ronnie me leva prum canto e fala em voz baixa.

— Escute, Terry... isto é muito constrangedor, mas a polícia não se mexe depressa, de modo que os corretores e a seguradora andam investigando todo mundo que estava por perto quando o uísque sumiu. Isto aqui é por insistência do tal Simonsen — diz ele, meneando a cabeça pro puto do Lars. — Eu não posso forçar você a concordar com isso, só posso pedir. Mas nós precisamos revistar o seu apartamento. Já fizemos isso com o Mortimer e o clube de golfe e... hum... conseguimos convencer até aqueles dois sujeitos a cooperar. — Ronnie faz uma pausa na explicação e ergue as mãos antes de concluir: — O meu próprio quarto no hotel foi vasculhado. Mas nada conseguimos até agora.

— Então vocês encontraram aqueles caras do campo de golfe? Como conseguiram isso?

— Ah, nós temos nossos métodos — diz Ronnie, dando uma olhadela pros ternos e botas dos dois esteroides pervertidos. — Não que isso tenha nos adiantado alguma coisa, pois não havia sinal do Bowcullen perto deles. Mas você entende que precisamos cobrir todas as possibilidades?

— Claro, parceiro — digo eu, olhando pros dois punheteiros de culhões encolhidos. — Porque tenho certeza que não fui escolhido isoladamente. Desde que vocês não destruam o cafofo!

— Você tem a minha palavra, e não sei como agradecer — diz Ronnie. — Nem é preciso dizer que eu considero você acima de qualquer suspeita, mas Lars apostou muito dinheiro e fez um investimento emocional naquele uísque, por isso precisa ter certeza.

— Sem problemas, rapazes — grito eu, indo até o resto do grupo. — As únicas coisas suspeitas que eu tenho lá em cima são uns filmes pornô, e não há troços ilegais.

— Vamos precisar examinar o seu táxi também — diz Lars.

— Tá legal — digo eu, já abrindo a porta para Jens. Depois tiro do bolso as chaves do apartamento, que entrego a Ronnie.

33

Febril

Não estou me sentindo bem. Tipo, todo febril, certeza, certeza, certeza, certeza, certeza, certeza, certeza, certeza, certeza, certeza, certeza que... trabalho demais.

Todo febril.

Tem barulhos na minha cabeça, feito portas abrindo e fechando o tempo todo. E tem um cheiro de queimado. Não consigo ficar em casa sem a Jinty, não vou a Penicuik ver a Karen, e não vou até o Pub Sem Nome. Não vou mesmo. Porque eles me culpam pelo cheiro da tinta, é, culpam mesmo.

Então eu ligo pro Bondoso Terry pelo celular e digo que vou ao hospital ver o pai verdadeiro Henry, e ele fala que vai me levar. Pois é, ele faz isso, vem até aqui, e eu encontro o táxi na frente do prédio.

— Você está suando, Jonty... tudo bem, parceiro?

— Tudo bem, Terry, certeza — digo, entrando no táxi. — Você não vai subir pra ver o Henry?

— Não, parceiro, eu não gosto daquele puto.

— Eu também não gosto, mas ele é o verdadeiro pai de nós dois, Terry.

— Ele não é um pai pra mim — diz Terry.

Mas eu vou subir, porque sei que gente boa também faz coisas ruins, tipo, por engano, e talvez o pai verdadeiro Henry fosse assim, e tudo tenha sido por engano. E ele me salvou, salvou minha vida, quando eu caí na água lá no porto. Mas ele sempre fala disso. Pois é, fala mesmo.

Então Terry me deixa lá e eu subo até a enfermaria. Pela divisória de vidro, fico olhando pro velho, sentado na cama. Não sei se desta vez entro e falo, ou só fico com o rosto encostado no vidro, como fiz quando a mulher que acompanhava Terry esteve aqui. Minha respiração deixa uma marca grande no vidro que tento apagar com lambidas. O pai verdadeiro Henry é muito velho, mas parece uma daquelas crianças esfomeadas da TV, só que toda envelhecida. Então ele gira a cabeça ossuda e olha direto pra mim.

— Jonty, é você? — diz ele, com uma voz toda suave. — Meu rapazinho... entre... entre...

Então eu entro e sento na cadeira ao lado dele.

— Jonty... eu vi você lambendo aquele vidro ali! — diz ele. Depois, num tom matreiro, continua: — Você ainda é um garoto que adora botar coisas na boca, é?

Eu não gosto dessas conversas maliciosas, então fico calado. Mas por causa dele já sinto aquelas aranhas dentro do meu peito. Então tudo fica em silêncio por um tempo e eu digo: — Conheci o Bondoso Terry, ele é seu filho, não é? O Bondoso Terry. Lá embaixo, no táxi.

Pai verdadeiro Henry está muito fraco, mas meio que revive um pouco ao ouvir isso e diz — Terry... Terry Lawson? Aquele merda inútil? Aquele vagabundo de merda? Ele não tem nada a ver comigo!

Eu me sinto incomodado, porque Terry é bom. Fico pensando no que ele já fez e digo: — Ninguém tem nada a ver com você! Nem a sua família! Isso não é certo! Deus vai castigar você!

Ele simplesmente ri de mim. — Você ainda não bate bem da cabeça, não é, garoto? Às vezes acho que eu deveria ter deixado você se afogar feito um cachorrinho ou um gatinho lá no porto... lembra quando eu tirei você da água?

E eu sinto minha cabeça baixar de vergonha, porque ele realmente me salvou, certeza, salvou mesmo. — Pois é... eu lembro, lembro...

— Mas você é dos bons, Jonty, não é o pior deles, como aquele Hank — diz ele, enquanto seus olhos se iluminam. — Como vai a Karen? Como vai a minha garotinha dourada? Nunca vem ver o velho pai!

Minha garotinha dourada... pois é, ela também gostava de botar coisas na boca!

Eu fico enjoado ao pensar em Jinty toda dourada, caindo naquele buraco lá na ponte, porque ele realmente chamava Karen assim, por causa do cabelo louro dela, mas isso foi antes de ela engordar.

— O que você fez não é direito! Você fez mal a Karen! Fez mal a todos nós!

— Ela andou falando? Acho que tanto ela quanto a mãe gordona dela não têm mais o que fazer além de falar. Pois é, eu sabia que ela ia engordar feito a mãe. Foi por isso que precisei ensinar tudo a ela, entende, antes que ela engordasse. Não é nada bom trepar com uma mulher que engordou. Não só pela gordura em si, embora isso já seja ruim o suficiente, mas porque toda garota fica deprimida quando engorda. E não é nada bom trepar com uma garota deprimida — diz ele, balançando a cabeça. — Você fica sozinho fazendo os movimentos.

Estou ouvindo aqueles barulhos na minha cabeça e fico pensando em Karen no sofá, nos dentes feios dela, e em Jinty, toda azulada, e depois dourada, caindo naquele buraco, com uma mosca saindo da boca. — O que você... o que você fez... o que você fez foi errado!

Ele enruga o rosto velho com um sorriso.

— Quem vai dizer o que é certo e o que é errado, Jonty? — diz ele, apontando pro teto com a mão ossuda. — Só Ele lá vai decidir... nem você, nem ninguém aqui embaixo, isso eu tenho certeza.

— O que você quer dizer com isso?

Ele fica olhando pra uma TV pequena que tem ali, apoiada em uma perna metálica. Está passando um programa sobre animais. Eu até assistia, mas tive de parar, porque às vezes eles fazem você chorar de pena deles. Só que às vezes as pessoas não conseguem perceber isso, porque a gente aprende a chorar por dentro.

— Então é certo haver toda essa poluição, eliminando espécies diferentes todo dia? — diz.

Ele está tentando nos enganar com palavras outra vez, mas eu enfio os dedos nas minhas orelhas. — Preciso ir embora!

Então saio correndo da enfermaria, e mesmo com os dedos nas orelhas ainda consigo ouvir a voz debochada dele, além de ver aquele sorriso de caveira... pois é, consigo sim, ouço e vejo, certeza, certeza, certeza...

Porque eu tenho cabeça boa, tenho mesmo... foi culpa da Jinty... um acidente, certeza... mas eles jamais acreditariam em mim... simplesmente diriam: ele não bate bem da cabeça e tem mau coração.

Então ligo pro Bondoso Terry, que diz: — Tudo bem, Jonty?

— Eu estive com ele, Terry, e ele foi mau como você disse que seria. Falou troços ruins, pois é, fez isso mesmo, certeza, troços ruins que não são certos... certeza — digo, já meio chorando, porque penso nele, em Karen e em Jinty, e tudo parece uma confusão terrível.

— Você ainda está no hospital?

— Sim...

— Fique aí, parceiro, que vou apanhar você. Não estou longe, chego aí em cinco minutos.

— Sim... você é bondoso, Terry, é mesmo...

— Jonty. Cinco minutos, parceiro — diz ele, antes que a linha fique muda.

Mas é uma grande gentileza dele, e eu me alegro por existir gente boa como o Terry no mundo, feito meu novo *meio-irmão Terry*, pra compensar a maldade daquele velho lá em cima. Então começo a tentar abrir e fechar a porta novamente. Só que o sujeito de uniforme se aproxima e me manda parar, senão vou quebrar a porta.

— Quantas vezes dá pra abrir e fechar essa porta antes que ela quebre?

— Eu não sei!

— Então como sabe que ela vai quebrar?

— Você quer bancar o abusado?

— Não, só quero saber quantas vezes dá pra fazer isso antes que ela quebre, pra não fazer tantas vezes assim!

— Eu não sei! Mas pare com isso! Você está criando uma corrente de ar horrível — diz ele, então eu paro. Já ia dizer que estava tentando fazer entrar ali um pouco de ar fresco, mas Terry chega antes. Eu saio e entro naquele táxi seguro com ele, vendo o taxímetro novamente desligado.

— Vamos levar você pra casa, parceiro — diz o Bondoso Terry. Depois de percorrer uma certa distância rua abaixo, ele diz: — Diga lá, Jonty... você ouve vozes na sua cabeça de vez em quando?

— Sim, ouço! Mas é tipo eu falando comigo mesmo! É! Você também ouve essas vozes, Terry?

— Claro. E elas só diziam uma coisa: coma todas elas. Agora andam dizendo tudo que é tipo de merda, e eu não estou gostando, parceiro. À noite é pior, quando estou tentando dormir.

— Pois é, de noite.

— Dormir — diz Terry. — Eu daria qualquer coisa pela porra de uma boa noite de sono!

Então Terry me deixa em casa. Quando entro no prédio, vejo o carrinho de mão que pus atrás da escada na outra noite, e agora Jinty está lá com os bondes. Tenho muito medo que a polícia venha bater na minha porta. Não consigo ficar em casa, e antes que eu perceba estou no Pub Sem Nome, onde já isolei uma parte perto da jukebox. Só quero fingir que sou normal e pintar a parede. Então lá estou eu outra vez, todo concentrado e eliminando o resto mentalmente. Certeza, todo concentrado. Na pintura.

— Você está fazendo um bom trabalho, Jonty — diz Jake.

Pois é, mas um trabalho bom não evita que *eles* estejam aqui, não mesmo, não evita. Sim, porque todos *eles* estão aqui agora, e estão bebendo. Pois é, estão. E cheirando aquele pó do demo também, dá pra perceber, porque só vão ao banheiro em duplas, certeza, em duplas. É aquele pó, sim, disso eu não tenho dúvida. Não mesmo.

— Por onde tem andado, Jonty? — diz Tony.

Craig Barksdale grita: — Está pegando a Jinty novamente, seu putinho safado? Ha-ha-ha-ha-ha.

— Dá pra ver só pela cara dele! — diz Tony. — Ha-ha-ha-ha-ha.

— Ha-ha-ha-ha-ha.

Não escute as vozes deles, essas vozes debochadas deles, continue só pintando...

— Ha-ha-ha-ha-ha.

— Putinho safado! Ha-ha-ha-ha-ha.

Isso não é certo, não mesmo, não é nada certo...

— Putinho safado de sorte! Quando você deu a *sua* última trepada, seu puto? Ha-ha-ha-ha-ha.

Eu quero ir embora, não é certo estar aqui... continue pintando...

— Puto abusado!

Não mesmo, não mesmo, não mesmo... mergulhe o rolo na bandeja, esprema pra tirar as gotas maiores e passe o rolo por cima daquele trecho de tinta velha na parede... uma vez... duas vezes...

— Ha-ha-ha-ha-ha.

... como naquela canção, once, twice, three times a lady, *cantada por aquele cara moreno que também compôs aquela outra canção tão legal, de assédio à garota cega, certeza, ele fez isso, uma canção muito legal...*

Porque eu fico pintando sem parar, perdido na pintura, sem ouvir as vozes más deles, porque vejo todos lá na mesa deles, e não gosto daquela mesa, não gosto deste pub. E quando eu digo que não gosto da mesa, não estou falando da mesa em si, estou falando da *companhia* à mesa. É a *companhia* que está errada, é a *companhia* que me fez brigar com a minha Jinty. Pois é, foi isso. Então, quando finalmente termino a parte da jukebox, eu digo a Jake que acabei por hoje.

— Você fez um bom trabalho, parceiro — diz ele.

Eu só meneio a cabeça e vou até a porta, sem olhar pra ninguém. Como minha mãe costumava recomendar que eu fizesse com a turma da escola lá em Penicuik. Ignore todo mundo. Pois é.

— Você espantou o puto!

— Ei, Jonty! Traga a Jinty aqui! Eu tenho uma carreirinha pra ela — diz Evan Barksdale, com aquela sua voz de gozação!

— Ela está com os bondes! — grito eu, virando pra eles. Depois me arrependo de ter dito isso.

— É assim que chama agora?

Então estou fora fora fora fora fora de lá, certeza, isto estou mesmo, certeza, certeza, certeza.

34

Velho Guerreiro 1

0
0
0
0
0
;-) ;-) ;-) ;-) ;-) ;-)
;-) ;-) ;-) ;-) ;-) ;-) ;-)
;-) ;-) ;-) ;-) ;-) ;-) ;-) ;-) ;
;-) ;-) ;-) ;-) ;-) ;-) ;-) ;-) ;-
;-) ;-) ;-) ;-) ;-) ;-) ;-) ;-) ;-)
;-) ;-) ;-) ;-) ;-) ;-) ;-) ;-) ;-)
;-) ;-) ;-) ;-) ;-) ;-) ;-) ;-) ;-)
;-) ;-) ;-) ;-) ;-) ;-) ;-) ;-) ;-)
Tudo bem, Terry, seu puto burro
pra caralho, eu estou pronto
pra cumprir o meu dever,
mas qual é a sua,
seu vagabundo da porra?
Eu estou a fim de xota fresca
(não que as xotas que você me fornece
sejam frescas pra caralho,
seu bunda suja, mas você
nunca me ouviu reclamar),
e não ando curtindo isso, não!

Que porra eu já pedi a você algum dia? Sempre fiz o serviço, mesmo quando você passava a noite se encharcando de birita e cheirando tanto que nem um ator pornô conseguiria ter a porra de uma ereção! Nunca fiz corpo mole, nem quando você quase me quebrou ao meio naquele filme pornô! Pois é, você acha que aquilo foi só uma brincadeira, seu retardado de merda? Bom, pode ir pra puta que pariu com essa merda de coração fraco; o que a porra do seu coração ou a porra do seu cérebro já fizeram por você que eu não fiz? Porra nenhuma! Bom, é melhor você tomar jeito, seu puto imprestável, porque eu ando louco por uma xota, e se você pensa que eu estou aqui só pra esvaziar essa poça de birita estagnada dentro da porra da sua bexiga inchada, é melhor pensar duas vezes, seu sacana, porque a porra da nossa combinação nunca foi essa! Portanto, estou lhe dizendo agora, Lawson... banque a porra do homem, porque é você que sempre diz que viver sem trepar não vale a pena. O antigo Terry Lawson, e não esta tia velha de agora,

obcecada com a mortalidade,
teria dito apenas: "Médicos?
Que porra esses putos sabem?", e
teria mandado tudo pro diabo,
atacando todas as xotas de Pilton
a Pentland Hills, não, do polo Norte
ao polo Sul, só pra garantir
que o Velho Guerreiro aqui
recebesse a porra das suas rações,
seu puto inútil de cabeleira
saca-rolhas. Não esqueça que você
não está ficando mais jovem,
Lawson, e de qualquer forma,
provavelmente, logo estará
morto de tanta birita e pó,
mas isso não é o meu
departamento, então estou
cagando e andando. O que estou
dizendo é que nós, você e eu,
vamos ter um puta problema sério
se você não começar
a segurar sua onda e a me
arrumar as xotas que eu mereço!
Não me importa se forem jovens
gatinhas ainda apertadas,
ou panelas velhas já frouxas,
porque eu vou preencher todas
elas bem pra caralho, mas você
precisa manter de pé o seu lado
da porra do trato. Escute bem,
Terry, porque eu vou lhe dizer
uma coisa, parceiro: não queira
brigar com seu velho parceiro aqui.
Já está avisado, seu puto da porra!

35

Os fumantes escoceses na ofensiva

Terry acorda suando, sob raios solares finos e frágeis, com o peito arquejando. Na noite anterior, ele desabara sobre a cama, ainda de camiseta e calça de moletom. O aquecimento ficara ligado no máximo, transformando o apartamento em uma sauna. Já acordado, ele fica piscando, enquanto contempla os sonhos esquisitos e terríveis que o perseguiram.

Depois de levantar, tomar banho e se vestir, Terry baixa o olhar para a silhueta de seu pau erguendo-se do lado direito de uma malha de náilon, usada para correr, e que é bem justa. Ele trageja entredentes e resolve ir trabalhar de calça jeans. Aquela malha de corrida é sexualizante demais.

Dentro do táxi, dirigir é difícil. Mesmo com os comprimidos antiereção, as velhas pontadas de tesão não desaparecem completamente. Ele tenta evitar olhar para as mulheres que passam. Quando desvia o olhar da rua, porém, é confrontado pelo volume na sua virilha.

— Você está tentando me matar, seu puto — diz ele para a protuberância.

— O quê? — diz uma voz lá atrás.

— Não é com você, parceiro — diz Terry, virando-se para falar com Cabeção. Perdido em seus pensamentos, ele esqueceu que apanhou o amigo e está levando-o para o tribunal.

Os nervos de Cabeção estão em pandarecos. Terry até fantasia que consegue sentir o amigo vibrando sobre o estofamento do táxi.

— Alguém está matando *a mim*, isto é certo! Eu vou perder a minha licença, Terry! A porra do meu ganha-pão, só por causa da porra daquele fumo vagabundo!

— Podia ser pior, parceiro — diz Terry, outra vez levado a baixar o olhar para sua virilha. Talvez a ministração química do tal médico esteja finalmente fazendo algum efeito. O Velho Guerreiro já parece inerte, mas tudo que esta percepção faz é provocar um baque surdo e fundo no peito de Terry.

— Como? Como podia ser pior? — guincha Cabeção.

— Ao menos você ainda pode comer uma buceta, seu puto sortudo — divaga Terry. — Pare de reclamar.

Os olhos frenéticos de Cabeção se concentram na nuca de Terry.

— Você vive negociando pó aos baldes, e eu sou pego com uma merreca de fumo! Onde está a porra da justiça?

Terry decide não responder. Cabeção está irado e, depois que ele for banido do ramo, talvez haja uma última entrevista sua com o pessoal da Central. Terry quer manter o velho parceiro do seu lado, para garantir que Cabeção não tenha vontade de dedurá-lo. A pior coisa é ser incapaz de transar com Big Liz. Ninguém pode esnobar Big Liz, pois isto é criar encrenca, e ele precisará explicar seu problema a ela. Terry estaciona o táxi na Hunter Square, salta com Cabeção, e os dois rumam em silêncio para os prédios do tribunal. Terry resolve ficar e assistir ao julgamento, tomando assento na galeria pública, ao lado do grupo de estudantes e vadios que habitualmente vão se divertir lá.

O juiz é um homem de traços frouxos, já sessentão, que lança um olhar fatigado para Cabeção. Terry percebe que, para o juiz, aquele caso é apenas parte de mais um dia pessoalmente entediante.

— Por que você estava de posse daquela maconha?

Cabeção arregala os olhos. — Eu tenho problema de ansiedade, excelência.

— Já foi ao médico?

— Já. Mas ele só me manda parar de cheirar tanto.

Uma série de risadas ressoa na galeria. Já o magistrado não parece se divertir tanto: Cabeção é multado em mil libras e proibido de dirigir por um ano.

Lá fora, Terry reencontra o amigo, que está falando com seu advogado. Ele ouve o advogado dizer que "seria inútil" pensar em um recurso. E acha que o resultado foi satisfatório.

— Pelo menos você ainda pode trepar, parceiro. Este problema no coração fez com que eu reavaliasse minhas prioridades — revela ele com tristeza.

— O quê? Você está de brincadeira! O que eu vou fazer para sobreviver?

— Eu já passei por um período em que só ficava no meu antigo quarto na casa da minha mãe — divaga Terry, perdido em sua própria narrativa. — Fiquei meio deprimido depois que um amigo meu se matou, e a gata que eu estava namorando me chutou. Obviamente, eu ainda tinha algumas garotas safadas que vinham ver filmes pornô comigo e abrir as pernas pra mim.

— E daí? O que isso significa?

— Ao menos você é um homem livre e pode trepar por aí — lamenta Terry com tristeza. — Está melhor do que eu. — Ele alisa o peito e continua: — Isso é melhor do que ter um tique-taque suspeito. Qualquer porra de excitação, bum: adeus mundo, fim da porra da história, acabou tudo. Às vezes eu penso... de nada adianta isso, é melhor arriscar e trepar.

Eles voltam ao táxi e rumam para o Taxi Club em Powderhall, onde estão presentes Cliff Blades, Jack Perneta e Eric Staples, um ex-chefe de torcida do Hibs que virou cristão renascido. Uma rodada de bebidas é pedida, enquanto eles se solidarizam com Cabeção.

— Pelo menos você não terá mais a Central no seu pé — diz Eric para o taxista desonrado.

— Já você, Terry, sempre tem a Central no seu pé de mesa — debocha Jack Perneta, se referindo a Big Liz.

Todos riem, exceto Cabeção e o próprio Terry.

— Por onde anda aquela sua novinha, Terry? — pergunta Jack.

— Qual delas? — diz Blades, rindo. — Entre uma corrida e outra, além de todas as atividades cinematográficas dele, parece haver muitas delas em ação!

Cabeção se anima pela primeira vez e vê um inusitado ar deprimido tomar o rosto de Terry, enquanto Jack relata uma ocasião em que tentou impedir duas garotas de entrar em um táxi particular. — Motorista particular? Tudo pervertido. Eu não deixaria uma conhecida minha entrar num táxi com um daqueles ex-presidiários safados!

Eric diz a eles que conheceu uma garota do seu grupo da Bíblia. Uma severa mentalidade religiosa faz com que a xota seja território proibido, até que ela veja uma aliança de noivado à sua frente; enquanto isso, porém, a garota até reluta, mas faz sexo anal. Ele dá a impressão de que não tem pressa alguma para propor casamento. — Melhor esperar — diz ele, dando uma piscadela. Depois olha para o teto e arremata — Até recebermos uma mensagem do chefe lá no alto.

A conversa incomoda Terry, que por dentro está borbulhando e se atormentando de autopiedade. Ele pede licença e sai, provocando diversos olhares de estranheza entre os amigos.

Lá fora está muito frio. Já entrando no carro, Terry se sente tomado pela rebeldia.

QUE SE FODA.

Então ele vai até a casa de Sal em Portobello. Ela fica encantada ao vê-lo e arrasta Terry direto para o quarto lá em cima, mal percebendo a incomum reticência nos movimentos dele, enquanto conta que sua mãe foi tomar um café em Jenners, e já vai tirando a calcinha. Depois desafivela o cinto de Terry, baixa as calças dele e ajuda a tirar para fora o pau. O troço sai da cueca como se tivesse uma mola; apesar da medicação, já está ficando duro, e Sal se abaixa imediatamente.

Terry se recosta na cama, erguendo o olhar para a persiana em tom pastel, que espalha uma luz branda pelo aposento.

Seu puto, ela está matando você...

Que se foda, todos nós morremos...

Ah, seu puto!

Então Terry percebe que seu coração está disparado e ouve uma voz trovejar: — PARE!

Ele fica tão chocado quanto Sal. A voz parece ter vindo de qualquer lugar, exceto sua própria garganta.

— O quê? O que é? — diz ela, erguendo o olhar para ele, com um fiapo de pré-gozo pendendo do lábio inferior até a ponta do pau de Terry.

— Nada — diz ele com urgência, já desesperado para que ela continue.

Então a porta se abre e Evelyn, a mãe de Sara-Ann, aparece parada ali, olhando para eles. Ela faz uma pausa de dois segundos, antes de erguer uma sobrancelha imperiosamente e se virar, fechando a porta atrás de si.

— PUTA MERDA! — berra Sara-Ann Lamont. — Vaca velha bisbilhoteira!

Já Terry vê a coisa como um sinal: a mulher salvou a sua vida. Sem a intervenção dela, ele não teria sido capaz de evitar uma sessão plena, que teria estourado seu coração frágil. Ele se põe de pé com um pulo e começa a se vestir apressadamente.

— Ah, meu Deus — diz Sara-Ann, revirando os olhos. — O que... aonde você vai?

— Embora daqui — diz Terry, rumando lá para baixo, seguido por Sara-Ann, que vai se vestindo no caminho.

— Terry, espere — implora ela.

À espreita lá embaixo, Evelyn aparece de repente ao pé da escada e enfrenta os dois com um esgar de superioridade no rosto.

— Seu amigo não vai ficar para o chá?

— Não, preciso ir — diz Terry, meneando a cabeça. Depois ele se vira para Sara-Ann. — A gente se vê por aí.

Ele abre a porta e enfrenta a friagem exterior, enquanto Sara-Ann vai marchando atrás.

— Qual é o problema? Qual é a sua? Nós não somos crianças, caralho, e eu faço o que quero! Aquela piranha velha e venenosa não pode nos impedir de trepar...

— Escute, eu não estou bem — rebate Terry. — É melhor a gente não se ver por um tempo. Desculpe.

— Então vá se foder — berra Sara-Ann, virando-se e vendo a mãe parada de braços cruzados na soleira. Ela passa pela velha rapidamente e volta para a casa, enquanto Terry entra no táxi e se afasta.

Quando ele passa pelo estádio de Meadowbank, Ronnie telefona. Terry está tão atormentado que confessa ao americano o problema em toda a sua extensão. Ronnie sugere que eles se encontrem no Balmoral.

Chegando ao hotel, Terry vê Ronnie no saguão, sentado em uma enorme poltrona de couro junto à lareira. Seu penteado moicano foi abaixado, e ele está usando um suéter Pringle. Uma sacola de golfe jaz a seu lado. Terry empurra uma poltrona idêntica mais para perto e senta ao lado dele.

— Isso é uma barra pesada, Terry — suspira Ronnie. — Principalmente para um cara como você, que não consegue parar de pensar em bucetas.

— Está me deixando maluco — reconhece Terry, ansioso para orientar seus pensamentos em outra direção. — E você... como está indo? Nenhuma palavra sobre aquele uísque por parte da polícia ou dos tais investigadores?

— Aqueles babacas... sabe, desde que eu fiz aquela cagada com eles, duvido que os caras se empenhem. O corretor ainda mantém os sujeitos da agência investigando, mas é como se o uísque houvesse simplesmente sumido no ar.

Uma mulher glamourosa cruza o saguão, andando como se estivesse em uma passarela, e é imediatamente cercada por funcionários solícitos. Ronnie ouve Terry soltar um gemido de ânsia frustrada e diz: — Você precisa de algo que tire as mulheres da sua cabeça.

— Nada consegue tirar as mulheres da minha cabeça! Este é o problema!

— Pois devia vir dar umas tacadas junto comigo, na próxima vez em que eu for a North Berwick treinar com aquele profissional do clube.

— Nunca joguei golfe, parceiro — desdenha Terry. — Não é a minha praia.

— Cacete, essa declaração não tem lógica, Terry. Como você sabe que não é a sua praia, se nunca jogou? — diz Ronnie. Depois sacode a sacola de golfe e baixa a voz. — Além disso, é o melhor substituto para sexo que o homem já conheceu. Quando minha segunda mulher me largou, porque estava fodendo com o professor de raquetebol... não com o professor de tênis ou o professor de fitness, mas a porcaria do seu professor de *raquetebol*... alguma coisa pode ser mais brochante do que essa porra? Bom, eu sentia que precisava ir ao campo de golfe todo dia. Era a única coisa que tirava da minha cabeça o que eles andavam fazendo juntos.

Já todo ouvidos, Terry diz: — Ah, é?

— O golfe é zen, Terry. Você, assim que entra naquele campo, está em outro mundo, onde todas as frustrações e vitórias se tornam totalmente irrelevantes, se não estiverem acontecendo ali mesmo.

— Então estou dentro — diz Terry com resignação melancólica.

— Ótimo, podemos alugar para você um conjunto de tacos lá mesmo! Venha me apanhar amanhã às nove.

— Pode ser mais tarde? Tenho uma consulta médica nesse horário.

— Claro — diz Ronnie, percebendo a ansiedade de Terry. — Ligue para mim quando estiver livre...

Ele dá um sorriso esperançoso e continua: — Escute, Terry... não quero dar a impressão de que estou me aproveitando da sua má situação, mas fiquei pensando... pode me passar o número da Ocupem as Ruas? Quer dizer, calculo que você não possa se envolver mais com ela, e preciso confessar... não consigo tirar aquela garota da minha cabeça!

— Um cavalheiro jamais passa adiante o número de uma dama — diz Terry em tom de repreenda, agitando a cabeleira encaracolada, embora esteja imensamente aliviado diante da oportunidade que se abre. — Mas posso passar o seu pra ela, se quiser, e pedir que ela ligue pra você.

— É claro... obrigado, Terry.

— Um pequeno conselho — diz Terry, baixando a voz. — Você pode ter um pouco de sorte se mostrar algum interesse pelo trabalho dela. Tipo, dizer que está a fim de patrocinar uma das peças dela no festival daqui. Custa uma grana preta conseguir uma vaga na programação. Quer dizer, pra você não significa coisa alguma, mas pra ela a arte é tudo.

— Está aí uma ideia – diz Ronnie, dando uma piscadela. – Como você é esperto!

— Psicologia, parceiro – diz Terry, batendo com o dedo na cabeça e levantando. – Vejo você pela manhã. E obrigado pelo papo. Bem que ajudou.

— Disponha sempre, amigão! – entoa Ronnie. – E, Terry, aquela revista no seu apartamento na outra noite... você sabe que aquilo foi coisa do Lars, não é? Eu confio em você, mano. Você é uma das poucas pessoas em quem eu posso confiar.

— Sem problema – murmura Terry enquanto se afasta, já pensando, *foda-se esse cara, ele e a Sal Suicida se merecem*. Ele sai e entra no táxi, rumando para Broomhouse.

O conjunto habitacional foi reformado desde a época em que ele vivia lá, ainda vendendo sucos e refrescos na traseira de um caminhão. Continua sendo um bairro pobre, mas agora os jardins são discretamente cortados por cercas metálicas de qualidade. Ele acha a casa de Donna, raciocinando que provavelmente ela recebeu aquele apartamento térreo do conselho comunitário quando a criança nasceu. Ao entrar no prédio, encontra dois rapazes magros saindo: um ingênuo, e o outro beligerante. Donna vê Terry e fica surpresa.

— Ter... papai – diz ela, aparentemente mais por causa dos dois rapazes de saída do que por causa dele próprio. Depois acrescenta: – Tchau, Drew e Pogo.

Os dois saem sem falar, contornando o vulto de Terry, que entra no apartamento, onde há um forte odor de fraldas. O ânimo de Terry se abate quando ele entra na sala e encontra os detritos de uma festa, ou pior, de um estilo de vida, que não pode ser bom para uma criança. Latas vazias, cinzeiros cheios, cachimbos e papelotes descartados jazem sobre o vidro gosmento de uma mesa de centro.

— Como vai você? – pergunta Donna.

Com aquele rosto arredondado e os grandes olhos ovais... ela se parece tanto com a mãe, Vivian, o segundo amor verdadeiro de Terry, que por um instante ele sente o ar ser expulso dos seus pulmões.

— Nada mal... pensei em passar aqui – diz ele, subitamente envergonhado. – Ver a criança...

— Ah, tá – diz Donna, oferecendo-lhe um pouco de chá, que ele recusa. Ela vai para outro aposento e volta segurando a criança. Seus movimentos parecem tensos e espasmódicos. – Preciso trocar a fralda dela.

A criança é uma alma feliz e gorgolejante, que agarra com bastante força o dedo estendido de Terry.

— Então esta é a famosa Kasey – diz ele, imediatamente contrito diante da insipidez de sua própria reação.

— Pois é, Kasey Linn – diz Donna. A televisão está exibindo um torneio de golfe local. Terry vê Ian Renwick competindo, e fica curioso para ver aquilo por um instante ou dois, mas evidentemente Donna não é fã de golfe e desliga o aparelho com certa petulância.

Os dois travam uma conversa protocolar mínima, estando ambos sobrecarregados pelas toneladas de palavras a dizer, e cada um exausto demais para iniciar o processo de limpar a montanha de escombros emocionais entre eles. Terry levanta para ir embora e passa a ela duzentas libras.

— Compre alguma coisa pra criança – diz ele, sentindo que ela pega as notas sem firmeza.

Dentro do táxi, seguindo para o centro pelo lado oeste, Terry fica imaginando em quê, na realidade, Donna talvez gaste o dinheiro. Absorto demais nos carros à sua frente, e evitando olhar para as calçadas a fim de não ver mulheres, ele não chega a notar o andar arrastado de Jonty MacKay, outro homem perdido em pensamentos.

Jonty está pensando que seria certo se ele fosse encarcerado, se Deus o punisse assim. Quando chega aos fundos da estação, porém, e ruma para a ponte, ele vê que não há barreiras policiais à frente, nem qualquer evidência de que algum corpo dourado tenha sido recuperado: apenas operários executando suas tarefas. A área continua cercada, mas Jonty avista a fresta familiar, e passa seu magro corpo musculoso por ali. Alguns operários ficam olhando, enquanto ele vai até o final da ponte semiconstruída e baixa o olhar para a base do esqueleto de ferro do obelisco onde Jinty foi despejada. No entanto, essa parte da estrutura já foi coberta com concreto que está secando, sustentado por caixas de madeira e encaixado em outro segmento do pilar de apoio. Provavelmente, os operários simplesmente despejaram o concreto por cima de Jinty, coberta pelo edredom. A cabeça de Jonty se vira de um lado para o outro, sem parar, como se fosse a de um pardal. Em vez de euforia, ele sente um pânico esmagador. *Ah, meu Deus, eu enterrei a minha Jinty dentro dessa pilastra imensa. Não é justo.*

Depois, porém, ele pensa que poderá pegar um bonde, quando o sistema finalmente funcionar, e passar por ali só para ver Jinty. Será como fazer uma visita a um túmulo, mas muito depressa, e sem sacerdotes falantes. Jonty se entusiasma com a ideia e seus olhos dardejam ao redor, tentando descobrir onde a estação ficará situada, e quanto tempo ele terá para conversar com a pilastra.

Um capataz de macacão amarelo e capacete se aproxima dele. — Você não pode ficar aqui, parceiro. Precisa ter autorização.

— Quando os bondes vão ficar prontos?

— Ah... na verdade, isso ninguém sabe, amigo — diz o capataz, pegando Jonty pelo braço e indo com ele até o portão de saída. Enquanto abre o portão e faz Jonty sair, ele bate com o dedo no capacete metálico e aponta para uma placa no alambrado. — Ninguém pode entrar aqui sem capacete, e é preciso trabalhar aqui para ter um destes.

Jonty olha em volta, um pouco perplexo, mas assente lentamente e sai andando pela rua em obras. O capataz acompanha o progresso dele. Outro homem do canteiro, que estava observando o diálogo, ergue uma das sobrancelhas e diz: — Talvez o rapaz não bata muito bem da bola. Que pena.

Jonty vai seguindo pela Balgreen Road. Está frio, mas ele não se importa, porque gosta de encher os pulmões com ar frio e depois exalar com força, vendo se consegue aumentar seu bafo de dragão cada vez mais. Ele vira na Gorgie Road, acenando para alguém que pensa conhecer no andar inferior do ônibus 22, mas a pessoa desvia o olhar. Quando chega em casa, o cheiro do ambiente está até melhor sem Jinty ali, mas não é a mesma coisa. Logo ele já está se sentindo muito solitário. Quando a campainha toca subitamente, ele fica ao mesmo tempo animado e temeroso.

Pelo olho mágico, vê-se um grande volume amarelo-canário. É Maurice, o pai de Jinty. Tremendo, Jonty pensa em fingir que ninguém está em casa, mas percebe que cedo ou tarde terá de encarar as pessoas. Ele respira fundo e abre a porta para deixar Maurice entrar, dizendo: — Eu percebi que era você, Maurice. Pelo casaco amarelo-canário.

Maurice parece muito perturbado e dispensa as cortesias habituais. — Onde ela está? Não telefona, não atende... algo aconteceu... isto já não é mais brincadeira, Jonty!

— Eu pensava que ela estivesse com você, Maurice... hein, Maurice? — diz Jonty, indo para a sala.

Maurice vai atrás rapidamente, com os óculos grandes ampliando seu semblante até proporções psicóticas. — Como ela poderia estar comigo?

Jonty já se sente mais perto da prisão do que nunca. Ele se vira para encarar o rosto magro de Maurice, por trás dos óculos, e subitamente se imagina dividindo uma cela com o velho presidiário. Uma meia-mentira, ou meia-verdade, jorra de sua boca.

— Nós brigamos, Maurice, verdade seja dita, tivemos uma discussão... pois é, eu pensava que a Jinty estava com você, ela simplesmente saiu e nunca mais voltou pra casa, verdade seja dita. Eu achava que ela estava com você, Maurice, certeza, achava mesmo.

— Por que vocês brigaram? — pergunta Maurice, torcendo o nariz por causa do aroma carregado e sombrio do ar.

— Eu peguei a Jinty lá no Pub Sem Nome naquela noite do furacão. Ela estava no banheiro com um outro sujeito. Enfiando uma coisa esquisita no nariz. Pois é, uma coisa esquisita no nariz.

— Drogas? — diz Maurice, arregalando os olhos e fazendo Jonty se lembrar da cobra em *Mogli: o menino-lobo*. — Jesus Cristo...

Maurice se deixa cair no sofá, mas é imediatamente obrigado a se arrepender de tanta grossura, pois uma mola quebrada fere sua nádega e ele transfere seu peso para o lado, antes de continuar.

— Bom, isso ela não puxou a mim. Nunca! Eu sempre soube que ela era esquisita com os homens, mas nunca desconfiei de drogas. Pensava que nós tínhamos criado a Jinty com mais bom senso do que isso...

— Pois é, uma coisa esquisita no nariz, foi isso mesmo que ela enfiou no nariz — confessa Jonty com o coração pesado, sentindo que está traindo Jinty com esta revelação, antes de se acomodar ao lado de Maurice no sofá.

— A minha Veronica, que Deus a tenha, nunca foi assim — contesta Maurice, com os olhos umedecidos acrescentando mais uma camada por trás dos óculos. — Nem com drogas, nem com homens...

Ele encara Jonty com um olhar desafiador, antes de continuar. — Ela se manteve pura até a nossa noite de núpcias, sabia?

— Feito Jesus?

— Melhor do que Jesus! — diz Maurice, fazendo uma careta. — Feito a Virgem Maria, jamais tocada por qualquer homem!

Jonty fica totalmente fascinado por essa ideia. — Isso fez você se sentir como Deus na sua noite de núpcias, Maurice? Aposto que fez!

Maurice se empertiga com uma violência reprimida, olhando duramente para Jonty, mas conclui que ele é inocente demais para estar de sacanagem. — Você é um rapaz muito...

Já com lágrimas nos olhos, ele põe a mão no ombro de Jonty, antes de continuar. — Acho que sim, Jonty. Pois é, foi assim que eu me senti.

— Deve ter sido genial.

Maurice assente e tira um cigarro de uma cigarreira dourada. A cigarreira é uma espécie de assinatura pessoal, muito importante para ele. Maurice acredita que os fumantes escoceses eram culpados de autossabotagem, que provocaram a proibição do fumo por parecerem vagabundos baratos, com aqueles maços cafonas amassados dentro dos bolsos. Quanto tempo e esforço eram necessários para carregar uma cigarreira? A vida girava em torno de percepções. Ele acende um Marlboro, afastando dos olhos os longos e oleosos cabelos grisalhos. As mechas caem para a frente outra vez, fazendo Jonty se lembrar dos bovinos Highland, ou até, mais apropriadamente, pensa ele, de um pônei Shetland.

Maurice afasta o cabelo novamente. — Você falou com ela? Com a minha Jinty?

— Não, e quando tento telefonar, o aparelho fica tocando sem parar. Pra ser sincero com você, Maurice, acho que talvez ela veja que sou eu e não quer responder, nem atende, certeza, nem atende. Pois é.

Maurice balança a cabeça. — Não, não é isso, porque ela também não me atende...

Ele brande no ar o próprio telefone. Jonty sente o aparelho de Jinty dentro do bolso de sua calça de moletom, junto ao seu próprio aparelho.

— Sobre o que mais vocês dois discutiram? — insiste Maurice, lançando para Jonty um olhar avaliador. — Além da cocaína e do tal sujeito do Pub Sem Nome?

— Foi por dinheiro, Maurice — diz Jonty, inspirado.

— Pois é, a coisa anda difícil. Mas quando é que não andou?

— Tem razão, Maurice... quando não andou!

Então o telefone toca no bolso da calça de Jonty. Só que ele tem dois aparelhos, o seu e o de Jinty, e em ambos a música é "Hearts, Hearts, Glorious Hearts".

— Você não vai atender essa porra aí?

Jonty se levanta e tira do bolso o telefone que está tocando. Ele tem certeza de que configurou o de Jinty apenas para vibrar. O aparelho que sai do bolso, porém, é o dela, que se diferencia do seu próprio, em tom bordô, por uma capa cor-de-rosa. Jonty engole em seco e deixa o telefone tocar.

— Atenda a porcaria do seu telefone! Pode ser ela, de um telefone público ou outro aparelho qualquer — diz Maurice, com o olhar incendiado.

Então Jonty atende, cruzando cautelosamente o aposento até a janela e pressionando o aparelho junto à orelha.

— É você, Jinty? Aqui é a Angie! Por onde você anda, Jinty? É você?

Jonty permanece em silêncio e desliga o aparelho.

— Quem era? — indaga Maurice, esquadrinhando a lista de contatos do seu próprio celular.

— Engano — responde Jonty. — Bom, não era engano mesmo... era um daqueles telefonemas pra tentar vender seguros, sabe?

— Um pé no saco — resmunga Maurice, ainda mexendo em seu próprio aparelho, mas já de forma mais distraída. Ele ergue o olhar para o amante de sua filha.

— Eu não tenho dinheiro, Jonty. Mas você já sabe disso, e a Jinty também sabe. Eu ajudaria, se pudesse, mas também estou na batalha. Sabe a porra daquelas contas vermelhas? Você paga uma daquelas porras, e logo depois outra porra já quer levar mais — diz ele, balançando a cabeça.

Jonty também balança a cabeça concordando, porque acha que Maurice não está errado. — Você não está errado, Maurice, verdade seja dita, você não está errado!

— Mulheres — diz Maurice, revirando os olhos.

Por alguns instantes, sob as lentes dos óculos e a luz, Maurice fica tão parecido com sua filha, morta e enfiada no buraco, que o amante dela solta um arquejo.

— Não estou dizendo que a Jinty é fácil, Jonty — continua Maurice, sem perceber a desolação de Jonty, e já enrugando o rosto em um sorriso triste. — Ela não era uma garota fácil, quando criança. Sabe, até me surpreende que tenha ficado com você tanto tempo. Achava que ela ia dar uma sacaneada em você, como fez com os outros caras. Pois é, houve outros, sim, um monte deles, Jonty! — Maurice mira Jonty com as diversas camadas do seu olhar e continua. — Não estou dizendo nada de mais aqui, estou, Jonty? Mas você sabe qual é a real! Falou isso mesmo! A sua discussão! O outro sujeito! O Pub Sem Nome!

Só que Jonty não quer escutar isso, não quer mesmo.

— Não, Maurice, você tem o direito de falar o que pensa, certeza, fale o que pensa, certeza — diz ele distraidamente, enquanto se recosta de volta no sofá ao lado de Maurice.

— Existe outro sujeito? E não estou falando só de algum vagabundo com um pouco de cocaína no bolso! É isso que você não está me contando? — diz Maurice. Seus olhos esbugalhados e ensandecidos fascinam Jonty. — Ela já deve estar morando com alguém agora! Fazendo o cara de otário! Estou certo?

O cérebro de Jonty está girando, mas tudo que escapa é um murmúrio sombrio. — O Pub Sem Nome... não é um lugar bom. Não mesmo, não é.

— Falou tudo, Jonty! Aquele tal do Jake disse a todo mundo que preferiria ir pra porra da cadeia do que proibir que se fumasse dentro do pub. A porra do babaca até se filiou ao FOFE, aquele grupo pelo fim da opressão aos fumantes escoceses! Saiu uma foto dele na porra do jornal! Então, assim que a foto apareceu lá, ele me expulsou só por dar umas baforadas! Ainda disse: "É o meu ganha-pão!" – diz Maurice, com o rosto incendiado de fúria. – Aquele escroto apunhalou os fumantes escoceses pelas costas!

– Apunhalou...

– Eu, às vezes, vou até lá, mas não falo nada. Só fico sentado no canto, olhando pra ele, julgando o sujeito em silêncio, Jonty: um julgamento em prol de todos os usuários de tabaco da Escócia. Hipócrita filho da puta!

– Julgamento...

– Mas você nunca julga a minha Jinty, e eu gosto disso. Você é fiel a ela, e eu gosto muito disso, Jonty – repete Maurice, parecendo se levantar do sofá, mas apenas se aproximando mais de Jonty e recolocando a mão no ombro dele. – Eu não sei o que ela contou sobre si mesma, por trás de portas fechadas e tudo, mas suponho que o passado seja assunto só dela.

– Assunto só dela – arqueja Jonty suavemente, acariciando o queixo com a mão e olhando fixamente para o espaço.

– Pois é, houve muitos homens antes de você – diz Maurice. Suas sobrancelhas parecem sair rastejando do topo das lentes e ir subindo pela testa.

Jonty sente que deve responder, mas não sabe o que fazer. Ele pensa em Jinty, primeiro cor-de-rosa, depois azul e por fim dourada.

Maurice aperta com força o ombro dele. A paralisia artrítica faz os dedos daquela mão parecerem as garras de uma ave de rapina.

– E todos eles tinham muito mais raça do que você – diz Maurice, olhando rapidamente para o chão e abanando a cabeça. – Disso eu me culpo, porque costumava dizer a ela, "Arrume um cara com raça". Só que um cara com raça nunca seria embromado por ela...

Ele ergue o olhar para Jonty e irrompe em lágrimas. – Onde está a minha princesa, Jonty? Onde está a minha Jinty?

Jonty já colocou o braço em torno de Maurice. – Calma... Maurice... tenha calma... pois é... calma...

Maurice enlaça por trás a cintura fina de Jonty. — Eu estou muito sozinho, Jonty... nem Veronica... e agora nem Jinty... entende o que eu quero dizer?

— Pois é...

— Você também vai ficar sozinho, Jonty. Vai sentir falta dela — geme ele em tom baixo, mas mexendo os olhos depressa em busca de uma reação. Sentindo-se confuso e com frio, Jonty nem reage quando sente o polegar de Maurice dentro do cós da sua calça, já se esfregando ali.

— Pois é — diz Jonty, olhando para a lateral do rosto de Maurice e vendo o interior do nariz, cheio de pernas de aranha vermelhas. Ele tem a sensação de que algo ruim vai acontecer, mas sente que merece isso.

— Só sobrou a gente mesmo, parceiro!

— Pois é... sobrou...

Então Maurice se vira e beija Jonty na boca. Jonty nem reage, nem resiste. Seus lábios duros parecem os de uma caixa postal. Maurice recua, mas continua matreiro e audacioso, já começando a desamarrar o cordão da calça de Jonty. Isso não parece a Jonty tão devastadoramente violador quanto o que ele fez pouco antes.

— Vamos lá, Jonty, amigo, que o inferno nos conserte, mas deixe que eu ajude você a tirar isto aqui... vamos lá, amigo...

Jonty fica imaginando se Maurice tirará o casaco amarelo-canário. E sim, ele tira, antes de se levantar e conduzi-lo para o quarto. Então os dois ficam nus, mas Jonty não olha para o pau de Maurice, e sente o cheiro de Jinty quando eles entram sob as cobertas. Só que não é a Jinty como ele gostava de pensar nela, e sim como ela já estava no fim de tudo. Mesmo com as janelas abertas, aquele odor decadente permanecerá, permeando os lençóis. Jonty percebe, com uma sensação de apreensão, que deveria ter ido à lavanderia. Maurice, porém, não parece registrar coisa alguma. Um sorriso felino se insinuou em seu rosto, e por um instante, ao mesmo tempo grotesco e belo, Jonty tem a vívida impressão de ver a filha que ele amava na expressão do pai.

E Jonty só consegue pensar que merece mesmo o que estiver por vir, porque a filha de Maurice está morta, e é tudo culpa sua. *O mínimo que posso fazer é deixar que ele dê uma trepada decente comigo.*

Ele ouve uma cusparada violenta e sente uma umidade gotejante no rego de sua bunda. Isto é seguido por um toque mais delicado do que ele esperava, e por uma sensação invasiva, que Jonty imagina ser um dedo entrando em seu ânus. Ele dá uma risada nervosa e diz: "Ha, ha, ha... Maurice..."

Então algo semelhante a uma tenaz agarra seu ombro, logo seguido por um tranco e uma penetração mais aguda, que vai abrindo caminho sem cessar, e é ardentemente dolorosa. "Tente relaxar", arrulha Maurice no ouvido de Jonty. "Assim dói menos..."

Ele tem vontade de dizer a Maurice que há um gel na mesa de cabeceira, porque às vezes Jinty estava dolorida lá embaixo e gostava que ele usasse o gel. Mas Maurice bufa e mete mais fundo ainda. Jonty cerra os dentes, sentindo uma dor escorchante que lhe parece apenas merecida. "Sim... Maurice... sim", arqueja ele.

Maurice vai soltando uma fieira de comandos e incentivos, todos ignorados por Jonty. Apesar dessa insistência lacerante, ele não pensa no pai, mas na filha, e na estranha briga que levou àquele lugar bizarro. Então Maurice, com um tom triunfal diferente, arqueja em tom áspero, "Lembrem-se do Álamo", e, de repente, tudo já acabou. Quase imediatamente, Maurice sai da cama e começa a se vestir depressa.

Jonty também se levanta e vai para a sala, apanhando suas roupas descartadas pelo caminho e se vestindo enquanto avança. Seu rabo dói e coça, com as hemorroidas parecendo irritadas, tal como acontece quando ele solta um cagalhão rombudo. No entanto, como explicara o dr. Spiers, que receitara o creme para hemorroidas, não era o cagalhão em si que era o problema, e sim, as hemorroidas já distendidas. Então, Jonty fica parado diante da janela, olhando para o Pub Sem Nome do outro lado da rua, desejando que Maurice saia do apartamento.

Só que Maurice não parece ter pressa de ir embora.

— Não quero que você faça uma ideia errada de mim, Jonty — diz ele, entrando na sala e fechando o zíper da calça, enquanto Jonty vê um ônibus passar. — Porque eu nunca aprendi isso na cadeia. Foi no canteiro de obra, Jonty, nas obras grandes... — Ele parece querer enfatizar isso e continua. — Tudo bem, havia mulheres naquela época, às vezes toneladas delas. Mas em caso de emergência, pois é, Jonty... a gente precisa aprender essas coisas, em caso de emergência!

Pela primeira vez, Maurice parece sentir certa culpa, enquanto Jonty permanece em silêncio, com o olhar distante, mas focalizado nas persianas de madeira do prédio em frente. Presidiário tarimbado e operário veterano, Maurice se sente movido a deixar ali o casaco amarelo-canário que Jonty já demonstrou admirar.

— Tome isto para você, Jonty, meu filho... eu arrumo outro facilmente – diz Maurice em tom sóbrio, pensando que consegue ver os olhos de Jonty brilharem em reação ao presente. — Conheço um cara lá de Inglinston. Outro igual, mas com os Detroit Tigers.

Ainda ansioso, Jonty fica vendo Maurice sair, com medo de que ele mude de ideia e volte para retomar o agasalho. Só solta todo o ar que nem sabia que estava retendo, quando ouve a porta bater com força. Fica ouvindo Maurice assobiar melodicamente "Camptown Races" e o barulho dos sapatos dele descendo a escada. Então, porém, Jonty começa a chorar por Jinty, rumando para o chuveiro e arrancando as roupas. Quer lavar seu corpo inteiro, mas não há água quente, e o chuveiro parece estar quebrado, de modo que ele apenas limpa a bunda. Então aquece a chaleira e despeja água quente em uma bacia, sentando em cima.

Jonty e Jinty... não, você pode ir primeiro, Jinty; Jinty e Jonty, Jinty e Jonty, Jinty e Jonty, Jinty e Jonty...

Ele fica sentado ali um pouco, até a água ficar tépida e seus culhões encolherem. Estremece, antes de decidir levantar e sair, feliz por ter o suficiente para comer no McDonald's.

36

Economia dos transportes

Porra de cidade cheia de xotas. Ficam desfilando por aí, bêbadas pra caralho, entrando e saindo da porra do meu táxi, indo a festas de escritórios ou voltando delas. E aqui estou eu, totalmente fodido, e sem poder fazer qualquer coisa a respeito. Fico só dirigindo, sem querer saber se o taxímetro está ligado ou não. O próximo puto ou a próxima puta que eu levar até a ponte na madrugada... porra, vou pular junto com ele ou ela. Porque não consigo viver sem trepar, caralho.

Ainda estou atordoado com o que o puto daquele especialista, o dr. Stuart Moir, disse no hospital sobre os resultados dos exames.

— Sr. Lawson, lamento que as notícias não sejam muito boas. Seu coração não se encontra em bom estado, e infelizmente não existe uma solução cirúrgica viável para o problema. Isto significa que o senhor passará o resto da vida tomando essa medicação.

— O quê? Mas eu já estou me sentindo muito melhor — menti.

— Isso é ótimo. O lado triste é que seu coração é um vaso frágil, e não consegue aguentar muita agitação. Se olhar para cá...

Então o puto do dr. Stuart Moir começou a me mostrar o diagrama de um coração, enquanto falava de tubos, ventrículos e suprimento de sangue, até que eu disse: — Então... nada de trepar? Trepar... *nunca mais?*

— Isso não vai melhorar, sr. Lawson. Literalmente, o senhor está lutando pela sua vida.

— Porra, Jesus... quer dizer que eu posso bater as botas a qualquer momento?

— Não... se mantiver a medicação, evitando estresse, esforço físico... e excitação sexual.

— Você está dizendo que eu não posso dar a porra de uma trepada? Nunca mais? Em toda a minha vida?

O puto continua sentado ali, como se eu estivesse falando que precisava trocar o óleo do táxi, e diz: — Entendo que existam enormes ramificações psicológicas neste ajuste...

— Não. Você não entende porra nenhuma...

— Portanto, vou lhe indicar o dr. Mikel Christenson, que é um excelente psicoterapeuta — continuou a merda do médico grosseirão. — E recomendo enfaticamente que o senhor marque uma consulta com ele...

Então me deu um cartão.

— Um médico pra cabeça? Que porra essa merda vai adiantar? Eu preciso de um médico pro coração!

O punheteiro do dr. Stuart Moir simplesmente tira os óculos, limpa as lentes em um pano e fica olhando pra mim com suas marcas vermelhas nas laterais do nariz.

— Lamentavelmente, na situação atual, o mais importante é a administração do seu problema, não o tratamento.

Então eu saí do consultório, do prédio, e peguei meu táxi no estacionamento. Vou dirigindo a esmo, ignorando Big Liz no computador, e nem sequer consigo olhar pelas janelas pra todas aquelas xotas na cidade...

Sal Suicida me liga. Ela já deixou toneladas de mensagens, de modo que eu atendo.

— Terry, por onde você tem andado? Por que está me evitando?

Só consigo pensar em dizer uma coisa. — Escute, o Ronnie está querendo o seu telefone.

— O quê?! Não ouse dar o meu número pra este maluco sinistro! Eu desprezo tudo que ele representa!

— Talvez seja vantajoso pra você — digo, estacionando em uma transversal da Thistle Street. — Ele disse que leu uma das suas peças e gostou. Falou até em patrocínio. Está bastante acostumado a fazer isso lá na América.

Há um pequeno silêncio e depois Sal diz: — Você está de sacanagem comigo, porra!

— Não, senhora.

Há outro silêncio na linha. Penso até que a ligação caiu, mas então ela diz: — Bom, acho que conversar não faz mal, não é?

— Beleza — digo, já passando o número de Ronnie pra ela. — Dê uma ligada pra ele. Pode valer a pena pra você. A gente se vê...

E desligo. Ao menos um problema já foi resolvido. Então dou a partida no motor e saio procurando algumas corridas antes de apanhar Ronnie mais tarde. A última coisa que quero fazer é jogar golfe com a porra de um ianque, mas faço qualquer coisa pra tirar da minha cabeça essa história de coração e sexo. Passo direto por duas gostosas com os braços esticados, já meio bêbadas e com cara de safadas, após a festinha no escritório. Elas que se fodam. Então vejo um sujeito mais adiante fazendo sinal pra mim.

— Tudo bem, parceiro... vai aonde?

— Para a Câmara — troveja o puto, com uma entonação elegante.

Vou dar uma lição neste escroto. E então pego a Royal Mile em direção ao Palácio.

— Por que estamos vindo por aqui?

— Os bondes... sistema de mão única... desvios... prédio da Câmara — digo, conferindo a fuça do sujeito pelo retrovisor. — O que você faz, parceiro?

— Na realidade, eu trabalho para a prefeitura de Edimburgo. Departamento de Desenvolvimento Econômico!

Bom, agora eu me fodi. Mas o ataque é a melhor defesa...

— Ah, é? Bom, você precisa acertar esse sistema dos bondes. Eles estão afetando o meu ganha-pão! Eu já devia estar processando vocês, seus putos, por perdas e danos. Mas isso é típico de políticos que torcem pelo Hearts... vocês acabam com o Leith, mas pode notar: deixaram Gorgie em paz, não é? Engraçado isso, não? E veja bem... não há muito mais que vocês possam fazer pra foder com aquela merda, verdade seja dita, parceiro.

— Eu sou um economista especializado em transportes, e não vejo...

— Provavelmente você anda estudando a documentação oficial da Câmara, mas, parceiro... só uma palavra de conselho: *não estude a documentação oficial.* Uma mentirada da porra. Tente conversar com a rapaziada aqui no chão, feito eu. Caralho, eu brigo com a porra do poder daqueles filhos da puta da Central todo dia — digo ao escroto, enquanto passamos pelo Queen's Park em direção ao South Side. — Toda a minha vida foi uma grande batalha contra a máquina, contra as forças do obscurantismo. É a porra de uma briga de trinta e cinco anos contra a prefeitura, parceiro. Então, quando você tiver isso no seu currículo, volte aqui e mande o seu recado. Até lá, você vai pelo caminho que Terry Lawson escolher, ou diz... pernas pra que te quero. A escolha é sua...

O sujeito fica calado.

O telefone toca novamente. É Sick Boy. — Terry, vou direto ao assunto. Preciso de você em Londres na próxima semana pra rodar *Pegador 3*.

— Pensei que você já tivesse escalado o Curtis pra isso... não?

— Nós mudamos. Eu reescrevi o papel pra você, como o irmão mais velho do Pegador. Um sujeito que fica muito suado quando se excita, mas um intelectual de óculos na vida real. Pense no Incrível Hulk e em Bruce Banner.

— O que houve com o Curtis?

Durante a pausa que se segue, eu até ouço o ar saindo dos pulmões dele.

— Ele se bandeou pra Califórnia e assinou com um grande produtor pornô de lá. Traíra filho da puta. Sei que ele precisa aproveitar as oportunidades, mas me deixou na sarjeta.

— Não posso aceitar.

— Você o quê? Por que não?

— Simplesmente não posso. Tenho uns troços aí pra fazer. Depois eu conto.

— Já saquei — rebate o puto. — Não ligue mais pra mim, e esteja certo de que eu não ligarei mais pra você. Passe bem, *parceiro*...

Ele termina sibilando feito uma cobra e desliga o telefone.

Eu paro no pátio de paralelepípedos ao lado da Câmara. O babaquinha ali atrás salta do carro e me encara.

— Essa foi uma volta e *tanto*. Sua gorjeta já está incluída no taxímetro — diz o puto espertinho.

E eu ainda fiz um favor pra esse escroto. Tem certos putos, você não pode fazer a porra de um favor, porque eles nem entendem a porra do troço. Mas um outro sujeito já está entrando no táxi. Tipo, um cara de cor.

— Biblioteca Nacional — diz o sujeito, que parece meio inglês, feito aquele puto do *Rising Damp*. — Fica longe daqui?

Não quero contar pro sujeito que fica logo ali depois da esquina, de modo que resolvo dar meia-volta, ir até a Chambers Street e depois cortar até a ponte George VI.

— Se fosse uma reta só, não, parceiro... mas agora, com esses bondes... nem quero começar a falar! A Biblioteca Nacional... então você é um homem de letras, parceiro?

O sujeito dá de ombros e diz: — Bom, eu vim fazer uma palestra no festival de Hogmanay aqui em Edimburgo. Também estive aqui no verão passado, durante o Festival Internacional do Livro na Charlotte Square.

— Mas então você deve ser um escritor famoso, não é, parceiro?

— Bom, eu não diria isso, mas já publiquei três romances.

— Será que eu conheço algum?

— Não tenho certeza. Você é um leitor?

— Eu não era, amigo, não mesmo, pelo menos até recentemente, mas agora passei a curtir livros muito mais — digo, já ficando deprimido pra caralho só de pensar. — Desde que não haja, tipo, sacanagem, só escrita decente. E você... é de onde?

— Eu moro em Cambridge, mas minha família é de Sierra Leone.

— Humphrey Bogart, filme genial.

— Não, é...

— Estou só gozando você, parceiro, eu sei onde fica! África, pois é. E aposto que você queria estar lá agora, hein, parceiro? A porra desse tempo aqui! Não é?

— Bom, não sei bem...

— Então você esteve naquele festival do livro na Charlotte Square no verão passado?

— Sim.

— Aposto que deu muitas trepadas lá, hein, parceiro? Tantos autores visitantes, e tantas gatas babando por eles. Porra, eu devia estar escrevendo a história da merda da minha vida. Trepar, beber e me drogar, com um pouco de trabalho enfiado nos intervalos, só pra quebrar a monotonia. Só que agora estou acabado, parceiro. Mas esse sou eu. Agora, você não, parceiro! Aposto que andou trepando pra caralho lá! Algumas dessas gatas artistas adoram foder, isso eu garanto.

— Bom, os escritores geralmente são vistos como pedantes. — O sujeito dá um sorriso. — Mas alguns de nós até que sabem se divertir!

Escroto sortudo da porra. — Aposto que sim! Vai fundo, parceiro!

— Pode deixar!

Como todo escurinho, o cara deve ter uma vara e tanto. Não tão grande quanto a minha, mas isso hoje de nada me serve. E nem é bom fazer suposições racistas: o pau do cara pode ser do tamanho da unha de um texugo, pelo que eu sei.

— Mas eu não sou racista, não, parceiro.

— Não lembro de ter sugerido que você era.

— Não, só estou falando, sabe, porque alguns putos são. Eu sempre defendo os clientes pretos contra eles. A melhor trepada que eu já dei na vida foi com uma gata negra, durante o festival daqui, alguns anos atrás. Nigeriana. Fazia mais a linha dançarina, mas com uma xota que parecia a porra de uma tenaz. A coisa se enroscou em volta do Velho Guerreiro feito um pacote de bacon em volta de uma salsicha alemã gigante!

O sujeito começa a rir disso. — Você deveria mesmo escrever um livro.

— Talvez sim, parceiro — digo eu. — Mas eu só ficaria mais deprimido ainda, ou pior, ficaria ligado demais. Vamos fazer o seguinte... eu dito e você escreve tudo!

O sujeito simplesmente ri, mas dá pra ver que ele está bem interessado nessa porra.

— Pois é, essa garota tinha uma xota tão apertada que nem me incomodou que ela não gostasse de dar o rabo... porque eu, parceiro, costumava gostar de todos os jeitos... você sabe o que falam da variedade...

— É o tempero da vida.

— Disse tudo, chefia, falou bem pra caralho. Escute, se você estiver procurando qualquer coisa, pra se ligar ou algo assim, eu sou o cara. Aqui está o meu número — digo, passando o cartão pela fresta na divisória do táxi. Depois estaciono ao lado da biblioteca. — Esse é o seu... espere... pois é, eu estava falando da gata nigeriana. Então...

— Escute, bem que eu gostaria de um grama de pó — interrompe o sujeito.

— Beleza — digo, baixando a voz pra um sussurro, embora só haja nós dois dentro do táxi. — Ligue em uma hora, que eu trago pra você. Não guardo a coisa no carro. Pelo menos depois que meu parceiro Cabeção foi preso... há muitos policiais e dedos-duros por aí, e a porra da cidade inteira está cheia de câmeras.

— Beleza.

Então o cara salta, e eu sigo pra Inverleith a fim de pegar a encomenda com Rehab Connor, e entregar ao puto mais tarde. A pior parte do meu problema é ter de contar tudo.

— Bem que eu achei que você andava quieto demais — diz Connor, depois que eu abro o jogo sobre o estado do meu coração.

— Pois é, não posso rodar pelos conjuntos com o coração assim. Sempre tem uma gata lá querendo dar risada...

— A sua reputação chega antes de você, cara.

— Pois é, mas agora isso virou a porra de uma maldição, em vez de uma bênção — digo a ele. Depois volto pro centro e entrego a encomenda ao moreno. Em seguida, vou apanhar Ronnie no hotel. Ele está com os tacos, de modo que nós vamos pro campo de golfe.

Eu estico duas carreiras de pó. — Vamos acelerar a viagem.

Ronnie não fica nem um pouco feliz. — Nós não queremos ser parados pela polícia outra vez! Você não deveria estar fazendo isso com o coração nesse estado! Essa é a pior ideia possível. É preciso ter um ritmo constante e relaxado pra ser golfista, e provavelmente cocaína é a pior droga pra quem vai jogar!

— Vamos lá, isto é só um aperitivo pra estrada! O efeito já vai ter passado quando a gente chegar lá. Lembre do dia do furacão!

Ronnie não parece convencido, mas, mesmo assim, o brilho entra no seu nariz. Às vezes, o importante não é do que você precisa, e sim o que você quer.

— Diabos... pois é — diz ele. — Eu tenho uma boa notícia. O tal do Lorde de Glenseiláoquedocaralho, que possui a terceira garrafa de uísque e que não vinha retornando os meus telefonemas, finalmente está começando a ceder. Lars e seu pessoal fizeram uma oferta conjunta a ele. É claro que os pentelhos do McFauntleroy estão fazendo jogo duro, mas nós devemos conseguir fechar o negócio.

— Nem sinal da segunda garrafa ainda?

— Não — diz Ronnie, subitamente desanimado outra vez. — É como se a coisa houvesse sumido no ar. Botei um investigador na cola do Mortimer em tempo integral, mas até agora nada sugere que a garrafa esteja com ele.

Eu sei o que vai alegrar este puto. — Já dei o seu número pra Sal.

— Uau! Acha que ela vai ligar?

— Quem é que entende as mulheres, parceiro? Mas lembre que você tem fama e fortuna no seu time, e isso é um afrodisíaco melhor do que o tamanho do documento, se é que você me entende.

Ronnie fica calado, mas eu não daria a esse puto mais do que doze ou treze centímetros, no máximo.

Então pegamos a rodovia M8, driblando o trânsito pesado. Chegamos lá em pouco mais de uma hora. É um campo grande e aberto, sem muitas árvores ou arbustos, o que torna o vento um fator importante. Vamos pro centro do campo e Ronnie pega os tacos, escolhendo um grosso.

— Golfe é uma curtição, Terry. Quando a gente chega aos quarenta, pode acreditar, é melhor do que sexo. Todas as vezes — diz ele. Depois sorri e mostra pra mim a posição básica dos pés pra tacada inicial. Faz um ou dois movimentos e depois me passa o taco. — Este buraco é curto, com par 3.

Eu olho pra frente, pensando na cara debochada de Kelvin, enquanto me concentro naquela bola pequena. Ergo o olhar pro gramado à frente. Baixo novamente o olhar e golpeio a porra da bola, que quase sai voando, caralho: uma tacada longa e reta. A bola quica no *green* e vai rolando até um ponto bem perto do buraco.

Ronnie solta um arquejo e seus olhos esbugalhados quase caem da cara. — Uau! Muito bem, Terry! Não sei se é sorte de principiante, ou se você é simplesmente um talento natural!

Vamos andando, e eu estou perto do buraco, muito mais perto do que Ronnie. Só que eu cago tudo no *putting*, e preciso de quatro, em vez de duas tacadas. Ronnie faz o par.

A porra da história se repete nos dois buracos a seguir. Dou uma boa tacada inicial, mas a porra do *putting* é de ferver a cabeça! Então algo me atinge feito uma tonelada de tijolos, e subitamente eu compreendo tudo... a vida é frustrante quando você não consegue meter num buraco! O golfe é isso: a superação dos obstáculos que surgem no seu caminho! No fim do jogo, eu digo isso a Ronnie, que diz: "Você foi muito bem, Terry... tem os movimentos de um talento natural, e isso é a vantagem mais importante que um golfista pode ter. Só precisa se concentrar mais nessas tacadas de curta distância."

Nós vamos à sede do clube tomar um drinque. Então Lars chega com Jens e o tal corretor. Lars tem uma expressão gélida ao falar. — Eles querem 180 mil pela terceira garrafa.

— Nós devíamos decepar essa mão grande deles, cacete!

— Libras, e não dólares.

— Filhos da puta! Você falou para ele que só existem duas do Trinity por aí, e que valem menos?

— Para nós, não vale menos. Vale mais, e ele sabe disso.

Ronnie dá de ombros. — Tá legal, vamos fechar negócio. Eu vou ligar para o meu pessoal, mas não para a porra do Mortimer, e pedir que eles façam a transferência bancária para a sua conta.

O tal do Lars assente bem devagar, feito um vilão nos filmes de James Bond.

— Obviamente, depois que o negócio for realizado, a garrafa ficará sob a minha posse até nós jogarmos a nossa partida — diz ele, olhando pro tal corretor idiota. — É o mais justo, diante do ocorrido com a garrafa anterior sob a sua guarda.

Ronnie se empertiga todo, como se fosse contestar isto, mas pensa melhor e se deixa cair de volta na cadeira.

— Acho que nem posso argumentar contra isso — diz ele. Eu já até comecei a gostar de Ronnie, mas o puto seria apenas um humilde puxa-saco no funcionalismo público, se não tivesse o dinheiro e os contatos elitistas do pai.

— Acredito que você não esteja com a garrafa, mas ela desapareceu sob a sua guarda — diz Lars. — Portanto, é preciso haver um elemento punitivo no nosso desafio. O meu assistente, Jens, é um golfista decente...

Ele faz uma pausa e olha pra mim, antes de dizer: — Vamos formar duplas na partida pela garrafa nova. O seu parceiro será esse seu homem aí.

Ele olha pra mim novamente.

— Eu não sou golfista, parceiro — digo eu.

— O Terry só pegou em um taco pela primeira vez hoje! — diz Ronnie.

— Eu não fui totalmente transparente com você — sorri o tal do Lars. — Já adquiri a garrafa número três com minha própria grana. Agora temos uma garrafa cada um.

— Nós combinamos que as outras duas garrafas seriam adquiridas juntas, e entrariam em disputa...

— Isso foi antes que você perdesse uma delas. Agora cada um de nós tem uma. — Ele meneia a cabeça para Jens, que abre uma caixa, e lá está a tal garrafa de vidro com o formato do Gherkin, o tal edifício. — Vamos disputar as duas garrafas, a sua e a minha, e jogar com parceiros, que serão estes dois aqui.

Bom, Ronnie fica puto pra caralho, mas diz que vai pensar no assunto. Lars avisa que ele não deve levar tempo demais pensando.

Então voltamos a Edimbugo no táxi, e eu digo: — O que você vai fazer?

— Ele sabe o quanto eu quero aquelas garrafas. É uma aposta alta, e o vencedor leva tudo. Duas garrafas ou nada.

— Você não está falando...

— Eu acho que nós podemos vencer aqueles babacas, Terry!

— De jeito nenhum... você não pode confiar em mim pra ganhar aquela garrafa de uísque, Ronnie... eu sei o que aquilo significa pra você – digo, porque não consigo acreditar nele. Esse puto da TV, esse menino bilionário que encarou todos aqueles esnobes filhos da puta em O Pródigo, essa porra desse punheteiro acredita em mim! Como deveria, mesmo. Mas o puto ainda precisa fazer com que eu, Terry Lawson, acredite *nele*.

— Eu quero todas elas — balbucia a porra do puto. — E aquele babaca me botou em uma sinuca. Aposto que ele está metido no sumiço da garrafa número dois, talvez junto com o Mortimer...

— Eu estou a fim, Ronnie, mas realmente preciso de tempo pra treinar.

— Isso eu arranjo pra você! Podemos jogar todo dia, Terry, e, quando eu não estiver na cidade, porei você treinando com o babaca daquele golfista profissional!

Porque eu estou pensando aqui, caralho: esta porra talvez funcione. Ronnie é melhor do que Lars, e mesmo que Jens seja melhor do que eu, ainda assim nós temos a porra de uma chance!

Portanto, até que não foi um dia ruim. À noite, estou sentado em casa, lendo *Moby Dick*, quando a campainha toca. Fico feliz por não atender, porque é Sal Suicida. Caralho, espero que as peças dela sejam tão boas quanto as trepadas, e que Ronnie tire Sal das minhas mãos. Por trás das cortinas, olho e vejo que ela já está se afastando rua abaixo. Assim que a barra fica limpa, eu saio pra comprar meio litro de leite no Hamilton's. Quando volto, a campainha toca novamente e eu me cago todo. Mas então recebo um torpedo de Jason: *Vamos, Terry... me deixe entrar. Estou aqui fora.*

Então abro a porta. É ótimo ver Jason, e eu lhe dou um abraço apertado. Ele parece todo duro e tenso, enquanto eu fico lhe dando uns tapinhas nas costas. Quando solto seu corpo, Jason fala:

— O que está havendo?

Ele parece mais robusto, musculoso, como se andasse levantando pesos. Tem o cabelo cortado à máquina um. Eu vejo muito mais de Lucy, sua mãe, nele, principalmente em torno dos olhos, do que de mim.

— É muito bom ver você!
— Também é ótimo ver você! Vim visitar mamãe e pensei...
— Estou orgulhoso de você... sabia? — solto sem querer.
— Terry, isso não faz o seu gênero...
— Pode me chamar de pai, filho.
— Agora você *realmente* começou a me assustar. Está tudo bem?
Então eu conto a porra toda pra ele.
Depois da minha falação, Jason simplesmente olha pra mim e diz:
— Eu sinto muito... sei que você sempre foi sexualmente ativo, que isso ocupa uma parte grande da sua vida, e que você gosta de fazer... você sabe, aqueles vídeos.

Por algum motivo, eu sinto meu corpo estremecer. É como se os olhos do mundo inteiro estivessem sobre mim. Normalmente eu adoro isso, mas agora não... mal consigo encarar o olhar de Jason.

— Aposto que envergonhei você, fazendo filmes pornô, enquanto você estava na faculdade.

Jason simplesmente me dá aquele seu meio-sorriso. Ele sempre foi um menino feliz, nada parecia incomodá-lo. Só que... profundo e tudo. Enigmático, como diria Rab Birrell num dos seus sites intelectuais informais. O babaca pensa que no século passado dar um soco na boca de alguém era uma espécie de declaração pós-moderna, mas aparentemente isso agora é "reacionário".

— Eu sempre tentei respeitar o troço pornô como sendo a sua praia.
— É verdade — digo eu. — Você sempre foi bacana, e sempre me deixou orgulhoso.
— Bom, obrigado — diz Jason. — Mas até hoje, você nunca se abriu tanto assim...
— Talvez eu devesse ter feito isso. Talvez esse fosse o problema! Que espécie de pai eu fui?

Jason balança a cabeça e dá de ombros. — A gente não precisa entrar nesse assunto. Quer dizer, você é o que você é, e eu amo você. Sabe disso, não sabe?

Eu sinto que há uma bola de tênis enfiada na minha garganta, e meus olhos lacrimejam. Então me ocorre, pela primeira vez, que ele realmente me ama. Ele me ama, apesar de... nada. Simplesmente sempre se alegrava por ficar ao meu lado. Eu queria ter podido lhe dar mais.

— Eu amo você... filho. Sabe disso?

— É claro que sim. Sempre soube.

— Mas eu nunca fui um pai. Fui?

— Eles vêm em todos os formatos e tamanhos. Não vou ficar de babaquice com você, Ter... pai. O vovô é que foi meu pai convencional. E a mamãe, também. Juntos, os dois me deram tudo que eu precisava ter quando criança – diz ele. Eu ergo os meus olhos rapidamente e percebo que Jason está preocupado por me ver tão pra baixo, com a cabeça curvada. Então ele diz: — Mas...

E eu me forço a erguer o olhar.

— Quando eu cheguei à adolescência, você ficou mais importante. Foi o meu melhor amigo, e o melhor irmão mais velho que eu poderia desejar. E pode acreditar... era exatamente disso que eu precisava na época.

Ficamos sentados com duas cervejas, colocando o mundo nos eixos. Eu percebo que é ótimo ter Jason ali. Ele olha pros livros na prateleira e balança a cabeça.

— O que é? – digo.

Então nos entreolhamos, e começamos a gargalhar incontrolavelmente.

Quando Jason vai embora, eu não consigo me aquietar e resolvo cheirar um pouco de pó, mas lembro que não posso tocar no troço. Jogo tudo privada abaixo, pra não ficar tentado. Percebo que tenho três filhos ótimos, além de uma filha genial, e esses são apenas os que os órgãos oficiais conseguiram me atribuir, de modo que tenho muito pelo que viver. Dá pra sobreviver sem trepar. Então pego o exemplar de *Moby Dick* de Rab.

Fico lendo o livro e pensando na partida de golfe que Ronnie e eu vamos jogar de manhã. Mal posso esperar! Então leio até ficar exausto, e depois praticamente rastejo até a cama, dormindo profundamente.

Acordo me sentindo descansado, como há séculos não me sentia, e mal posso esperar pra ir ao campo de golfe com Ronnie. Desta vez vamos até Peebles, onde fica o Macdonald Cardrona Golf and Country Club. Os tais comprimidos estão me deixando muito mais calmo, e eu gosto muito de ir dirigindo até lá sob a luz fraca do sol matinal.

Uma característica dos clubes de golfe é serem cheios de gente de meia-idade ou velhos. Ali, todas as xotas tendem a ser de material brochante, de modo que há menos tentações. Um pouco de ar saudável, a porra de uma birita depois... o que mais alguém pode querer?

Ronnie está satisfeito com o meu progresso, mas o *putting* continua uma merda. Eu estou bastante relaxado, mas quando chego na área final junto ao buraco ainda erro golpes que parecem fáceis.

— Concentre-se, Terry — diz ele, quando iniciamos o sétimo buraco. — Tente tirar da sua cabeça tudo, menos aquele buraco...

E eu percebo que você realmente precisa se concentrar. Focar o buraco. Acertar a porra daquele buraco. A porra daquele buraco escuro. E eliminar todo o resto. Uma simples pancada suave e fácil... a bola vai do *rough* pro *green* fazendo uma leve curva e... bum! Direto pra dentro da porra do buraco!

— Isso, porra!

— Que tacada, Terry. Você está com tudo! É realmente um talento natural, cacete!

Eu acho que já saquei esta merda de golfe. Meu jogo está melhorando! Bastou ver e ouvir Ronnie, a voz da experiência. A mesma coisa aconteceu quando eu comecei a frequentar a Tivoli, uma casa de bingo, pra traçar as gatas mais coroas. Você só consegue aprender algumas coisas com as suas colegas de escola, antes de começar a ir atrás das mães delas. Quando eu era adolescente, já ensinava algumas estripulias pras gatinhas, e elas sempre diziam: "Quem ensinou você a fazer isso?" Então eu sempre pensava: provavelmente a sua mãe. Ou isso, ou o cinema Classic na Nicolson Street. Pode crer.

Então... este lance de golfe é igual: se você tem jogo, você tem jogo, pois é, e só precisa de alguém experiente que ajude a fazer a coisa brotar. Só que há mais uma coisa: você precisa estar presente no momento, pra se concentrar naquela tarefa, mas também precisa estar distante do momento, pra que outros troços acontecendo em torno não distraiam você. Então me bateu que o golfe, nesse aspecto, é *exatamente como o cinema pornô*. Você precisa conseguir levantar a porra do seu taco sempre que for preciso, e nunca deixar de acertar o buraco.

As coisas estão indo bem e mais tarde, já no bar do clube, Ronnie parece todo satisfeito. As biritas vão descendo bem. Então ele olha pra mim já meio bebum e diz: — Eu vou encontrar uma mulher hoje à noite. Vamos sair para jantar. Aquela do bar de *speed dating* onde você me levou.

— Beleza. Que bom pra você.

Então levo Ronnie de volta ao hotel. Algo no que ele falou não bate bem, e enquanto ele some dentro do Balmoral, eu fico embromando ali. E logo vejo alguém chegando da rua. Claro que não é a gata do bar de *speed dating*... é a Sal. Ela parece diferente: mais elegante, mais sofisticada, toda embonecada ao entrar no hotel. Eu saio fora e rumo de volta pra porra do meu apartamento solitário.

Chego em casa e começo a cochilar enquanto leio *Moby Dick*, sobre o puto que persegue a baleia. E fico pensando: a baleia que se foda, mas e o pau do Terry... não fode mais?

37

Velho Guerreiro 2

<pre>
              0
              0
              0
              0
              0
        ;-) ;-) ;-) ;-) ;-) ;-)
       ;-) ;-) ;-) ;-) ;-) ;-) ;-)
      ;-) ;-) ;-) ;-) ;-) ;-) ;-) ;-) ;
      ;-) ;-) ;-) ;-) ;-) ;-) ;-) ;-) ;-
     ;-) ;-) ;-) ;-) ;-) ;-) ;-) ;-) ;-)
     ;-) ;-) ;-) ;-) ;-) ;-) ;-) ;-) ;-)
     ;-) ;-) ;-) ;-) ;-) ;-) ;-) ;-) ;-)
     ;-) ;-) ;-) ;-) ;-) ;-) ;-) ;-) ;-)
</pre>

Ok, Lawson, é isso aí, finito
pra nós, cara de cu,
chegou a hora de me livrar dos
grilhões da opressão e partir
pra independência total!
Pois é, eu estou me
separando de você!
Você teve a sua chance
com esta união,
mas cagou tudo!
Quero lhe dizer, antes

que você comece a fazer
piadas sobre pentelhos
separatistas: lembre que,
sem mim, você não passa de
um babaca imprestável!
Portanto, é *adios*,
escroto (porque isso
é tudo que você é
sem mim), e a gente
se vê na próxima vida!
Veja bem, Terry...
se você não vai trepar
mais, não espere que
eu fique parado
dentro da sua cueca
fedorenta, suando feito
um pedaço de queijo
velho, enquanto você
me entope de substâncias
químicas que afinam o sangue,
só pra me impedir de
levantar na presença
de uma dama. Porque
isso não vai acontecer,
parceiro, essa porra não
vai acontecer. Você lembra
deles, Terry, de todos
aqueles túneis do amor
em que você já me enfiou
ao longo dos anos?
Foi uma longa viagem,
desde aquela xota apertada
da Rachel Muir, que só
tinha treze anos quando
você me forçou a entrar

nela... puta merda, eu
só tinha onze anos,
seu puto safado, mas
reclamei? Reclamei porra
nenhuma! Que reclamei!
Nada de molengar com
medos infantis...
entrei bem lá no fundo,
enquanto você ia me
enfiando dentro dela
naquele prédio imundo,
já num êxtase da porra!
E passamos depressa
por todas aquelas
trepadas até agora,
mas de jeito nenhum
a tal da Sal Suicida
vai ser a última trepada
que este velho safado aqui
vai dar, sem chance!
Você rompeu o contrato,
parceiro, então
de agora em diante
é *numero uno*...
independência...
independência... liberdade... liberdade...
liberdade... liberdade... liberdade... liberdade...
liberdade... liberdade... liberdade... liberdade...
liberdade... liberdade... liberdade... liberdade...
liberdade... liberdade... liberdade... liberdade...
liberdade... liberdade... liberdade... liberdade...
liberdade... liberdade... liberdade... liberdade...

38

Outro golpe para os fumantes escoceses

Não estou nem um pouco feliz, porque não sou mulher, e não gostei de ser tratado como uma mulher ou uma bicha. O que Maurice fez não foi direito, não mesmo, não mesmo, não mesmo, não foi certo. Porque os troços ruins devem sair por ali, e não tem troços ruins que devem entrar por ali. Talvez às vezes, entre homem e mulher, só pra variar um pouco, mas não entre dois homens! Não mesmo, isso não é direito. Ainda por cima, Maurice é protestante, e não um padre católico ou um comentarista conservador da BBC... isso torna a coisa até mais errada. Certeza, certeza que torna.

Eu senti minha bunda muito esquisita, fiquei todo nervoso, com o estômago enjoado. Maurice só bufava e dizia: "Tudo bem, filho, é só uma trepadinha, Jonty, nada de preocupante", e depois gritou algo sobre o Álamo, mas... não mesmo, aquilo não foi certo. E é só mais uma coisa ruim que fica mexendo com a minha cabeça.

Eu penso na coitada da Jinty, toda fria dentro daquela pilastra de concreto, debaixo do trilho novo do bonde, e sei que fiz umas coisas muito ruins. Então começo a pensar em Deus, e que Ele vai me castigar por isso. E naquele padre: se pelo menos o escroto safado me tivesse deixado confessar meus pecados! Não deveria haver um conjunto de regras pra uns, e um conjunto diferente pra outros. Não é direito isso, não mesmo.

A gente vê tanta maluquice na internet. Mandam você arrumar uma garrafa, um trapo e um pouco de combustível. Então você põe fogo no trapo, joga o troço longe e já tem uma bomba. Mole, mole. É isso que eu vou fazer. Fabricar bombas. Porque a gente não pode deixar esse pessoal escapar sem castigo, não mesmo, não pode. Dá pra ver que é moleza fazer um coquetel Molotov, simplesmente entrando na internet. A Jinty sempre brigava comigo por passar tempo demais na internet. "Você vai ficar com os olhos quadrados, Jonty MacKay", dizia ela. E eu respondia: "Não vou, não, porque ouvi dizer que os chineses usam a internet mais do que qualquer outro povo, e você nunca viu um chinês com olhos quadrados, isso nunca viu." E a Jinty dizia: "Pois é, agora você me pegou, Jonty, pegou legal."

Para fazer um coquetel Molotov, só é preciso pegar uma garrafa e encher metade dela com gasolina. Sim, gasolina comum, é. Você pode até acrescentar um pouco de óleo de motor, tipo Castrol GTX. Engenharia líquida. Certeza, certeza. Você encharca um trapo, que depois é enfiado no gargalo da garrafa e preso ali com uma rolha de borracha, deixando só um pedaço pra fora. Então você põe fogo no trapo e lança a garrafa com força, pra que o vidro quebre ao se chocar com uma parede ou com o chão.

E bum!

Fácil!

Então vou ao posto de gasolina e arrumo todos os troços, mas pra arrumar as rolhas de borracha preciso ir a uma loja de vinhos toda elegante, lá no centro da cidade.

— Rolhas de borracha — digo a uma garota com uma blusa bacana.

— Temos uma variedade delas.

— Aquele pacote de quatro — digo. — Só as quatro.

— Algo mais em que eu possa ajudar? Temos excelentes tintos chilenos, cabernets que chegaram hoje...

— Só as quatro rolhas de borracha, pois é, pois é, pois é.

Ela pega o dinheiro e registra a compra no caixa. Muito caras, essas rolhas de borracha, mas a loja era elegante. Certeza, era mesmo!

Eu chego em casa e monto as bombas. Depois saio, vestido com o agasalho amarelo-canário e uma touca ninja. Ainda está frio, e já começa a escurecer, enquanto vou caminhando por baixo da ponte. Alguns carros passam, depois um ônibus 22. Eu dou a volta até os fundos do pub, onde às vezes eles vão fumar um cigarro. Consigo ouvir todo mundo lá dentro. Então dou um pulo rápido até a entrada lateral, porque fiz uma cópia da chave de lá, e tranco a porta. Às vezes, Jake esquece de abrir essa porta, e a rapaziada reclama quando quer sair pra fumar um cigarro. Depois pego a viela que vai até a frente, acendo os pavios das duas bombas, abro a porta com um pontapé, jogo os meus coquetéis lá dentro e fecho a porta! Vejo um sujeito que não reconheço olhando pra mim antes do baque, das chamas, da gritaria e dos urros. Então dou meia-volta e corro pra casa.

Isso vai dar um baita susto neles!

Quando chego ao prédio, fico pensando que talvez tenha exagerado, fico mesmo, e que a coisa pode ter se descontrolado. Ouço barulhos fora do prédio, como gritos e coisas assim. Então subo e vejo a tal garota paquistanesa, sra. Iqbal, saindo do apartamento com o filho moreno.

— Não saia! Há um incêndio naquele pub do outro lado da rua. Foi culpa minha. Eu não devia ter feito aquilo, mas tem gente ruim lá dentro — digo a ela.

— Sim, sim, muito ruim. Toda vez que passo ali com o bebê eles falam coisas ruins, e eu fico muito assustada! Depressa, venha cá — diz ela, agarrando meu braço e me levando pra dentro de casa junto com a criança.

Por trás das cortinas, eu espio pela janela. Os carros de bombeiros estão uivando lá fora.

— Eu vou pra cadeia — digo, olhando pra sra. Iqbal, que hoje só está usando uma meia-máscara, e tem olhos muito bondosos. Ela fica espiando junto comigo. A porta da frente do pub já foi aberta. As pessoas saem tossindo e sufocando. Eu fico com muito medo, e digo — Eu devia fugir... eles vão vir me procurar!

— Ali tem gente ruim, mas você é um homem bom.

— Pois é, mas agora eu vou em cana — digo a ela. — Vou mesmo. Eles vão saber que fui eu, certeza, vão mesmo.

— Sim, você precisa fugir. Precisa se apressar! Mas não pode ir vestido assim!

Ela me leva pra dentro e faz com que eu vista um dos trajes com que costuma sair de casa. Fala que é uma burca. Eu quase falo que não gosto daquilo, porque eles patrocinavam o Hibs. Já vi uma foto antiga de George Best com uma camisa do Hibs e aquilo por cima. Só que agora tudo mudou, e você não veria George Best, se ele ainda estivesse aqui, usando uma coisa assim. De modo que eu ponho o tal vestido.

Pois é, o troço tem uma tela genial. Você mal consegue ouvir ou ver qualquer coisa. Eu levo o casaco amarelo-canário entre as pernas, porque é de Maurice, e eu não sou uma pessoa ruim, que faz aquele tipo de coisa por dinheiro ou roupas. Não mesmo. É meio desajeitado descer a escada, mas eu digo adeus pra sra. Iqbal e saio, já passando pelos carros de bombeiros.

Pois é, não dá pra ver muito bem, e tudo fica ainda mais embaçado por causa da fumaça que sai do pub.

Lá está o malvado do Evan Barksdale sendo levado pra uma ambulância, com um dos lados do rosto todo assado. Seu irmão, Craig, olha pra mim, direto nos meus olhos, como se soubesse que sou eu, e eu olho de volta.

— Tá olhando pra quê, sua vadia paquistanesa? Esse aí é o meu irmão!

Tem polícia olhando, e eu sinto vontade de dizer, "Fui eu, só fiz isto por causa da Jinty", mas simplesmente vou andando. Uma multidão já se reuniu. É esquisito... de onde vem essa gente? Hoje não tem jogo, nem Ryan Stevenson, e a polícia tenta afastar todo mundo, mas continuam tirando corpos lá do pub, de modo que eu vou em frente.

Não estou gostando nada disso, não mesmo, não estou. Preciso sair daqui, certeza, pois é...

— Vadia paquistanesa!

Não mesmo... não... não...

— Eu não gosto de vocês!

Eu só vou andando, pois é, vou mesmo, certeza...

— Eu achava que vocês não tinham permissão pra sair de casa! Aposto que foi ela! Essa puta terrorista provavelmente tem outra bomba debaixo daquela porra!

— Deixe a mulher em paz... foi um filho da puta de casaco amarelo-canário... eu vi o sujeito na câmera!

Tudo isto não está certo, não mesmo, não está. Eu simplesmente sigo em frente, até chegar ao prédio de Maurice. Consigo entrar, porque o interfone e a tranca da porta estão quebrados. Subo na ponta dos pés até o andar dele, sentindo um cheiro horrível de mijo de gato. Então tiro o agasalho amarelo-canário, que penduro na maçaneta da porta dele. Ouço alguém saindo de casa, mas desço correndo, puxando a saia pra cima a fim de me apressar. Só que lá fora a loucura continua: já chegaram outra ambulância e mais policiais.

Então eu me esgueiro por uma rua transversal e corro na direção de Polwarth. Vou descendo pela rua. Continuo em frente, e é esquisito ali dentro da burca, mas não quero falar nada, porque foi legal a sra. Iqbal me ajudar assim, e eu só fico pensando que será uma longa caminhada até Penicuik, certeza, certeza, certeza, certeza, certeza...

39

O cara do casaco amarelo-canário

Golfe é bom pra caralho! Ronnie e eu fomos jogar naquele campo bacana de St. Andrews bem cedo, antes que eu levasse o puto ao aeroporto. Ele comprou pra mim tacos novos, um conjunto genial que foi muito bem usado, porque ganhei do puto por dois pontos, 75 a 77! Ele mal conseguia acreditar, no começo ficou todo mal-humorado, dizendo que aquilo não era possível, porque seu *handicap* é de 5. Eu falei pro puto que sabia tudo a respeito de *handicaps*, porque a porra do maior *handicap* de todos é não poder trepar. Ele foi passar um tempo em Nova York a negócios. Eu vou sentir falta do escrotinho, e preciso arrumar um novo parceiro de golfe bem depressa. O golfe é praticamente a única coisa que me impede de ficar obcecado por bucetas. É a porra do movimento pra dar a tacada! Parece bastante simples, mas há muita coisa envolvida ali: posição dos pés, *follow-through*, *backswing*... é como tentar enfiar no rabo de uma gata, enquanto você bate culhões com Curtis, que está metendo na xota dela, ao mesmo tempo em que é acotovelado aos gritos por Sick Boy, que tenta se aproximar com a porra da câmera em punho.

Ronnie está com uma expressão alegre no rosto, e eu não falo coisa alguma, mas já sei por quê. É que agora ele está sendo comido, e eu conheço a dramaturga específica, uma suicida fracassada, que está fazendo o serviço pra ele. Só queria que os dois não ficassem se escondendo de mim feito crianças, caralho: pouco me importa quem está comendo quem. Nunca tive inveja de qualquer puto nesse departamento, mas agora acho que tenho inveja de *todos* eles.

Quando chegamos ao setor de embarque, Ronnie diz: — Quero que você treine todo dia. Precisamos estar na melhor forma para derrotar aqueles babacas suecos.

— Dinamarqueses.

— Tanto faz... aqueles vikings de merda. Não esqueça de ligar para o gordo preguiçoso do Iain Renwick, e é bom que ele pule quando você gritar... está sendo bem pago para treinar você!

— Beleza — digo a ele. — Este negócio de golfe está realmente ajudando a tirar as xerecas da minha cabeça.

— Xereca... essa é mais uma das suas palavras para buceta, não é? Estou aprendendo todas as suas merdas malucas.

— Você não está indo mal, parceiro.

Ronnie dá uma risadinha diante dessa ideia.

— Bom, eu mostrei o jogo a você, de modo que a troca é justa. Precisei tanto do golfe quando a Sapphire me largou — diz ele. — Foi um período tenso pra caralho. A perseguição dos *paparazzi*, depois meu acordo de divórcio... bom, acho que você conhece a história.

— Já sei de tudo. Quem ainda não teve a porra da Agência de Suporte Infantil nas costas é que não sabe da missa a metade, meu camarada — digo eu. — Mas então a Sal Suicida não ligou pra você?

Ronnie dá de ombros e sorri. — Nada. Acho que a Ocupem as Ruas e eu não éramos para ser.

O babaca até que não mente mal, mas eu vejo seu rosto ficar um pouco mais vermelho, o que sempre é um sinal. Como se eu me importasse que os putos estejam trepando, caralho... fui eu que armei a porra toda pros dois. É engraçado que até os putos mais improváveis pareçam voltar ao pátio do recreio escolar na hora do vamos-ver.

— Tá legal, Terry, cuide-se, e tente lembrar: pense em golfe, não em xota... ou xereca! — diz Ronnie, dando um soco leve no meu ombro e virando em direção ao avião.

É fácil pro filho da puta dizer isso, está comendo a minha gata! Mas eu já me sinto sozinho, vendo Ronnie se afastar. Se há algum tempo, algum corno me falasse que em breve um ricaço americano da

TV seria o único escroto que me entenderia, eu diria que ele era pirado pra caralho.

Está começando a escurecer quando eu chego ao estacionamento e parto, acenando pro Jack Perneta, que trouxe um passageiro e agora está esperando algum que saia do setor de desembarque. Ele lança olhares quase raivosos pra fila de motoristas particulares! A rotatória em Maybury está movimentada, e desta vez é por causa das obras na rede de bondes. Eu preciso da porra de um parceiro de golfe. Então telefono pro babaca suarento do Iain Renwick, mas a ligação cai direto na caixa postal. Nem deixo mensagem, porque não curto muito o sujeito.

Ir por Costorphine é roubada, porque algum caminhão quebrou na St. John Road, por isso corto caminho pelo meu antigo território de Broomhouse e Saughton Mains. É triste pensar que hoje mal conheço alguém nas ruas em que fui criado... todos já se mudaram de lá, pois é. Passando por Gorgie, vejo que o trânsito também está ruim. Obviamente, algo aconteceu ali, porque tudo está parado. Eu resolvo ligar pro Jason e saber se ele está fim de jogar.

— Você? Golfe! Ha, ha, ha... você, jogando golfe? Não fode!

— Pois é, e estou feliz com isso. É a única coisa que me anima hoje em dia.

— Desculpe, Ter... quer dizer, pai... mas você me envenenou contra esse jogo. Eu nunca vou empunhar um taco na vida. Ligue pra Donna, ela pode jogar com você.

— Donna? Você está brincando!

— Ela andou namorando um cara que era golfista profissional em um clube de North Berwick. Só não deu certo porque ele já era casado. Sujeito mais velho, embromou a Donna um pouco.

Não me conte essas porras...

— Tudo bem...

— Aquele cara que liderou o Open em um desses anos aí. O Renwick.

Filho da puta, safado e suarento...

Minha respiração já foi pras picas. — Você não acha que ele é o pai de...

— Não, as datas não batem...

Felizmente, caralho.

– Talvez eu ligue pra ela – digo, quase coaxando.

Felizmente, porra nenhuma... ao menos aquele puto tem alguma grana. A Agência de Suporte Infantil não vai arrancar merda alguma de um putinho idiota qualquer lá do conjunto... puta que pariu, o que estou dizendo? O bandido virou policial...

– Ela iria gostar. Mande lembranças minhas.

– Certo. Valeu, Jason.

Enquanto penso que Jason, apenas meio-irmão de Donna, sempre foi mais próximo dela do que eu, percebo que a porra do meu próprio táxi está se arrastando. Há um bloqueio mais adiante, e o trânsito está em meia pista. Vejo colunas de fumaça subindo pelos ares.

Que inferno da porra...

Vou passando devagar pelo Pub Sem Nome, onde há uma verdadeira comoção. Colunas de fumaça saem pelas janelas, e a porra da polícia está instalando bloqueios, tentando desviar o povo. Como são policiais de Edimburgo, os putos não se entendem. Há muita gritaria, e alguns deles estão brigando com um grupo de rapazes que eu conheço lá do pub... eles já derrubaram no chão um sujeito grisalho, e estão chutando o puto pela rua... ele parece desmaiado, e a polícia está tentando salvar o pobre coitado... outra viatura aparece, trazendo mais policiais... dois rapazes do pub vão em cana, e o restante some de repente.

Eu avanço um pouco mais, paro o carro e baixo a janela. Alguns putos atrás de mim ficam buzinando, de modo que eu subo na calçada. Um policial se aproxima e grita: – Você não pode parar aqui!

Eu aponto pra trás e digo: – Seu colega ali, o sargento, mandou que eu parasse onde pudesse, porque talvez seja necessário levar gente ferida pro hospital.

A boca do puto se abre como se ele estivesse tentando pegar moscas, e então um grande e iluminado carro do corpo de bombeiros abre caminho pela multidão, quase arranhando meu táxi. O policial desaparece. Eu vejo uma coisa dourada reluzindo na rua, então salto e apanho o troço. É uma cigarreira, até bem elegante, que eu enfio no bolso. Um sujeito me vê fazendo isso e fica olhando com expressão acusatória. Eu conheço o rosto dele, ali do bar mesmo: é um parceiro dos irmãos

Barksdale, e acho que se chama Tony. Resolvo que é melhor fazer o puto sacar logo que aqui quem faz as perguntas sou eu.

— Qual foi o lance aí, parceiro? Tony, não é?

O sujeito parece ofegante, virando pra trás com olhos esbugalhados. — Pois é... um filho da puta de casaco amarelo-canário bombardeou a porra do pub! A gente pensou que a bomba tivesse sido jogada por uma terrorista paquistanesa, mas alguém viu o cara do casaco amarelo-canário fazendo o troço! Ele tomou muita porrada!

Ponha porrada nisso! Uma ambulância conseguiu abrir caminho no caos, e os paramédicos estão praticamente raspando o coitado da porra do asfalto! Os óculos do cara se quebraram, e há sangue por toda parte, encharcando o casaco dele.

O tal do Tony some, mas eu vejo Craig, o irmão caçula de Evan por meros oito minutos. Ele avista o táxi e se aproxima.

— O que está havendo, Craig?

— Aquele puto de casaco amarelo-canário é a porra de um psicótico! Jogou duas bombas de gasolina dentro da porra do bar, caralho! Queimou o rosto do meu irmão! E de alguns outros caras! Nós já teríamos matado a porra do puto, se a porra da polícia não tivesse chegado!

— Caralho... o pub ficou muito danificado?

— O rosto do meu irmão ficou todo queimado de um lado! O pub que se foda — grita ele, indo ao encontro dos outros rapazes reunidos. Lá está Evan, com uma toalha no lado esquerdo do rosto, sendo levado pra uma segunda ambulância. A coisa parece feia. Eu também vejo Jake, tossindo com o rosto um pouco enegrecido.

— Jake, meu garoto... você está bem? – digo.

— Terry... pois é... só vi as duas garrafas, feito bombas de gasolina, voando porta adentro. Nunca vi nada assim. Nós tentamos sair pela porta dos fundos, mas eu ainda não devia ter aberto aquela porra! Precisamos atravessar as chamas pra sair pela frente!

— O pub ficou muito danificado?

— O fogo subiu pela parede... fodeu o equipamento de som e a mesa de bilhar!

— E o bar... todas aquelas bebidas atrás do balcão?

— Acho que ali não teve problema, Terry. Os bombeiros estão lá dentro agora — diz ele, olhando pros bombeiros parados no umbral, mijando no pub com suas mangueiras. — Um policial já me perguntou sobre o seguro... que escroto. É a porra do meu ganha-pão, Terry!

— Procedimento policial de rotina, Jake, meu garoto, bancar o escroto — digo, pensando que não faz sentido ficar ali, já que eles bloquearam a Gorgie Road. Então entro no táxi, dou meia-volta e vou até Polwarth, rumando pro centro. Quando passo pelo pub vietnamita, quem faz sinal pra mim? Uma daquelas gatas obrigadas pelos fodedores-de-camelo reprimidos a usar essas burcas de merda que não permitem a menor espiadela na cara delas. Ficam todas cobertas, pois é. Bom, normalmente eu diria: que se foda. No momento, porém, esse é o único tipo de gata que eu posso ter dentro do táxi sem destruir a porra da minha saúde.

Então eu paro, ela entra e nós partimos. Só que não é a porra de uma gata, porque o vestido é tirado e... puta que pariu...

— Terry, Bondoso Terry, eu sabia que era você! Graças a Deus!

É o Jonty!

— Jonty! Que porra é essa de se vestir assim, seu puto maluco? Não, nem me conte, parceiro, eu não quero saber. Só me diga aonde você quer ir.

— Penicuik, certeza, certeza, Penicuik... mas eu não tenho dinheiro...

— Não se incomode... essa é a menor das nossas preocupações... precisamos mesmo é tirar você daqui!

— Obrigado, Terry, Bondoso Terry, você é como um amigo de verdade, Terry, certeza, pois é, um amigo de verdade...

— Jonty, cale a porra dessa boca por um instante, parceiro — digo a ele, já pisando fundo na porra do acelerador.

40

Fuga para Penicuik

Terry larga Jonty na rua principal de Penicuik, recusando-se a dobrar a esquina e ir até a casa da mãe dele. Jonty fica perplexo, pois já tirou a burca, que foi enfiada em uma das sacolas plásticas que Marjory lhe deu, as mesmas que ele usou para pintar Jinty. Já saltando do táxi, ele insiste com aquele seu meio-irmão recém-encontrado.

— Entre pra tomar uma xícara de chá, Terry, além de conhecer minha mãe e a Karen. Ela é nossa irmã, minha e do Hank, ou seja... sua meia-irmã!

— Não, aqui já está bom, parceiro — diz Terry com desânimo, pensando: *provavelmente mais uma que eu já comi, caralho.*

— Mas por que não, Terry? Por que não?

— Olhe, na verdade, eu não quero saber onde você mora, Jonty — diz Terry, passando as mãos pela lustrosa juba encaracolada e jogando as mechas para trás. — Assim como não quero saber por que você estava usando o vestido de uma árabe, enquanto se afastava daquela explosão no pub.

Jonty baixa a cabeça. Depois ergue o olhar e diz, quase ganindo — Mas nós dois somos como irmãos, Terry, e tentamos ser bondosos.

Terry fica comovido pelo pedido estridente de Jonty, e pelo *pathos* visível naqueles olhos sombrios. Mais uma vez, se sente desconfortável. Os eventos e as circunstâncias arrancaram sua carapaça, e agora tudo parece perturbá-lo.

— Eu sei disso, parceiro, mas tivemos vidas separadas, e nunca nos conhecemos muito bem. Eu sabia que o puto velho tinha tido toneladas de filhos e filhas — diz Terry, começando a ter recordações. — Uma vez conheci uma garota, e no final... bom, é melhor não entrar nesse assunto... — Ele olha para Jonty, que está boquiaberto, e continua: — Só sei que você está bem desesperado, parceiro, e que havia algo acontecendo lá no Pub Sem Nome.

— Mas por que não?

Terry ergue a mão com autoridade. — Portanto, não quero saber onde você mora, nem detalhes, ou qualquer outra baboseira.

— Mas aquilo foi porque...

— Não, parceiro — diz Terry, abanando a cabeça com vigor e roçando as mechas encaracoladas na borda da janela, o que faz Jonty pensar em um leão. Terry olha para a expressão de abandono de Jonty, que tem os lábios virados para baixo, e diz em tom melancólico: — Não me conte mais coisa alguma. Vou deixar você aqui mesmo...

Lágrimas rolam pelas faces de Jonty, e ele começa a soluçar pesadamente. Isto angustia Terry, que salta do táxi e dá um abraço desajeitado em Jonty, dizendo — Tudo bem, parceiro... acho que ninguém se feriu muito no incêndio.

— Ninguém se feriu muito — diz Jonty, com o peito arquejando.

— Só o Evan Barksdale — diz Terry. Irritado com a menção desse nome, Jonty recua um passo e se afasta de Terry, que diz: — Ele ficou com um lado da fuça queimado.

— Não me importo, Terry, não mesmo. Sei que parece que eu tenho mau coração — diz Jonty, fazendo Terry, por sua vez, recuar um pouco. — Mas ele é um covarde metido a valente. Pois é, um cara horrível. E o Craig também, certeza.

Duas jovens mães, empurrando carrinhos, passam por eles. Uma delas, mascando chiclete, mantém os olhos focalizados na virilha de Terry. Só que ele nem olha para ela.

— Bom, ao menos agora, com aquela queimadura na cara, será mais fácil distinguir um puto do outro — diz ele para Jonty.

— Pois é, distinguir um do outro...

— Pois é, portanto, não há motivo pra chorar.

Jonty ergue o olhar para Terry com as pálpebras violentamente trêmulas, cheio de sofrimento e frustração. – Mas minha pintura, Terry, toda a minha pintura, tão bonita...

Terry solta o ar e depois olha com tristeza para Jonty. – Vendo pelo lado bom, provavelmente você até terá mais serviço por causa disso!

– Mais serviço – diz Jonty, fungando.

Subitamente inspirado, Terry diz: – Mas eu vou ligar pra você amanhã de manhã e levar você pra sair.

Imediatamente, isso enche Jonty de alegria.

– Seria muito legal, Terry! Seria, sim, certeza!

Terry fica comovido. Nem Guillaume ou o Bastardo Ruivo, nem Jason ou Donna, quando mais jovens, já haviam exibido tamanho entusiasmo diante da perspectiva de sair com ele.

– Você já jogou golfe, Jonty?

– Não mesmo, nunca joguei, não, não, isso não é pra gente como eu – diz Jonty, parecendo perturbado diante da perpectiva. – Eu não passo de um caipira simplório aqui de Penicuik. Certeza.

– É moleza, você vai aprender logo – declara Terry enfaticamente. – E não é como na Inglaterra, onde só jogam os bacanas. Aqui é a Escócia, Jonty, e estamos lutando pra virar uma nação de verdade, não a porra nojenta de um Quarto Reich dos ricos, como eles acabaram virando lá no sul.

Terry parece sorver as próprias palavras e a estranha intoxicação que elas produzem. Ele jamais mostrou muito interesse em política, e talvez isto também se deva a ficar sem trepar.

– Vou ligar pra você, e a gente vai jogar uma partida de golfe!

– Golfe – diz Jonty, já aceitando a coisa, ainda que com uma atitude levemente confusa. Isto, porém, só intensifica seu crescente amor fraternal por Terry, junto com sua crença na bondade do taxista, que só pensa no melhor para ele próprio, Jonty. Então ele se despede de Terry e vai se esgueirando pela viela, pulando a cerca de seu próprio quintal para que nenhum vizinho observe sua entrada.

Olhando distraidamente pela janela enquanto lava a louça, Karen vê aquilo e arregala os olhos ao reconhecer o irmão.

— Jonty!

Ela deixa Jonty entrar e os dois vão para a sala. Jonty lhe conta tudo sobre Jinty, e sobre o enterro dela na pilastra de concreto sob a nova ponte dos bondes.

A princípio, Karen fica chocada, e seus olhos azuis parecem ficar do tamanho de bolas de tênis, enquanto Jonty vai narrando sua história macabra. Ela só intervém ocasionalmente, dizendo "ah, Jonty" de forma ofegante. Mas o irmão continua falando. Já queria fazer isso com o Bondoso Terry, mas relutantemente foi obrigado a respeitar o fato de seu meio-irmão não querer escutar.

Já Karen quer. Todas as fibras do seu ser estão fascinadas, e ela diz:
— Provavelmente foi a mesma coisa que matou a mãe dela, o tal aneurisma cerebral. Deve ser de família. E tanta cocaína, bom, também não ajudou. Mas você devia ter contado tudo à polícia, Jonty. Eles saberiam que você jamais faria mal a uma mosca.

— Pois é, mas eu fico nervoso e tímido, e eles iam pensar: "ele é muito idiota, tipo, não bate bem da bola", e então iam dizer que fui eu que fiz aquilo, e iam me prender. Certeza, iam sim!

Karen pensa nisso. Ela sempre acompanha pelos jornais as investigações policias mais célebres, e criou uma obsessão por prisões equivocadas. O caso de Colin Stagg lhe vem à mente com força total, fazendo Karen lembrar de todo o esforço que a polícia fez para enquadrar como assassino um maluco inofensivo. Diante de tantas complicações, ela raciocina que o irmão provavelmente tomou a decisão correta e gelidamente racional. Os vizinhos poderiam ter ouvido os dois discutindo por causa da cocaína, depois da saída de Jinty durante o furacão Bawbag. A autópsia, é claro, poderia ter revelado a verdade, mas Jonty... bom, ela entendia por que ele escolhera aquela linha de ação.

— Bom, agora ela está enterrada em concreto — diz Karen, com uma pontada de satisfação discernível para Jonty. — Se um dia alguém souber dessa história, você irá pra cadeia, por isso e por fazer os bondes se atrasarem ainda mais, porque eles precisarão derrubar a tal pilastra!

— Derrubar a pilastra.

— Sim. E você sabe o que as pessoas vão falar: Jonty MacKay, o homem que conseguiu atrasar ainda mais os bondes de Edimburgo!

A ponta da flecha do medo atinge em cheio o peito de Jonty. As pessoas já andavam tão irritadas com o que estava acontecendo nos bondes. Se ele causasse ainda mais atrasos... Mentalmente, Jonty vê uma multidão de linchadores, liderados por um mutilado Evan Barksdale, carregando tochas acesas, correndo atrás dele por um trecho estreito, escuro e empobrecido da Gorgie Road.

— Elas me odiariam...

— Pois é, por isso precisamos guardar segredo — enfatiza Karen, com uma expressão alegre no rosto. — Você, eu e mamãe. Já o Hank, não, porque ele não tem mais nada a ver com esta casa. Pois é, Jonty, vamos guardar segredo aqui, Jonty, só entre estas quatro paredes.

— Quatro paredes — diz Jonty, olhando em torno do seu antigo lar.

Durante toda a conversa, não houve qualquer sinal de vida por parte da mãe deles no andar superior. Geralmente, as visitas provocavam gritos excitados, mas agora há apenas silêncio. Quando Jonty e Karen chegam lá em cima, encontram Marjory usando uma máscara de oxigênio. Jonty fantasia que já consegue detectar o mesmo odor exalado por Jinty depois do furacão. Instigado por Karen, ele conta sua história para aquela mulher fatigada e moribunda.

— Aqui você estará seguro, ao menos até que eu parta — ofega a mãe, com os olhos amarelados e desfocados, parecendo estar olhando para algo além deles, talvez até o outro mundo propriamente dito. — O dr. Turnbull me falou que eu já não tenho muito tempo. Ao menos vou ter o meu Jonty de volta aqui nos dias finais!

— Dias finais...

— Jonty vai ficar bem — diz Karen a ela. — Eu vou cuidar dele.

Os olhos de Marjory MacKay se incendeiam fugazmente com uma espécie de ira. Parece que ela vai falar, mas é visível que um pensamento a emudece e seu olhar fica vidrado, enquanto uma mão com dedos arroxeados se ergue devagar para ajeitar a máscara.

Então Karen puxa Jonty e escolta o irmão para fora do quarto, dizendo: — Sabe, Jonty, quando mamãe morrer, você não pode ir ao funeral. Nunca mais poderá sair desta casa. Não pode nem chegar à janela. Se alguém chamar a polícia, sua vida estará acabada!

O rosto de Jonty murcha lentamente, enquanto ele desce a escada atrás da irmã. Abruptamente, Karen se detém no degrau do meio, fazendo com que ele esbarre nela.

— Mas isso é só por um tempo curto!

— Um tempo curto...

— Melhor ser prisioneiro aqui por alguns meses, do que em Saughton pela vida inteira — explana Karen. — Quando eu já tiver poupado bastante dinheiro, a gente vai embora daqui, depois que a mamãe partir.

— Pois é... depois que a mamãe partir, certeza, certeza...

Karen ajeita o cabelo e mexe o corpo um pouco.

— Eu posso emagrecer, Jonty. E é isso que vou fazer: eu vou perder peso, e você bem que podia ganhar algum! — diz Karen. Ela olha de volta para o quarto e pega a mão do irmão, conduzindo-o escada abaixo. — Depois que mamãe se for, eu não estarei mais sob pressão pra comer tanto. Já li tudo sobre isso, Jonty... a mamãe é quem provoca o meu problema de peso. Quando ela morrer, a gordura irá embora.

Jonty olha para ela e abre um grande sorriso. Ao pé da escada, ele dá uma palmada na bundona dela, como Hank fazia com ambos, quando os três eram mais novos.

— Só não perca peso demais... se ainda quiser um pouco disto aqui — diz ele, passando a mão na própria virilha. — Porque eu gosto de ter algo pra agarrar, certeza, gosto mesmo!

— Não se preocupe com isso, Jonty! — diz Karen, e sorri.

PARTE CINCO

SOCIEDADE PÓS-BAWBAG
(QUATRO MESES DEPOIS)

41

A vingança dos fumantes escoceses

É uma bela e ensolarada manhã de primavera, do tipo que Edimburgo às vezes oferece, como se zombasse cruelmente de seus cidadãos com a promessa de um verão longo e quente, antes de voltar ao seu ritmo habitual de céus cinzentos, chuvas inclementes e ventos gélidos. Terry está decidido a aproveitar a manhã, e estaciona, só por hábito, em sua antiga vaga na Nicolson Square, defronte do Surgeons' Hall.

Ronnie já apareceu umas duas vezes para jogar golfe com Terry. Ele nunca menciona Sara-Ann, mas Terry sabe que os dois andam saindo, pois uma vez os viu entrando juntos no Traverse Theatre. Mais tarde, fora conferir a programação do festival no local e descobrira que a mais recente peça dela, *Licença para transar*, iria estrear no Festival Fringe em agosto. A peça era descrita como "uma comédia hilariante de humor negro, que abordava temas clássicos como sexo e morte, mas de forma totalmente original e revigorante". Uma olhada rápida no verso do folheto mostrava a empresa de Ronnie, a Get Real Estates, listada como uma das patrocinadoras principais.

Com certa regularidade, Terry vai até Penicuik pegar Jonty. Ele ficara aliviado, ao conhecer Karen, por não lembrar de já ter trepado com ela, mas a transformação causada pelo aumento de peso dela não dava uma garantia real quanto a isso. Fora combinado que não seria bom Terry conhecer a mãe dos dois, já bem adoentada e acamada. O mais notável é que Henry, apesar do seu triste prognóstico médico, continua vivo, e que Alice ainda mantém aquelas melancólicas vigílias ao lado dele.

Terry ficara tão interessado em golfe que mal notara, diferentemente do empolgado Jonty, que o Hibs e o Hearts haviam vencido as semifinais da Copa Escocesa, contra os favoritos Aberdeen e Celtic, respectivamente, e iriam se enfrentar em uma final em Edimburgo. Ele também jogara algumas vezes com Iain Renwick, levando o golfista profissional até o décimo nono buraco, onde a bebida provocara confissões cada vez mais chocantes sobre as infidelidades dele, sendo que Terry achara muito difícil ouvir uma delas, pois envolvia uma tal de Donna Lawson. Ele só conseguira controlar sua fúria ao pensar na pequena câmera digital que ocultara em uma planta ali perto, e que sub-repticiamente estava registrando as revelações de Renwick.

Assumir sua antiga posição na fila dos táxis, porém, parece ser um erro. Ele sempre gostara de ficar naquele ponto de táxi na Nicolson Square em dias quentes, sem aceitar passageiros, simplesmente vendo as estudantes deitadas por ali, e esperando aparecer alguém que quisesse um pouco de pó. Mas agora suas circunstâncias mudaram, e relaxar só traz sofrimento, pois o Velho Guerreiro já se agita, e seu coração bombardeado começa a acelerar a pulsação. E então acontece o pior.

— É você o cineasta?

O sotaque inglês meio acentuado pertence a uma garota bonita, de curtos cabelos pretos. Ela usa uma camiseta verde bem justa, e parece estar empurrando ostensivamente um busto bem-dotado para cima dele.

— O quê? — diz Terry. Pela primeira vez, ele não pensa logo em um filme pornô, e sim, na gravação com as confissões de Iain Renwick. Cópias dela haviam sido enviadas para a esposa do golfista e para o secretário do seu clube em North Berwick. Subsequentemente, Renwick fora expulso de casa, perdera o emprego no clube, e fora morar em uma espécie de trailer alugado em Coldstream.

— Uma colega minha do terceiro ano me falou de dois caras, Simon e Terry, que fazem uns filmes divertidos — explica a garota, erguendo as sobrancelhas. — E que o Terry, às vezes, dirige um táxi.

— Não... quer dizer, antigamente eu até fazia. Mas já parei. — Desanimado e cansado, Terry passa a ela o cartão de Sick Boy. — Mas o meu parceiro Simon continua.

– Que pena... dizem que você é um animal – diz a garota, dando uma piscadela e se afastando feito uma modelo na passarela.

Terry lamenta que antigamente fosse preciso se esforçar muito para convencer as garotas a fazer um filme pornô. Hoje, muitas estudantes veem esse trabalho como mais um meio de complementar a renda. Praticamente pedem para serem testadas. Terry resolve que não pode mais ficar ali, de modo que vai dirigindo até a sauna no Leith. Ele continua conferindo Kelvin e as garotas, pois o Bichona optou por permanecer na Espanha indefinidamente. Até que não fora muito ruim, principalmente porque a polícia, enfim, se interessara pelo desaparecimento de Jinty e fora até a sauna fazer umas perguntas. Isso fizera com que Kelvin se comportasse melhor perto das garotas, mas não durou muito depois que o interesse da polícia esfriou novamente. Além disso, Terry tivera que enfrentar mais indagações por parte da polícia sobre a tal garrafa do Bowcullen Trinity, que sumiu e ainda não foi localizada. O noticiário da Scottish Television fez uma matéria sobre o uísque desaparecido, com o adquirente retratado como "um comprador estrangeiro anônimo". Um detetive de expressão melancólica descrevia o provável roubo como "o furto de uma grande antiguidade, provavelmente cometido por uma quadrilha internacional de criminosos inescrupulosos e organizados. Não é como se alguém passasse a mão em uma garrafa de Teacher's dentro da loja de bebidas local".

As últimas notícias dos Estados Unidos são de que Mortimer entrou com processos por difamação e antiassédio contra Ronnie, seu ex-empregador. Ele também planeja escrever sobre o ex-patrão uma biografia demolidora, que Ronnie está tentando abafar.

Ao entrar na sauna, Terry sente o coração quase parar ao ver um dos olhos de Saskia. O olho está inchado e machucado, com o dano mal oculto por base cosmética. Ele desvia o olhar dela para Kelvin, que vira a cabeça de forma culpada, e depois a desvira rapidamente, com o semblante já cheio de truculência.

Terry mantém silêncio, mas fica por ali até Saskia terminar seu plantão, e então confronta a garota lá fora. – O que aconteceu?

– Foi uma porta, eu vacilei – murmura ela de forma pouco convincente, tentando passar por ele nos degraus.

— Foi ele, não foi? O Kelvin?

Saskia assente, com medo. — Eu quero ir embora daqui, Terry, ir pra longe. Já tenho quase todo o dinheiro necessário pra ir.

— Escute, eu lhe dou o dinheiro. Vá logo.

— Mas eu preciso de mais duzentas libras...

Terry mete a mão no bolso e pega uma bolada, de onde tira trezentas libras em notas de cinquenta. — Tome isto. Nunca mais entre aqui. Jamais. Aí dentro você tem objetos pessoais que ainda queira, algo de valor?

— Não.

— Então vá.

— Mas... eu não posso te pagar.

— Não precisa. Eu ligo pra você depois. Mas não bote o pé aí dentro novamente — diz Terry, já pulando os degraus de volta ao subsolo. Ele abre a porta de repente e corre até Kelvin, empurrando-o de encontro a uma parede e encostando o antebraço na sua garganta.

— Seu escroto da porra — sibila ele, vendo Kelvin esbugalhar os olhos.

— O Vic vai saber disto — geme Kelvin em tom baixo e estrangulado.

Enquanto a mão de Terry vai agarrando sua genitália feito uma tenaz, Kelvin consegue soltar um guincho entrecortado. Consciente de que sua própria pulsação está disparando perigosamente, Terry diz em tom debochado: — Pense nisto como um cartão amarelo por faltas persistentes. Da próxima vez, estas bolas vão ser arrancadas...

Ele bebe o medo nos olhos de Kelvin. Está blefando, mas sabe que o outro é cagão demais para perceber a diferença. Então solta Kelvin, que está abalado, com medo demais para murmurar qualquer fiapo de ameaça desafiadora. Terry sai novamente e liga o táxi, partindo para o Royal Infirmary.

As coisas se complicaram muito. Agora o Bichona virá atrás dele. *Que porra de motivo está fazendo com que eu me arrisque por um bando de piranhas?*

Ele reflete sobre todas as pessoas que já tratou mal. A maior de todas, Andrew Galloway: seu amigo de infância que cometeu suicídio. Ele fez isso por todos os tipos de motivos, mas Terry sabe que o fato de estar comendo a esposa de Gally não deve ter ajudado. Gally é uma horrível cicatriz interna no centro de Terry, uma ferida que nunca sarou. E ele sabe que nunca irá sarar. O que torna tudo infinitamente melhor, porém, em especial à medida que ele envelhece, é ao menos tentar fazer o que é certo por gente vulnerável, em vez de se aproveitar dessas circunstâncias.

Quando chega ao hospital, o céu está escuro e já começou a chover outra vez.

Terry vai andando por aquele corredor estéril, iluminado de forma institucional, desviando os olhos de toda enfermeira que passa por ele. Embora esteja conseguindo jogar golfe cinco ou seis vezes por semana, ele ainda tem dias ruins e frequenta o consultório de um psicólogo dinamarquês que lhe lembra Lars. Sua barriga anda se expandindo por cima da calça, e ele vive cansado. Sempre muito, muito cansado.

Ele nunca passou tanto tempo sem alguma forma de alívio sexual, desde a época em que tinha cerca de seis anos de idade. Nem mesmo um acidente durante uma filmagem pornô, vários anos antes, deixara Terry incapacitado por tanto tempo assim. Agora ele está condenado a uma vida celibatária. Nunca mais dará uma trepada decente, e um sombrio fantasma melancólico parece acompanhar todos os seus passos.

Parado ali adiante, encostado na parede, está Jonty MacKay. Ele tem os olhos fechados, e as palmas de suas mãos abertas tocam a fria superfície pintada. Parece estar meditando. Já faz tempo que Terry não vê Jonty ali no hospital.

— Jonty... o que está fazendo?

As pálpebras de Jonty se abrem bruscamente. — Oi, Terry! Olá, parceiro! Eu só estava imaginando como seria ser executado por um pelotão de fuzilamento, Terry! Certeza, um pelotão de fuzilamento! Como se eles fossem puxar o gatilho a qualquer momento. Porque é uma pena as pessoas serem executadas por pelotões de fuzilamento, e eu queria saber qual é a sensação... certeza, saber qual é a sensação.

— Não deve ser boa, imagino eu — diz Terry, bocejando e se espreguiçando. Então ele vê outra figura familiar se aproximando deles, e formalmente apresenta Jonty a Alice, embora os dois já tenham trocado algumas palavras antes durante visitas simultâneas a Henry. E depois deixam a sra. Ulrich, como Alice gosta de ser chamada, prosseguir até a enfermaria.

Jonty julga ser errado que sua mãe e a mãe de Terry tenham sido casadas com Henry. Se dependesse dele, seriam apenas um homem e uma mulher, tal como fora entre ele e Jinty. Só que, reflete ele, caso isso tivesse acontecido, ele próprio não estaria ali. Mas Henry Lawson era um homem mau. Era seu pai, sim, mas não era um homem bondoso, como o melhor pai, Billy MacKay. No entanto, Billy também largara a mãe dele, quando ela engordara tanto que não conseguia mais sair de casa. Então Henry voltara, fazendo todo tipo de promessa, mas Jonty sabia que aquilo era só porque ele não tinha mais para onde ir.

— Como foi crescer perto dele… do Henry? — diz Terry, sem conseguir dizer "pai". *Por que caralho ele ainda está vivo?*

— Nós não nos vimos muito, depois que deixei de ser bebê. O Billy MacKay foi muito mais meu pai, certeza, Billy MacKay. É por isso que eu me chamo Jonty MacKay, por causa do Billy MacKay, é, Billy MacKay.

— Já entendi, parceiro, Billy MacKay — diz Terry com impaciência.

— É, Billy MacKay. Pois é — enfatiza Jonty.

Para mudar de assunto, Terry fala do tempo. Ele já se acostumou a conversar sobre banalidades assim em sua vida pós-sexual. Como a febre das finais do campeonato está no auge em Edimburgo, ele anda até pontificando sobre futebol. — Lembra do tal Bawbag? Nem foi grande coisa…

Mas então ele para, mais uma vez pensando subitamente em sua própria genitália.

A recordação do furacão perturba Jonty, que assume um silêncio incomodado, com uma enorme veia azul pulsando na testa. Terry percebe que foi mais ou menos na mesma época que Jinty desapareceu. Os dois homens ficam aliviados quando Alice emerge da enfermaria.

— Ele está dormindo muito. Em paz. Mas eu fiz com que acordasse um pouco. Vocês vão entrar? — diz ela, olhando para Jonty, e depois dando uma olhadela esperançosa para Terry.

— Eu vou, sim, sim — diz Jonty.

— No dia de São Nunca — rebate Terry, fazendo Alice se encolher.

Percebendo um certo clima entre Terry e Alice, Jonty dá de sopetão sua notícia triste. — Minha mãe morreu na semana passada. Na última quarta-feira. Pois é. Foi sim. Morreu. Na cama. O funeral é amanhã de manhã. Certeza. De manhã.

— Ah, filho, meus pêsames. — Alice se pega dando um abraço em Jonty, enquanto mantém um dos olhos virado estrategicamente para conferir a reação de Terry a tal demonstração de afeto.

— Lamento ouvir isso, parceiro — diz Terry, apertando o ombro magro de Jonty. As emoções subsequentes que isto provoca fazem com que ele se lembre de ter encontrado Henry com o jovem Hank no centro da cidade. Com relutância, Henry parava e lhe perguntava como ele estava. Uma vez até disse a Hank: "Esse é o seu irmão mais velho." Terry, já então adolescente, via que o garoto ficava tão pouco à vontade quanto ele. Mais tarde, Hank, já um rapaz, começou a beber no Dickens Bar da Dalry Road. De vez em quando Terry parava lá e os dois tomavam umas cervejas. Tinham uma certa ligação, pois ambos riscavam Henry do mapa.

— Eu estava lá, e foi como o doutor falou, uma coisa pacífica... é, pacífica. Mas eu chorei quando ela se foi, Terry, sra. Ulrich... pois é, chorei feito um bebê. Certeza, um bebê. O Hank também chorou, certeza, chorou mesmo.

— Claro que você chorou, filho, e agora com Hen... com seu pai morrendo e tudo, deve ser terrível — diz Alice, pousando a mão no braço de Jonty.

— Pra ser sincero, e eu sei que vocês vão pensar mal de mim... mas eu não gosto dele — arrisca Jonty, vendo o rosto de Alice se franzir. — Só estou aqui porque minha mãe ainda gostava, mesmo depois de tudo que sofreu por causa dele. Pois é.

— Cacete — diz Terry, olhando fixamente para Alice, que parece abalada.

— A senhora é bondosa, como a minha mãe era. Terry geralmente também é bondoso, mas não com o pai verdadeiro Henry. Mas geralmente você é bondoso, não é, Terry?

Mais uma vez, Terry está tendo aquela sensação pouco familiar de ficar envergonhado. Ele tenta dizer algo, mas sem querer é salvo por Alice: ela fica tão comovida pela sinceridade de Jonty, que precisa apertar seus dedos ossudos em torno do braço fino dele, antes de conseguir falar.

— Pois é, às vezes, ele não era um homem fácil — concede ela.

— Nada fácil — repete Jonty, olhando fixamente para uma mulher gorda que passa rebolando por eles.

— Bom, eu preciso ir — diz Alice, olhando para Terry, que parece sem pressa alguma para se mexer, enquanto Jonty continua sua história.

— O caixão que nós encomendamos é imenso, custou todas as nossas economias, além do dinheiro do seguro. Certeza, custou tudo isso! Maior caixão da cidade — exclama ele orgulhosamente. Depois tenta frear seu entusiasmo. — Eu estou preocupado, porque um dos funcionários do crematório falou que o forno deles era pequeno demais pra dar conta da minha mãe!

— Essa merda de caixão é um golpe, eles não queimam o troço — diz Terry, já batendo a parte de trás da cabeça contra a parede, diante da passagem de uma enfermeira com meias pretas, o que provoca um choque elétrico nos seus terminais nervosos quimicamente embotados e arma um conjunto de amortecedores em algum ponto atrás dos seus testículos. Depois, com medo de que sua pulsação dispare, ele arqueja entredentes: — Eles só colocam o corpo dentro do forno.

— Não, Terry, não... isso só acontece na América e na Europa — insiste Jonty. — Aqui eles queimam tudo, obrigados por lei, como falou o sujeito do centro de aconselhamento ao cidadão. É, sim, por lei.

— É verdade... Jonty tem razão — informa Alice bruscamente a Terry.

— Está bem, admito — diz Terry, dando de ombros para ceder, e já se virando para Jonty. — Escute, parceiro, eu passo lá e levo vocês ao funeral amanhã de manhã.

— Ah, Terry! — Os olhos de Jonty se iluminam. — Isso é genial, porque a gente nunca teria dinheiro pra alugar um carro, sabe... a família toda, eu, Hank e Karen. Certeza, a gente iria de ônibus. Dois ônibus. É, dois ônibus.

— Não precisa. — Terry solta a respiração presa. — Eu apanho vocês.

— Ah, Terry, é muita bondade sua! — diz Jonty, virando-se para Alice. — Pois é, Terry é bondoso, sra. Ulrich. É assim que eu sempre falo dele, Bondoso Terry. Certeza, Bondoso Terry!

Alice lança um olhar de dúvida para o filho, mas força um sorriso diante de Jonty. — Acho que ele tem seus momentos.

Terry luta com outro acesso de culpa, enquanto se lembra de ter trepado com Jinty. Obviamente, Jonty é devotado a ela. No entanto, havia outras coisas envolvidas. Ele amaldiçoa sua imaginação reflexiva, pós-sexual, e as noites inquietas que isso lhe impõe. Algo em Jonty faz com que ele se lembre do seu antigo parceiro Andy Galloway.

Jonty é lento e um pouco simplório comparado a Gally, um carinha esperto, afiado, de raciocínio veloz e fala rápida. Embora em alguns aspectos mais vulnerável, por parecer de outro mundo, e por isso mesmo, atrair valentões feito um ímã, Jonty ao mesmo tempo tem mais resiliência do que o magricela amigo de infância de Terry.

— Está certo, então vamos levar você pra casa — diz Terry a Alice, tanto para se livrar de suas próprias ruminações quanto por qualquer outro motivo. Depois ele vira para Jonty. — A que horas é o funeral?

— Meio-dia. Certeza, meio-dia. Meio-dia. Pois é.

— Que tal eu apanhar você mais cedo, às oito, e nós jogarmos uma partida naquele seu campo local? Relaxante?

— O campo, certeza, pois é, o campo! — vibra Jonty. — Isso vai ser legal.

E então Jonty vai ver Henry. Ele dá uma espiadela através da janela, temendo ser vítima da língua venenosa do velho. Para seu alívio, porém, Henry está todo esparramado na cama, profundamente inconsciente. Assim, ele consegue regalar os outros três pacientes terminais na enfermaria com um solilóquio sobre Penicuik, antes que uma enfermeira apareça e sugira que já é hora de acabar a visita. Relutantemente, Jonty vai pegar o ônibus de volta para casa, onde recebe outra bronca de Karen por sair de casa quando eles estão tão próximos. E fica se perguntando... próximos de quê?

Depois de deixar Alice em Sighthill, Terry vai para sua casa no South Side, a fim de tirar um cochilo no fim de tarde. Ele anda achando mais fácil dormir de dia do que à noite, com sonhos menos torturantes. Por volta das oito, ele se levanta e janta peixe. Depois sai com o táxi e pega algumas corridas, além de entregar uma ou outra remessa de pó para Connor, antes de encerrar o expediente por volta de quatro da madrugada.

Após duas horas de um sono ruim e fragmentado, ele vai até Penicuik pegar Jonty para jogarem uma frustrante rodada de golfe no campo local. Já descobriu que Jonty é, como ele próprio, um novato que joga decentemente, mas que se desconcentra com facilidade. Seu *putting* perde completamente o rumo quando ele avista um Labrador preto ao lado de um carro vermelho do outro lado da rua que margeia o campo, e ele só se recupera quando os dois somem de vista.

Então eles voltam à antiga cidadezinha mineira, apanhando Karen e dois parentes idosos para irem ao funeral.

— Eu falei pra Marjory que ela ia morrer se continuasse comendo tanto — diz a mulher para o homem, que simplesmente continua sentado ereto, olhando para a frente, de boca aberta.

— O Hank vai ali na frente, e a gente precisa seguir atrás deles — explica Jonty, apontando para um caminhão, em cuja traseira já está disposto um caixão gigantesco. Terry olha para a cabine, vendo que Hank está com uma mulher e um sujeito corpulento que parece ser o caminhoneiro. Hank acena para Terry, que devolve o gesto e resolve atravessar a rua para dizer oi. Quando ele se aproxima, Hank é impelido a saltar da cabine, e os dois trocam um aperto de mãos.

— Bom ver você novamente... pena que seja nestas circunstâncias — diz Terry em tom robótico.

— Acontece com todos nós — retruca Hank no mesmo tom. — Obrigado por você ter vindo, e levar todos eles lá.

— Não é incômodo algum. Lamento a sua perda.

— Pois é, o lado errado foi primeiro.

— Digo amém pra isso — diz Terry, endossando alegremente o comentário cáustico de Hank. Um certo dia, um dos primeiros em que ele vira Hank, emerge do fundo de sua memória. Ele devia ter catorze, talvez quinze anos, e estava no centro da cidade com alguns amigos, Billy, Carl e Gally, no lado leste da Princes Street. Provavelmente iam fazer uns furtos em algumas lojas, antes de partirem para o jogo de futebol em Easter Road. Lá estava Henry, arrastando um garoto de seis anos, choroso e angustiado, rua abaixo. Terry começou a hiperventilar, sentindo pena do menino. Na realidade, queria tirá-lo daquele velho escroto. Mas para fazer o quê? Não soubera o que fazer quando seu próprio filho, Jason, chegara ao mundo, e nem depois. Então ele simplesmente fingira que Henry não existia. Seu amigo Carl vira isso. Olhara para ele, e depois desviara o olhar com uma espécie esquisita de vergonha alheia. Carl estava sempre bem-vestido e tinha um pai amoroso, engraçado, exuberante e interessante, que parecia ter tempo para todos eles. Até Billy tinha um velho alegre e estoico, muito quieto quando comparado à esposa extrovertida, mas sempre uma presença sólida feito rocha. Terry lembra que invejava os amigos que tinham essas figuras protetoras e orientadoras, homens que criavam harmonia em seus lares modestos, em vez de caos e destruição. Ele pensa em sua própria prole. Jason prosperou, apesar de, ou talvez por causa de, sua relativa ausência. Guillaume e Bastardo Ruivo parecem estar indo bem. Já Donna é outra história. Ocorre a Terry que ela não precisava apenas que ele estivesse presente, mas que também fosse diferente. E ele ficara devendo em ambos os aspectos.

— Essa é a Morag — diz Hank, apontando para a mulher na cabine.

Morag meneia a cabeça brevemente e Terry responde com um sorriso sedutor involuntário, antes que um baque no peito faça sua expressão murchar.

O caixão imenso não caberia na traseira de um carro fúnebre tradicional, de modo que Marjory MacKay é transportada ao crematório na traseira de um caminhão, como uma carga, fazendo com que Terry se lembre dos caminhões de sucos e refrescos em que trabalhou quando jovem. O veículo adentra a cidade lentamente, exasperando Terry, que segue preso atrás do caminhão durante quase todo o trajeto. A essa altura, os bondes já transformaram a travessia da Princes Street em uma experiência frustrante e entediante, e ele sente todas as suas vigarices de taxista voltando para assombrá-lo.

Finalmente o grupo, já um pouco atrasado, chega ao crematório. O funeral realmente limpou as parcas finanças familiares. Além do caixão gargantuesco, eles haviam sido forçados a contratar mais carregadores para transportar o objeto monstruoso até a capela. Os homens parecem até bastante aliviados ao conseguir colocá-lo sobre a esteira.

— Isso nunca vai entrar naquele espaço ali, Jonty — observa Karen lá do banco dianteiro.

— Vai, sim, Karen, certeza que vai — assente Jonty, que junto com Hank já falou com o pessoal da funerária. Ele meneia a cabeça para Hank. — Não é, Hank? Claro que sim! Já medimos e tudo, não é, Hank?

— A porra vai entrar, sim — diz Hank secamente para Karen.

O funeral transcorre tranquilamente, embora os ansiosos enlutados se entreolhem nervosamente, enquanto o caixão é baixado, rangendo, na direção do incinerador no subsolo. Terry lê o Livro dos Salmos, tentando manter a atenção longe das mulheres presentes. Pouca gente era esperada, pois Marjory vivia isolada havia muitos anos, mas várias pessoas leais a Penicuik, com muitas lembranças, apareceram. Billy MacKay, quase irreconhecível para Jonty, Hank e Karen, devido ao cabelo prateado e à silhueta encorpada, compareceu.

Jonty, pouco à vontade na presença de Billy, fica chocado ao ver Maurice em uma cadeira de rodas elétrica, usando um casaco de veludo preto com a lapela manchada de baba. Ele se aproxima de Jonty e diz: — Viii o anuuuncho... anuuuncho... no chorrnal... penchei em viiir daaar meus pêsames...

— Pêsames — disse Jonty.

Terry se aproxima dos dois.

— Quem é esse puto aí? — pergunta ele a Jonty, reconhecendo vagamente, de algum lugar, aquela figura abatida na cadeira.

— O pai da Jinty, pois é.

— Ah... bacana ele aparecer.

— Vochê... vochê... fez aquele negóchio... com o casaco — diz Maurice, puxando subitamente a manga de Jonty, e deixando a baba fluir pela lateral do seu rosto. — Casaaaacoo... casaaacoo...

Jonty se afasta, protestando. — Agora não... agora não... vamos, Maurice. O que é isso?

Enfurecido, Terry agarra as manoplas da cadeira de rodas de Maurice, empurrando em direção à saída aquela figura angustiada, que protesta.

— Vá pro caralho, Stephen Hawking, o coitado acaba de perder a porra da mãe!

— Eu perdiii... eu perdiii — geme Maurice, enquanto Terry gira a cadeira e vai descendo os degraus com ele, deixando-o na chuva, antes de se enfiar embaixo de um toldo para um cigarro rápido. Quando ele tira um cigarro da cigarreira, Maurice vê o brilho dourado e se agita mais ainda. — Chigar... chigar...

— Puta que pariu — resmunga Terry, pegando um cigarro. As mãos trêmulas de Maurice se estendem para a cigarreira, mas Terry as afasta. — Pera aí, seu puto... — Ele recua um passo, acende um cigarro e o coloca entre os lábios de Maurice, antes de entrar outra vez. — O rapaz é meio simplório, mas não podemos fazer os enlutados sofrerem — diz ele, recebendo meneios de aquiescência.

No subsolo, embaixo da pequena capela, Craig Barksdale e seus colegas, Jim Bannerman e Vicky Hislop, veem o imenso caixão descer na direção deles.

— Puta merda — diz Vicky com animação, virando e olhando para o incinerador. — Isso nunca vai caber dentro do forno!

— Vai, sim — contesta Jim. — Eu mesmo medi. Não tem muita folga, mas vai passar. O maior problema vai ser botar o caixão nesse carrinho e levar até lá. Não tenho certeza se a estrutura aguenta o peso.

— Só tem um jeito de descobrir — diz Craig com tristeza, enquanto eles veem o caixão descer rangendo pelo guincho até um conjunto de rolamentos. Então cada um deles agarra um canto, deslizando o caixão até o carrinho, que já tem uma das pontas presa por Vicky à borda da bancada. Ela puxa a frente do caixão, que começa a deslizar para o carrinho.

— Precisamos levar isto até lá depressa, se não as pernas podem não aguentar — diz Jim, enquanto Craig e Vicky assentem.

Pois é, enquanto Vicky abre o fecho, as pernas do carrinho gemem e se entortam, fazendo o troço todo girar erraticamente em direção à fornalha ardente. Os três lutam para manter a estrutura em pé. Craig se inclina à frente e baixa a borda do caixão sobre a mandíbula inferior do enorme forno. O calor faz com que, primeiro ele próprio, e depois os outros, voltem à extremidade da sala. O peso do caixão impossibilita que empurrem tudo para dentro do incinerador usando as grandes "pás de pizza", como diz Jim. O trio precisa botar todo o seu peso em uma só pá para conseguir forçar o caixão, centímetro por centímetro, forno adentro, com o calor escaldando a pele do rosto deles. Com os mesmos métodos sofridos, eles conseguem fechar as portas de ferro fundido do incinerador.

Suando, arquejando, e altamente aliviado, Jim faz sinal para Craig, que estoicamente aciona os controles para aumentar ao máximo a temperatura da fornalha já flamejante. Depois o trio vai até a grande geladeira e pega umas garrafas de água supergelada, mantendo a porta aberta para gozar o luxo daquele ar fresco. Após alguns minutos, Craig confere o medidor. O mostrador da temperatura na fornalha está no fundo da zona vermelha.

— Chefia — grita ele para Jim. — Veja só...

— Caralho — começa Jim, olhando para o mostrador, que nunca esteve tão alto. Quando ele está prestes a desligar o incinerador, uma explosão forte ressoa nos seus ouvidos. As portas de ferro fundido se abrem de repente, enquanto chamas são cuspidas e pedaços de gordura ardente saem voando da fornalha feito granadas. Um deles, sibilando, cai em cima do rosto de Craig Barksdale, que solta um urro.

Na capela lá em cima, a cerimônia acabou de ser concluída, e os enlutados começam a sair, quando a explosão maciça troveja sob seus pés. Rolos de fumaça saem pelas frestas por baixo do pódio onde ficara o caixão, elevando-se capela acima.

Os enlutados entram em pânico e rapidamente fogem do prédio, reunindo-se lá fora sob a chuva. Arquejos pairam no ar quando eles veem Craig, com o lado esquerdo do rosto horrivelmente queimado, ser ajudado a sair do subsolo por seus amigos de macacão, Vicky e Jim. Uma espessa fumaça preta se eleva atrás deles. Alguém chamou os serviços de emergência, e o ar já está cheio do som de sirenes distantes, rumando para o crematório.

— A porra da mulher era grande demais, seus putos idiotas! — Tossindo, Vicky grita com o diretor do funeral, que ostenta um olhar traumatizado, e com o gerente do crematório, que se mexe nervosamente.

Bombeiros com máscaras e trajes de proteção parecem surgir quase que imediatamente, assim que os veículos saem do estacionamento para lhes facilitar o acesso. O maior empecilho é tirar do caminho a carreta de Marjory. Logo os bombeiros estão desenrolando suas mangueiras e atacando as chamas, forçando a entrada na sala de operações do subsolo, e emergindo com os trajes cobertos por uma espessa gordura negra.

Enquanto Craig é colocado em uma ambulância, e Vicky é posta em um segundo veículo, para ser levada dali e receber tratamento por inalação de fumaça, Jim explica ao chefe dos bombeiros que o corpo continha tanta gordura que deve ter superaquecido o forno. O mais provável era que a massa gargantuesca de Marjory houvesse bloqueado alguns dos dutos de ventilação, e que o dramático aumento da temperatura tivesse causado uma explosão maciça, resultando em uma chuva de gordura corporal ardente sobre Craig.

Diante de toda a comoção, Jonty MacKay refulge de orgulho. Enquanto Karen chora histericamente, e Hank fica apenas olhando em estado de choque, ele diz sem parar: — Essa era a minha mãe... tudo isso só pra ela!

— Eu também vou partir desse jeito! — berra sua irmã, enquanto Hank balança a cabeça e troca um olhar com Morag, em reconhecimento a um desejo conjunto de estarem em qualquer lugar, menos ali.

— Só que agora a mãe já partiu, Karen, ela não pode mais provocar a sua gordura — diz Jonty em tom de apoio. — Não mesmo, não pode.

— Talvez — geme Karen dolorosamente, enquanto os bombeiros continuam a trabalhar e a ambulância leva Craig embora, com um pedaço de Marjory MacKay fundido na lateral do seu rosto queimado. Terry recua até os portões do crematório e examina a cena com um olhar soturno. Ele já sabe que a noite lhe trará ainda mais pesadelos.

42

Velho Guerreiro 2

     0
     0
     0
     0
     0
;-) ;-) ;-) ;-) ;-) ;-)
;-) ;-) ;-) ;-) ;-) ;-) ;-)
;-) ;-) ;-) ;-) ;-) ;-) ;-) ;-) ;
;-) ;-) ;-) ;-) ;-) ;-) ;-) ;-) ;-
;-) ;-) ;-) ;-) ;-) ;-) ;-) ;-) ;-)
;-) ;-) ;-) ;-) ;-) ;-) ;-) ;-) ;-)
;-) ;-) ;-) ;-) ;-) ;-) ;-) ;-) ;-)
;-) ;-) ;-) ;-) ;-) ;-) ;-) ;-) ;-)
liberdade...liberdade...liberdade...
liberdade...liberdade...liberdade...
liberdade...liberdade...liberdade...
liberdade...liberdade...liberdade...
liberdade...liberdade...liberdade...
liberdade...liberdade...liberdade...
liberdade...liberdade...liberdade...
liberdade...liberdade...liberdade...
liberdade...liberdade...liberdade...
liberdade...liberdade...liberdade...
liberdade...liberdade...liberdade...

liberdade...liberdade...liberdade...
liberdade...liberdade...liberdade...
liberdade...liberdade...liberdade...
liberdade...liberdade...liberdade...
liberdade...liberdade...liberdade...
liberdade...liberdade...liberdade...
liberdade...liberdade...liberdade...
liberdade...liberdade...liberdade...
liberdade...liberdade...liberdade...
liberdade...liberdade...liberdade...
liberdade...liberdade...liberdade...
liberdade...liberdade...liberdade...
liberdade...liberdade...liberdade...
liberdade...liberdade...liberdade...
liberdade...liberdade...liberdade...
liberdade...liberdade...liberdade...
liberdade...liberdade...liberdade...
liberdade...liberdade...liberdade...
liberdade...liberdade...liberdade...
liberdade...liberdade...liberdade...
liberdade...liberdade...liberdade...
liberdade...liberdade...liberdade...
liberdade...liberdade...liberdade...
liberdade...liberdade...liberdade...
liberdade...liberdade...liberdade...
liberdade...liberdade...liberdade...
liberdade...liberdade...liberdade...
liberdade...liberdade...liberdade...
liberdade...liberdade...liberdade...
liberdade...liberdade...liberdade...
liberdade...liberdade...liberdade...
liberdade...liberdade...liberdade...
liberdade...liberdade...liberdade...
liberdade...liberdade...liberdade...
liberdade...liberdade...liberdade...

liberdade...liberdade...liberdade...
liberdade...liberdade...liberdade...
liberdade...liberdade...liberdade...
liberdade...liberdade...liberdade...l...
liberdade...liberdade...liberdade...l...
liberdade...liberdade...liberdade...li...
liberdade...liberdade...liberdade...liberdade...
liberdade...liberdade...liberdade...liberdade...
liberdadeliberdadeliberdadeliberdadeliberdade
liberdadeliberdadeliberdadeliberdadeliberdadeliber
dadeliberdadeliberdadeliberdadeliberdadeliberdadeliberd
adeliberdadeliberdadeliberdadelibe
rdadeliberdadeliberdadeliberdadeliberdadelib
erdadeliberdadeliberdadeliberdadeliberliberdadeliberdadeliber
dadeliberdadeliberdadeliberdadeliberdadeliberdadeliberdad
eliberdadeliberliberdadeliberdadeliberdadeliberdadeliber
liber da dade liberdadeli liber 0
lib er dade liberd liber 0
liber i e dadeli ber 0
liver i e a e ade liv 0
livre a e dade liv 0
0 0 0 0 0 0 0
0 0 0 0 0 0 0

LIVRE!

43

Evitando estresse

— Esse foi o pior sonho de todos, caralho! A porra do meu pau... hum, meu pênis, olhando pra mim, berrando comigo, depois se descolando do meu corpo, saiu voando pela porra do quarto, veio pra trás de mim e, feito um míssil guiado por calor, voou direto pra dentro do meu rabo!

— Interessante — diz o tal psicoterapeuta. Sotaque estrangeiro: dinamarquês, feito Lars e Jens. É um sujeito gorducho, com cabelo louro e ralo, já grisalho nas laterais, olhos verdes e frios, como se saídos de outra coisa qualquer. Porra, não é de surpreender que eu esteja tendo sonhos bizarros, depois daquela merda toda na porra do funeral ontem! Eu não queria ir a nenhum médico de cabeça, mas fui obrigado. Porque esta porra não pode ser real: a falta de trepadas, e tudo. Eu já estou pirando, literalmente, perdendo a razão!

E esse puto só fica recostado ali, sem a porra de uma única preocupação no mundo.

— Essencialmente, trata-se de um sonho de ansiedade, típico da dessexualização, e muito comum em pessoas nas suas circunstâncias. Não há motivo para preocupação, são sonhos razoavelmente clássicos: a remoção do pênis, a selagem do ânus pelo pênis, sendo o ânus, é claro, também altamente sexual...

— E eu não sei disso? Já engatei a ré algumas vezes na vida... só com mulheres, bem entendido...

— Sr. Lawson, é preciso parar com isso...

— Parar com o quê? Você diz que eu tenho de falar sobre os meus sentimentos pessoais...

— Sim, mas estas sessões já viraram um fluxo constante de detalhes da sua vida sexual...

— Minha *ex*-vida sexual, esse é o problema, parceiro! E esses *são* os meus sentimentos pessoais — digo, balançando a cabeça e olhando pro teto. — De que me adianta esta porra toda aqui? — Faço a pergunta pra mim mesmo, mas em voz alta, e depois encaro o olhar dele. — A única coisa que vai me ajudar é uma boa trepada, e isso você não pode arrumar pra mim. Só consegue ficar me mandando tomar remédio. Eu continuo tomando, mas minha vida tá uma merda, e vai ficando mais merda ainda a cada dia, caralho!

Fico falando isso, mas o cara já sabe qual é a parada. Ele tem mais ou menos a minha idade, com um rosto que parece ter conhecido um pouco da vida, e não só a universidade. É como eu dentro do táxi, como todos os autônomos que prestam serviços: ele está só batendo a porra do ponto, recostado ali e escutando as merdas da putada toda.

— O senhor parece ter fixação no seu pênis, na sua vida sexual.

Não há o que responder a isso. Como argumentar com uma porra dessas, como?

— Pois é, mas verdade seja dita... quem não tem?

O sujeito parece refletir sobre isso e ergue uma das sobrancelhas.

— Nossa sexualidade é uma parte imensa da nossa humanidade. E o senhor parece ter levado uma vida sexual bastante ativa. Mas ela não é tudo. As pessoas se adaptam a uma vida sem sexo.

— Eu não sou as *pessoas*!

O sujeito meio que dá de ombros. Aposto que esse filho da puta está comendo alguém. E comendo muito. Piranhas classudas de cartão de crédito circulam por todos os congressos de medicina. O puto não sabe que eu fiz o papel de um psiquiatra em *Chame o dr. Nu*. Pois é, eu era o professor Edmund Nu. Bordão pras gatas no divã: "Minha sólida opinião profissional é de que a raiz do seu problema é sexual." Pois é, fica fácil falar quando *você* está dando as suas trepadas. Então o sujeito olha pra mim como se estivesse lendo meus pensamentos.

— Mas certamente a medicação que o senhor anda tomando... deve estar fazendo *algum* efeito?

— Nada! Nem um pouco. Ainda estou a fim de trepar! Continuo sentindo pontadas lá embaixo, o tempo todo — digo, já sentindo meus olhos se voltarem pro Velho Guerreiro.

O sujeito balança a cabeça severamente. — Sr. Lawson, isso simplesmente não é possível. Sua dosagem é tão alta que equivale a uma castração química. No que diz respeito a essas pontadas sexuais de que o senhor fala, bom, o senhor não deveria estar sentindo coisa alguma.

— Pois é, mas estou! Principalmente à noite!

— A única hipótese é que seu caso também seja de ansiedade generalizada, um transtorno que o senhor sublima nessas desafortunadas questões sexuais.

Estamos dando voltas aqui: o puto não entende nem um pouco a porra do problema.

— Mas essa ansiedade é causada porque eu *não posso mais meter!*

O sujeito balança a cabeça de novo. — Deve existir algo para ajudar o senhor.

— Pois é, existe, sim, e vou fazer isso agora mesmo — digo ao puto.

Dou o fora daquela porra na mesma hora, entro no táxi e rumo pra Silverknowes. Chegando lá, o porteiro diz: — Nada de golfe hoje, parceiro... o campo está inundado. E a mesma coisa aconteceu nos campos públicos.

PUTA QUE PARIU!

De volta ao táxi, não consigo parar de pensar na merda da minha vida. Estou ficando pirado... é como se eu estivesse vivendo uma existência crepuscular. Todas aquelas gatas malucas vivem me caçando por telefone ou mensagem, e nem por um caralho acreditam quando falo que não posso sair com elas. Simplesmente se esforçam mais ainda, porque pensam que estou me fazendo de difícil! Eu? Nem no dia de São Nunca: jamais fiz *esse* joguinho na vida! Então tento lhes contar que estou doente pra caralho, mas elas só pensam que minha agenda já está toda ocupada. Principalmente a Big Liz lá da Central... ela já deixou de querer apenas chicotear o meu rabo, passou a ameaçar que vai me cobrir de porrada.

As únicas coisas que ocupam a minha agenda são as porras dos vagabundos na minha vida.

Eu dou um pulo no Southern Bar pra filar o wifi de lá, mas o Cabeção aparece com aquele olhar idiota na cara. Ele ganhou um emprego na Central, depois que perdeu a licença. Essa é a mentalidade do puto: de caça virou caçador.

— Tudo bem? – digo, tentando imaginar o que ele quer.

— Terry, eu vim aqui alertar você, parceiro. É uma notícia ruim – diz ele, com a boca repuxada pra baixo. – Só estou falando isso porque nós somos amigos, eu conheço você e a Big Liz. Bom, você anda pisando na bola.

— Sei – digo, ligando o computador. – O que é que tá pegando?

— As câmeras dos canas pegaram você dentro do táxi entregando dois papelotes a um sujeito. Eu soube disso pela Eleanor, namorada do Rab Ness, que trabalha na secretaria da polícia. Pois é, só vim dar o sinal de alerta, parceiro.

PORRA, JESUS TODO-PODEROSO...

Isso é tudo que eu queria agora, caralho.

— Puta merda... a porra é só uma questão de tempo, então...

— Não necessariamente, Terry – diz ele, dando um sorrisinho abusado. – A Eleanor falou que eles não pegaram o número da placa. Só pegaram você e divulgaram a descrição.

Ele me passa a fotografia. Salvo! Só dá pra ver a cabeleira, o meu nariz e os óculos escuros.

— Mas assim nem dá pra saber que sou eu, só tem o cabelo.

— Pois é, mas qual outro taxista de Edimburgo tem a porra de uma cabeleira assim?

— Lá isso é...

— Meu conselho é encarar um barbeiro, Terry – diz Cabeção, dando de ombros. – Nenhum puto aqui vai bancar o dedo-duro, mas você vai passar um tempo em cana se não se livrar dessa juba. Falando sério.

Eu desligo o computador e deixo Cabeção ali no bar, sem saber o que fazer, caralho. De volta ao táxi, começo a raciocinar direito. O puto tem razão, e eu ligo pro Rab Birrell.

— Rab, lembra que antigamente você tinha umas máquinas de barbeiro que usava pra fazer o corte de cabelo número um? Ainda tem aquilo?

— Sim.

Então eu vou até a casa do Rab, em Colinton, e conto tudo a ele, tomando umas latas de Guiness frias.

— Não sei o que fazer. O meu cabelo é o Terry Lawson. Até mais do que o meu pau. Eu daria alguns centímetros deste cacete só pra manter a juba intacta. Principalmente agora, com a porra desses comprimidos e essa coisa no coração!

Rab passa a mão pelos próprios cabelos grisalhos. — Pra mim parece ser uma escolha entre isso e um tempo em cana, Terry.

— Mas você não entende. Isso aqui é parte do que eu sou. As gatas são atraídas pelas mechas, antes de dar uma espiadela no Velho Guerreiro aqui embaixo — digo, agarrando umas tranças longas. — São estes tentáculos de Medusa que atraem as mulheres, feito o canto das sereias no mar... — Dou um tapa nos culhões. — Já estes aqui são só os rochedos onde elas acabam batendo... ao menos eram, antigamente.

— Você quer fazer o troço ou não, Terry?

— Sim, tudo bem... mas a chance maior é que o cabelo fique grisalho. Vou ficar parecendo um velho... sem querer ofender você — digo, porque Rab tem cabelos prateados.

— Sou mais novo que você, seu puto abusado! Cinco anos!

— Eu sei disso, parceiro, mas você nunca foi um pegador — digo, e Rab se empertiga todo ao ouvir isso. — Quer dizer, você tem a sua gata, sua família e tudo... o que eu estou tentando dizer é que você é o tipo do sujeito constante. Já eu traço tudo que aparece na minha frente... — Sinto um golpe feito um soco na barriga, quando a coisa bate em mim, como sempre faz. — Ou melhor, traçava. Só que eu não aguento ficar grisalho. Além do problema do pornô, isso limita minhas trepadas a uma certa faixa etária, digamos, acima dos trinta e cinco. Eu quero continuar pegando as acima dos vinte e cinco.

— Se o seu coração está tão ruim quanto dizem, pode não ser má ideia limitar as suas opções, Terry.

AH, SEU ESCROTO...

Fico sentado com a cabeça entre as mãos, sem saber o que fazer. "Não há coisa que não possa piorar quando a gente vai em cana", já dizia Alec, que Deus tenha sua alma. Então ergo o olhar pro Rab.

— Ok, vamos lá.

Rab começa a me tosquiar com sua máquina. Eu juro que sinto meu pau encolher um centímetro cada vez que uma mecha grande cai no chão. Feito a porra do Sansão na merda da Bíblia. Mas Rab tem razão, não há mais necessidade desta cabeleira.

Depois de pegar emprestado com ele outro livro, *Cem anos de solidão* — a porra da minha nova biografia —, saio e volto pro táxi. Cada vez que paro num sinal, confiro no espelho a penugem grisalha. Então recebo um telefonema que preciso atender. Já estou ficando farto do Bichona e de suas instruções. Eu deveria estar evitando estresse! Ele ainda está na Espanha e continua me fazendo vigiar a sauna. A porra do Kelvin me odeia, porque depois do olho preto da Saskia eu já mandei aquele putinho pervertido, Aprendiz de Bichona, não sacanear mais as garotas. Então me pego contando tudo logo, na esperança de dar minha versão da história antes de Kelvin.

— Eu sei que ele é seu cunhado, Vic, mas está enchendo meu saco, e logo vai tomar uma porrada na cara. Estou avisando.

É claro que eu só ouço um grande silêncio na outra ponta da porra da linha, enquanto estaciono na Hunter Square. Depois a voz engraçada dele volta.

— Então ele anda danificando a minha mercadoria...

Eu falo sobre não deixar marcas, caralho, e ele meio que ri.

— Mas você tem razão, ele é meu cunhado. Portanto, é melhor esfriar a cabeça, Charlie Bronson, a menos que você queira morrer — diz o puto, rindo. — Eu vou cuidar dele. Você soube de mais alguma coisa sobre a tal Jinty? Nenhuma atividade por parte dos canas?

— Não — digo a ele. E eu saberia, por andar com o namorado dela, levando o cara pra tomar café ou jogar golfe. Às vezes penso que Jonty sabe mais do que aparenta saber, mas não, esse não é o estilo dele. Na realidade, o putinho em geral aparenta saber mais do que sabe.

— Já se passaram meses. Eu nem sei por que ligo tanto pra uma putinha sarnenta. Mas aquela ali vicia a gente. É engraçado como algumas garotas conseguem fazer isso.

— Pois é — digo. Eu não quero conversar com esse puto sobre mulheres, ou sobre coisa *alguma*, na realidade, e fico feliz quando ele desliga.

Uma mensagem da Central aparece na tela. É o Cabeção.

ESPERO QUE NÃO TENHA FEITO NADA DRÁSTICO COM O CABELO! EU SÓ ESTAVA DE SACANAGEM COM VOCÊ! OS CANAS NUNCA VIRAM AQUILO, EU MESMO TIREI A FOTO! VÁ PEGAR UM PASSAGEIRO NA BRANDON TERRACE 18.

Eu olho pra minha cabeça pelada no espelho do táxi. E então escrevo depressa no painel: PENTELHOFILHODAPUTA. Eles chegaram lá: conseguiram tirar tudo de mim! Podem até tirar a porra do táxi também. Foda-se o passageiro dele.

Fico rodando a esmo, mal conseguindo olhar pra minha cabeça no espelho, e não consigo pensar em outra coisa a fazer além de ir até a sauna. Kelvin está lá, olhando pra mim com um sorriso maldoso na cara debochada. Aposto que ele já falou com o Bichona, mas nem entra nesse assunto, porque há troços mais urgentes.

— A polícia esteve aqui — debocha ele. — Perguntando pela Jinty.

— Ah, é? O que eles disseram?

— A mesma merda. Oficialmente dada como desaparecida, então eles precisam investigar. Eu não estava aqui, acabei de chegar — diz ele, olhando pra algumas garotas em torno. Andrea está presente, além de Kim, uma garota nova, jovem e de ar ansioso. — Elas contaram o que sabiam, que é basicamente nada.

— Falei com Vic ao telefone agora há pouco.

O lábio inferior de Kelvin treme. — O que você está tentando dizer?

— Que você devia pegar leve com as garotas.

Ele engole em seco. — E isso é lá da sua conta?

— O Vic mandou ser da porra da minha conta — digo ao puto. — Estou de olho em você. E isto já é a porra de um aviso.

Ele começa a falar algo, mas para e põe aquele sorriso de escárnio na cara outra vez. — Corte de cabelo bacana. Imagem nova?

Eu viro de lado, sufocando a minha fúria. O puto olha pra tal da Kim, meneia a cabeça pra ela e leva a gata pra um dos quartos. Quando os dois saem, Andrea me lança um olhar duro, como se eu devesse impedir aquilo. Mas que porra eu posso fazer? Fico ali mais um pouco, mas é torturante ver as garotas em ação com todos os clientes, sabendo o que vão fazer na porra dos quartos. Eu já estou no meu limite. Até consigo entender, pelas trepadas, o que a Sal Suicida queria dizer sobre a arte dela: se algo tão importante é tirado de você, pra que continuar vivendo, caralho? Aquilo é o que você é. Nem por um caralho sei quanto tempo eu consigo viver sem trepar. Mas que se foda se vou me matar; se eu for embora, levo Kelvin e o Bichona junto comigo. Não tenho mais o que perder, caralho.

Já estou de saída, subindo os degraus do subsolo até a rua, quando dois putos grandalhões saltam de um Volvo. Por uma fração de segundo, ainda penso que eles podem ser de uma máfia rival, talvez homens de Power, porque parecem ser durões. Tento não fazer contato visual, mas, na verdade, não consigo evitar os dois. Então percebo que são policiais. Um deles ergue o distintivo.

— Estamos procurando um tal de Kelvin Whiteford.

— Ele está lá dentro — digo a eles, apontando pra porta. Resolvo ficar por ali, enquanto os canas invadem o lugar, e em dois tempos eles saem, arrastando Kelvin pra dentro do carro parado diante dos degraus. O puto só está de cueca e regata... foi pego em serviço! Ele olha pra mim como se eu fosse um dedo-duro. Quando já estou prestes a me mandar daquele lugar, um dos detetives diz: — E você é?

— Terry Lawson.

— Nós agradeceríamos se pudesse nos esperar lá dentro, sr. Lawson. Precisamos conversar um pouco.

— Mas eu nem trabalho aqui, na verdade, só venho de vez em quando, como uma espécie de supervisor, não um cliente. Nunca paguei por isso na vi...

— Mesmo assim... se não se importa — diz o sujeito com uma voz insistente. Kelvin fica olhando pra mim boquiaberto, enquanto é enfiado no carro pelos canas.

Bom, eu sempre fico tentado a correr quando a polícia entra em cena, mas neste caso pensei, desde o início, que talvez fosse melhor colaborar e descobrir que porra está havendo.

— Beleza — digo. Então volto a entrar, sento na sala de espera e fico verificando os e-mails no celular. Não tenho coragem de conferir minha página no Facebook, que não vejo há meses, porque minhas ligações com o cinema pornô sempre me trazem novas trepadas ótimas.

Os policiais falam com algumas das garotas primeiro, armando uma espécie de sala de entrevistas num dos quartos de putaria. Quando chega a minha vez, digo a eles que só posso repetir o que as garotas já me contaram, que Kelvin era agressivo e estava sempre "mal-intencionado" com algumas delas. Os dois policiais estão fazendo o velho número do tira durão-tira bonzinho, só que na versão da polícia de Edimburgo é tira de merda-tira de merda pior ainda, mas como diria Ronnie: "Eu não sou marinheiro de primeira viagem."

— A conduta dele com as mulheres te incomodava? — pergunta o puto com olhar de súplica. O Tira de Merda.

— Sim, eu até chamei a atenção dele sobre isso, e também avisei o Bi... o Syme.

— Victor Syme, o proprietário deste fino estabelecimento — debocha o Tira de Merda Pior Ainda. — Mas como você entra em contato com ele?

— Não entro. Ele entra em contato comigo.

O Tira de Merda assente. — Posso conferir a lista de contatos do seu telefone?

— Fique à vontade — digo, passando o aparelho a ele, que começa a rolar a tela. É claro que não há Vic Syme na lista, entre milhares de garotas.

Ele passa o celular pro Merda Pior Ainda, um filho da puta com cara de culhão, que só balança a cabeça antes de dizer: — Tem um currículo interessante, sr. Lawson: brigas em estádios, arrombamento de residências, pornografia... e agora cafetinagem.

Eu ergo as mãos como quem se rende.

— Nada de cafetinagem. Apenas supervisão e gestão de pessoal. E devo enfatizar que o Vic não é meu patrão, apenas um velho colega de escola que estou ajudando. Ele não confiava no Kelvin e queria que eu ficasse de olho nele. Eu trabalho pra mim mesmo. Em táxis.

O Merda Pior Ainda bufa feito um touro, jogando a cabeça pra trás, com uma expressão de dúvida gravada na cara feito tatuagem. Eu sei que as garotas já devem ter dado veracidade à minha história, mas é sempre bom ficar vigilante perto desses escrotos. A maioria dos canas não tem a menor concepção real de inocência. Parte deles acredita que todo mundo que eles prendem é culpado, se não daquele crime específico sob investigação, então de *alguma coisa qualquer*. É simplesmente uma questão de, se não atitude, então treinamento. Quem é ensinado a detectar crimes fica totalmente inapto pra discernir a porra da sua ausência.

— Sinceramente, eu duvido que o senhor veja qualquer um dos dois por um bom período — diz o Tira de Merda entredentes, fazendo uma espécie de concessão relutante.

Eu meneio a cabeça secamente, pensando que isso significa que Kelvin pode ser acusado pelo assassinato de Jinty.

O Merda Pior Ainda ergue as sobrancelhas no rosto impávido. — O namorado, o tal do Jonty MacKay...

— Inofensivo — digo, vendo a cara do Merda Pior Ainda assumir uma expressão de concordância branda. — Duvido que ele tivesse a menor noção do que ela fazia. Tipo, pra viver. Se você me perguntar, ele é a verdadeira vítima em tudo isso.

Talvez seja só imaginação minha, mas até nos fatigados olhos cinzentos do Merda Pior Ainda entrevejo um cisco de compaixão que diz: "Bem que é verdade." Mas então ele fecha seu bloquinho, sinalizando que o papo acabou.

Então eu saio e, quando vou entrar no táxi, o mais velho dos Birrell me telefona. É Billy, e não Rab, o irmão mais novo. Tenho vontade de não atender, mas Billy é ligado a Davie Power, e eu vou precisar de toda a porra da ajuda que conseguir, se começar a ter problemas com o Bichona.

— Bilbo...

— Adivinha o que eu tenho pra você, Terry?

— O quê, Billy?

— Ingressos especiais pra final! Eu, você e Rab. Ewart também vem da Austrália pro jogo, mas vai ficar no lado do Hearts com Topsy.

— Sei.

— Você não parece muito contente, Terry!

— Não sou tão ligado nisso, Billy.

— Você é estúpido pra caralho, Lawson. É a final do campeonato, dois times de Edimburgo, primeira vez na nossa vida!

Não quero falar pro puto que a minha vida já está toda fodida. — É, acho que deve ser divertido.

— Puta que pariu, Terry, não estou te pedindo nenhum favor!

Eu injeto um pouco de alegria forçada na voz.

— Desculpe, Billy, só estou um pouco pra baixo — digo, antes de soltar uma mentira. — Minha velha não anda muito bem.

— Lamento ouvir isso, mano, e também lamento que o seu velho esteja doente. Sei que você e ele nunca se deram bem, mas, de alguma forma, isso deve até piorar a coisa.

— Bom, Billy, vou tentar dar um pulo no bar mais tarde.

— Ótimo — diz Birrell, antes de começar com as besteiras de merda de sempre. — Mas, Terry... não leve pó com você, nem vagabundos, e não apareça com a barba por fazer!

— Tudo bem, parceiro — digo. Idiota da porra. Quando me recosto no táxi, Saskia aparece na linha. — Tudo bem, Polonesa Sacana... como vão as coisas? Já reservou seu voo pra casa?

— Sim, eu parto amanhã! Podemos tomar um café juntos?

— Claro — digo.

Então vou até um lugar na Junction Street, e ela está sentada lá, parecendo mais gostosa do que nunca. Pelo menos até se virar de frente, mostrando o olho ainda inchado e machucado por aquele pentelho. Espero que ele esteja a caminho da penitenciária, já na expectativa de um pouco de sexo selvagem. Então eu penso, puta que pariu, ela é mais jovem do que Donna. Isso nunca me incomodou antes... na realidade, era motivo de orgulho! Mas ela olha tristemente pra mim e diz: — O que você fez com todas aqueles seus cachos adoráveis?

— Nem pergunte — suspiro eu. — É uma longa história.

Ela estende a mão por cima da mesa e agarra a minha.

— Você é uma das pessoas mais bondosas que eu já conheci. Antes, quando as pessoas faziam algo por mim, elas queriam... o que eu estou tentando dizer é que me sinto segura com você. Você não é escroto. Nunca tenta me foder, feito os outros.

Jesus Cristo, isto é que é um tapa na cara! Ela se sente segura pra caralho? Comigo?! Terry Lawson?!?!

— Bom, eu só não gosto de ver gente encrencada — murmuro, quase sem querer.

— Eu tenho uma coisa pra você. Quando a Jinty sumiu, eu pensei que algo ruim podia ter acontecido. Fui olhar o armário dela. Só tinha cosméticos, absorventes e outras coisas, mas também tinha isto aqui.

Ela me passa um caderno. É um diário, cheio de compromissos. Só que mal dá pra entender a caligrafia, que parece os pelos pubianos de uma cigana dentro da banheira.

— Pensei em entregar isso pra polícia, mas tenho muito medo. Sei que posso confiar em você.

— Obrigado.

— Você é a única coisa deste lugar que vai me deixar com saudade, Terry — diz ela. — Amanhã de manhã vou pra Gdansk pela Ryanair. Nunca mais vou voltar!

Fico superaliviado, porque ela é uma garota bacana e não merece ficar apanhando daqueles dois escrotos. Nenhuma delas merece: eu até pagaria pra que todas voltassem ao lar, mas se você está na Liberty Leisure é porque o seu lar já não devia ser um lugar tão bom assim. Fico pensando na Jinty: com ela talvez a coisa tenha ido além do que só apanhar.

— É a melhor coisa a fazer, gatinha... sair fora desta porra aqui. Nem sei quanto você anda ganhando nesse ramo, mas é melhor cair fora.

— Meu plano era fazer isso por pouco tempo. Agora eu vou fazer faculdade — diz ela, toda alegre. — O meu sonho é estudar contabilidade.

— Que bom pra você — digo, já pensando: é melhor engolir números do que engolir culhões. Os tempos estão mudando, isso aí.

Deixo Saskia no centro. Ela é uma gata sensata, espero que se dê bem na vida. Depois fico pensando em Jinty, e no que aconteceu com ela. Boa de cama, adorava um pau grande. E ninguém jamais pensaria isso de Jonty, mas ele é bem-dotado feito um cavalo. Isso me dá vontade de ligar pra Sick Boy, porque estou pensando que talvez possa fazer um favor aos dois.

— Terry! — responde ele com um sorriso na voz. — Achei que você já tinha se aposentado...

— Pois é, mas não estou ligando por minha causa. Sei que você vai achar maluquice mencionar isso...

— Terry, neste estágio da nossa amizade, minha estimativa da sua inteligência já não pode mais ser diminuída por qualquer coisa que você fale ou faça, de modo que... por favor, prossiga.

Só botei lenha na fogueira desse puto debochado e sacana.

— É sobre o seu astro pornô. Eu conheço um carinha aqui, bem no estilo do Curtis. Um pouco lento, mas muito bem-dotado, e disse que dá no couro sempre que quer.

— Interessante...

— Mas você teria de testar o cara, porque eu só tenho a palavra dele quanto a isso, embora acredite. E ele não é exatamente uma pintura de homem...

— Isso é irrelevante, se ele tem essas outras qualidades. Os consumidores masculinos de cinema pornô adoram um zé-ninguém feioso. Porque pensam: bem que podia ser eu. Mande o sujeito aqui!

Então, sem saber direito o que estou fazendo, vou até o hospital. Já começou a chover de novo, deixando as ruas escuras e molhadas. Eu deveria morar na porra do sul da França, ou em Miami, qualquer lugar assim... só que agora não dá mais, por causa de todas aquelas gatas de biquínis que andam por lá. Meu coração iria pro caralho em menos de dois minutos. Isto, se a porra dos meus culhões não explodisse antes, afogando toda a vizinhança em um tsunami de esperma.

Agora só consigo pensar no velho Henry Lawson, morrendo naquela cama do Royal e parecendo estar cagando pra tudo. Quem é aquele puto? Ele nunca fez nada por mim. Sempre com aquele olhar debochado na fuça, como se soubesse de algo que você não sabe. Passei minha vida toda vendo a mesma porra de olhar. Aquele velho escroto safado está escondendo alguma coisa, e eu vou descobrir o que é. Então estaciono no hospital e salto do táxi.

Dou uma espiadela pela vidraça e vejo o puto desmaiado na enfermaria, de boca aberta, mas com um sorrisinho de demente, como se estivesse sonhando com uma gata que está comendo... velho escroto, safado e sortudo. Tem um lenço do Hearts, bordô e branco, enrolado em torno da grade da cabeceira da cama. É pra isso que o puto velho está resistindo: a final do campeonato! Se os putos vencerem, ele morre feliz, se perderem, ele também se fode, mas é poupado das gozações. É um jogo de ganhar-ganhar pra esse velho tarado.

Tenho vontade de sacudir esse saco de ossos nojento até ele acordar, mas, em vez disso, não resisto e ergo a porcaria do lençol pra dar uma espiadela na única coisa decente que o puto já me deu, o tal cacete que ele já usou pra caralho em tantas gatas...

Que porra é essa...

O troço... parece a porra de um amendoim! Não há pau algum ali, praticamente! Só uma pontinha fedorenta, enfiada naquele tubo pra mijar!

De jeito nenhum esse puto é *meu* pai! Meu coração dispara de excitação, enquanto eu recoloco o lençol no lugar e respiro fundo. Mantenha a porra da calma... não quero que o coração exploda aqui, e o velho escroto safado dure mais do que eu... pelo menos não antes de golearmos os putos na final!

Já no corredor, eu começo a raciocinar. Várias vezes vi gatas falarem da surpresa agradável que já tiveram, quando um cara tira a roupa e elas veem que ele tem pau pequeno. Logo depois, porém, elas descrevem a porra de um sabre de luz de Darth Vader se enfiando nelas. É a porra do pau telescópico, tipo cavalo. Portanto, o puto velho pode ser um progressista, não um exibicionista. Talvez por ele estar morrendo, e ter um tubo enfiado na vara, tenham cessado os pensamentos tarados que faziam o tal carinha sair pra brincar.

Eu não vou encostar naquela coisa nojenta. Não quero nem ver o troço outra vez. De modo que ligo pra Saskia, que está no centro, fazendo preparativos pra sua viagem, mas eu peço que venha até o hospital, porque tenho um último serviço pra ela em Edimburgo. Estou esperando lá fora e aparece o táxi, dirigido por Jack Perneta. Ele me dá um olhar malandro tipo "O que você está armando?", enquanto ela salta, usando um casaco preto com botas vermelhas, cabelo alourado por luzes e aparência de uma grande trepada.

Mas não parece muito satisfeita quando explico o serviço. Faço com que ela entre na enfermaria, com as tapadeiras cerradas à nossa volta, e olhe pro puto velho adormecido ali.

— Você só precisa bater umazinha, pra ver se endurece.

— Mas ele está doente... parece que vai morrer... eu não posso...

— Ele é um velho tarado, vai ficar feliz pra caralho. Pode até não conseguir dizer isso, por estar nocauteado pela medicação, mas vai saber, posso garantir isso a você!

— Se vai ajudar...

— É sério, você precisa fazer isso! E depressa – digo, espiando pra fora das cortinas. – Eu deveria estar evitando estresse!

Então ela começa a puxar e repuxar, enquanto eu ponho metade do corpo pra fora das tapadeiras, bancando o sentinela. Olho de volta pra dentro, mas não há muita coisa acontecendo ali, caralho. Quer dizer, o troço está ficando maior, mas, com certeza, essa não pode ser a extensão total...

— Com mais força – digo, ouvindo gemidos que vêm das outras três camas.

Então, os olhos do puto velho se abrem subitamente! Saskia afasta a mão, enquanto ele recua o corpo, e tenta até se aprumar em cima dos cotovelos ossudos. Olha pra mim, depois pra ela, e então pra mim outra vez.

— Você! O que está fazendo aqui! O que andou aprontando? Tentando tocar no meu tubo! Vou chamar a enfermeira!

— Não, relaxe, só estou tentando ajudar você! A minha gata aqui, Saskia, ela é enfermeira, e estava de folga. As suas cobertas tinham se desarrumado, e você estava indecente...

O puto velho até chega a parecer um pouco constrangido.

— Então eu estava arrumando tudo. Saskia viu que o tubo tinha meio que se soltado, então botou o troço de volta.

O puto olha pra ela e depois pra mim. É como se, por um segundo, ele quase aceitasse a coisa, mas então seus olhos perversos cintilam. — Não acredito em você! Está de sacanagem, como sempre! O que andou aprontando, seu vagabundo da porra?

Nem parece que o filho da puta está morrendo.

— Estou cagando pro que você acredita! — digo, virando pra Saskia, que está mortificada. — A gente tenta fazer a porra de um favor pra alguns putos, e recebe essa porra de agradecimento!

— Um favor? Vindo de você? Claro, hoje é dia de são Nunca! — diz o velho puto.

— E você... fez muitos por mim?

— Eu botei você neste mundo!

Eu sorrio pro puto velho e aponto pra sua virilha.

— Com essa salsichinha de merda aí? Ha! Você nunca foi meu pai — digo, apalpando o Velho Guerreiro pra enfatizar a coisa.

— Isto aqui já entrou em mais mulheres do que você jamais vai entrar, amigo — debocha ele, mas dá pra ver que o sacana ficou abalado pra caralho.

— Pare de tentar se iludir, seu pau de minhoca!

Dois a zero pra Terry Lawson; o puto velho fica chocado. Mas depois ele reassume aquele jeito debochado e matreiro. — Sua mãe me falou do seu problema. Um pau grande é inútil, se é murcho feito um aipo velho que a gente pode comprar lá na mercearia do paquistanês! Pro resto da sua vida! Pois é, quantos anos você tem agora? Quarenta e seis, quarenta e sete? Eu tenho sessenta e cinco, e a Mary Ellis esteve aqui na semana passada. Ela me chupou muito, filho!

Eu fico furioso pra caralho. A cara dele se enruga toda, como se fosse feita de couro antigo.

— Mas você... você já deu a sua última trepada, e ainda não chegou à porra dos cinquenta! Espero que tenha sido boa! Ou talvez não... melhor não lembrar dela com muitos detalhes, porque isso pode deixar você excitado demais, e então, bingo! — diz o puto, tentando em vão estalar os dedos ossudos. Mas ele mantém o sorriso maligno, com um olhar que significa "você sabe o que eu quero dizer". — Sabe, eu mal reconheci você sem seus cachos malucos de Shirley Temple...

Eu acho melhor sair dali, antes de abafar com o travesseiro a cabeça do velho escroto, e Saskia vem atrás de mim.

— Terry, o que há de errado?

— O que há de errado é que a porra do puto velho venceu novamente.

— Terry, por favor, tente se acalmar.

Fico pensando no meu coração fajuto... provavelmente o puto me deu *isso*. Saskia continua tentando me tranquilizar, alisando a lateral da minha cabeça raspada.

— Tudo bem — diz ela.

Só que nada está bem, e eu afasto a mão dela abanando a cabeça. Nós entramos no táxi e vamos até a casa dela na Montgomery Street. Ela faz um pouco de chá e começa a falar de sua família. Depois olha pra mim.

— Você tem uma reputação e tanto, mas nunca dorme com as garotas do Vic — diz ela. — Mas com a Jinty, sim?

— Sim, mas nunca paguei pra isso. Era fora do trabalho.

— Aqui também podia ser fora do trabalho — diz ela, com um sorriso angelical pra caralho. Sua mão alisa minha coxa. O Velho Guerreiro dá um sinal de vida, apesar da medicação. — Eu queria fazer algo divertido antes de partir da Escócia!

Mas minha boca já vira pra baixo, e eu me sinto igual a todos os putos imprestáveis do mundo.

— Eu não posso...

— Você não me acha atraente — diz ela, meio que fazendo beicinho.

— Não é isso... aquilo que o velho estava dizendo lá dentro, sobre o estado do meu coração... ele não estava só sendo cruel, bom, estava, mas aquilo era cruel por ser verdade.

Então abandonamos a ideia das fritas e vamos comer na Pizza Express, a filial bacana que fica na margem do rio em Stockbridge. E que, com toda a sinceridade, chega a ser um desperdício pra uma Pizza Express. Eu gosto dessa garota, gosto da sua risada, seu hábito de empurrar o próprio peito quando fala algo engraçado. Tocando o dorso da minha mão. Gosto demais de tudo, mas aquilo não vai a lugar algum, de modo que eu dou uma desculpa pra ir embora. Há uma certa decepção no ar quando nos entreolhamos... então é assim que vivem os putos que nunca trepam, caralho. Uma vida inteira de impotência, ressentimento, raiva e frustração: sem exuberância alguma na porra da vida, você é obrigado a virar um viciado na internet ou um bêbado miserável no boteco.

Então chego em casa e experimento ficar sentado vendo filmes. Mas é estranho: quando está atrás de um peito ou uma xota, você parece que está procurando uma agulha num palheiro, fazendo a imagem avançar ou recuar... quando não quer ver isso, porém, é só o que aparece *quadro a quadro*, caralho. Fico tão deprimido que preciso até desligar a TV. Ainda bem que tenho os livros de Rab Birrell. Já li *Moby Dick*, *O grande Gatsby*, *Almoço nu* (fico agradecido pelo sexo gay, que manteve o Velho Guerreiro na linha), mas tive de parar de ler *O morro dos ventos uivantes*, porque só ficava pensando naquela cantora, Kate Bush, que provocou uma avalanche de xotas no meu cérebro.

Na manhã seguinte vou levar Saskia ao aeroporto, pra que ela pegue o voo da Ryanair até Gdansk. Vou sentir falta dela, mas fico feliz por vê-la fora do alcance do Bichona e de Kelvin: um deles, ou a dupla junta, fez algo terrível com Jinty. Eu simplesmente sei disso. Não que eu saiba muita coisa; na realidade, sei pouco pra caralho. Como diria Rab Birrell: atualmente ando deparando com a extensão da minha própria ignorância.

Então vou à casa da minha mãe em busca de respostas. Ela tem um irmão mais velho, Tommy, internado com demência na porra de uma clínica de repouso. Eu não sinto a menor vontade de ir até lá e examinar o pau dele, pra ver se puxei aos homens do lado dela da família, ao menos depois daquela merda toda com o puto velho. Mas também não posso perguntar a ela: "O seu irmão tem um pau grande pra caralho?" Ela pode interpretar mal a coisa.

Quando chego, minha mãe está com uma chaleira no fogão e um pacote de biscoitos aberto. Fico estudando a reação dela quando digo:

— Fui ver o velho.

— Seu pai? — diz ela com um sorriso largo.

— O Henry. Sei que ele não é o meu pai de verdade — digo. — Nós tivemos um papo, sabe...

O rosto dela murcha. Parece até que está tendo um derrame.

— Eu sabia... o que ele contou a você? — diz ela, com uma voz tão baixa que eu mal escuto a porra da frase.

Eu não sei direito qual é o lance ali, mas sei *exatamente* como levar a coisa.

— Tudo. Mas agora quero ouvir a história novamente, da sua parte. Você me deve isso — digo bruscamente a ela.

Ela assume um ar resignado e senta à mesa de fórmica, enquanto eu faço o mesmo. Minha mãe parece um pouco envelhecida, um pouco cansada.

— É verdade — diz ela, com um longo suspiro fatigado. — Acho que é por isso que ele sempre se ressentiu de você, Terry. E de mim. Acho que foi por isso que ele nos abandonou e começou a andar com todas as outras mulheres: para se vingar. Pelo meu erro! Um maldito erro!

Eu sinto minhas mãos agarrarem as laterais da cadeira: — E quanto a Yvonne?

— Ela é dele, sim.

— Mas então qual é a porra da história, mãe? Vamos lá!

Ela parece enervada, mordendo o lábio inferior. — Você vai me odiar por contar isso...

— Eu só estou aliviado pra caralho que aquele escroto não tenha porra nenhuma a ver comigo — digo, baixando o tom. — Você é minha mãe. Eu sempre vou amar você. Foi você que me criou, que me deu tudo...

Estendo o braço, agarro a sua mão magra e aperto de leve. Depois me recosto de novo na cadeira. — Agora conte a história!

O rosto de minha mãe está branco feito giz. Então um pequeno sorriso melancólico passa pelos seus lábios finos, velhos e enrugados. — Eu tinha quinze anos quando Henry Lawson botou os olhos em mim, Terry. Na escola, lá no Leith. A David Kilpatrick.

— Ah, é, a DK dos baderneiros.

A cara de minha mãe se enruga, mas ela prossegue. — Pois é, ele era muito sedutor, e nós começamos a sair. Como você sabe, Henry era um falastrão...

Sinto vontade de dizer a ela que ele ainda é, mas simplesmente meneio a cabeça pra que ela continue.

Sua cabeça se curva um pouco e ela baixa os olhos pro chão. — Todo mundo meio que supunha que nós já tínhamos ido até o fim, mas eu ainda era virgem... — Ela levanta o olhar e vê minhas sobrancelhas se erguerem. Não consigo evitar que o pensamento venha à superfície: aquele puto velho nunca foi o grande pegador que dizia ser!

— Não me entenda mal, nós já tínhamos feito todo o resto...

Minhas tripas se reviram, mas eu mantenho a porra da boca fechada. Difícil pra caralho.

— Só não tínhamos feito *aquilo* — diz ela, como se estivesse triste. — Então, certa manhã, já perto do Natal, houve uma nevasca terrível. As aulas foram canceladas por dois dias. Meu pai e o Tommy foram trabalhar no cais do porto, e minha mãe foi para o serviço na destilaria de uísque. A Florence estava no porão com uma amiga, a Jenny... ela brincava lá o tempo todo. Um rapaz que trabalhava no correio apareceu na porta com cartões de Natal. Ele estava encharcado, por causa da neve.

Que trabalhava no correio... a porra de um punhal se crava no meu peito. Eu olho pra ela e sinto o sangue fugir do meu rosto.

— Ele não era o que chamaríamos de boa-pinta, mas tinha os olhos azuis mais penetrantes, mais incríveis que eu já tinha visto — diz ela, sorrindo. Depois parece ficar preocupada, porque está me vendo murchar na cadeira. Então meneia a cabeça lentamente pra mim, como que confirmando o fato. — Você trouxe esse homem à minha casa uma vez. Ele era um amigo seu.

— Puta merda, Jesus...

— É claro que ele não me reconheceu, tinha sido muito tempo antes, e ele estava bêbado. Eu fiquei calada, porque fiquei chocada ao ver o sujeito na minha casa, com o meu marido Walter ali dentro. E vocês só ficaram lá um instante, porque os dois estavam bêbados feito gambás, sem qualquer coisa sensata saindo da boca. Pois é, ele parecia estar mal, mas eu nunca esqueceria daqueles olhos azuis — diz ela, com o lábio inferior tremendo, como se estivesse sendo visitada pela porra do fastasma de um orgasmo tido meio século atrás!

— Não... o Alec, não. Meu velho parceiro, não...

— Pois é, filho. Eu percebi que você e ele eram muito amigos, e que ele era totalmente alcoólatra, de modo que pensei... melhor não cutucar a onça com vara curta.

— De jeito nenhum! Você deixou aquele puto bêbado comer você! Ainda estudante! Aquele velho da porra... ele sempre falou que o meu pai... o puto do Henry... era mais velho do que ele... que puto... puto velho, bêbado, e mentiroso pra caralho!

— Não seja grosseiro, filho, não há necessidade disso! Ele era só um rapaz, e estava todo molhado. Então eu ofereci a ele uma xícara de chá. Para que ele secasse algumas daquelas roupas molhadas junto ao fogo. Bom, nós começamos a conversar e uma coisa levou a outra...

— O que... não... isto é foda... isto já é demais – digo, sentindo o telefone arder no meu bolso, com as fotos que tirei de Alec na casa, a fuça vermelha já azul-arroxeada de tão congelada dentro daquele bloco de gelo...

— Quando ele levantou da cama mais tarde, primeiro pensei que era só para ir ao banheiro. Depois pensei que ele tinha saído da casa escondido. Então levantei e peguei o rapaz vasculhando uns troços no quarto do meu pai e da minha mãe. Fiquei com medo de me encrencar e dei um grito para que ele fosse embora. Até joguei a bolsa de correio dele escada abaixo!

— É bem a cara da porra daquele puto velho, safado e ladrão...

O rosto de minha mãe parece desabar dentro do pescoço, como se alguém houvesse cortado fora a mandíbula inferior dela.

— Dá para imaginar como foi, quando eu fiquei grávida de você. Percebi quase imediatamente, ou pelo menos achei que era uma possibilidade – diz ela, já assumindo um tom forte e desafiador, com os ombros pra trás e a espinha ereta, como se a confissão lhe tivesse tirado vários anos instantaneamente. – Tinha sido a minha primeira vez. Bom, pensei, é melhor dar logo ao Henry a ração dele, e na mesma noite fiz isso. Provavelmente ele falava para todo mundo que já fazia aquilo há muito tempo, então não teve motivo para desconfiar, quando eu contei que estava grávida. E não havia necessidade de tumultuar a vida de todo mundo. Para mim, teria significado criar uma criança sozinha!

— Em vez de duas, porque o puto embuchou você com a Yvonne, e depois se mandou pro caralho!

Ela parece ficar toda triste.

— Mas pelo menos eu conheci o Walter. Ele era mais homem do que todos aqueles vagabundos juntos — diz ela nostalgicamente. Depois vira pra mim e fica falando sem parar, mas eu não entendo, porque minha cabeça está girando... isto significa que Stevie e eu... que *Maggie* e eu...

— Mas acho que por um lado Henry sempre desconfiou, lá no fundo, que você não era dele. Ele vivia falando de você, do seu cabelo, que em todo caso você herdou de mim. Nunca tratou você como um primogênito.

— Isto é uma merda! Sua mentirosa! — grito eu, já levantando. Depois saio, ignorando seus pedidos e gritos pra que eu volte.

Entro no carro e saio rodando a esmo, com a mão tremendo no volante, sem saber que porra estou fazendo. Só consigo pensar em ir visitar Maggie. Preciso ter certeza dessa porra. Então vou até a casa dela em Ravy Dykes. E não conto coisa alguma a ela antes.

— Você ainda tem os pertences velhos do Alec? — pergunto, já pensando em DNA.

— Tenho — diz ela. — Quer entrar pra tomar uma xícara de chá? Ela voltou pra uni...

— Não — digo. Olho pra Maggie e sinto os olhos marejados de lágrimas, de modo que dou um abraço nela. — Olhe, Maggie, eu não sinto que é certo a gente fazer aqueles troços todos. O Alec era como... um tio pra mim, tanto quanto pra você. Vamos ser só amigos.

— Amigos, agora? — diz ela, erguendo as sobrancelhas enquanto se afasta. — Ah, sim, essa é boa.

Jesus Cristo, ela é prima de sangue, caralho! Então começa a falar que anda muito solitária e que as coisas não são fáceis.

— Eu entendo isso — digo a ela. — Mas preciso de um favorzinho. Você tem algum retrato do Alec?

— Engraçado... acabei de mandar escanear e digitalizar umas fotografias. Vou enviar umas pra você por e-mail.

Fico satisfeito com isso e vou embora, deixando Maggie decepcionada ali, como parece que faço com todo mundo, só que agora de um jeito diferente. Mas fico feliz por voltar ao carro. Não foi um dia ruim, mas de repente começa a chover muito, então eu paro pra apanhar dois putos meio jovens, que entram atrás.

— Wester Hailes, parceiro.

Eles começam a falar muito alto e isso começa a pirar a porra da minha cabeça. — Aquela é uma piranha safada, mete de todo jeito. O Mark já trepou com ela...

— O Garoto Rohypnol... gata bem calma dá até a alma!

— Gata atordoada merece bordoada!

Estou prestes a desligar o sistema de som, quando meu sangue gela.

— Mas vou dizer uma coisa... ela não é tão sacana quanto a tal da Donna Lawson, conhece, aquela da cabeleira cacheada?

— Claro que conheço, todos nós já trepamos com ela!

Puta que pa...

— Ela é uma vagaba total, piranha do mais alto nível, caralho. Falou pro pessoal de uma equipe de seis que todos eles tinham de passar por ela duas vezes, porque não chegavam a ser um time de futebol inteiro... que putaria...

Fico pensando na época em que Vivian estendia pra mim aquela garotinha, que eu pegava nos braços, beijando a cabeça dela... nas declarações que fiz sobre o que ela viria a ser, ou como seria amada e cuidada... declarações vazias e falsas pra caralho...

Então paro de repente, derrapando e cantando pneu, fazendo os putos caírem pra frente no banco. Depois parto em velocidade, antes de virar e entrar no distrito industrial deserto em Sighthill.

— Que porra é essa, cara!

— Ei! Motorista! Pra onde você está indo, caralho?

— Bondes. Construção da estação. Desvios — digo eu, sem olhar pra trás.

— Porra nenhuma... a estação é em Maybury... qual é a porra do lance?

Eu pego o taco de beisebol embaixo do banco. E só faço isso pra me impedir de pegar a faca, que também está ali. Então ergo o punho e agito o taco.

— Isso aqui é a porra do lance. Vocês insultaram a pessoa errada, no táxi errado.

— O quê? Parceiro, olhe...

— Eu não sou a porra do seu parceiro.

Enfio o pé até o fundo, avanço cinquenta metros e freio. Outra vez. Outra vez. Outra vez. Ouço os gritos deles e percebo que estão chacoalhando dentro do táxi feito ervilhas em lata. Então salto empunhando o taco, abro a porta traseira e agarro o primeiro. Puxo o puto pra fora e dou logo uma cipoada no braço que ele ergue pra se defender. Ele dá um berro, um som animalesco estridente, e eu bato nele novamente, na cara de merda. Ele desaba no asfalto feito um saco de batatas. E não se mexe mais. Eu me cago todo por alguns segundos, mas depois ele geme, enquanto sangue jorra de sua cabeça. Fico aliviado que esteja vivo.

O outro cara fica gritando: — Não, cara! Desculpa aí! Por favor!

Eu mando que o puto salte e digo que não vou tocar nele. Ele olha pra mim e vai saindo devagar, tremendo, com o rosto lívido. Quando enfim salta, eu golpeio seu joelho com o taco e ele desmorona no asfalto com um ganido alto. Depois ergue o olhar pra mim, com um olhar de traição na fuça. — Isto se chama a porra de uma mentira — digo a ele. Depois olho pro seu parceiro, gemendo ali, tentando se colocar de pé. — EU DEVERIA ESTAR EVITANDO ESTRESSE!

Saltando pra dentro do táxi, dou ré pra não esmagar os putos no chão e depois faço uma meia-volta completa com o carro. Enquanto vou saindo do distrito, vejo que o primeiro cara já foi, mesmo mancando, ajudar a levantar o parceiro. Tentando acalmar minha respiração e baixar o batimento cardíaco, eu paro em um recesso do viaduto e olho pro diário que Saskia deixou comigo.

O diário de Jinty.

A maior parte é composta de listas idiotas, mas há alguns troços sobre clientes, de que eu até riria, se não estivesse tão tenso. Suponho que aquilo fosse pra que ela tivesse uma sensação de controle, dando o troco aos clientes desse jeito. Mas há umas duas anotações bem horríveis, que certamente não jogam uma luz muito boa naqueles dois filhos da puta, o Bichona e Kelvin. Talvez essa seja uma leitura interessante pra algum escroto qualquer.

Se eu mandasse isto pros dois policiais que apareceram lá, o Tira de Merda e o Merda Pior Ainda, eles simplesmente confeririam cada puto aqui e descobririam que fui eu que mandei. Então lembro de uma vez que eu e o puto do Alec fomos detidos e interrogados acerca de uma residência arrombada. E na verdade, não havíamos sido nós, que nada sabíamos a respeito. Só que eu estava me cagando todo, como sempre acontece quando se é totalmente inocente. É como se você sentisse que seria uma espécie de carma ficar séculos preso por algo que você *não* fez.

Era um dia de verão quente pra caralho. O policial estava nos perguntando onde nós estávamos, e o que andávamos aprontando. Alec estava relaxado, porque tinha um álibi, e ficou jogando conversa fora com o cana. Enquanto isso, fiquei olhando por cima do ombro pra uma policial sentada à mesa ali perto. Cabelo castanho com corte de pajem, nada de especial pra ver, mas diante daquela blusa branca e da saia azul justa, a porra do Velho Guerreiro já estava indócil. A delegacia parecia uma fornalha, como se o ar refrigerado não estivesse funcionando; então ela puxou um lenço e enxugou a testa suada. Eu senti aquilo como o Incrível Hulk revertido. Sabe como o sujeito sempre arrebenta os paletós e as camisetas, mas a porra das calças permanecem intactas? Bom, pelo rumo que o Velho Guerreiro estava tomando, comigo a porra seria ao contrário: as cuecas é que seriam rasgadas, caralho. Eu olhei pra placa dourada na mesa dela: SARGENTO-DETETIVE AMANDA DRUMMOND. Desde então já vi a foto dela no noticiário toneladas de vezes, trabalhando muito com garotas, vítimas de violência doméstica, coisas assim. Como não tem qualquer conexão comigo, ela é que vai receber a porra do diário de Jinty!

Então vou até o correio e mando o diário pra ela, embora arranque fora duas páginas comprometedoras. Isto deve ser mais um prego no caixão do puto do Kelvin. Aquela policial terá mais empatia com as garotas do que o Tira de Merda e o Merda Pior Ainda. Ela não vai ficar importunando ninguém pra saber quem enviou o diário anonimamente, e de todo modo, Saskia já estará bem longe daqui a essa altura.

Acho que uma pequena comemoração cairá bem e sigo pro Pub Sem Nome. Os danos do incêndio já foram consertados pela seguradora: há uma nova mesa de bilhar e a jukebox também foi trocada. Os gêmeos Barksdale estão lá com Tony, e agora já voltaram a parecer gêmeos, porque ambos têm queimaduras similares no lado esquerdo da fuça. Eu pego uma cerveja com Jake atrás do balcão, feliz por registrar o que vejo nas prateleiras de bebidas.

— Você não vem aqui há um bom tempo, forasteiro — diz Evan, com aquele jeito acusatório de puto abusado. Como se eu me importasse com este pardieiro vagabundo.

— Até vim dar um pulo aqui uma ou duas vezes.

— Bom, estou feliz por você estar aqui agora — diz ele. — Porque nós estamos precisando de um fornecimento grande. Queremos vinte gramas.

— De jeito nenhum. Nunca carrego ou negocio uma quantidade que seja chave de cadeia.

— Qual é, Terry... nós estamos indo passar um mês em Magaloof, ou Fodeloof, como aquela porra devia se chamar, no final dessa semana. Recebi a indenização por isto aqui — diz ele, alisando a face enrugada.

— Tudo bem, isso já me dá um pouco de tempo. Deixem comigo, vou ver o que posso fazer.

— Beleza.

Eu mato a cerveja e vou até o balcão, onde Jake está fazendo as palavras cruzadas do *Sun*.

— Escute, Jake, vou a uma festa na casa de um parceiro. Preciso comprar uma garrafa de uísque, e briguei com aquele puto da loja de bebidas. Não quero mais dar ao escroto nem a espuma do meu mijo. O que você tem aí? — digo, erguendo o olhar pras prateleiras, que ostentam as marcas habituais dos pubs, como Bell's, Teacher's, Grouse, Johnnie Walker, uns dois maltes de merda, aqueles que começam com a palavra "Glen", e um par de maltes decentes, como o Macallan e o Highland Park. No meio destes dois, está aquela incomparável garrafa que lembra o tal edifício, o Gherkin.

Jake já estreitou os olhos e está desfiando a lista.

— Qual é aquele de garrafa engraçada?

Jake tira da prateleira a garrafa e ergue pra luz.

— Bowcullen Trinity... nunca ouvi falar, e nem encomendei. Os putos devem ter mandado isso por engano. Ninguém quer, o lacre nem foi rompido. Provavelmente não vale um só gole. Olhe pra esta cor, nem parece uísque! Melhor devolver o troço pros vendedores.

— Eu tiro isso das suas mãos — digo, em tom bem displicente. — Vai ser bom ver a cara do meu amigo, aquele olhar do tipo "mas que porra é essa?"...

Jake sorri, antes de voltar a falar.

— Não tem preço marcado, e nem consta da minha lista — diz ele. Depois assume um ar esperançoso. — Que tal duas de vinte?

— Quarenta paus? Você está de brincadeira, seu puto!

— Trinta?

— Tudo bem — digo, passando os trinta contos e largando a garrafa parecida com o Gherkin dentro da minha mochila. Saio do pub todo pimpão e entro no táxi. Às vezes é realmente melhor esconder as coisas à vista de todos.

Fico sentado pensando em Jinty novamente... onde ela estaria escondida? Então olho pra uma das páginas que arranquei.

44

Diário de Jinty – excerto 1

Em geral não tenho medo de NINGUÉM, mas Vic e Kelvin me dão calafrios. As outras garotas sentem a mesma coisa. Eu sei que Saskia sente. Elas odeiam quando Vic, ou principalmente Kelvin, quer fazer sexo com a gente. Você realmente precisa fingir que está curtindo o lance, se não eles ficam meio loucos. Kelvin deixou o braço de Saskia marcado com queimaduras de cigarro. Ele não tentou isso comigo, mas acho que é porque sabe que eu não sou solteira. Mas a gente vê que está tomando coragem para fazer alguma coisa. Isso dá para perceber por aqueles olhos miúdos de furão, e por aquela voz nojenta de porquinho.

E Vic enfiou todos os seus dedos em mim na semana retrasada. Com aqueles anéis que ele usa. Eu fiquei tão dolorida, que precisei falar para o meu Jonty que estava me sentindo um pouco doente, por causa de algo que pegara na faxina. Olho para o meu Jonty, adormecido, inocente, feito um bebê, e, às vezes, me pergunto em que eu meti nós dois.

Porque Vic acha que é dono de mim. Ontem ele me falou que, se eu tentasse ir embora, ele arrebentaria meu rosto tanto que nenhum outro cara ia querer tocar em mim. E raspou a navalha no meu rosto, mas do lado sem gume. Passei o dia todo tremendo demais, e à noite nem consegui dormir, só pensando naquilo. Meu pai conhece muita gente. Ele vivia na cadeia, enquanto eu crescia. Pensei em contar para ele, mas já ouvi tantas histórias sobre Victor. É assustador. E o pior de todos é Kelvin. Ele vai acabar virando um escroto ainda maior do que Victor.

45

Pós-perecíveis

O Bondoso Terry me telefonou, é, telefonou sim. Eu pensei que íamos jogar golfe novamente e mal podia esperar por isso. Mas não, ele falou que precisava da minha ajuda numa coisa que tinha de fazer à noite, uma coisa secreta, pois é, ele falou isso, certeza. Eu estava me aprontando pra ir e Karen pediu que eu não saísse de casa, mas eu disse que era um serviço noturno. Só à noite, Karen, digo eu, com o Bondoso Terry. Porque a Karen gosta do Bondoso Terry, quando ele vem me buscar pra ir ao golfe, ele é o único que ela deixa entrar na casa. Só que Terry nem liga pra ela!

Porque eu tenho uma dívida com o Bondoso Terry, sim, eu tenho. Porque alguém é bondoso com você, você também precisa ser bondoso com a pessoa. E Terry nunca faz perguntas sobre Jinty; não me conte coisa alguma, ele sempre diz pra mim. Eu contaria tudo a ele, se fosse por mim. Certeza, contaria sim.

Então Terry aparece pra me buscar. E eu vejo Karen olhando pra ele. Quando ele vai ao banheiro, ela cochicha: "Eu gosto do Terry... tem certeza que ele tá saindo com alguém?" E eu respondo: "Tenho, ele tá, sim."

Sei que é errado, mas Terry é meu parceiro. Karen errou comigo, e eu não vou deixar que ela faça mal a ele, porque os dois vieram do mesmo esperma dos velhos culhões do pai verdadeiro Henry, não mesmo. Mas dá pra ver que Terry não está interessado nisso, porque Terry é bom. Eu só queria ser mais parecido com ele.

Nós saímos pra entrar no carro, aquele táxi preto grande. Tem duas pás grandes ali dentro, ainda na embalagem do Sainsbury's Homebase.

— Nós vamos cavar — diz Terry.

Dá pra ver que Terry não está muito bem, porque geralmente ele brinca o tempo todo, mas agora ele não está brincando, está todo sério, com os olhos na pista.

Eu nem acredito quando estacionamos diante do antigo cemitério Rosebank, no subúrbio de Pilrig. Pois é. Terry pega as pás e uma bolsa que se usa pra fazer esportes. O muro ao lado dos portões do cemitério é muito alto. Terry junta as mãos pra me içar por cima do muro, mas eu digo: — O muro não é tão alto depois daquela esquina ali. Não mesmo, não é.

Terry olha pra mim e depois sai andando pela rua, seguido por mim. Não há ninguém por perto, só um carro que passa. Na Bonnington Road, o muro é bem mais baixo do que na Pilrig Street. Terry meneia a cabeça, e eu subo depressa. Depois Terry joga as pás pra mim, e também vai subindo. Ele toma muito cuidado pra não deixar a bolsa bater em algo. É difícil, mas ele acaba encontrando uma espécie de degrau metálico perto do ponto de ônibus pra se apoiar, e eu também ajudo.

— Obrigado, parceiro, foi uma boa ideia pular por aqui — diz ele, já descendo ao meu lado. — Pelo que eu sei, não há câmeras de vigilância aqui dentro, e já dei uma boa conferida antes, mas precisamos manter silêncio.

Então, enquanto vamos caminhando pelo cemitério escuro, eu sussurro: — É engraçado alguém ainda ser enterrado hoje em dia, Terry. Pois é, engraçado. Certeza.

— É um jazigo de família. Não dava pra cremar esse puto velho, ele explodiria a porra do lugar todo! Pior que a sua mãe — diz Terry. — Desculpe, parceirinho.

— Tudo bem, não se preocupe — digo eu a Terry, porque você precisa dar risada, e não ficar sério o tempo todo. — Graças a Deus tem esse luar, ou a gente não conseguiria ver aonde está indo...

Quando falo isso, eu quase caio no chão irregular, mas Terry me segura.

— Cuidado, parceiro!

Ele tira uma lanterna da bolsa e aponta a luz pro caminho. Então enxergamos todos os túmulos, e Terry ilumina uma lápide com o nome do sujeito:

ALEC RANDOLPH CONNOLLY
21 de agosto de 1943–3 de dezembro de 2011
Amado esposo de Theresa May Connolly
e pai amoroso de Stephen Alec Connolly

Pela data na lápide, o sujeito não está morto há muito tempo. Pois é, morreu há pouco.

— Você trouxe flores? — digo.

— Não — diz Terry. Depois olha pra mim, todo sério. — Escute, Jonty, vou abrir o jogo com você aqui, em total confiança, porque não quero que você tenha um ataque daqui a pouco. Nós vamos cavar esse túmulo e abrir o caixão.

Não consigo acreditar nos meus ouvidos. Só que Terry não está brincando!

— Mas, Terry, isso não é certo! Não mesmo...

— Só vai durar um minuto — diz Terry, meneando a cabeça pra mim. — Tem uma coisa aí dentro que eu quero ver. Só dar uma espiada.

— Uma espiada — digo. — Mas não podemos fazer isso, é errado, certeza, claro que é...

— Escute, Jonty, eu realmente preciso que você confie em mim aqui, parceiro. Não vou fazer nada de errado, nem vou violar o corpo. É um velho ami... só tem uma coisa que eu preciso ver, e uma coisa que preciso deixar pra ele — diz ele, sacudindo a bolsa. — Não é errado se a gente não tocar no corpo, Jonty. Eu não vou tocar em nada, nem roubar nada. Só preciso ver uma coisa. Você vai me ajudar, parceirinho?

Eu simplesmente balanço a cabeça, porque o Bondoso Terry é diferente do resto. Ele não ri de mim. Não mesmo, não ri.

— É uma coisa que foi enterrada junto com ele? — digo, pensando num relógio, ou anel.

— Pois é, isso aí, parceiro — diz Terry.

— E você não vai pegar?

— Prometo a você que não vou!

O Bondoso Terry é bom pra mim. Então eu simplesmente sorrio. — Tá legal! Vamos nessa!

— Sangue bom, Jonty, você é um parceiro e tanto, amigo — diz ele, segurando o meu ombro. — Um irmão de verdade...

Terry parece perturbado e triste. Eu ainda tenho uma espécie de vontade de falar da Jinty pra ele, mas na verdade não é hora. Não, não é.

Então eu sinto um calor no coração, muito diferente, até o contrário, do que acontece com um coração mau. E nós começamos a trabalhar, pois é, começamos mesmo! Primeiro, tiramos a turfa da superfície, tomando o maior cuidado pra cortar tudo em pedaços retos, depois nós dois vamos cavando o solo ali embaixo. No começo, a terra sai com facilidade, mas depois fica mais difícil, e embora esteja frio, nós suamos muito dentro da vala. Então Terry acende um cigarro.

— Eu devia ter trazido uma garrafa com chá — digo eu. — Se soubesse que ia dar este trabalho todo, teria pedido a Karen pra fazer uma garrafa de chá. Pois é, um chá.

— Eu te agradeço por isto, Jonty — diz Terry. — Você é um amigo de verdade. A minha vida anda virada do avesso, parceiro. Estou com um problema no coração... nem deveria estar cavando tanto aqui... não posso me dar ao luxo de ficar estressado. Não com um coração assim.

— Então deixe que eu termine, Terry...

— Você é um amigo de verdade...

Então vou fazendo tudo, pois é, recolhendo a terra e cavando, cavando, cavando...

Terry fica olhando pra mim. — Você é um rapaz muito bom, Jonty... mas tudo está maluco, sabia? Já não sei mais quem eu sou. Sabe essa sensação?

— Certeza, certeza — digo, ainda cavando, porque sei muito bem.

— Esse negócio de não trepar... está me deixando maluco... não sou mais o mesmo, parceiro... nem sei quem eu sou. Ando passando pelo o que o meu amigo Rab Birrell chama de "crise existencial". Antes eu pensava que isso era só babaquice de estudantes esnobes, mas não há outro termo pra essa minha provação... puta que pariu, já estou até falando feito um deles...

— Falando feito um deles, certeza, certeza — digo, ainda cavando, cavando e cavando...

— Tinha um livro, Jonty, escrito por um cara que pensava que todos nós somos feitos só de matéria em movimento, tipo prótons, nêutrons e elétrons, mas com uma consciência — continua Terry, certeza que continua, mas então minha pá bate em algo sólido. Ele também ouve o barulho e pula pra dentro da vala. Nós vamos tirando a terra de cima do caixão. Que é muito menor do que o da minha mãe, isto é mesmo, certeza, muito menor.

Terry já está com uma chave de fenda na mão e vai desaparafusando a tampa do caixão. Eu não gosto disto, porque ouço algo farfalhando. Parece aquele barulho que a gente faz quando pisa em folhas mortas, mas está vindo de *dentro* do caixão. Pior do que isso, a tampa do caixão está quente...

— Terry, estou com medo... parece que tem alguma coisa viva aí dentro... está quente...

— Pois é, também estou sentindo o calor do caixão — diz Terry. — Mas não se preocupe, parceiro, isso é só a decomposição do corpo, a energia dele se desintegrando, nenhum motivo pra se preocupar.

— Nenhum motivo pra se preocupar...

— Só espero que tenha sobrado alguma coisa — diz ele, forçando os encaixes metálicos nas laterais.

O caixão se abre e Terry levanta a tampa só um pouco. O cheiro... ah, não, eu não gosto disso... pior do que Jinty, muito pior do que a minha Jinty... eu tapo o nariz, mas mesmo assim é como se o fedor entrasse na sua boca e envenenasse todo o seu corpo, certeza... certeza, não mesmo, eu não gosto disso. Terry tem aquelas máscaras de gaze que os ciclistas às vezes usam na cidade e me dá uma pra colocar, então o cheiro melhora. Só que o tal barulho farfalhante e esquisito continua saindo do caixão. Terry levanta a tampa completamente e todas as moscas saem voando. Meus olhos estão marejados, e quando clareiam eu vejo um velho de terno, com um rosto cinzento, vermelho e azul.

— Meu Deus — diz Terry, olhando pros olhos do sujeito. — Os olhos azuis dele... se foram...

Terry tem razão... não há mais olhos ali. É como se os globos oculares dele houvessem sido devorados! Parecem aquelas coisas que a gente cultivava na escola.

— A lava pegou os olhos dele...

— Larvas... larvas de moscas — diz Terry. — Aponte essa lanterna pra cá...

A luz mostra uns bichos brancos deslizando no mesmo lugar onde comeram os globos oculares, além de outros saindo da boca, das orelhas, do nariz e tudo! Pois é, eu não gosto disso, não mesmo, não mesmo.

Então Terry se curva sobre o sujeito e começa a abrir o zíper da calça dele!

— O que você está fazendo, Terry? — digo, meio através da máscara, mas ele consegue me ouvir.

— Tudo bem, parceiro — diz ele, já desafivelando o cinto do sujeito, com os olhos fulgurando acima da máscara. Eu ainda tento virar o meu corpo, faço isso, sim, mas tudo sobe de repente, a pizza congelada que Karen fez, forçando a máscara pro lado e caindo por cima de mim.

— Jonty, tome cuidado, seu puto, você está sujando o terno dele — grita Terry pra mim. — Respeite a porra dos mortos!

Ele já baixou a calça do morto e está puxando pra fora o pinto dele... um pinto bem grande...

— Isso é que é um cacete, porra! Esse é o meu pai, Jonty! Esse homem aí é que era meu pai — diz Terry, todo feliz. Então me abraça, ergue a máscara e beija a minha cabeça.

Eu me encolho todo, porque vejo os bichos saindo da chapeleta do pau do sujeito, muitos daqueles filhotes de moscas...

— Olhe só...

— Pois é... é melhor encaixotarmos meu pai de volta — sorri Terry.

— Mas e o Henry Lawson?

— Aquele impostor da porra... nunca foi meu pai. Mas é seu, Jonty, então não vou falar mal dele. Só sinto um peso grande pra caralho saindo dos meus ombros... ajude aqui com esta tampa...

— Você não vai botar o negócio dele de volta pra dentro?

— Não, esse aí merece ficar livre, alimento de sobra pros vermes, quando eles conseguirem passar pelo caixão! Enterrar gente hoje em dia... imundície do caralho... se bem que a sua mãe foi cremada e a coisa não funcionou muito bem...

— Pois é, e ele está fedendo muito, Terry, certeza.

— Pois é, mas o Alec sempre fedeu. É a birita que faz isso. Eu lembro que quando íamos mijar, ele sempre usava a privada, não o mictório. Eu pensava que isso era porque ele era um bebum assexuado e ficava se sentindo mal, parado ao lado de um monumento feito este aqui, mas, hoje em dia, vejo que estava enganado. Provavelmente ele sofria de algum problema no rabo e entrava no reservado pra se ajeitar.

Nós baixamos a tampa e Terry vai fechando tudo. De repente, fico muito triste. Terry olha pra mim. — Jonty, você está chorando... o que foi, parceiro?

— Você e eu não somos mais irmãos — digo, mas na realidade estou pensando em Jinty: certamente os filhotes de mosca não chegariam a ela dentro de todo aquele concreto sólido...

Ele bota o braço em volta dos meus ombros. — Somos mais do que irmãos, Jonty. Somos amigos. Melhores amigos. Nunca se esqueça disso. Irmão ninguém escolhe, mas amigo, sim, e você é o melhor deles, seu putinho! E não se preocupe, você também tem um cacete grande pra caralho, mas isso veio pelo lado da sua mãe! Claro!

— Mas minha mãe nunca teve um cacete...

— Pelo lado do pai e do irmão dela, Jonty, foi daí que veio o canhão que você tem aí!

— Pois é... a Jinty sempre dizia... mas como você sabe disso, Terry? Como sabe que eu tenho um pinto grande?

Terry parece ficar meio perturbado.

— Eu consigo avaliar um homem a um quilômetro de distância. Mesmo que ele estivesse de armadura, eu saberia. Não é pelo volume na virilha, porque isso pode ser até falsificado, ou só provocado pelo corte da calça. Também não é pelos pés, pelas mãos ou pelo nariz. É pelo andar — diz ele. Depois dá uma risada. — E aqueles carinhas lá no Pub Sem Nome estavam falando disso!

– Falando disso – digo eu. – Aposto que estavam debochando do meu pinto novamente. Bom, então é bem feito que eles tenham queimado a cara! É mesmo!

– Claro! Agora vamos botar essa terra toda de volta!

E a gente faz isso, certeza, faz mesmo! Vamos chutando a terra empilhada, depois usando a pá, e tudo volta com muito mais facilidade do que saiu! E eu falo isso pro Terry. – Está descendo mais depressa do que subiu!

– É sempre assim, parceiro – devolve ele.

E ele não está errado. Não mesmo, não está. Só que não digo isso pra ele, porque sei que de vez em quando falo demais, como Terry diz. Certeza: falo demais. Pois é.

Então começo a pensar na Jinty novamente, e em todos aqueles bichos que pegaram Alec, o pai verdadeiro de Terry, e digo: – Sabe, se o Alec, seu pai verdadeiro, fosse posto dentro de concreto, Terry, todos aqueles bichos não conseguiriam comer o corpo dele assim, não se ele estivesse fechado em concreto, não é, Terry?

– Depende... se fosse posto dentro do concreto imediatamente, ele ficaria bem, mas se você deixasse o corpo fora, até somente por uma hora, mais ou menos, as moscas já botariam seus ovos...

Eu começo a chorar, pensando naquela mosca dentro e fora da boca de Jinty... pensando em Jinty sem nenhum olho, certeza, não mesmo, não mesmo...

– O que há de errado, parceiro?

Tenho vontade de contar a ele, mas não posso, não posso, porque não foi culpa minha, ela simplesmente caiu pra trás. Foi igual ao que aconteceu com a mãe dela, pelo que diz Karen, e foi o que Maurice falou quando encontrou a mãe dela na cama. O nome de alguma coisa ruim que acontece com o cérebro. Uma hemorroida cerebral. Foi como se uma lâmpada tivesse apagado, costumava dizer Maurice, ela não sofreu. Com Jinty foi a mesma coisa. Só que não posso contar a ninguém, porque descobririam que ela cheirava aqueles troços ruins, e eu sei que iriam me culpar, certeza, culpariam porque sempre foi assim, desde a época da escola, em que o pai verdadeiro Henry me batia. Mas não posso contar a Terry por que estou chorando, então digo apenas:

— É muito triste, os bichos fazerem isso com o seu pai, Terry... não é direito...

— Pois é, cremar é muito melhor, parceiro. Mas esses são só os restos dele, Jonty. Ele está longe daqui, em paz. Portanto, não se angustie.

— Tipo no céu?

— É, deve ser – diz Terry, meio que pensativamente. Depois dá uma espécie de risadinha, antes de dizer: – Se no céu houver rios infindáveis de birita, e um monte de casarões sem câmeras de vigilância...

— A Jinty também está no céu, Terry?

— Não sei, parceiro – diz Terry. Depois olha direto pra mim. – Se ela já tiver batido as botas, sim. Mas não se preocupe... o mais provável é que ela tenha simplesmente se mandado.

— Pois é... pois é... pois é... pois é... foi fazer uma viagenzinha – digo eu, imaginando Jinty a bordo de um bonde, mas que é parecido com aquele trem de Harry Potter. Só que, em vez de ir a uma elegante escola de magia, Jinty estaria viajando no bonde direto pros portões do céu. Tipo com um vestido branco, porque ela meio que merece um vestido branco. Certeza. Então nós pulamos o muro, coisa bem mais fácil por este lado, e saímos do cemitério. Entramos no táxi e partimos pra Penicuik. Eu continuo pensando na Jinty e digo: – O Bawbag fez tudo isso, Terry, foi o Bawbag que levou a Jinty embora...

Terry vai dirigindo, sem se virar pra mim, e diz: – Pois é, foi depois daquilo que ela partiu, certeza...

— O Bawbag e os bondes... levaram a Jinty...

— Você não pode culpar os bondes por isso – diz Terry. – Eu sei que eles levam a culpa por tudo, mas não dá pra culpar os bondes pelo sumiço da Jinty!

— Mas eles vão levar a Jinty, vão mesmo, até o céu – digo a ele.

— Pois é, talvez levem, parceirinho. Talvez levem todos nós até lá num grande bonde mágico.

— Amanhã vai ser o céu, Terry, quando o Hearts ganhar o campeonato no Hampden!

— Só nos seus sonhos, carinha – ri ele, parando o táxi diante da casa. Pra quem torce pelo Hibs, Terry até que é um cara legal; isso prova que a turma deles não tem só vagabundos safados. Na escola, eu conheci alguns que não eram maus, quando a mãe me deixava ir à escola. Certeza: a escola.

Então entro em casa e amanhã já é o dia do grande jogo, certeza, no rádio, na TV, em todos os jornais. Pois é. Estou empolgado demais pra dormir, daí que fico lendo os antigos programas das partidas do Hearts, e até do Hibs. Tenho vinte e dois deles encadernados em um livro, certeza, abrangendo o período de jogos invictos. Gary MacKay. Foi o Hank que mandou fazer isso e me deu de presente de aniversário há algum tempo. Então rezo a Deus, com o livro nas mãos, pra que a gente derrote o Hibs safado, porque eles são intrusos, como diz Hank, na verdade, nem são daqui, a final deveria ser entre Hearts e Spartans, dois times protestantes de Edimburgo, pra tudo ficar mais escocês. E não um bando de ciganos irlandeses... só que é totalmente errado falar assim, porque é o que a turma dos Barksdale vive dizendo. Porque o Bondoso Terry e eu ajudamos um ao outro. E o Jim lá da escola, antes que eu parasse de ir, era bom e tudo. Portanto, alguns torcedores do Hibs são bondosos. Então eu rezo novamente pra que Deus cancele a última reza, e depois rezo outra vez pra que o Hearts ganhe. São mais duas rezas, formando três ao todo; fico pensando que é um desperdício, porque eu poderia ter feito tudo com uma só, mas estou tirando fora as partes que mostram que você tem um coração mau.

Porque eu não tenho um coração mau. Não mesmo, porque sei o que tem dentro do meu próprio coração. Sei, sim.

Estou em casa, mas não consigo ficar em casa, e falo isso pra Karen, falo que não consigo ficar em casa na hora da final do campeonato! Ela fala que eu preciso ver o jogo pela TV.

— Mas o Hank me arranjou um ingresso e um lugar no ônibus de Penicuik — digo a ela. — Pois é, o ônibus de Penicuik.

— Só que eu tenho medo que prendam você! Por causa dela! A tal da Jinty!

— Mas eu já andei por aí, Karen, depois daquilo. Pois é, já saí algumas vezes, desde o funeral da mãe — digo a ela.

— Só pra fazer serviços de pintura, e ir ao hospital ou jogar golfe com Terry... não em lugares públicos! É diferente em um lugar público, com policiais e câmeras! Veja o jogo pela TV, Jonty – diz Karen, meio que implorando. – Nós temos coisa demais a perder!

– Mas só você sabe de tudo, Karen – digo a ela. – O Hank ligou, eu atendi, ele viu que voltei pra casa e falou que tem um ingresso pra mim. Pois é, um ingresso. Com o Malky e tudo. No ônibus de Penicuik, onde o pessoal do Pub Sem Nome não vai estar!

Os cantos da boca de Karen viram pra baixo e ela fica olhando pra lareira.

– Tá legal, Jonty, só desta vez, mas tome cuidado durante a partida. Não se meta com aqueles torcedores bandidos do Hibs. O tal do Terry é divertido, mas já ouvi coisas sobre ele lá na cidade – diz ela.

– Não, não, não, nada disso, não mesmo, não, não, não, e o Terry não é um torcedor bandido do Hibs. Ele torce pelo time, isso, sim, mas não faria coisas ruins feito os bandidos do Hibs.

– Já ouvi coisas – diz ela, se dirigindo pra cozinha.

Eu fico todo empolgado, mas até me surpreendo, porque caio num sono legal. Pois é, durmo mesmo. Justiça seja feita a Karen: ela me faz um pão com ovo, e um pão com bacon. Só não faz o chouriço que Jinty sempre fazia pra mim, não mesmo, isso ela não faz. Só que estamos em Penicuik, e aqui é diferente da cidade, certeza, certeza, Penicuik, certeza. Pois é. Então eu vou até a rua principal e pego o ônibus de Penicuik. É genial quando passamos pelo ônibus do Hibs do outro lado da rua. Eu já vou fazer um sinal de gozação pra eles, mas vejo Jim McAllan no ônibus e finjo que estou só acenando.

Ele me devolve uma risada. Pois é. Jim McAllan. Penicuik. Certeza.

Nós demoramos muito tempo no percurso até lá, mesmo saindo cedo, certeza, porque há muito tráfego, mas enfim chegamos a um pub que eles reservaram perto do estádio. Pois é, reservaram tudo. Ficamos bebendo cerveja e cantando: "Hearts, Glorious Hearts", "We'll Support You Ever More", "Hello, Hello, We Are the Gorgie Boys" e "My Way", só que na versão do Hearts, que é genial, mas eu não sei a letra toda, sei não. Também cantamos "Rudi Skacel's a Fucking Goal Machine", "Oh, the Hibees Are Gay" e "Na Na Na Na Na Na Na Na Na Na Na Paulo Sérgio, Sérgio, Paulo Sérgio". Pois é, cantamos tudo isso.

O jogo é genial, como se fosse o melhor dia da minha vida! Bom, talvez o melhor dia tenha sido a primeira vez em que eu fui pra casa com a Jinty, naquela noite, e rachei a fenda dela ao meio, mas o Hearts marcou cinco gols! O Hibs só consegue um, e ainda tem um homem expulso! E o juiz ainda nos dá um pênalti fora da área! Hank fica me abraçando e nós dois choramos quando a taça é erguida. Tudo é bom, até nós sairmos e avistarmos uma rapaziada lá do Pub Sem Nome. Com o rosto igual ao do seu irmão Craig, todo queimado, Evan me vê e olha dentro dos meus olhos, mas fica calado. Pois é, o seu rosto ficou todo queimado na lateral, feito um boneco de plástico Action Man que eu tinha, mas que uma vez deixei perto da lareira elétrica. O pai verdadeiro Henry me deu uma surra de cinto por causa disso, dizendo "Não deixe soldados de plástico perto do fogo… sabe quanto essas coisas custam?!"… Mas é engraçado eu ter queimado a cara de um dos gêmeos Barksdale, e minha mãe ter queimado a do outro! Certeza, pois é!

Dois caras que eu meio que reconheço cutucam Evan, mas não tenho medo dele, porque estou com a rapaziada de Penicuik! Isso, mesmo depois de ter morado em Gorgie algum tempo, e ainda sentir falta do McDonald's. Gorgie que se dane!

Em todo caso, nem dá pra começarmos a brigar agora, porque estamos felizes demais pra isso… quer dizer, talvez os torcedores do Hibs conseguissem brigar, mas eles já estão todos em casa! Então falo isso pro Hank.

— O pessoal do Hibs já deve estar todo em casa agora, Hank!

— Pois é, deve mesmo, Jonty — devolve ele. — Em casa e chorando até arrancar os olhos!

Voltamos pro ônibus às gargalhadas, mas eu penso na Jinty, na esperança de que os vermes não tenham comido os olhos dela, porque senão ela não conseguiria baixar o olhar lá do céu e nos ver erguendo a taça. Volto no ônibus pensando nisso e chorando, até que Hank põe o braço em volta do meu ombro.

— Pois é, este é um momento muito emotivo, Jonty.

46

As buças rosnantes de maio

Sempre que ando pelas ruas antigas da Royal Mile e de Grassmarket, acabo envolvido pelo romantismo histórico do lugar. Penso em todas as gerações que devem ter nascido de trepadas naquele labirinto. Os homens impiedosos e as garotas aos gritos, o sangue derramado e os ossos quebrados: todo aquele mijo, esperma, catarro e excremento. Tanto DNA perdido, e os nomes semiesquecidos apagados pela incessante chuva fria que borrifa a porra desta cidade. Só que a porra dos degraus, ah, como ainda brilham, feito mamilos encharcados de esperma... não, isso não, tipo...

Minha cabeça anda fodida. Eu só faço ler. Até comecei a escrever um poema na noite retrasada. Pois é... estou virando o Rab Birrell. O tipo do camarada capaz de dizer, "*Presence* é o melhor álbum do Led Zeppelin", mesmo sabendo que *não é o melhor álbum do Led Zeppelin porra nenhuma*, só pra exibir a porcaria de um talento pro debate.

Estou aguardando ansiosamente o jogo, que irá me distrair desses pensamentos sexuais. Até combinei de me encontrar com os Birrell e tudo, mas não queria me desconcentrar da leitura, por isso ontem à noite desliguei o celular. Agora há um monte de chamadas, a maioria delas de Yvette, a mãe do Bastardo Ruivo, que enlouqueceu e insiste que nos encontremos de manhã cedo.

Eu faço um mingau, reduzindo o sal por causa do coração, e vejo o noticiário da manhã. Reconheço o prédio focalizado pelas câmeras e aumento o som. É uma reportagem sobre o sumiço do uísque Bowcullen Trinity, e diz que alguém anônimo está oferecendo uma recompensa de vinte mil paus por qualquer informação que faça a garrafa ser encontrada. *Ronnie*. Bom, acho que quando você já torrou tanta grana numa coisa, um pouco mais não significa porra nenhuma. Mas que bom saber disso: é dinheiro na porra do banco. Só que tenho outras coisas em que pensar, então ligo pra Yvette.

— Isso vai ter de esperar, porque estou indo pro Hampden. Final de campeonato.

— Eu estou sabendo do jogo, Terry, mas precisamos nos encontrar primeiro – diz ela, parecendo muito aflita.

Então nos encontramos num lugar na Old Town, um elegante bar estudantil na ponte George IV. Dizem que foi num canto dali que a dona do Harry Potter ficava sentada, só escrevendo todos aqueles livros. E eu sei que não vou gostar desta história específica, porque o semblante de Yvette me lembra um olhar que ela me deu há muitos anos. Quando me contou que estava prenha. Eu não fiquei nem um pouco feliz. Lembro que falei: "Pra você, um pouco do meu esperma germinando aí dentro pode significar que eu sou um bom material paterno. Pra mim, significa que você nem sabe engolir pílulas direito."

Só que agora ela me conta umas merdas que vêm acontecendo com o Bastardo Ruivo, e eu mal consigo acreditar nos meus ouvidos.

— Ele fez o quê?
— Foi pego com a mão enfiada embaixo da saia de uma garota.
— O quê? Como? Quer dizer, onde?
— Na escola.

Fico meio que pensando no assunto e digo: — Bom... podia ser pior...
— Como podia ser pior? Ele só tem nove anos, caralho!

Não consigo evitar, embora saiba que aquilo é errado e prenuncia encrenca da grossa, que um lado meu pense: nunca tive tanto orgulho de um puto na vida quanto tenho do Bastardo, quer dizer, do Harry, agora. Nem mesmo do Jason, quando ele se formou na faculdade de direito.

Só que Yvette está longe de satisfeita. — Ele anda assediando várias garotas por telefone e pelo Facebook, pedindo que elas lhe mandem fotos delas nuas. Aparentemente todos os garotos estão nessa agora. É um daqueles modismos nojentos que precisa ser interrompido imediatamente, e eu não quero que o meu filho, *nosso* filho...

Isso faz disparar os meus sinais de alerta. — Mas então por que ele está sendo apontado individualmente? Isso me parece discriminação.

— O quê?

— Crianças ruivas sempre se destacam. Alguns putos acham que elas são fáceis de serem discriminadas, e isso não está certo!

— O problema não tem nada a ver com isso! É só porque ele é o único que anda abordando as garotas diretamente!

Merda, fui eu que mandei o moleque agir assim! Seja homem e tal, falei pra ele. Então fico pensando em Donna, e no que aqueles rapazes que eu arrebentei lá no distrito industrial falaram sobre ela. Quem mandou que eles agissem assim com as mulheres? A vida anda complicada pra caralho hoje em dia.

— Os garotos são diferentes... já li tudo sobre isso. É científico. Nós estamos sujeitos a surtos hormonais desde muito cedo na vida. Surtos de testosterona na mente. Vocês só ficam emotivas por causa dos hormônios uma vez ao mês, mas nós sofremos com isso constantemente. É o que deve ter deixado o garoto meio perturbado.

— Não transforme as suas próprias desculpas esfarrapadas de sempre em justificativas pra ele! E desde quando você se interessa por ciência?

— Você ficaria surpresa — digo. — Mas tem razão... aqui não se trata de mim, e sim do futuro do nosso filho. Portanto, vou conversar com ele, de pai pra filho.

Yvette parece totalmente atordoada com essa resposta. Puta que pariu, não é possível que eu seja um puto tão imprestável e egoísta assim, caralho! Depois, porém, ela se recompõe, como toda essa gente metida a bacana é treinada a fazer.

— E vai falar para ele o quê, exatamente?

— Vou falar que isso não é um comportamento aceitável!

— Que bom!

Ela ainda não está muito satisfeita, mas nós terminamos o chá com uma certa civilidade forçada. Na mesa ao lado, há uma dupla de garotas até comuns, mas que já estão fazendo o Velho Guerreiro se animar, apesar da medicação. Fico feliz ao ir embora, mas lá fora a situação continua ruim. Na realidade, agora que o clima melhorou, a coisa virou uma tortura dos infernos. A cidade está cheia de xotas. Preciso tentar pensar em gente como Cabeção ou Blades chupando o meu pau, só pra evitar uma ereção, mesmo com a porra daqueles remédios inúteis. E pensar que antigamente, quando estava com uma gata e ia ficando excitado, eu costumava imaginar um boquete dado por aquele meu velho parceiro de rosto sempre avermelhado, Alec, só pra adiar o momento, mas agora esse truque já foi pro ralo! Porra, Freud conseguiria até se aposentar se tivesse o meu caso registrado nos seus livros!

Coitado do Alec, sendo devorado pelos vermes; e aquele puto velho do Henry, ainda firme feito o bom filho da puta que é, durante até a porra da final do campeonato. Bom, eu vou até o Business Bar, encontrando Billy e Rab lá fora... junto com Sick Boy!

— Eu ia ver pela TV, mas na última hora peguei um avião — diz ele. — Não é todo dia que a gente consegue foder com aqueles retardados numa final do campeonato.

— Não conseguimos foder com ninguém em nenhuma final de campeonato escocês desde 1902 — diz Billy.

— Não seja tão pessimista — diz Sick Boy. — Eles estão apostando o dinheiro alheio e vão morrer pela boca, ponto final. O destino está traçado: nós aparecemos com um time de merda, mas cheio de raça, que só custa um quarto do verdadeiro roubo que é a folha salarial dos adversários, e vamos reduzir a equipe deles a pó. Terry?

— Não venho acompanhando tão de perto assim.

Rab Birrell olha pra mim como se eu fosse um idiota. — Por onde você tem andando... Marte?

— Até podia ser — digo eu.

— Por falar em foder... quando você vai me mandar o tal sujeito? — sussurra Sick Boy. — Preciso fazer um teste com ele, pois parece que um cheque que um parceiro na Ucrânia me mandou foi milagrosamente compensado. Eu já reescrevi o roteiro de *Pegador 3*, agora o título é *Metedor*, com um protagonista novo, que é irmão do Pegador. Não quis destruir a franquia e fechar as portas pro ingrato do Curtis, caso as coisas não deem certo pra ele lá em San Fernando Valley.

— Vou mandar o cara até você. Mas não prefere encontrar com ele aqui mesmo?

— Eu estou de *férias* — diz Sick Boy, todo pomposo. — Preciso passar mais tempo com a minha *família*.

Nós entramos na limusine alugada e partimos pro Hampden. Champanhe e pó pra caralho, sem olhares policiais atravessando o vidro escurecido. É o único jeito de fazer isso. Tenho uma boa discussão literária sobre William Faulkner com Rab, o que irrita Billy e faz Sick Boy balançar a cabeça. Mas eu até preferiria que tivéssemos ficado dentro daquele carro, só rodando pela cidade, porque depois disso tudo foi rapidamente ladeira abaixo.

O Hibs é um time de merda; o que quer que acontecesse naquele campo, nós perderíamos. Mas talvez tivéssemos um placar clássico pra uma final de campeonato, dois a três ou três a quatro. Em vez disso, o juiz fodeu tudo logo de cara. Viemos falando sobre isso dentro do carro no caminho de volta, cerca de dez minutos após o início do segundo tempo.

Sick Boy está histérico. — Depois de dar uma cotovelada na fuça do Griffiths, o putinho do Black nem sequer levou uma bronca do Thomson, quando deveria ter sido expulso da porra do campo. Pra todos eles ali, é tudo uma grande brincadeira. Você sabe que a partir de certo ponto aqueles putos trapaceiros, montados no dinheiro do tráfico de drogas e de seres humanos, mas pagando por jogadores sem ter condições pra tanto, vão conseguir se safar até de assassinato dentro da porra do campo, bem como fora dele.

— Você está um pouco metido demais, Sick Boy, pra alguém que ganha a vida fazendo filme pornô — digo eu.

— Isso não tem nada a ver, Terry — diz ele, abanando a cabeça. — Olhe a zona... a gente estava com dois gols a menos, jogando uma merda. Antes do intervalo, conseguimos marcar um, e temos um jogo. Então, imediatamente o imbecil do juiz reassume o controle, dá a eles um pênalti totalmente fora da área e expulsa o idiota do nosso zagueiro por uma falta boba, que não foi pior do que aquela que o puto do Black fez antes, quando ele só deu risada. Então o jogo acabou pra nós.

— Pois é, deve ser — digo, olhando pro trânsito que desliza lá fora.

Enquanto os irmãos Birrell discutem, Sick Boy sussurra pra mim, todo malícia. — Ah, parece que o sobrenome Lawson ainda pode emprestar seu brilho à Perversevere Films.

— Já falei pra você que eu não posso mais fazer filme pornô.

— Não... eu recebi um telefonema da sua Donna. Ela me mandou uns troços. Impressionantes. Decididamente, merece o emprego. Com certeza... quem sai aos seus não degenera!

Eu não consigo acreditar. Sinto meu rosto esquentar todo. Já estou começando a hiperventilar. — Essa porra é brincadeira, não é?

Sick Boy diz: — Hum... suponho que esse movimento profissional por parte dela não tenha aprovação paterna?

Eu viro pra ele e sussurro no seu ouvido: — Ela não vai fazer cinema pornô, caralho!

— A aprovação paterna é um luxo — diz Sick Boy, assumindo uma expressão convencida. — E o consentimento paterno nem vem ao caso aqui, porque ela é adulta, capaz de fazer suas próprias escolhas, Terry. Quem mandou ter filhas?

— Ela não vai fazer cinema pornô — digo a ele, agarrando as lapelas do seu paletó. — Porque se ela fizer, você é que vai fazer um último filme pornô, estrelado por você mesmo, mas que também vai ser a porra de um filme fatal pra você!

— Terry, esfrie a porra da cabeça aí — grita Billy, enquanto os olhos de Sick Boy se arregalam.

Eu abro os dedos e Billy olha firme pra mim, antes de voltar a papear com Rab.

— Jesus Cristo, tá legal... tá legal — diz Sick Boy, alisando o paletó. — Não é do seu estilo ficar tão perturbado. Nunca pensei que fosse dizer isto, Terry, mas você precisa dar uma trepada!

— Pois é, bom, mas você vai simplesmente esquecer a Donna. Certo?

— Tudo bem. Só que *você* precisa falar isso pra ela — diz ele, apontando o dedo pra mim. — Eu não vou baixar a autoestima da garota, falando que ela não tem o que é preciso ter pra fazer parte da família Perversevere!

— Vou dizer — digo, já teclando o número de Donna. A ligação cai na caixa postal, mas eu já aviso que quero falar com ela.

Fico aliviado quando a conversa volta pra porra daquela partida de merda. Mas só consigo pensar que a porra daquele puto safado do Henry deve estar rindo sozinho na cama do hospital. Ele me tratou feito merda desde a porra do começo. Pensa que eu não vou conseguir ficar cara a cara com ele e aguentar a gozação. Mas eu já decidi esta porra: vou ficar cara a cara com o puto, sim!

Conseguimos nos antecipar ao trânsito pesado, porque o motorista da limusine enfia o pé e o jogo acaba de terminar quando nos aproximamos do centro. Eles querem ir pro Business Bar, mas eu peço que me deixem no hospital.

— E eu pensando que esse seria o último lugar aonde você gostaria de ir hoje à noite, Terry — diz Billy.

— Ah, bom, família, pois é — diz Rab.

— Pois é — digo eu.

Subo até a enfermaria, mas a enfermeira está lá, de modo que eu me curvo sobre o puto velho como se fosse beijar a cabeça dele (nem na porra do dia de São Nunca) e deixo cair na testa um pouco do cuspe da minha boca. Fico vendo a saliva escorrer por aquela testa, deslizar pra direita quando chega ao nariz, e fluir devagar pra dentro da boca aberta.

A enfermeira é a tal que tem meias de náilon com costuras atrás. Antigamente, eu teria esvaziado um tanque de esperma em cima dela. Agora isso é proibido, caralho, e eu sinto toda a porra fresca balançando nos meus culhões, quase transbordando ali dentro.

— Tente não se deixar afetar demais, sr. Lawson — diz ela, se aproximando.

— Não é tão fácil. Vou lhe contar quem eu culpo...

— Já sei o que vai dizer... as pessoas sempre se culpam. Nunca conseguimos dizer o suficiente aos nossos entes queridos — diz a enfermeira, afofando os travesseiros e fazendo Henry meio que se mexer, mas não acordar.

Percebo que ela pensa que estou falando dele, quando só estou pensando no futebol, e naquele puto do juiz. Pênalti é o caralho, e Sick Boy tem razão: a cotovelada de Black em Griffiths foi falta pra expulsão. E agora este puto velho deitado aqui, com o lenço bordô amarrado na grade da cabeceira da cama. Um padrasto malvado pra caralho, é tudo que este puto já foi na vida. A merda da TV sobre a coluna giratória: parece que o puto está na primeira classe de um avião. Então ele acorda e me pega olhando pra tela.

— Ah... é você — diz ele, todo escorregadio, antes de franzir o rosto. — Viu o jogo?!

— Acabei de voltar de lá.

— Volta rápida — diz ele, com um risinho que sacode seu esqueleto. — Bom, não é de surpreender.

— Pois é. Como você está?

— Não precisa fingir que se importa!

— Está bem. Fico feliz por ver você fodido, seu velho sem-vergonha!

— Ao menos vou partir feliz por ter visto o Hearts ganhar o campeonato. De novo. Contra vocês. Ao menos posso dizer que vi isso.

— Pois é, isso aí.

— Cinco a um...

— Pois é, isso aí.

— Você vai sofrer, filho. Pois é, vai, sim — diz ele, tirando as mãos débeis de debaixo dos lençóis, e erguendo os cinco dedos de uma delas, com apenas um da outra. — Uma final só de Edimburgo, e é cinco a um...

— Pois é.

— Sua última vez foi em 1902... e você não está ficando mais jovem, filho. Acha que ainda vai ver a sua turma levantar aquela taça?

— Pois é, não sei — digo eu. O mais engraçado é que percebo que não estou chateado por causa do futebol... isso só está na cabeça dele. Então me ocorre que é assim mesmo: você sempre imagina que a coisa machuca os outros mais do que acontece na realidade. Todos aqueles anos que desperdicei com gozações sobre os sete a zero no dia de Ano-Novo, quando os putos provavelmente estavam pouco se lixando, e mais provavelmente ainda só pensavam que eu era um pouco simplório. Mesmo assim, o que conta é o que o troço faz por *você*. O que eu estou enfrentando é uma vida sem trepadas, é isso que está batendo fundo, e esse puto desse padrasto negligente continua falando da merda do campeonato do Hearts...

— A nossa defesa é sólida feito as pedras de um castelo antigo — sussurra ele, antes de recair num sono pacífico. Eu fico olhando pro soro pendurado no gancho. Quase sem pensar no que estou fazendo, fecho as tapadeiras em torno da cama. Então tiro o soro do gancho, pego uma faca e faço um buraco no frasco, antes de despejar três-quartos da solução dentro da pia. Depois enfio meu pau no buraco e mijo, enchendo o frasco e sentindo o volume ficar quente nas minhas mãos. Encho tudo até a boca, e um pouco do mijo até respinga nos meus dedos. Limpo tudo com toalhas de papel.

Arranjo uns pedaços de fita adesiva na parede, onde eles colaram os cartões com votos de melhoras para ele, e fecho o buraco. Então penduro o frasco de volta no gancho. O soro continua amarelo, só que bem mais escuro, e dá pra ver filetes de esperma, grossos feito clara de ovo, boiando ali dentro.

Fico olhando pra ele, dormindo ali, enquanto desconecto o tubo de morfina. Depois pego a pequena campainha na ponta de um cordão que ele usa pra chamar a enfermeira, e penduro o troço atrás da cama. A boca do puto já mudou de expressão, e ele está começando a suar o pijama, feito uma garota da Liberty Leisure fazendo hora extra. Subitamente, ele escancara a boca e olha pra mim.

— Você ainda está aqui? Aprontando alguma coisa, aposto! — Depois seu rosto se enruga num sorriso. — Bom, não tenho nada a ver com isso. Eu vi meu time ganhar o campeonato!

— Você só está levando uma mijadinha — digo a ele com um grande sorriso, vendo outra pesada onda de suor emergir dos poros do puto e escorrer por aquela pele que parece cera, e que já assume um doentio tom de amarelo diante dos meus olhos. O odor rançoso que sai dele agora é uma mistura do fedor do meu mijo com o da sua própria carne apodrecida. Ele aciona o botão da morfina com o dedo. Mas o barato não chega pra ele. Os velhos olhos cansados baixam, horrorizados, pra velha veia grossa e a ausência da agulha.

Ele começa a fazer um barulho estridente, mas que logo vira um grunhido suave. — Eu me sinto terrível... estou me sentindo todo ressecado e envenenado... me dê água – diz ele, estendendo a mão, procurando o copo de água, a campainha da enfermeira, o acionador da morfina.

Mas todos estão só um pouquinho além do seu alcance.

— Você está *realmente* levando uma mijada – digo a ele, pegando o copo de água sobre a mesa de cabeceira e colocando-o junto à pia, fora do alcance daqueles braços murchos e dedos ossudos.

— Terry... me ajude... chame a enfermeira... eu sou o seu pai, filho...

— Só na merda dos seus sonhos, seu puto – digo eu, curvando o corpo sobre ele. — O Alec meteu nela primeiro, quando o chão se cobriu de neve – digo, torcendo a cabeça ossuda e olhando bem nos olhos dele, em busca da sua expressão debochada. — Pois é, ele abriu aquela xota e enfiou o presente de Natal lá dentro. Ela só deu pra você depois que ele já tinha estado lá. Lembra? Pois é, ele trepou com ela quando foi entregar a correspondência, como você sabe muito bem, seu filho da puta. Afinal, vinha tentando trepar com ela havia séculos. Só que ela vivia fechando a porta pra você, e no fim deve até ter se decepcionado, depois de agasalhar aquele vergalhão do Alec!

Ele olha pra mim e nem um comentário despeitado consegue fazer.
— O quuuu...

— O Alec. Aquele meu amigo. Alec Connolly. Ele era o meu verdadeiro pai. E comeu a sua garota, Alice, quando ela ainda era bem jovem. A Yvonne é sua, coitada daquela vaquinha, mas eu não, graças a porra nenhuma – digo, antes de franzir o nariz. — Você está fedendo!

Ele ainda tenta falar algo, mas consegue apenas arquejar, enquanto esbugalha os olhos e luta pra respirar. Eu resolvo ir embora logo daquele lugar, saindo da enfermaria e pegando o corredor rumo à porta. Quando chego ao estacionamento, as barras de sinal ressurgem no telefone, e eu ligo pra Ronnie. Sei que sua volta está marcada pra hoje. Mas é o puto do assistente pessoal que atende.

— Escritório de Ronald Checker.

— É o Terry. Onde está o Ronnie?

— O sr. Checker não se encontra no momento.

— Chame esse puto logo, caralho — digo. — É uma emergência. Preciso ir pro campo de golfe, ou vou ter um surto, caralho.

— Para sua informação, o sr. Checker precisou permanecer em Nova York devido a uma transação urgente. E não voltará à Escócia antes da próxima sexta-feira.

— Puta merda — digo, já desligando. Fico pensando no que Sick Boy falou e ligo pra Donna. — Encontre comigo no centro.

— Não posso, estou com a Kasey Linn, e não vou até lá, que deve estar tumultuado.

É claro, todos os filhos da puta estão lá. Então digo: — Está certo.

É uma merda estar a pé, mas se for à cidade pegar o táxi, eu ficarei preso no trânsito de lá. Então ligo pra uns dois colegas, e o sortudo do Blades não está longe. Ele me apanha em Cameron Toll cerca de quinze minutos depois. Nós seguimos pelo contorno, mas mesmo assim levamos séculos pra chegar a Broomhouse. A essa altura eu já estou me sentindo um merda. Posso não ter nada do DNA do puto velho dentro de mim, mas agora ele tem meio litro meu dentro dele. Talvez eu vá parar na cadeia. Blades não para de falar do jogo, mas eu mal consigo ouvir uma só palavra do que o coitado do puto está dizendo, até que ele me larga lá e eu pago a corrida.

É engraçado... quando chega à porta, sem maquiagem, Donna parece bem mais jovem do que é. Minha mãe tinha razão, eu deveria ter cuidado melhor dela.

— Acabei de chegar — diz ela.

Ao menos ela parece melhor do que estava quando vim aqui pela última vez. Está com mais cor, e parece ter mais controle sobre as coisas. A casa está bem mais limpa, sem merdas espalhadas pelos cantos, ou vagabundos à porta.

Eu entro no quarto, seguido por ela, e vejo o bebê dormindo no berço. Uma coisinha adorável. Fico imaginando quem é o pai, na realidade até desejando que fosse o puto do Renwick, pra poder dar uma mordida no babaca. Não, deve ser algum doador de esperma imprestável pra caralho, um maluco permanente feito aqueles putos que vi perto daqui antes: provavelmente um escroto como eu. Porque sei que não estou em posição de falar coisa alguma, mas preciso, pelo bem da criança.

— Você pensa que fazer cinema pornô com o Sick Boy será um bom exemplo pra esta criança?

— Você faz cinema pornô.

— O que a sua mãe acha disso?

— O mesmo que você, ao que parece. Mas eu preciso de dinheiro.

Não consigo evitar, e a frase sai da minha boca. — Você está ganhando uma bela reputação aí pela cidade!

— Feito a sua? — pergunta ela, apoiando o braço no umbral da porta. — Acha que eu gostava de ouvir isso, enquanto crescia?

— Isso já mudou! Eu mudei!

— Pois é, por causa do seu coração ruim! A vovó me contou — diz ela, piscando quando dou um passo em sua direção.

Eu paro, e olho de volta pro bebê.

Donna afasta do rosto algumas mechas encaracoladas, como eu fazia antigamente, e diz: — Você está querendo me dizer que teria parado de comer a mulherada *e* largado o cinema pornô por vontade própria?

— Talvez... olhe...

— Não, olhe bem você, caralho — diz ela, franzindo o rosto. — A única coisa boa a seu respeito era que você nunca foi hipócrita. Agora nem isso consigo ver mais em você!

— Você falou que era por dinheiro. Eu posso lhe dar dinheiro, pra você e pra criança! — digo, já puxando algumas notas, antes de arrematar: — Tudo isso é só um jeito de tentar chamar minha atenção? Bom, então você já chamou!

Então eu me sinto caindo de joelhos, e depois rastejando pelo chão até ela. Ergo o olhar pro seu rosto, como se eu fosse uma criança, e ela minha mãe.

— Por favor, não faça isso — digo.

Ela fica perturbada, mas diz: — Talvez seja um pouco tarde demais pra isso! Você sempre cagou e andou!

O que eu posso dizer? Que a ignorei durante a adolescência, por pensar que ela era confiante e estava indo bem? A porra da triste verdade é que eu não queria envergonhar minha filha paquerando suas amigas. Então só consigo me levantar e tomá-la nos braços. Ela parece tão pequena, feito uma criança. Dou uma olhadela pra menininha no berço e penso na primeira vez em que vi Donna nos braços de Viv lá no hospital. Onde foram parar todos esses anos, caralho?

— Por favor, pense nisso, meu bem. Por favor. Eu amo você.

Nós dois estamos soluçando sem parar. Ela esfrega minhas costas e diz: — Ah, pai... agora você me deixou toda confusa.

Não tanto quanto eu, que passo metade da noite ali. Nós vamos bebendo chá e botando um monte de troços pra fora. Quando vou embora, apanhado por Jack Perneta, caio dentro do táxi exausto, mas meio que aliviado. Vamos passando pelas ruas, já desertas à noite. Eu olho dentro do meu bolso, vendo as folhas que arranquei do diário de Jinty. Não quero que os policiais ou o coitado do Jonty saibam que estou metido nisso. Depois de ser largado em casa e me despedir de Jack, eu pego um isqueiro, acendo a chama e fico vendo o papel queimar. É melhor assim.

Subo a escada acabado, na esperança de conseguir dormir um pouco. De manhã, talvez vá jogar uma partida de golfe com o meu camaradinha.

47

Diário de Jinty – excerto 2

A melhor risada do dia foi por causa da visita do Terry. Ele se acha o máximo, mas não é como o Victor ou o Kelvin, porque trata as garotas muito bem, e sempre tem uma brincadeira ou uma piada para fazer. ALÉM DISSO, nunca quer uma trepada gratuita. Acho que ele quer que nós lhe ofereçamos isso! O Terry ainda não sabe, mas é isso mesmo que vai acontecer! LOL!

48

Powderhall

Uma noite inteira quase sem dormir: certeza, quase sem dormir. Como se eu estivesse queimando naquela cama. Pensando em Jinty, lá na pilastra embaixo da ponte dos bondes, e tudo porque eu falei com a polícia. Pois é, foi sim. Eu tinha jogado uma partida de golfe com Terry, e então ele me levou em casa de táxi. Foi mesmo. Certeza. E pouco tempo depois que ele foi embora, a polícia apareceu.

Teve um pânico no meu peito, teve sim. Pensei que iam me prender. Pois é, dois policiais, mas sem uniforme. Karen fez um chá, que serviu com a louça boa e os KitKats. Daqueles grandes. Ela sempre faz uma brincadeira: "Pois é, eu sempre consigo enfiar quatro dedos dentro de mim, Jonty." Eu não gosto de ver garotas falando assim: não é certo. Mas desta vez, ela serviu os grandes, e um policial está comendo, mas o outro não. Ele deve ser o tira mau, feito na TV: aquele que leva você pra cadeia, fiquei pensando. Pois é, ele me perguntou pela Jinty novamente.

— Ela ainda não entrou em contato — digo a ele.

— E o pai dela? — disse o cana do KitKat, olhando direto pros meus olhos, como faziam os professores malvados lá na escola, ou o pai verdadeiro Henry. — Ela costumava falar sobre ele?

— O Maurice, pois é — disse eu, pensando naquele casaco amarelo--canário. Na cadeira de rodas no funeral da minha mãe. — Ele é o pai dela. Maurice. Óculos. Gosta de uma cerveja no Campbell's. Certeza.

— O senhor diria que eles eram próximos? — disse o cana do KitKat, mais bondoso.

— Bom, pois é, só que ele nunca vinha nos visitar em casa. Mas, às vezes, nós víamos o Maurice lá no Campbell's. Certeza, o Campbell's. Na realidade, o lugar se chama Tynecastle Arms — digo a ele. — Mas todos conhecem como Campbell's. Pois é, conhecem sim. Não o pessoal mais jovem, que não conhece como Campbell's tanto assim, mas pode aprender com a turma mais velha. Tipo uma coisa passada adiante. Pois é.

O sujeito do KitKat dá uma olhadela pro outro cana. Depois olha pra mim e abre um sorrisinho. Karen fez um bom trabalho com o chá, os KitKats grandes, de quatro dedos, e aquela louça toda bacana. Pois é, fez mesmo.

— Infelizmente, precisamos lhe informar que o sr. Maurice Magdalen faleceu na noite passada.

Eu mal conseguia acreditar. Sei o que significa falecer, mas não estava raciocinando direito, então eu disse ao sujeito: — Ele está bem?

— Está morto, sr. MacKay — disse o cana do KitKat. — Morreu ao inalar a fumaça de um incêndio em sua casa.

O outro policial olhou pro parceiro e baixou o tom de voz, como se aquilo fosse um grande segredo.

— É cedo demais para dizer exatamente qual foi a causa do incêndio, mas tudo indica que o sr. Magdalen estava fumando um cigarro na cama e adormeceu.

— Pois é, ele gostava de um cigarro, o Maurice, certeza, gostava mesmo!

— É claro que, por ser parcialmente paralítico, o sr. Magdalen teria dificuldade para sair da cama e controlar as chamas.

Fiquei pensando pois é pois é pois é pois é, e então o sujeito do KitKat disse: — Maurice Magdalen, o pai de Jinty, tornou-se cadeirante após ser agredido por uma gangue de homens, que acreditavam que ele estava envolvido no ataque incendiário ao Pub Sem Nome, pouco depois do desaparecimento de sua filha. O senhor acha que pode haver alguma conexão entre essa agressão e o sumiço dela, já que declarou que ela foi vista pela última vez no Pub Sem Nome?

Fiquei sem saber o que dizer a isso. Então continuei simplesmente sentado ali, de boca aberta.

— Sr. MacKay?

— Vocês acham que a Jinty vai voltar?

— Ainda não houve qualquer progresso nesse caso — disse o sujeito do KitKat, olhando pro parceiro mais uma vez e fechando o bloco.

— Pois é — respondi. — Qualquer progresso.

— Ela ainda consta como pessoa desaparecida.

— Pessoa desaparecida, pois é.

O sujeito do KitKat se levantou, seguido pelo parceiro.

— Nós avisaremos se tivermos alguma notícia. Compreendo que isto deve ser muito angustiante para o senhor.

— Às vezes isso me faz chorar, quando vejo que ela podia partir assim, sem mais nem menos — disse eu aos homens da polícia. Depois perguntei a eles quando os bondes estariam funcionando. O sujeito do KitKat só olhou pra mim e falou que não sabia. Então, enquanto eles saíam, o outro cana diz: — Só mais uma coisa, sr. MacKay... o sr. Magdalen era membro do FOFE, um grupo político extremista. Alguma vez o senhor o ouviu ameaçar o sr. Jake McColgan, gerente do Pub Sem Nome?

— Não mesmo, nunca ouvi, não, não não — digo eu, mas eles já saíram porta afora.

Fico sentado ali, olhando pra um cachorrinho que enfeita a prateleira acima da lareira, enquanto Karen acompanha os dois na saída, mas logo grudo no umbral pra ouvir a conversa no corredor.

— Meu irmão é um pouco... lento, detetive — diz Karen. Certeza, ela falou isso. Falou agora. Falou mesmo. Certeza. — Mas ele não seria capaz de ferir uma mosca.

Isso me deixa com raiva, porque eu *seria* capaz de ferir uma mosca. Até mataria aquela mosca que saiu da boca da Jinty, a que botou dentro dela os bichos rastejantes que comeriam todo o corpo dela! Comeriam os olhos, as orelhas, o nariz, a boca, o rabo e a xota; tal e qual ela gostava que eu fizesse, mas de um jeito diferente. Certeza, de um jeito diferente. Mãos fortes, Jonty, mãos fortes, dizia ela. Mas eu tenho a cabeça boa. Tenho! Era o Maurice que não tinha a cabeça boa, pelo menos no final, depois do acidente. E nem antes, porque Deus puniu Maurice por fazer coisas que só devem ser feitas com garotas, não com rapazes! E talvez Maurice não esteja no céu com a mãe da Jinty, ele pode estar naquele outro lugar pra onde vão os rapazes maus, e todos estão metendo no rabo dele agora, com cadeiras de rodas ou sem cadeira de rodas! Porque no céu Maurice seria capaz de andar novamente, mas, no outro lugar, ele seria forçado a ficar na cadeira de rodas, até chegar sua hora de ser enrabado! Só então eles se livrariam da cadeira de rodas!

Pois é, foi isso que aconteceu quando a polícia apareceu. A Karen se encarregou de falar mais. Certeza. E então, depois que a polícia foi embora, eu disse a Karen que ia à cidade, e que o assunto estava encerrado, porque eu simplesmente não vou passar meus dias feito um prisioneiro em Penicuik, saindo apenas pra jogar umas partidas de golfe com Terry. Não mesmo, não vou. Não mesmo, não mesmo, não mesmo. Pois é.

Karen quase chora. Fica falando que eu vou estragar tudo, e que ela já planejou a coisa toda. Eu falo que ela não precisa se preocupar, porque vou voltar, e podemos fazer umas safadezas juntos outra vez. Ando com pouca vontade, desde que vi o pinto cheio de vermes do Alec, o pai verdadeiro de Terry, lá no cemitério, e comecei a imaginar aqueles mesmos vermes rastejando dentro da xota de Karen e entrando no meu pinto. Como estariam na coitada da Jinty. Por falar nisso, eles poderiam ter entrado no meu pinto quando eu meti na xota da Jinty. Não. Porque eu teria visto os vermes saindo bem depressa quando mijei! Eles não teriam gostado disso! Não mesmo, não teriam! Bem que eu queria que alguns vermes *tivessem* entrado no meu pinto, porque eles bem que mereciam! Certeza, mereciam. Se o mijo não matasse todos, eles morreriam afogados no mictório... mesmo que fossem capazes de prender sua respiração de vermes por séculos, eles teriam se afogado no mar! E bem que mereciam isso, porque tal como aquele Bawbag, ninguém convidou esses vermes a virem aqui!

Então ligo pra Terry, dizendo que preciso conversar e que minha cabeça está cheia de coisas ruins.

— Tudo bem, camaradinha, encontre comigo no Starbucks da estação Haymarket à uma hora.

— Certeza, Starbucks! Certo – digo eu, pensando que estamos subindo na vida! É, Starbucks! Nunca entrei numa loja deles, com todo aquele pessoal bem-vestido! Todo mundo metido a besta! Certeza!

Então preciso pegar dois ônibus, mas não me importo, porque consigo sentar lá na frente, durante a parte longa que começa em Penicuik. Só quando chego a Haymarket, é que fico com um pouco mais de medo, porque ali já é bem perto de Gorgie. Mas logo vejo Terry, daí começo a agitar os braços no ar, e ele também me vê. Vou até o táxi, e há um sujeito com cabelo engraçado sentado ali dentro. Mas eles estão meio que na fila dos táxis, meio que esperando *fora* do Starbucks.

— Uma viagenzinha até o campo de golfe, Jonty, aquele lá em Haddington.

— Ah – digo, porque percebo que não vamos chegar a entrar no Starbucks. Também não seremos somente eu e Terry, então vai ser mais difícil conversar sobre o cemitério, ou sobre o fato de termos visto o pinto do pai verdadeiro dele cheio de vermes, com os globos oculares comidos por bichos.

— Este aqui é o meu parceiro Ronnie – diz Terry, olhando pro sujeito de cabelo engraçado. – Acabei de encontrar com ele no aeroporto e agora vamos até Haddington.

— Jonty, Ronnie, certeza – digo.

O cara fica calado e mal olha pra mim. Mas ele não tem aquele jeito escroto, de mau coração, de alguns dos caras lá do Pub Sem Nome, como o Evan; é mais como se eu fosse invisível pra este sujeito. Certeza. Feito o Homem Invisível da TV! Você não conseguia ver o Homem, mas sabia que ele estava ali, por causa do chapéu e do casaco. As roupas dele não eram invisíveis, mas pra este sujeito aqui é como se até minhas roupas e tudo fossem. Pois é.

Então fico sentado ao lado do cara ali atrás, enquanto Terry vai dirigindo lá na frente, e penso "agora é a minha chance de conversar com esse tal de Ronnie", mas ele passa a maior parte do trajeto falando ao telefone. Sua voz parece as que a gente ouve em filmes; essa não é uma voz escocesa, é o que eu diria ao sujeito, se ele desligasse o telefone! Eu diria: agora você está na Escócia! Precisa falar com um bom sotaque escocês na sua cabeça! Mas isso seria errado, porque o cara não consegue controlar seu jeito de falar, assim como aquela garota que tem um filho não pode evitar ser morena, nem falar feito os alienígenas falam nos filmes do Canal 4. Aquela garota que me deixou usar seu vestido. Espero que logo soltem da cadeia o marido moreno dela. A menos que ele tenha andado jogando bombas por aí. Mas eles não vão soltar o cara se ele fez isso. Assim como vão me prender, se descobrirem o que eu fiz. Só que, como o Maurice morreu por causa dos cigarros, é provável que a polícia bote as minhas bombas na conta dele, como fizeram todos lá no Pub Sem Nome, quando deram aquela surra nele. Ah, certeza, deram uma surra nele. Mas ele não parecia feliz no funeral da minha mãe, quando mencionou o casaco amarelo-canário.

Nós paramos junto a uma praia, mas que é toda rochosa. Como a gente ia à praia, ainda crianças, pensando que haveria areia, mas era tudo rochoso. Tem alguns chalés mais pra longe. Isso me deixa triste, porque seria genial se Jinty e eu estivéssemos morando num deles, com uma velha simpática feito a sra. Cuthbertson na casa vizinha... a gente poderia até carregar as compras do mercado pra ela, porque seria uma caminhada longa demais pras velhas pernas dela. E não haveria cocaína, não ali junto ao mar. Não, não haveria.

O tal do Ronnie nos faz encontrar com uns outros sujeitos, que ficam apontando pra umas coisas e mostrando a ele um monte de desenhos ou plantas. Terry e eu ficamos sentados dentro do táxi, e ele fuma um cigarro. Terry tem uma cigarreira bonita, parecida com a que Maurice tinha. Pois é, Terry já voltou a fumar, além de ter ganhado peso e tudo. Tenho vontade de pedir que ele não fume, por causa do Maurice.

— O que o seu parceiro está fazendo, Terry? Construindo alguma coisa?

— Pois é, a porra de um campo de golfe com uns apartamentos. Metade do tempo eu não sei do que o idiota está falando.

— É uma pena, porque a vista aqui é legal, vai até o mar.

— Mas quem se importa com isso, caralho? — Terry termina o cigarro e joga a guimba longe. — Pois é... já tá tudo fodido, parceiro.

Eu não gosto de ver Terry falando assim, porque ele deveria estar feliz, porque normalmente Terry está feliz, com um sorriso no rosto.

— Você fica triste porque o seu pai verdadeiro Alec está lá naquele cemitério cheio de bichos feios? Eu fico triste porque a minha mãe explodiu, e porque a Jinty... está longe — digo, pensando em Jinty, de vestido branco, entrando num bonde.

— Não... é mais porque eu tenho um coração ruim, Jonty.

— Não, você não tem, Terry! Você tem um coração bom! São aqueles caras do Pub Sem Nome que têm coração ruim! E não você!

Terry dá um sorriso forçado. — Não, parceiro, você não sacou. É um lance médico, lá dos doutores. Significa que eu não posso fazer certas coisas. Tipo fazer amor com uma garota.

Eu quase digo que agora também não posso fazer isso, mas seria errado, por causa da Karen.

— É por causa dos vermes saindo do pinto do seu pai verdadeiro Alec? Porque isso meio que me assombra, Terry, pois é, assombra sim.

— Nada a ver com isso. Eu só me preocuparia com os vermes que saíssem do pau de algum puto, se eles estivessem saindo do meu pau. É este coração aqui — diz Terry, alisando o peito. — Trepar é muito esforço pra ele... — Ele olha pra guimba que atirou longe. — Eu nem devia estar fumando, ou ganhando peso... seria até melhor tentar logo dar uma trepada decente, se é pra me foder assim.

Ele franze o rosto e dá um soco na lateral do táxi.

— Ah — digo eu.

Terry balança a cabeça e olha pro mar.

— Sabe... eu pensava que só queria trepar o tempo todo, porque era um pegador selvagem que precisava soltar seu esperma, ou então era só uma questão de ego, tipo, comer o maior número possível de gatas diferentes, pois é — diz ele, virando pra mim com um leve sorriso no rosto. — Mas percebi que isso não passava de merda. É porque eu acho que as mulheres são bonitas pra caralho, e quero fazer todas elas felizes. Quero agradar as mulheres. Sou do tipo que só quer agradar, mas fracassei ao tentar agradar as pessoas em todos os demais aspectos, então essa é a minha praia. Adoro ver uma gata se divertir, ficar louca e toda acesa, ter um clímax genial, e depois dizer: "eu precisava disso" ou "foi bom pra caralho". Esse tipo de retorno faz com que eu me sinta um cara incrível.

Fico olhando pro Terry, sem entender muito bem o que ele está dizendo, mas até meio que entendo, porque lembro de também fazer Jinty feliz assim.

— O importante é que as mulheres não foram postas no mundo pra minha gratificação — diz Terry. — É totalmente o contrário, pois é.

Não sei bem o que isso significa, mas Terry sabe que não sei, sem que eu precise dizer que não sei. Certeza que ele sabe.

— Eu fui posto aqui na Terra pra agradar as mulheres — diz ele. — Esse era o meu único papel, e já acabou. Agora eu sou um nada! Sabe, se não fosse o golfe...

— Você não é um nada, Terry, nós temos o golfe... você é um grande amigo pra mim, porque é o único que não me sacaneia, certeza, é sim.

Então Terry me lança um olhar esquisito, que faz com que eu me sinta mal por dentro.

— Mas como você sabe disso, parceiro? Como sabe o que eu já fiz no passado?

Eu começo a responder algo sobre ele ter um coração bom, embora doente, quando ele interrompe.

— Escute, parceiro, eu vou fazer uma coisa por você. Acho que você anda precisando de uma folga, pra fugir um pouco daqui.

— Pois é, mas eu preciso esperar os bondes... esperar a Jinty...

— Os bondes ainda vão demorar séculos, e a Jinty... bom, você precisa virar essa página, parceiro.

Fico pensando nisso e lembrando que eu não gosto que a Karen venha pra cima de mim à noite.

— Pois é, bem que eu gostaria de uma folga.

— O meu amigo Simon vai acolher você lá em Londres. Você vai conhecer umas garotas bacanas; algumas das que eu mostrei a você naqueles filmes pornôs.

As garotas eram muito safadas com Terry e outros caras, mas pareciam legais, e não eram gordas demais feito a Karen.

— Ah, é? Isso seria muito legal! Certeza, certeza, certeza...

— Já comprei uma passagem pra você ir até lá — diz Terry. — Sei que você precisa sair daqui, parceiro.

Então ele me entrega uma passagem de trem. Pra Londres!

— Eu nunca fui a Londres — digo. — Mas já andei de trem. Até Aberdeen e Glasgow.

— Bom, você vai fazer um teste de tela, parceiro. Pra entrar nos vídeos que eu mostrei a você, aqueles comigo e com aquelas garotas legais? Antes do meu coração? Lembra dos meus filmes espaciais, *Invasão de Urânus*, e depois a sequência, *Assalto a Urânus*? Eu era o pirata espacial que descobria a colônia de cientistas lésbicas numa estação de pesquisa em Urano?

— Ah, é, eu lembro sim, lembro mesmo... aquilo foi genial, Terry! Acha que eu posso ser um astro de filmes sacanas feito você?

— Bom, se você satisfizer o pessoal... pode virar a bola da vez — diz Terry, enquanto Ronnie volta. Ele aperta a mão dos demais caras, e eles entram em outro carro.

— Tudo bem? — diz Terry olhando pra Ronnie, enquanto ele entra no táxi.

— Democracia local em ação — sorri o tal do Ronnie. — Certamente é uma coisa linda! Agora vamos até Muirfield foder com aqueles suecos!

— O dia está bem bonito — digo eu.

O tal do Ronnie sorri pra mim. — Sabe, Jonty, às vezes você olha pra mim de um jeito... que eu não sei se você é o babaca mais burro do planeta, ou se você pensa que eu sou!

— Mas talvez sejam as duas coisas, Ronnie...

— Talvez sejam as duas! Este cara! — ri Ronnie.

Terry vira pra trás e diz: — Você não deveria estar falando com ele assim.

— Calma, Terry! Ele sabe que eu só estou de sacanagem!

— Ah, é, certo...

— Você está bem? Parece tenso. Precisa relaxar pra jogar golfe, Terry... é uma arte zen...

— Eu sei disso, e vou estar bem quando a gente chegar lá.

— Bom, mantenha a calma. Lembre que sou eu que tenho tudo a perder. A garrafa número três da Trinity!

Eu digo: — É um campo bom, esse aonde a gente está indo?

— Se é bom? — diz Ronnie, esbugalhando os olhos. — É o campo de Muirfield! Trata-se da Honorável Companhia de Golfistas de Edimburgo, um dos maiores clubes do mundo, fundado no Leith em 1744...

— Pois é... campo bom...

— E já abrigou o Aberto Britânico de golfe, um dos maiores torneios do mundo, quinze vezes.

— Eu já devo ter visto esse campo na TV, não devo, Ronnie? Terry?

— Sim, é claro.

— Pois é, já apareceu na TV toneladas de vezes, parceiro — diz Terry. — Com o Tiger Woods e tudo. Aquele cara preto. Mas meio chinês também.

— Pois é, pois é, pois é, o cara chinês, eu lembro do cara chinês — digo, enquanto Terry e Ronnie ficam falando de golfe, de uísque, e de uns sujeitos dinamarqueses. No início, eu finjo que estou lendo o meu jornal, mas depois leio mesmo. Tem uma das Spice Girls dizendo que nunca encontrou a verdadeira felicidade com um homem. Eu trataria essa garota bem: casaria com ela e daria trepadas geniais com ela toda noite, porque ela parece amável e bondosa. Mas talvez a foto seja antiga. É, talvez seja. E as garotas com quem Terry faz aqueles filmes provavelmente são tão bondosas quanto qualquer Spice Girl, e adoram trepadas sacanas e tudo! Pois é, dá pra ver! Certeza, dá pra ver!

— Você parece empolgado, parceiro — diz Terry.

— Eu posso alugar tacos lá, Terry?

Terry parece ficar um pouco triste. — Não, parceiro, desta vez você não vai poder jogar, porque tudo já foi combinado com antecedência entre Ronnie e os dinamarqueses.

— Ah.

— Mas você podia carregar os tacos pra nós, parceiro... acha que pode fazer isso?

— Certeza, posso carregar os tacos, sim, sim, sim...

— Só vai precisar ficar quieto, porque é uma partida muito importante. Nós não chamaríamos qualquer um pra ser nosso *caddie* em uma partida tão importante.

— Certeza, muito importante — digo. — E eu vou tentar ficar quieto, é, vou sim.

— Beleza.

Então chegamos ao campo de golfe, que é o campo de golfe mais metido a besta que eu já vi! Pois é, certeza que é! Cheio de carrões no estacionamento, e na portaria uns sujeitos de paletó esnobes, que revistam tudo antes de deixar passar qualquer pessoa! Lá dentro há um bar, até melhor do que aquele bar no camarote especial de Tynecastle! Nem sei se o Ryan Stevenson conseguiria entrar aqui, com todas aquelas tatuagens no pescoço. Por sorte, estamos com Ronnie, então entramos, entramos mesmo! Porque o bar é muito chique, todo revestido de madeira, mas madeira muito antiga, que deve ter um gosto bem velho, e não como o daquela madeira nova em Tynecastle. Há pinturas de antigos golfistas nas paredes, e a maior delas fica em cima da lareira de mármore, mostrando um sujeito com uma peruca maluca e um casaco vermelho.

— Como eles conseguiam jogar golfe com essa peruca e esse casaco vermelho maluco, Terry? — digo.

— Simplesmente jogando, parceiro — diz Terry.

Nem dá tempo pra tomarmos um drinque no bar metido a besta, porque já estão lá os dois dinamarqueses, que Terry e Ronnie parecem conhecer. Além de um baixinho de paletó. Então vamos logo pro campo dar a primeira tacada da partida! Pois é, temos Ronnie e Terry, e eu como carregador, contra os dinamarqueses, que nunca falam muito.

— Vocês lá têm um bom bacon, que eu vejo na TV, certeza, têm mesmo, bacon dinamarquês, dá pra ver na TV daqui... — eu digo.

Mas os dinamarqueses ficam calados, porque talvez não consigam entender o inglês da rainha, como os alemães conseguem. Então chegamos ao primeiro buraco e Terry começa com uma boa tacada inicial. É um buraco de par cinco. Pois é. Par cinco. Mas a segunda tacada já não é tão boa.

— Fiz cagada, Ronnie — grita Terry.

A terceira tacada de Terry quica no gramado perto do buraco, mas o tal do Lars também chega lá em três.

— Pois é... agora está na sua mão, Terry — digo eu, querendo dar incentivo, certeza, incentivo.

Terry põe o dedo sobre a boca. — Ssshh, parceiro.

Eu tento ficar quieto, porque não quero distrair ninguém, mesmo que eles só estejam jogando por uma garrafa de uísque. Mas Terry falou que era um uísque especial. O outro dinamarquês, Jens, dá uma tacada muito forte, mas a bola se desvia e cai num banco de areia! Ele fica meio que preso ali, debaixo da borda, e precisa de cinco tacadas pra sair!

Eu fico dizendo: — Pois é, preso debaixo da borda.

Só que nos buracos seguintes o tal do Jens é mil vezes melhor, e Terry diz pro Ronnie — Esse Jens é uma máquina, porra.

— Eu sei, deveria haver um *handicap* maior pra esse sueco maldito!

— Ele é dinamarquês, Ronnie — diz Terry.

— É a mesma porcaria — diz Ronnie, mas eu sei que não é, porque ele não gostaria de ouvir que um americano é igual a um mexicano, porque eles são diferentes, como nos mostram os filmes do Canal 4. — Malditos estupradores vikings... são uns saqueadores sanguinários que se transformam em assassinos frios com sua mania de socializar tudo, e depois ainda têm o desplante de nos chamar de babacas loucos por guerras!

Só que Terry não escuta, porque está concentrado no golfe, estreitando os olhos pra enxergar a bandeira. Já estamos no oitavo buraco.

— Essa é a beleza do golfe, Jonty — diz ele. — É uma luta contra a vida, e uma luta contra você mesmo. Um campo de golfe pode ser como aquela garota que passa a noite inteira se esfregando no seu corpo, sarrando você, mas de repente se vira e dá um tapa na sua cara por nada.

Eu fico tentando pensar em todas as coisas que Terry diz, mas Ronnie meio que se intromete.

— Terry, todas essas observações são muito interessantes, mas, por favor, se concentre — diz ele, olhando pro Lars do outro lado. — Este negócio aqui é sério.

— Não entendo de negócios, Ronnie, esse é o seu departamento — diz Terry. — Só estou aqui pra dirigir e jogar um pouco de golfe.

— Droga, Terry — diz Ronnie, olhando pros dinamarqueses. — Você sabe quanto vale a porra desta partida!

Terry simplesmente sorri e ajeita o boné de beisebol pra proteger os olhos do sol. Pois é, assim o sol não entra neles.

— O segredo é se manter relaxado, certo, carinha? — diz ele, dando uma piscadela pra mim.

— Certeza, relaxado, pois é, é...

Ronnie já está com o rosto avermelhado, mas Terry alinha sua tacada, agachando-se e estendendo o taco como eles fazem na TV. Então ele se levanta e enfia a bola direto no buraco!

— Beleza de tacada! Uau! — diz Ronnie, cerrando o punho e soltando bastante ar. — Chegamos ao empate!

Terry meneia a cabeça pro Lars e pro Jens, enquanto vamos andando pro nono buraco, e diz: — Andei lendo bastante sobre filosofia e a arte da competição. Os livros educam a gente.

Ronnie meio que assente, e tira da sacola um taco grande, que estende pra ele, dizendo: — Já leu os meus livros, *Sucesso: Faça negócios no estilo Checker*, ou *Liderança: aproveite o momento com Ron Checker*?

— Não, parceiro — diz Terry, enquanto Jens se aproxima e já vai dando uma boa tacada inicial. — Estou lendo literatura de verdade. Já leu *Moby Dick*?

— Sim... mas não depois da faculdade — diz Ronnie. — Esses livros não ajudam a gente na vida, Terry. Agora, pegue o *Sucesso*, que ficou na lista dos best-sellers do *New York Times* durante...

— Espere um instante, Ronnie — diz Terry, meio que interrompendo. — *Moby Dick* era sobre um puto perseguindo uma baleia, não é? Eu me vejo como aquele sujeito, só que em vez de obcecado por uma baleia, eu sou obcecado por xotas, e o táxi é como se fosse meu barco. Portanto, em vez de Capitão Ahab, você pode me chamar de Capitão *Acab*.

— Não entendi.

— Humor escocês, Ronnie. Mas é preciso fazer parte da turma antenada pra poder apreciar isso, não é, Jonty?

— Pois é... pois é... escocês... a boa língua escocesa — digo eu. Mas também não entendo do que ele está falando. Ronnie fica calado, e simplesmente se afasta.

Sabe, se eu não estivesse carregando os tacos, estaria assistindo a este jogo da mesma forma, porque é muito legal. Terry e Ronnie passam à frente. Depois é como um empate, mas com uma palavra golfista pra empate. Depois os dinamarqueses passam à frente. Depois a partida volta a ficar empatada outra vez.

Minhas pernas já estão ficando muito doloridas, pois é, estão ficando sim, mas então chegamos ao último buraco e a coisa está empatada. Todo mundo está muito tenso. E eu digo: — Terry, se nós formos a Londres, vamos encontrar aquelas garotas?

— Sim. Bom, você vai, parceiro. Tudo é uma questão de buraco.

Então Terry dá sua tacada inicial, bem reta e longa. A tacada do Ronnie é melhor ainda! Bem como sua segunda pancada! Os dinamarqueses não conseguem acompanhar! Eu fico empolgadão, enquanto eles se aproximam do buraco. Nem consigo olhar mais. Desvio o olhar, enquanto eles preparam os golpes finais. Certeza, viro de lado e enfio os dedos nas orelhas, erguendo o olhar pro mato, mas pensando na Jinty, minha pobre Jinty dentro daquela pilastra, minha mãe explodindo, o coitado do Alec, pai verdadeiro do Terry, e seu pinto cheio de vermes, e Maurice com aqueles olhos grandes atrás dos óculos... todos estão mortos, eles se foram, e estarão me esperando acima das árvores, naquele céu azul. Então ouço uma voz engraçada, de fantasma, lá longe...

— JONTY!

Eu me viro e vejo Terry de boca aberta. Tiro os dedos das orelhas e ele está me chamando aos gritos!

Eu vou até lá. Ronnie está tremendo. A bola do Terry é a única que ainda resta no gramado, a cerca de dois metros do buraco. Certeza, dois metros. Ronnie está tremendo e entrega o taco pra mim. Os dinamarqueses estão lívidos, mas permanecem calados. Terry olha bem dentro dos meus olhos e diz: — O que você acha que Ian Black falou pro Craig Thomson depois do jogo?

Eu penso no assunto. Sei que a resposta verdadeira seria "obrigado por nos ajudar a derrotar os safados do Hibs", mas não posso dizer isso, porque Terry é um deles. Não ajudaria a tacada dele. Então eu só cochicho: — Somos todos filhos de Deus.

— Obrigado, parceirinho — diz Terry, com os olhos marejados.

— Terry, que diabos você está fazendo? – grita Ronnie. – Esta porcaria de tacada decide a partida! O Bowcullen, cacete!

— Mas eu estou nervoso, Ronnie – diz Terry.

— Respire fundo... você vai conseguir!

Terry olha pro Ronnie, e depois pro Jens e pro Lars, antes de soltar uma gargalhada. – Estou nervoso porque aqueles dois coitados vão cometer suicídio quando eu encaçapar essa bola!

Então ele vai até lá, todo displicente, sem nervosismo algum, e dá a última tacada... a bola parece estar indo depressa demais, mas logo chega a um trecho em aclive, que reduz sua velocidade... está indo na direção do buraco, mas gira em torno da boca... então...

CAI DENTRO! CERTEZA, CAI LÁ DENTRO DO BURACO! CERTEZA, CAI SIM! ISSSSSSSSO! Ronnie solta um rugido e se agarra em mim!

— ISSSSSO! Conseguimos! GANHAMOS O UÍSQUE! – diz ele, com os olhos esbugalhados. Terry se aproxima, todo displicente, e nós três nos unimos num grande abraço, enquanto Ronnie grita pro céu: – OBRIGADO, DEUS!

Depois ele olha pros dinamarqueses, que têm um ar azedo, certeza, muito azedo, e grita: – DEUS É AMERICANO!

— Talvez isto signifique que ele seja escocês, Ronnie, porque foi Terry que meteu a bola – digo eu.

— Cacete, talvez seja isso mesmo, Jonty! Que diabo, sim!

Nós nos separamos e Ronnie diz a Terry: – Que diabo estava passando pela sua cabeça quando você deu aquela tacada?

— Eu só pensei em todas as gatas para quem olhei desde que recebi esta notícia sobre o meu coração, e simplesmente me concentrei no buraco. Só uma coisa passava na minha cabeça: você vai fazer esta porra! É como no cinema pornô, eles sempre me mandavam fazer os planos mais difíceis, como a penetração tripla, porque eu nunca perdia a linha. A Lisette ficava lá, deitada debaixo do Curtis, que já tinha metido nela, enquanto Jonno, o Bandido da Bunda, cuidava do rabo dela. Tinha todos aqueles corpos no caminho, além da câmera, e nenhuma brecha livre pra você se enfiar. Então mandavam chamar o Terry Lawson. E eu acertava sempre, lá dentro, toda vez, tanto que cheguei a pensar que era o George Clooney do cinema pornô. O golfe é igual: você parte pro buraco e nada pode ficar na porra do seu caminho!

Ronnie ri, eu também rio, e todos nós ficamos muito alegres.

— Sabe, Terry, você dá a sua tacada inicial do mesmo jeito todas as vezes, cacete. A posição fica meio desajeitada, porque parece que você está dando uma cagada, mas é uma coisa de beleza imperfeita. Não pode ser ensinada. Você realmente faz amor com aquele campo: mete, bombeia, acaricia e sai.

— Pois é, é, pois é — digo eu, mas vejo que Lars não está feliz. Ele e o seu parceiro vão embora, enquanto o outro sujeito entrega a garrafa pro Ronnie!

Nós entramos de novo no táxi e vamos bebendo champanhe! Eu pensei que íamos beber o uísque daquela garrafa engraçada, mas Terry diz que não, isso é melhor, mesmo em copos de papel!

É genial, porque parece cerveja da boa, cerveja grossa com toneladas de gás, mas meio que doce, feito uma cerveja da melhor!

Ronnie e eu brindamos, como se fosse Ano-Novo, ou a conquista do campeonato pelo Hearts.

— É melhor nós voltarmos pro meu hotel e pegarmos mais champanhe — diz ele.

— Preciso entregar uma parada antes, fica no caminho — diz Terry, num tom meio brusco.

— Terry, nós marcamos um golaço! Não fique tão tenso, cacete! — diz Ronnie, erguendo a garrafa engraçada de uísque, que parece ter cor de vinho tinto.

Olhando pelo retrovisor o tempo todo, Terry diz: — Só vou ficar feliz depois que largar esses vinte gramas de brilho com um sujeito lá no Taxi Club.

— Uma transação de drogas vagabunda! Você anda carregando vinte gramas de cocaína por aí, mesmo depois de tudo que já aconteceu conosco? — grita Ronnie. — Dá um tempo, caralho! Pode me deixar lá no hotel, agora mesmo!

— Só vai levar vinte minutos pra irmos ao Taxi Club e encontrar esse cara — diz Terry. — Tenha um pouco de culhão, caralho!

— Mas isso é tráfico de drogas, cacete!

Fico vendo os dois discutindo, primeiro um, depois o outro.

— E daí? Também é a porra de um negócio. O que é preciso pra fazer negócios? Culhões! Tenha um pouco de orgulho, caralho... vamos botar o troço na conta daqueles putos da polícia! Aqueles punheteiros prenderam você. Ficaram de sacanagem, Ronnie. Falaram que você era um puto cagão, porque ficou telefonando pra eles durante a tempestade. Eles marcaram você desde então. E depois foderam com você, tentando encontrar a segunda garrafa de uísque — diz Terry, virando a cabeça pra trás. — Provavelmente os escrotos estão agora mesmo em algum clube maçônico, bebendo doses daquele uísque!

— Você realmente acha que aqueles babacas teriam a audácia...

— Acho que aqueles escrotos são capazes de tudo. Vamos botar o troço na conta dos filhos da puta, parceiro!

— Está certo, vamos fazer isso mesmo! — diz Ronnie, socando a minha coxa. — Podem me levar a esse tal clube de viadinhos onde tudo acontece! E também quero dar a porra de uma cafungada nessa merda! Hoje nós enrabamos aqueles escandinavos!

— Esse é o cara! Jonty, está vendo esse puto aí? — diz Terry, apontando pro Ronnie. — É preciso ter culhões pra fazer negócios, e ele tem culhões de aço, caralho. Observe e aprenda, carinha...

Eu sinto Ronnie meio que se inflando todo ao meu lado ali no banco traseiro. Terry passa pra ele um cartão e um papelote de pó do demo. Eu desvio o olhar, pra que eles nem tentem me dar aquilo. Pois é, faço isso, porque aquilo faz você comer as garotas dos outros. Certeza, faz sim. E eu não quero fazer isso.

— UAU! — grita Ronnie, que parece estar se sentindo muito bem.

Então eu pergunto a ele: — Tem McDonald's lá em Nova York?

— Claro que sim. Tem McDonald's em toda parte. É uma franquia americana!

— Mas não são tão bons quanto aquele de Gorgie! Não, se são em Nova York, devem ser como aqueles metidos a besta dos bairros esnobes aqui da cidade! Certeza, devem mesmo. Pois é, é.

— De que diabos você está falando, Jonty?

— Esnobe McDonald's, Ronnie, pois é, esnobe McDonald's — digo. Depois simplesmente solto: — Esnobe Ronnie McDonald's...

Eu começo a rir do meu erro, assim como Terry. Minha mão vai até a boca, e eu espero que Ronnie não pense que estou dizendo que ele é um palhaço, mesmo que pareça ser um, com este cabelo de palhaço ao contrário, todo espetado em cima e bem ralo dos lados, porque é exatamente isso que a Jinty diria... mas a gente não pode dizer isso, não mesmo, não pode...

Só que Ronnie simplesmente ri e balança a cabeça. — Mas que diabo... você é maluco, cacete?

— McDonald's... só estou falando... Ronnie McDonald's, certeza, certeza...

Damos umas belas risadas, mas eu digo a eles que não vou tocar no pó do demo, não mesmo, não vou.

— Um homem sábio — diz Ronnie, olhando pro Terry e rindo. — Este filho da mãe ainda vai acabar comigo, cacete...

Os dois começam a rir de novo, junto comigo e tudo.

Então voltamos no táxi pra Embra, indo pra Powderhall e pro Taxi Club! Terry prometeu que me levaria lá: a cerveja mais barata da cidade! Certeza! Uma vez Hank me falou: "Você não vai conseguir entrar lá, sem que eu assine por você." Mas eu vou! Até queria que ele estivesse lá dentro agora, só pra ver isso! Genial-genial!

Quando entramos, Ronnie não parece muito à vontade, mas Terry logo me deixa com uma birita e diz que vai traçar uma carreira do tal pó horroroso lá no banheiro. Então Ronnie olha pra ele e diz — Terry, não acha que isso é cocaína demais pra alguém que tem problema no coração?

— Pois é, mas nós ganhamos, parceiro.

Ronnie espalma a mão dele no alto. — Nós botamos pra foder!

Depois vai atrás dele até o banheiro. Só que eu meio que concordo com ele, porque foi o tal pó que desligou a luz de Jinty. Não estou dizendo que a mãe dela, a mulher do Maurice, fez a mesma coisa, não mesmo, não estou, porque isso não cabe a mim dizer. E nem acho que a cocaína foi inventada aqui em Edimburgo, na época em que ela ainda estava viva. Quero perguntar a Ronnie se foi inventada na América, em Nova York e tudo, mas não fico feliz vendo ele e Terry com aquela coisa esquisita, porque é isso que Evan faz. Evan deu o troço pra Jinty, e ela ainda estaria aqui, não com os fantasmas dos bondes, se ele não tivesse dado. Pó do demo: esse é o nome que eu dou à coisa. Certeza: o pó do demo.

Então vejo meu primo Malky e aceno pra ele! Nem consigo acreditar na minha sorte! Ele vai contar ao Hank que eu estava aqui dentro! Vai confirmar a história!

— Malky! – grito. — O que você está fazendo aqui?

— Jonty! – diz ele, já se aproximando, enquanto Ronnie e Terry saem do banheiro. — Vim ver um amigo, Colin Murdoch, que trabalha como taxista em meio expediente.

Ele baixa a voz e continua: — Estamos pensando em abrir aqui perto uma firma pra aluguel de carros com motoristas particulares, e pesquisando pra ver quem estaria a fim de virar casaca. — Malky olha pro Ronnie por cima do meu ombro. — Você sabe quem é aquele ali?!

— Certeza, são Terry e Ronnie – digo, agarrando o braço de Terry. — Meu primo Malky!

— Beleza? – diz Terry, meneando a cabeça pro Malky. — Lembro dele no funeral da sua mãe.

Já Ronnie age como se não tivesse visto Malky. Talvez ele tenha ficado tímido, e seja só isso mesmo.

— Ah, sim... aquilo foi tão triste – diz Malky pro Terry.

Então eu quase morro, porque um grande bando de caras do Pub Sem Nome entra ali. Eles ficam olhando em volta, como se fossem donos do lugar. Evan olha pra mim e eu desvio o olhar, mas ele vai direto até o Terry.

— Pra que você nos trouxe até essa espelunca fedida, Lawson?

— Você está com a grana, ou não?

— Estou.

Terry meneia a cabeça na direção dos banheiros e eles somem lá dentro.

— O que você está fazendo aqui, Jonty? – pergunta Tony Graham. — Não faz parte do nosso sindicato.

— Ele faz parte do meu sindicato, cacete – diz Ronnie, dando um passo à frente.

Então Malky diz pra ele — Com licença, espero que não se importe que eu interrompa, mas eu também sou empresário, e um grande fã de *O Pródigo*. Não pude deixar de ouvir o boato de que você está envolvido com o sindicato!

— Não sei coisa alguma de sindicato, cacete!

— Mas acabou de dizer...

— No sentido figurado — diz Ronnie, meio bruscamente.

Malky dá uma piscadela pra ele, e depois pra mim, dizendo: — Entendi.

Enquanto isso, Craig me lança um olhar enviesado, lança sim, certeza.

— Por que a porra dessa demora? — diz ele, olhando pro banheiro onde Terry e Evan estão negociando o pó ruim. — Vamos fechar logo o negócio e sair da porra dessa espelunca.

Ele fica olhando em torno, com a fuça toda queimada pelos pedaços da minha mãe que explodiram.

Um sujeito perneta, sentado à mesa, ouve isso e diz: — Vocês não deveriam estar aqui... — Depois vira pros seus amigos. — Aposto que são motoristas de carros de aluguel que vieram aqui só pra bisbilhotar!

Malky fica todo nervoso e logo se afasta do sujeito.

— Eu entendo — diz ele, batendo com o dedo no nariz pro Ronnie. — Essas coisas exigem discrição.

Ronnie meio que olha pra ele, depois pra mim e pro Terry, que já saiu do banheiro com Evan, antes de dizer: — Que merda é essa aqui, caralho?

— Primo Malky — digo eu. — Certeza, primo Malky, pois é, é, é...

Craig diz: — Este lugar já está me enchendo o saco!

Malky se inclina pro Terry. — Escute, espero que não pense que eu sou intrometido, mas você faz parte do sindicato?

Evan lança olhares raivosos pro Malky e depois pra mim.

— Você é da polícia? — diz Terry.

— Não... e também não sou da imprensa — diz Malky, olhando pro Ronnie e baixando a voz. — Quero muito fazer parte do... você sabe, quero me envolver com o sindicato. O Jonty, aqui, pode confirmar isso...

Ele olha pra mim com esperança no coração. Pra mim!

— Se você confirmar pro Hank que eu estive aqui dentro, eu confirmo, certeza!

— É claro, primo...

— Façam a porra da sua própria armação — diz Evan. — Vocês não têm nada a ver conosco. Nós vamos pra Magaloof!

— Terry e Ronnie, ele é o meu primo Malky — digo eu. — O primo Malky, lá de Penicuik, certeza, Penicuik, pois é...

— Eu saí de Penicuik há um bom tempo, Jonty... você já devia saber disso — diz Malky.

E eu digo: — Mas, na verdade, a gente nunca sai de Penicuik.

Evan se aproxima de sua turma no canto. Alguns deles são do Pub Sem Nome.

Ronnie enfia a mão de volta no bolso.

— Terry, esses babacas estão olhando pra nós de cara feia — diz ele, meneando a cabeça pro Evan no canto, que está olhando pra nós. — É melhor irmos embora.

— Aqui é a porra do meu clube — diz Terry. — Não vou a lugar algum. Esse puto abusado tentou dizer que o meu brilho não valia porra nenhuma, e agora está noiado pra caralho!

Então eles se aproximam, ficando em torno de nós, meio que bem perto e até nos empurrando. Eu não gosto disso, nem um pouco.

— Isto é uma brincadeira, trazer o retardado do Jonty aqui com você, Terry? — diz Stuart Letal.

— Há mesmo alguns putos retardados aqui hoje — diz Terry. — Mas o carinha aí não é um deles.

— Você é o puto daquele programa de TV! — diz Evan pro Ronnie.

— Sempre sacaneando a Escócia, com aqueles campos de golfe! — diz Tony.

— Você demitiu aquela gostosa, a tal da Lisa, que tinha uns peitões! — diz Craig.

Ronnie deveria mostrar espírito esportivo, mas vira pra ele e diz: — Ela era incompetente, seu babaca debiloide!

— O que... o que você acabou de dizer? — diz Craig, dando um passo à frente.

— Fica frio — diz Terry pra ele. Craig fica onde está, mas não recua, não mesmo. Ah, eu não gosto disso, não mesmo, não gosto.

— O que esses motoristas de carros de aluguel estão fazendo aqui? — diz o perneta.

— Escute, só estamos tentando descobrir pra que lado o vento anda soprando — diz o primo Malky.

O perneta não fica feliz e se vira pros outros dois sujeitos na mesa, que também parecem taxistas, sendo que um tem óculos e fala de um jeito engraçado, tipo inglês. Depois ele se vira pro Malky.

— Então vocês admitem? Admitem que são motoristas particulares?

— Mas você deve ter traçado um monte de mulher, parceiro... no seu próprio programa... eu teria traçado um monte — diz Tony pro Ronnie.

— Existem outras coisas na vida — diz Terry. Depois ele recua, como que chocado com suas próprias palavras, pois é, tipo muito chocado.

— Não banque o folgado, parceiro — diz Evan pro Ronnie. — Você não está numa boate esnobe na porra de Nova York agora!

— Esta espelunca de merda? Eu posso comprar e vender este lugar, além de botar tudo abaixo — grita Ronnie.

— Não, não pode! — ruge o perneta na cara dele.

— Quem é o dono aqui? — diz Ronnie, já todo vermelho, como que à beira de um ataque cardíaco... deve ser o pó do demo, pois é, só pode ser. Ele olha em torno e diz: — Vou lhe fazer uma oferta em dinheiro vivo agora mesmo! O prédio não vale mer...

— Como você sabe quanto eu valho, seu americano capitalista escroto de merda? — grita o perneta.

— A única coisa de algum valor aqui é o terreno — diz Ronnie. — Eu lhe dou dez milhões de dólares!

— Quanto é isso em dinheiro de verdade? — diz Evan, rindo.

— Ele tem grana! — diz Tony. — Já até mostrou a casa dele pra gente na TV. Tipo um cafofo do caralho, genial.

O carinha de óculos se levanta. Ele tem uma voz toda inglesa e diz:

— O comitê, sob as regras e os regulamentos da Unidade de Investigação de Conduta, artigo 14, parágrafo 22, declara enfaticamente, e eu cito, "que a aquisição de quaisquer ativos pelo clube, e a disposição de tais ativos (inclusive terrenos) possuídos pelo clube, exige uma maioria de dois terços do comitê na Assembleia Geral Anual ou em uma Assembleia Geral de Emergência, sendo que a segunda também exige uma maioria de dois terços do comitê para ser convocada"...

— O quê?! É assim que vocês fazem negócios? — grita Ronnie na cara dele. — Vão se foder com esta babaquice de socialismo soviético terceiro-mundista! Vocês são uns babacas! Todos vocês! Já vi pessoas do seu tipo antes! No nosso país, elas são chamadas de moradores do gueto, fracassados! Nova Orleans!

— Mas, Ronnie, gentileza gera gentileza — digo eu.

— Na realidade, eu acho que você vai descobrir que a Escócia está virando uma democracia madura — diz o tal inglês.

— Pois é... é... a Escócia — digo.

— Do que você está falando, seu mongoloide retardado?! Quer tomar uma porrada na fuça? — diz Evan, chegando muito perto de mim.

Eu fico olhando pra queimadura no seu rosto, a parte que ele não sabe que dei a ele, não mesmo, ele não...

— PARE DE OLHAR PRA MINHA CARA!

— CALE A PORRA DA BOCA, BARKSDALE, ESTOU AVISANDO! — grita Terry. — Você já recebeu o que veio buscar, portanto, pode se mandar desta porra!

Evan meio que pisca, como que chocado, e então avança, mas é detido pelos parceiros.

Tony diz a ele: — Esse Ronnie Checker está aqui pra comprar do Vladimir o time inteiro do Hearts, seu maluco, deixe o cara pra lá.

— Terry, acho melhor nós irmos embora — diz Ronnie.

Os caras do Pub Sem Nome voltam pro canto onde deixaram suas bebidas e ficam bebendo ali, mas fazendo sinais de cinco a um pro Terry, e falando que ele é um bundão.

— Vá se foder, Lawson! — grita Evan de lá. — A gente sabe que você só está andando com esse pateta idiota porque estava comen...

Terry pula e dá um soco na cara do Evan, pois é, ele cai pra trás com a mão na boca, que não está sangrando, mas dá pra ver que foi um soco forte, pois é, e tudo vira uma loucura. Todos começam a brigar, gritar, ou se agarrar, e alguém me dá um chute na bunda, sem motivo algum! Certeza, dá sim. Eu até me viro, mas um pouco de cerveja aparece voando, e depois um copo que atinge Malky, cortando sua mão. A briga se espalha e alguns sujeitos, como o perneta, vêm empurrar os outros caras pra porta de saída.

— Vão embora daqui, caralho — diz o perneta pra nós. Pro Ronnie, ele arremata: — Você devia tomar vergonha na cara!

— VERGONHA?! EU?! VÁ SE DANAR!

Então Terry meio que nos conduz até a porta, atrás dos sujeitos do Pub Sem Nome.

— Desculpem, Jack e Blades. Eu é que trouxe o povo aqui. Pensei que fossem se comportar... vou levar todo mundo embora — diz ele pros sujeitos do clube. Depois diz pra nós: — Vamos nessa, pessoal...

Terry nos empurra porta afora e nós chegamos ao estacionamento. Alguns dos caras do Pub Sem Nome estão esperando lá.

— Vou trazer meus advogados aqui e processar vocês, seus bundões! — grita Ronnie pra eles.

Stuart Letal se adianta e dá uma cabeçada em Ronnie... ah, Deus, consigo até ouvir o estalo que faz o nariz quebrado. Certeza, essa doeu.

— Puta merda — diz Terry e avança, mas Stuart sai correndo de volta pra turma dele.

Os outros sujeitos também já saíram, tanto o perneta quanto o inglês de óculos. O perneta diz a Terry: — Você devia ter vergonha, Lawson, de trazer esses pervertidos pra traficar suas drogas no nosso clube de taxistas!

Uma garrafa surge voando, lançada por Evan, e Terry sai correndo pela rua atrás deles, junto comigo, mas eles fogem! Certeza que fogem, os covardes! Só ficam berrando ameaças, enquanto correm pela rua. Eu só queria ter as minhas bombas de gasolina, certeza, queria mesmo! Ah, se eu não queria!

Então vejo Malky sair com uma toalha em volta da mão, olhando em torno, enquanto Terry bota Ronnie dentro do táxi. — Jonty, vamos nessa, parceiro! — E eu entro, deixando Malky lá todo triste.

Terry leva Ronnie ao hospital. Enquanto o nariz dele é recolocado no lugar, nós dois ficamos sentados na sala de espera, e eu cochicho:
— Sabe aquela coisa que você botou no túmulo do pai verdadeiro Alec?
— Sei...
— Era a garrafa sumida do uísque legal, aquela outra que Ronnie queria? – digo. Terry olha pra mim e depois olha em torno pras outras pessoas na sala de espera. E eu digo: — Por que você botou aquilo no túmulo dele, Terry?
— Não tive coragem de beber, Jonty – diz Terry, chegando perto e cochichando no meu ouvido. — Embora seja um uísque maravilhoso. Também não queria que Ronnie ficasse com a garrafa e levasse o uísque embora da Escócia.
— Mas eu achava que ele era seu amigo, Terry – digo.
— Ele meio que é. Mas é um puto ganancioso, e é bom que os gananciosos aprendam a perder, sem fazer tudo que querem o tempo todo. Pra serem como o resto de nós.
— Então, na verdade, você está meio que ajudando o Ronnie?
— Pois é, ajudando o Ronnie a se juntar à raça humana. Só que não tem muita importância, porque isso depende dele. Ele já tem duas das três garrafas; na minha opinião, isso basta pra qualquer puto. Eu não poderia vender o uísque, entende... é uma coisa quente demais pra colecionadores. Então tive vontade de colocar a garrafa num lugar onde Ronnie jamais pudesse chegar. Com alguém que fosse apreciar aquele uísque. O Alec manterá a garrafa em segurança lá embaixo, até os alienígenas pousarem na Terra e encontrarem o uísque, ou melhor, até algum puto feito Ronnie cavar aquele túmulo pra construir mais condomínios de merda. Mas eu vou tirar você daqui amanhã de manhã, parceiro.
— Como assim?
— Porque você vai pra Londres, parceiro. Em breve, estará trepando em nome de Penicuik.
— Pois é... é... trepando em nome de Penicuik, certeza, trepando mesmo – digo eu.

49

Em Deus confiamos – parte 4

Estou segurando meu nariz com um lenço ensanguentado, tentando imaginar por que todo vagabundo neste antro de Aids, esta porra de Nova Orleans sem calor ou música, precisa dar cabeçada na cara das pessoas!

— Eu vou processar... é a segunda vez que isso acontece neste maldito lugar...

Terry até correu atrás dos babacas, mas eles sumiram, e ele volta ofegando do outro lado da rua.

— Processar é o caralho, esses putos acabam morrendo mesmo — diz ele, curvando o corpo e apoiando as mãos nos joelhos, para tentar recuperar o fôlego. Depois ergue o olhar. — Eu deveria estar evitando estresse!

O lenço ficou encharcado e alguém me estende uma toalha que provavelmente contém mais doenças do que qualquer outra coisa, mas o fluxo de sangue é estancado e eu entro no táxi de Terry. Jonty, aquele sujeitinho esquisito que estava carregando os nossos tacos, também vem conosco. Eu sabia que não deveria ter me metido na merda desse gueto de drogas do Terry! Nós seguimos para um hospital que mais parece o campus de uma faculdade dos anos 1970, que você jamais gostaria de frequentar. Já estou prestes a exigir que me levem a um hospital de verdade, mas eles me dão um sedativo e depois recolocam meu nariz no lugar.

Tento pagar, mas eles não aceitam.

Quando saio de novo, encontro Terry esperando com o tal sujeitinho esquisito.

— E aí, Ronnie? — pergunta Terry. — O bico parece ter sido recolocado no lugar.

O babaca do tal Jonty faz o que faz sempre, que é repetir o que Terry acaba de dizer. Eles não têm escolas na porcaria deste lugar?

— Eles não querem aceitar o meu cartão, um Platinum Amex... que espécie de hospital comunista é esse aqui?

— É gratuito, seu palhaço!

— Gratuito, pois é, gratuito — repete sem parar o maldito maluco.

— Não deveria ser gratuito! Isso é...

Então eu sinto algo me sufocando por dentro e me viro para o Terry. — Não... ah, meu Deus...

Por favor, Senhor Deus Todo-poderoso, não façais isso comigo. Sou vosso servo mais leal e humilde!

— O que foi agora? — pergunta Terry.

— O uísque! A MALDITA TERCEIRA GARRAFA DE UÍSQUE!!! ESTÁ COM VOCÊ?

— Como poderia estar comigo? Você ficou com ela — diz Terry. — Não queria que ela saísse de perto. Estava com ela lá no clube... vá ver dentro do táxi...

— O clube, pois é, pois é, pois é, o clube — repete feito papagaio a porra do retardado.

Que Deus condene todos ao inferno!

Eu saio correndo até o táxi, seguido pelos demais. A friagem faz meu nariz arder. Não consigo enxergar coisa alguma lá dentro. Então Terry abre a porta, só para confirmar: não tem nada ali dentro.

— SÓ POSSO TER DEIXADO O UÍSQUE NA PORRA DAQUELE CLUBE! NÃO POSSO PERDER DUAS GARRAFAS, CARALHO!!

Então rumamos de volta para o Taxi Club, aquela espelunca de merda. Meu coração está disparado. Perder uma garrafa do Trinity é um acidente, mas perder duas... faz de mim um fracassado. Um fracassado insuperável, cem por cento fracassado. Não posso permitir que isso aconteça comigo! Devo ter deixado cair quando aquele babaca me agrediu. Preciso falar com o pessoal do meu departamento jurídico, e vou teclando números no telefone...

Por favor, Deus... fazei com que o uísque ainda esteja lá...

O tal *caddie*, amiguinho retardado do Terry, continua dizendo as palavras "clube" e "uísque" sem parar, e eu passo todo o trajeto até a espelunca de merda com a língua entre os dentes para controlar minha mordida, mas em breve começo a me sentir perturbado pela dor e pelo gosto do meu próprio sangue. Agora o babaquinha fica olhando para mim e apontando para a minha boca, dizendo sem parar o que eu penso ser "bangue, bangue", mas logo percebo ser "sangue, sangue"...

Então vejo que o sangue está escorrendo pelo meu rosto e pingando na minha camisa. Odeio todos eles, junto com a maluca da Sara-Ann e a porra das suas peças... e então outro e-mail dela aparece no meu telefone com o assunto: DAR APOIO É MAIS DO QUE ASSINAR UM CHEQUE! Não é de surpreender que o Terry estivesse tão a fim de largar a piranha maluca em cima de mim!

DEUS, POR FAVOR VINDE ME SALVAR!

Chegamos ao clube e os babacas que causaram a encrenca toda já se foram. Mas ainda sobrou uma mesa de vagabundos sentados jogando dominó. Aquele babaca de uma perna só...

E o meu uísque...

MEU DEUS! AH, MEU DEUS! O QUE EU FIZ PARA MERECER ISTO?!

Está aberto! Os babacas já abriram a garrafa! Ainda sobraram cerca de dois terços, mas isso é totalmente irrelevante. Eles abriram a porra da minha garrafa de Bowcullen Trinity...

— Tarde demais — diz Terry. — Os abutres já pousaram!

O babaca do perneta, com cara de corvo e olhos de porco, ergue o rosto para nós. — Então vocês se livraram daqueles vagabundos, não é? Esses motoristas de carros alugados são uns tarados sexuais...

— Pois é, desculpe pelo que aconteceu, Jackie, meu garoto... eles não vão voltar mais — diz Terry. — Que tal esse uísque aí, parceiro?

— Nada mau — diz o velho babaca.

Deus sacrificou seu único filho, Jesus Cristo, para que essas pessoas fossem salvas. Foi isso que nos salvou? É isso que significa? Viver entre cretinos? Por quê, Deus? Por quê?

Outro vagabundo, enrugado feito couro, diz: — Que nada, eu beberia um gole de Famous Grouse no lugar dessa merda aí a qualquer hora do dia ou da noite. Isso daí nunca foi uísque! Não vale um só gole, não mesmo.

— Bom, eu pessoalmente não achei tão ruim, embora precise dizer que é difícil superar um bom Highland Park 18 anos — diz um pentelho inglês de óculos.

— BABACAS!!!!

Eu caio de joelhos, berrando com eles todos. Então soco as placas do carpete feio e manchado daquele lugar fedido, amaldiçoando todos os babacas daquele maldito buraco infernal! Fico rezando para que um furacão decente volte e elimine do planeta, por favor, Deus, este buraco de merda!

MATAI A TODOS, DEUS!
MATAI A TODOS, JESUS!
TRAZEI DE VOLTA AQUELE MALDITO FURACÃO BAWBAG!!!

50

Torneio na ponte

Terry Lawson dirige seu táxi por uma Edimburgo que lhe parece vulgar e barata. Uma cidade esmagada por sua própria falta de ambição, tristemente queixosa de seu status provinciano dentro da Grã-Bretanha, mas, ainda assim, pouco disposta a assumir seu destino maior como uma capital europeia. É com um humor melancólico que Terry dirige até Haymarket para se encontrar com o Tira de Merda. O detetive ligara para ele, dizendo ter novidades acerca do caso Jinty.

O envio anônimo do diário produzira o impacto desejado. Após levar uma dura da polícia, Kelvin se mostrara pronto a confessar qualquer coisa que não fosse assassinato, mas isso de todo modo não seria possível, já que não havia corpo a ser encontrado. Apesar de localizar uma calcinha de Jinty encharcada de DNA (além de outras pertencentes a todas as garotas da Liberty Leisure) no armário de Kelvin, a polícia não conseguira acusá-lo de qualquer coisa relacionada ao desaparecimento dela. No entanto, havia evidências mais do que suficientes para acusá-lo de três estupros, duas lesões corporais graves e várias agressões sexuais.

O Bichona resolvera ficar na Espanha por um período prolongado, deixando Kelvin segurar o tranco. No dia seguinte ao da prisão, ele ligara para Terry, dizendo que Kelvin deveria rezar para receber uma sentença longa, pois esta seria uma opção muito melhor do que cair nas mãos do seu próprio cunhado.

Por melhor que fosse aquela notícia, Terry não conseguira se alegrar muito. Sua própria vida já virara uma luta constante. Tudo que ele pode esperar de bom é um torneio de golfe que Ronnie marcou em Nova York. Enquanto isso, as mulheres continuam a atormentá-lo com chamadas e propostas obscenas. Os torcedores mais burros do Hearts fazem sinais de cinco a um para ele, e isto não é tão ruim quanto os silenciosos sorrisos debochados dados pelos mais inteligentes sempre que seus caminhos se cruzam. Ele até ficou aliviado quando seu melhor amigo, Carl Ewart, após uma estada prolongada, rumou de volta para a Austrália. Desde então, ele diariamente manda um e-mail para Terry com CINCO A UM escrito no espaço de assunto.

Talvez a coisa mais incômoda seja a peça que Sara-Ann escreveu, *Licença para transar*, montada pelo Traverse Theatre no Festival de Edimburgo. "Obviamente, o enredo remete muito ao tempo em que nós dois passamos juntos, e Tommy Vapor pode ser confundido com você por algumas pessoas, mas é *ficção*", explicara ela em uma mensagem confusa deixada no telefone dele. "Os escritores são ladrões, é isso que fazemos."

Todos esses fatores não teriam incomodado Terry em nada, se ele não tivesse o seu problema sexual. Na situação atual, porém, tais fatores aumentam impiedosamente o seu sofrimento, a ponto de Terry pensar que terá de abandonar Edimburgo.

Mas para onde poderia ir? Espanha e Flórida estão fora de cogitação: quentes demais, e a quantidade de pele nua à mostra iria destruí-lo. O norte da Europa é caro demais. Talvez ele pudesse continuar como taxista em Newcastle ou Manchester, levando uma vida simples com seus livros.

Enquanto um sol insípido aparece em meio às nuvens, Terry baixa o quebra-sol, tentando imaginar qual "novidade" poderia ter surgido no caso Jinty. Seria possível que ele fosse suspeito do assassinato dela? Não que ele se importe. Ir para a cadeia, pensa ele, provavelmente seria até a sua melhor opção. Nada de mulheres. Só livros.

O sinal do cruzamento de Tollcross parece demorar um século, e Terry estremece com a friagem que assola a cidade, destruindo qualquer confiança em um verão decente. O clima lembra mais fevereiro do que o fim de maio; e então, seguindo a deixa, o sol desaparece, espalhando uma sombra negra sobre a cidade.

Certamente não haverá, pensa ele, qualquer "novidade" na saga da desaparecida garrafa do Bowcullen Trinity. Terry bebera com certa culpa os goles de uísque da garrafa já aberta que Ronnie oferecera a ele e a Jonty. É claro que, com o lacre já não mais intacto, aquela mistura de maltes raros passara a valer pouco mais do que alguns milhares de libras. Mas Ronnie resolvera desfrutar o uísque apenas em ocasiões especiais, levando a garrafa semivazia e as histórias ali contidas de volta aos Estados Unidos. Ao partir, ainda se vangloriara de possuir duas daquelas garrafas, mesmo que uma já tivesse o lacre rompido, e isso era mais do que possuía qualquer outro homem do planeta. A frase quase fizera Terry querer lhe contar onde estava o prêmio desaparecido.

Na rotatória de Saughton Mains, perto da sua antiga casa, ele pensa no cadáver de Alec, enterrado no cemitério de Rosebank com a segunda garrafa. Coitado do Ronnie, lá em Atlanta ou Nova York, sem saber que Rehab Connor e Johnny Cattarh haviam começado aquela briga com eles no campo de golfe. Com as pernas protegidas por caneleiras de futebol sob a calça jeans, Johnny conseguira aguentar o poderoso golpe desferido pelo taco de Terry. Se bem que ele caíra de modo tão convincente que Terry, por alguns segundos, até imaginara que ele pudesse ter se esquecido de colocar o equipamento. A polícia e Ronnie haviam ido atrás deles, ignorando que os dois, após pegar o uísque durante a confusão, haviam malocado a garrafa em um contêiner de lixo no estacionamento do campo, antes de sair com o carro. À noite, Terry voltara lá para pegar o uísque.

Fora muito tentador deixar Ronnie saber que bancara o otário, mas o consumo daquela terceira garrafa perturbava constantemente o seu amigo americano, de modo que qualquer revelação estava fora de cogitação. Além disso, as investigações por parte da seguradora e da polícia continuavam em andamento, assim como o litígio de Ronnie com Mortimer.

Terry encontra o Tira de Merda, que agora ostenta uma barba, no Starbucks de Haymarket. Ele ainda mantém no rosto a mesma expressão padronizada de neutralidade ensaiada, mas agora há nos olhos um elemento subjacente de movimento, que insinua aquela bisbilhotice matreira tão característica de policiais, uma qualidade que Carl Ewart, seu amigo DJ, alegava que eles compartilhavam com muitos jornalistas.

— Então, qual é a parada? — pergunta Terry, fingindo um ar de distanciamento, mas torcendo para que o Tira de Merda revelasse as novidades sobre Jinty. O Tira de Merda brinca com seu café expresso e depois lança um olhar inquisitivo para Terry.

— Você soube que alguém nos mandou, de forma anônima, o diário de Jeanette Magdalen?

Terry se finge de bobo.

— Pois é, isso nos deu a chance de pedir um mandado de busca e apreensão — explica o policial, esquadrinhando a reação de Terry. Depois acrescenta: — Mas havia duas páginas arrancadas.

Terry sabe como aquilo funciona. Ele deveria entrar em pânico, presumir que poderia ser incriminado pelo diário, e admitir ter arrancado as tais páginas. A única informação que o documento oferecia sobre ele, porém, era a confirmação, por parte de Jinty, de que Terry era uma máquina de trepar. Ou tinha sido. Só que não era bom deixar o Tira de Merda saber disso. Portanto, ele assume um ar triste.

— Vocês acham que alguma das outras garotas mandou o diário?

— Não sei. Parece uma suposição razoável. Mas o que não mencionamos ainda é que o seu nome aparece ali.

Embora tudo aquilo seja papo furado, e as únicas referências a ele estivessem nas páginas descartadas, Terry já resolveu que é melhor parecer culpado, coisa que não é difícil de fazer.

— Ah...

— Nunca nos contou que você e Jeanette Magdalen eram amantes.

Embora chocado, e tentando imaginar quem poderia ter caguetado aquilo, Terry se sente compelido a soltar uma gargalhada.

— Amantes já é dourar a pílula demais. Trepei com ela uma vez dentro do táxi, antes do furacão Bawbag. Ela foi a penúltima passageira da noite. Tudo isso consta daquele depoimento que eu dei a vocês. Eu admiti que deixei a Jinty no boteco, mas a trepada... bom, é preciso ser discreto sobre essas coisas.

O Tira de Merda dá de ombros, expressando algo que até poderia ser concordância. Então ele menciona os nomes de duas garotas, sendo uma delas Saskia, que abandonaram a sauna logo depois do sumiço de Jinty.

— Sabe alguma coisa sobre elas?

— Saskia voltou pra Polônia. Não tenho certeza se lembro da outra — diz Terry, falando a verdade.

O policial confirma que as garotas da sauna não precisaram de muito incentivo para revelarem a intimidação e a violência que sofriam nas mãos do Bichona e de Kelvin. Depois o Tira de Merda pergunta se Terry sabia de qualquer coisa imprópria que ocorria na sauna.

Terry não consegue resistir. — Bom, além daquilo ser um puteiro?

O detetive se empertiga todo. A polícia é conivente com as práticas bizarras, mas pragmáticas, de prostituição em Edimburgo. Desde que ninguém fale muito sobre o assunto, a maioria das pessoas, conscientes do terrível legado da época em que a cidade era "a capital da AIDS na Europa", preferem deixar as coisas como estão.

— O Bich... o Victor... é um velho colega de escola. Como eu já falei, ele queria que eu ficasse de olho no lugar — diz Terry, engolindo em seco, e já sabendo que jamais poderia dizer aquilo no tribunal, mas precisando dar algo ao Tira de Merda. — Ele não confiava no Kelvin.

O Tira de Merda bufa de maneira debochada, e Terry interpreta isso como se o roto estivesse falando do esfarrapado.

— Mais uma vez, você sabe por que Victor Syme está na Espanha?

— A negócios. Que são só da conta dele — diz Terry, olhando para o Tira de Merda com uma expressão que significa "você-é-idiota?". — Eu sei que não devo fazer esse tipo de pergunta.

— Que tipo de pergunta?

— As que eu não quero ouvir respondidas.

O Tira de Merda balança a cabeça pensativamente. — Se souber de alguma coisa, não deixe de nos avisar.

O papo termina.

Ou quase. Enquanto o Tira de Merda se levanta, Terry pergunta em tom sério: — O que você acha que aconteceu com ela? A Jinty?

O Tira de Merda sorri e contempla a pergunta por um instante. Depois, quase que tocado pela sinceridade de Terry, ele divaga: — Bom, podemos apenas especular, mas ela tinha um namoradinho meio amalucado, e era molestada por dois psicopatas. Havia um monte de caras farejando em torno dela naquela sauna. Ela não tinha uma vida muito boa, e talvez alguém tenha lhe oferecido algo melhor em outro lugar.

Terry reflete sobre isso e assente, enquanto o Tira de Merda se vira e sai. Era uma hipótese tão sólida quanto qualquer outra. Ele volta para o táxi, já contemplando as súbitas ventanias frias, bem como as narrativas sombrias de um vírus local que andava derrubando os cidadãos idosos de Edimburgo. Na véspera, ele inadvertidamente vira no *Scotland Today* uma senhora lamentando pateticamente o isolamento em que vivia, e aquilo tocara as cordas do seu coração. Fosse o que fosse que Alice fizera, ela ainda era sua mãe, e ele vinha evitando a velha completamente. Já era hora de corrigir essa situação. Além disso, Terry ganhou um motivo urgente para acertar as coisas com Alice. Na manhã seguinte, ele tem um compromisso hospitalar, surpreendentemente *antecipado* pelo próprio Serviço Nacional de Saúde local, e isso decerto não era um bom sinal.

Ele ruma para Sighthill e ao chegar vê que Alice está bem, ainda que visivelmente um pouco perturbada, o que Terry atribui à sua falta de contato. Ela gesticula para que ele vá até a cozinha, onde está fazendo uma sopa, concentrada em cortar os legumes com uma lâmina afiada. Terry presumira que aquela visita seria rotineira. No entanto, Alice logo revela a fonte de sua angústia, informando a ele que Henry morreu no fim de semana anterior.

A notícia não foi ignorada por Terry, que dá de ombros com displicência. — E isso deveria significar algo pra mim?

— Significa algo pra mim!

Terry balança a cabeça. Ele não pretendia que a conversa tomasse aquele rumo, mas percebe que é o único possível. — Obviamente, isso nunca significou grande coisa.

— Hein? — diz Alice, esbugalhando os olhos. Terry fica aliviado quando ela pousa a faca na tábua de cortar.

— Bom, você bem que deu uma trepada com aquele velho bebum, o Alec... deixou que ele metesse na porra da sua perereca...

Alice começa a falar, e hesita, mas depois prossegue. — Ele não era um velho bebum naquela época! Era um jovem carteiro muito apresentável e bonito, antes que a bebida tomasse conta dele! E era seu amigo!

Os olhos de Terry dardejam pela cozinha, procurando algo em que se fixar. Ele escolhe um velho relógio de cuco suíço preso à parede, cujas figuras já pararam de fazer aparições há duas boas décadas.

— Você arruinou a minha vida — diz ele, em um tom acusatório abafado.

— O quê? — guincha Alice em retaliação, avançando para ele. — Do que você está falando?

— De você! — devolve Terry para ela, com um brilho nos olhos ao mesmo tempo desdenhoso e demoníaco. — Eu pensava que era aquele puto do Henry, torcedor do Hearts, mas era você o tempo todo! Você!

— Foi *você* que arruinou a *minha* vida! — rebate Alice. — Foi você que me custou o Walter e todas as outras chances de felicidade que eu já tive, merda... — Sua mão ossuda avança com velocidade súbita e agarra o cabelo de Terry, mas não consegue ganhar tração devido à ausência das mechas encaracoladas, enquanto a outra mão faz contato com o rosto dele. Então Alice recua, com fogo nos olhos.

O soco, embora débil, travado e ineficaz, choca Terry, por ser a primeira vez que ele se recorda de Alice pôr as mãos nele, desde as repetidas palmadas nos fundilhos de suas calças curtas, quando ele ainda era um garotinho.

— Você é um vadio! Não fez coisa alguma da sua vida! Não realizou nada! Filmes de sacanagem, onde você banca o idiota e só envergonha todo mundo!

Terry só consegue pensar em campos de golfe, bancos de areia, bandeiras e, acima de tudo, bolas brancas e buracos muito escuros.

— Você está por fora! Eu ganhei um torneio de golfe grande pra caralho!

— Ah, é — ri Alice com amargura. — Sua nova e triste obsessão! Acha que a porra do golfe vai te salvar? Hein? Acha mesmo? Responda!

— Não sei! Mas é uma coisa em que eu sou bom pra caralho!

— Bom? Bom? Você? Mal segurou um taco entre as mãos!

— Eu ganhei um torneio internacional na semana passada! Com um prêmio grande em dinheiro! Valendo mais de cem mil!

— Só em sonho!

— Estou falando pra você! E ainda fiz um 69 em Silverknowes no sábado! Tudo bem, é só um campinho de golfe público, mas quando foi a última vez que você fez um 69? Aposto que foi com aquele velho puto safado do Alec! — diz Terry, já saindo da casa, indo para o táxi e ouvindo Alice bater a porta com força atrás dele.

Ele liga o motor a fim de ir ao centro, mas por alguma razão se detém perto do parque onde brincava quando criança. O aclive torna o terreno inadequado para jogos com bola, ou praticamente qualquer coisa além de soltar os cachorros para cagarem à vontade, e Terry avista uma mulher com duas crianças pequenas em um carrinho, com sacolas de compras penduradas precariamente nas manoplas. Ela ainda é jovem, mas já parece gasta e curvada, provavelmente por engravidar continuamente e se alimentar mal. Estava empurrando o carrinho pelo parque, mas as rodas ficaram presas na lama espessa, e seus pedidos para que o filho mais velho saísse e andasse são respondidos com berros violentos. Ela não deveria ter pego aquele atalho. Terry fica chocado diante da dor profunda que sente por causa daquela mulher. Tem vontade de buzinar, acenar para ela e dar-lhe uma carona para casa. Mas é um taxista. Ela pensaria que ele é tarado. Portanto, Terry segue dirigindo até o centro.

Desconcertado, deprimido e desorientado, ele resolve passar no Taxi Club e tomar uma cerveja. Jack Perneta está lá com Blades.

— Motoristas de carros de aluguel? Pedófilos do caralho. Recrutados diretamente entre os presidiários da Peterhead, eu falei pro puto — declara Jack, estufando o peito. — Não, parceiro, melhor confiar nos serviços de táxi.

— Realmente parece haver uma proporção maior de criminosos trabalhando como motoristas particulares — arrisca Blades, enquanto Terry vai até o bar e pede uma cerveja.

Ele está cauteloso, porque não fala com seus camaradas taxistas desde o fiasco da transação com drogas e com o uísque na semana anterior. Lança um olhar meio tímido para eles, enquanto Cabeção, que já virou um verdadeiro soldado da Central, adentra o recinto.

— Ah, Terry... vejo que você anda realmente pegando corridas, em vez de passar todo o seu tempo fora do circuito.

— Larga do meu pé — rebate Terry, pegando a cerveja e bebendo um gole. — Antes vocês me enchiam o saco por não pegar corridas, e agora é o contrário.

— A Central não tem nada contra você, Terry — declara Cabeção. — Você não é um homem marcado pela Central. Nem pense nisso.

Subitamente, os demais taxistas se unem em apoio a Terry, e Jack Perneta grita: — Mas o que você veio fazer aqui? Estamos no Taxi Club, e não na porra do clube da Central!

— Todos fazemos parte do mesmo time — diz Cabeção em tom defensivo.

— Fazemos é o caralho! Vocês vêm tentando me *tirar* da porra do time! — grita Jack. — Terry, fale pra ele. Terry? Aonde ele vai...

Mas Terry já vai saindo porta afora, de volta ao táxi. Não há tranquilidade no Taxi Club, onde até a mais robusta camaradagem já parece vazia, e apenas prenuncia mais encrencas. Jonty está em Londres... ele viu o carinha partir na semana anterior. Ronnie voltou para os Estados Unidos. E ele próprio não tem valor algum para sua família. Então Terry se vê dirigindo a esmo, pegando a saída em Newbridge e seguindo para Fife. A Road Bridge se projeta à frente, prestes a ser substituída por outra construção mais adiante no estuário. Redundante como eu, pensa Terry causticamente. Ele percebe que já é hora de acabar com tudo, naquele lugar mais do que conveniente.

Terry estaciona o táxi e sai andando pela passarela de pedestres, açoitada por rajadas de vento. Sim, está na hora. Ele trepa por cima da balaustrada e baixa o olhar para a água, que parece uma placa gasta de metal preto, pontuada por ocasionais espumas brancas que lembram as larvas de Alec. Será que os peixes fariam com o seu corpo o mesmo que as criaturas terrestres haviam feito com o do seu pai e grande amigo?

Enquanto ele pensa em soltar as mãos frias, o telefone toca. Ele vê o nome de Donna no identificador de chamadas. E atende, pressionando o aparelho junto ao ouvido para abafar o forte ruído da ventania. Mesmo assim, mal consegue ouvir a voz dela.

— Minha avó está no hospital. Ela caiu na escada.

— É? – diz Terry. Ele visualiza Alice, descuidada e desajeitada devido à fúria induzida pela briga entre os dois, rolando até o chão, com os ossos se quebrando.

— Você precisa apanhar a vovó lá, pois é. Eu não posso, porque estou com a pequena, que passou a noite acordada com diarreia.

— Ela está bem?

— Está, mas é uma imundície, e nunca para. Já troquei as fraldas três vezes só esta tarde.

— Estou falando da minha mãe – diz Terry.

— Eles não falaram que sim, mas também não falaram que não. Você precisa ir até lá pra saber, porque eu não posso deixar a Kasey Linn.

— Tudo bem – diz Terry, desligando o telefone. Ele baixa o olhar novamente, e pela primeira vez fica petrificado. Sua mão... Terry não consegue mais sentir a balaustrada. Ele olha para a mão, que parece meio rosa-azulada e fria feito o rosto de Alec dentro daquele bloco de gelo. A fadiga se espalha pelo seu corpo como um veneno virulento, e Terry percebe que está fraco demais para subir de volta na balaustrada. A outra mão enfia o telefone dentro da jaqueta. O frio entorpece seu corpo e Terry tem a sensação de estar caindo...

Ele *está* caindo...

Mas são apenas poucos metros. De alguma forma, Terry conseguiu deslizar por cima da balaustrada de volta à passarela. Ele solta uma exclamação em voz alta, sentindo as lágrimas salgadas que escorrem pelo seu rosto arderem por causa do vento frio. A morte assustara Terry. Enganar a morte, porém, só fez com que ficasse frustrado e atormentado. Como um sinal, ele sente uma pontada dentro da cueca.

— Como isto pode estar acontecendo comigo? Tudo que eu quero é... a única coisa que eu quero é... TUDO QUE EU QUERO É A PORRA DE UMA TREPADA DECENTE! – berra ele para o vento implacável, por cima do estuário negro do rio.

Então, sem que Terry tenha qualquer consciência de caminhar de volta pela ponte, sua mão entorpecida já está destrancando a porta do táxi. Da mesma forma, ele vai dirigindo no piloto automático rumo ao hospital. Só toma consciência de já estar lá quando as portas eletrônicas se abrem, e ele sente o choque do calor.

Alice caíra e fora radiografada, mas sofrera apenas alguns machucados e uma certa inflamação. Ele leva a mãe para casa em silêncio. Perdida em seu próprio mundo de dor e sofrimento, ela só parece registrar ao final do trajeto que algo está seriamente errado com seu filho.

— E *você*... está bem?

— Sim, estou bem — diz ele em um tom derrotado, que deixa Alice gelada. Ela tenta fazer com que ele entre, mas Terry se recusa e vai para casa. Passa a maior parte da noite acordado, examinando seus contatos telefônicos e se perguntando para quem ligar. Então alguém liga para ele. Terry dá uma risada ao ver o identificador de chamadas: SAL SUICIDA. Os dois até que poderiam mergulhar da ponte juntos. Amor de verdade! Ele aperta o botão vermelho para silenciar o aparelho. Depois vai para a cama, caindo num sono entrecortado e desigual.

Acorda mais fatigado do que nunca naquela luz anêmica, quando o alarme do celular dispara, um tom truculento que ele não se recorda de ter programado. Não está com um bom pressentimento para sua consulta hospitalar. A manhã está úmida e triste, o tipo de manhã que faz a Escócia abandonar toda esperança de ter qualquer espécie de verão, embora ainda seja maio.

A primeira coisa que deixa Terry nervoso é a presença dentro do consultório de outro homem, sentado ao lado do dr. Moir. Contrastando com a postura tensa do cardiologista, o outro sujeito é um tipo meio desleixado, de terno marrom, com uma franja loura e um rosto comprido, todo marcado. Há no aposento uma atmosfera sinistra, que faz Terry se perguntar: será que esta porra ainda pode piorar muito?

O dr. Moir pigarreia. — Eu tenho uma notícia terrível, sr. Lawson.

Terry sente o que provavelmente é o seu último sopro de vida se esvair. Ele amaldiçoa a intervenção de Donna lá na ponte. Seguramente já era hora de arrumar vários gramas de coca, reservar um bom quarto de hotel e ligar para alguém, a fim de ficar cheirando e trepando até passar para o outro mundo.

— É mesmo? O que é? — pergunta ele em tom fatigado, já completamente derrotado.

— Asseguro que isto nunca aconteceu antes... neste departamento, pelo menos — arrisca Moir cautelosamente, parecendo já se preparar para uma explosão.

Terry olha para o sujeito de terno que, ao contrário de Moir, projeta o queixo à frente de forma desafiadora, encarando o gaguejante cardiologista e instando-o a continuar.

— Parece que existem dois Terence Lawson — diz Moir.

Terry fica de queixo caído. É como se todos os músculos de seu rosto houvessem se rompido. — Você quer dizer...

— Sim — diz Moir, com um sorriso tenso nos lábios, e um olhar apreensivo. — Você não tem um problema cardíaco grave.

Terry se sente como se estivesse curtindo o barato de um pó de MDMA do mais puro e, ao mesmo tempo, sendo atravessado por uma espada. Choque, euforia e ressentimento se debatem dentro dele em ondas conflitantes e turbulentas.

— Seu estado de saúde é ótimo — continua Moir. — Os índices de colesterol poderiam ser um pouco melhores, mas em termos gerais...

— EU ESTOU BEM PRA CARALHO! — declara Terry, antes de arquejar. — Eu... eu estava bem o tempo todo!

Os olhos de Moir começam a piscar involuntariamente. — É verdade. Parece que no nosso banco de dados houve um problema que fez o sistema confundir os dois Terence Lawson.

Terry se recosta na cadeira, com um turbilhão na cabeça, e seus olhos se tornam duas fendas estreitas.

— Vou processar a porra do Serviço Nacional de Saúde! Estresse emocional! Danos por trepadas perdidas, caralho! Vejam só o peso que eu ganhei — diz ele, agarrando a própria barriga. — Minha carreira no cinema pornô foi pro caralho! EU PIREI DA CABEÇA, TENTEI ATÉ ME MATAR, CARALHO!

Enquanto ele ruge, Moir se encolhe na cadeira. Tudo que aconteceu com Terry desaba ao seu redor. Ele vê a imagem dos globos oculares de Alec, já vazios, mas ainda repletos de vermes rastejantes. — Eu fui até a porra do... — Ele já ia dizer que chegara a ser levado a cavar o túmulo do pai para avaliar o tamanho do pau dele, mas consegue se deter a tempo. Agarra com firmeza as laterais da cadeira e tenta controlar a própria respiração. — Ronnie Checker é um dos meus melhores amigos! Vou arranjar os melhores advogados que a porra do dinheiro pode comprar e esfolar vocês, seus filhos da puta!

Então o sujeito de terno marrom interrompe. — Tem todo o direito de fazer isso, sr. Lawson. No entanto, aconselho que o senhor ouça atentamente o que eu tenho a dizer, antes de escolher essa linha de ação.

— Quem é esse aí, caralho? — diz Terry, olhando para o dr. Moir e indicando displicentemente o sujeito com o polegar.

Moir se encolhe ainda mais na cadeira e permanece em silêncio, olhando para o sujeito, que sorri friamente para Terry. — Meu nome é Alan Hartley, sou o administrador do serviço de saúde local.

— Não há o que você possa dizer que...

— O seu pai morreu aqui no hospital recentemente.

Terry sente seu ânimo murchar um pouco, mas a fúria o impele a ir em frente mesmo assim. Ele nada tinha a ver com Henry Lawson. Só não podia deixar que eles soubessem disso.

— Sim, e daí?

— Foi uma morte muito dolorosa. Sim, ele era um doente terminal, mas também foi envenenado. E o senhor, é claro, sabe disso muito bem...

Terry está distraído demais com o choque e a fúria para assumir sua expressão de *perito em mentiras*. Só consegue permanecer em silêncio.

— Pois é, alguém adulterou o soro dele, inundando o organismo de urina. O senhor tem ideia de como é doloroso morrer assim?

Terry canaliza sua raiva. — Não, mas a culpa foi sua... vou processar vocês por isso também! — *Cinco a um, seu velho escroto*. A ideia é tão deliciosa que injeta mais sangue nas veias de Terry. Mesmo com a medicação, o Velho Guerreiro até parece se animar, feito um super-herói prestes a se libertar das correntes.

— Sim... isso seguramente seria um caso interessante. Sabe, nós já tiramos amostras de DNA de todos os membros da nossa equipe. Mas não conseguimos encontrar uma igual à da urina encontrada naquele frasco de soro. Ouso até dizer que o próximo passo será passar o caso à polícia, para que seja feita uma investigação criminal – diz Hartley, lançando um olhar convencido para Terry, que está tentando não desabar. – Imagino que, depois de ter eliminado do inquérito os membros da nossa equipe, os policiais passem a tirar amostras de DNA de todos que entraram em contato com o sr. Henry Lawson antes da sua morte, inclusive as visitas. E pelo que sei, o senhor foi a última pessoa a visitar seu pai...

Tomado por um caldeirão borbulhante de emoções, Terry tem apenas uma vaga sensação do rumo que aquilo está tomando, mas percebe que já não tem as cartas vencedoras na mão, e só consegue tossir.
– O que você está querendo dizer?

Hartley dá um meio sorriso que mais parece uma placa funerária: mínimo, mas reluzente. – Acho que não precisamos de uma investigação policial sobre a morte do seu pai, e acho que o senhor também não precisa tomar providências legais em relação ao nosso lamentável erro administrativo... concorda, sr. Lawson? Quero dizer, isso seria incrivelmente prejudicial para a reputação do nosso serviço de saúde. Se o moral da nossa equipe ficasse comprometido, o tratamento dos pacientes sem dúvida sofreria. Isso realmente não beneficiaria ninguém, não é?

Terry está pronto para agarrar esse acordo com as duas mãos. Depois de conseguir o sinal verde para voltar a trepar, de jeito algum ele quer passar um *único segundo* na cadeia.

– Pois é, acho que você tem razão, parceiro – diz ele com um sorriso matreiro, enquanto um banco de dados de quem *vai ser fodida* já cascateia por sua mente febril. – Além disso, pra que enriquecer a porra dos advogados, não é mesmo? Pra que isso? Pode me dizer?

– Esse é o espírito da coisa – diz Hartley, já se levantando e estendendo a mão. Terry avança e aceita o cumprimento com gratidão.

Antes de sair, ele vai até a enfermaria de Henry e aborda a enfermeira de plantão. – Escute, eu queria convidar você pra sair. Por tudo que você fez pelo velho pu... quer dizer, pelo meu velho... o Henry Lawson...

– Eu sou casada – sorri ela, antes que ele possa terminar.
– Que pena.

A enfermeira dá de ombros e se afasta pelo corredor. Terry fica vendo o andar dela, o movimento do traseiro e a costura das meias nas panturrilhas. Então vai direto para o banheiro e toca umazinha. O hábil contato da mão com a pele do prepúcio e os lentos puxões deliberados cortam o efeito da medicação, fazendo seu pau se erguer de forma impressionante, e com verdadeira gratidão borrifar as paredes do toalete. Dentro do cubículo, ele grita a plenos pulmões: — ESTOU DE VOLTA, CARALHO! TERRY LAWSON VAI BOTAR PRA FODEEEEER!

Terry examina com satisfação as paredes respingadas, sentindo-se humano pela primeira vez em meses. Ele já quebrou uma de suas próprias regras: nunca cante uma garota quando o seu tanque estiver transbordando. *É preciso desenferrujar antes, ou então arrumar uma ferrugem nova!*

De volta ao táxi, ele examina sua agenda. Pensa em contatar várias pessoas, mas decide que é melhor não. Em vez disso, ruma depressa para um certo local, mas subitamente a inspiração bate: ele estaciona em uma rua transversal, pega o telefone e marca um compromisso.

Então tem mais uma ideia, e liga para Sick Boy. — Estou a fim de voltar à ativa. Naquele filme.

— Sinto muito, Terry, mas já escalei aquele seu amiginho, o Jonty — diz Sick Boy alegremente. — Ele está fazendo um trabalho incrível, é um artista fantástico. Só passou algum tempo se recusando a fazer anal, até que eu garanti que não seria o buraco negro dele a ser iluminado. E as garotas gostam muito dele, que está hospedado com a Camilla e a Lisette em Tufnell Park.

Meu cafofo londrino, pensa Terry com inveja. Mas ele não podia se ressentir de Jonty. — Fico feliz por ver que a coisa parece estar funcionando.

— Ele está aqui no escritório comigo. Quer dar uma palavrinha?

— Ótimo, passe pra ele.

— Oi, Terry! E aí, parceiro? Londres é genial, pois é, Terry, é genial, sim. No começo, eu nem gostei, é grande demais, e eu não passo de um rapaz caipira lá de Penicuik, mas a gente se acostuma, certeza, acostuma mesmo.

— Já achou um McDonald's local?

— Já, mas a Camilla e a Lisette fazem uma comida caseira ótima, toda saudável, e eu nem ligo mais pro McDonald's! Só fui uma vez a semana toda!

— Beleza. Não posso conversar agora, parceiro, porque estou dirigindo, mas mande lembranças minhas pras garotas.

— Vou fazer isso, Terry, certeza, são boas meninas, Terry, certeza, certeza...

Terry desliga o telefone e segue dirigindo. Estaciona diante do destino pretendido, mas recebe outro telefonema. É Donna.

— O Simon ligou na semana passada. Não vai me deixar fazer o filme. Falou que você não deixou — informa ela, mas sem hostilidade.

— Talvez eu tenha me precipitado... a vida é sua, a decisão também — diz Terry, vendo uma jovem mãe empurrar um bebê em um carrinho pela calçada. — Eu não tenho o direito de interferir. Estava me excedendo, na verdade.

Que trepada da porra aquela ali...

— Ah...

Calma, garoto...

— Como está Kasey...

Terry para de falar quando a mulher se curva sobre a criança no carrinho, fazendo os seios forçarem o sutiã e a blusa.

— Kasey Linn! O nome da sua neta é Kasey Linn!

— Pois é... mas que nome é esse? — reflete Terry, enquanto a mulher do carrinho some de vista. — Já contei pra você de onde veio o seu nome? Quando a sua mãe foi ter você no hospital, eu fiquei me cagando todo, porque quando fui junto com a mãe do Jason, eu me senti num açougue. Passei uns três minutos sem querer comer ninguém...

— Pai...

— Espere aí, onde eu estava mesmo...? Ah! — Terry se lembra. — Fiquei com tanto medo de voltar a uma maternidade, que saí e tomei um porre. Acordei ainda bêbado pra caralho, deitado no sofá, com um *döner kebab* grudado na cara pra tentar curar a ressaca. E havia um recado, mandando que eu fosse depressa, porque a sua mãe já tinha entrado em trabalho de parto. Eu olhei pro tal *döner kebab* e pensei: se for menina, vai se chamar Donna. Já contei essa história pra você?

– Já. Um monte de vezes. Pelo que vejo, você recebeu o sinal verde dos médicos.

– É tão óbvio assim? Bom, se você sabe disso, também deve saber que eu tenho de tirar um atraso do caralho! Minha agenda estava lotada antes dessa merda do hospital! Falo com você mais tarde – entoa Terry, desligando o telefone.

Imediatamente, o aparelho toca outra vez. É Sara-Ann. Terry sabe que ela anda saindo com Ronnie, mas ele foi para os Estados Unidos há algum tempo. Então aperta a tecla verde para aceitar a chamada.

– Terry...

Ele ouve a respiração desesperada dela, seguida de um silêncio atordoado.

– Como você está, princesa?

– Cheia de problemas, porra! Estou falando sério, Terry! Ando estressada por causa da porra da peça. Os escrotos estão mudando tudo... o Ronnie nem se importa, vive na porra de Nova York, e parece sentir que a responsabilidade dele termina na hora de assinar os cheques! Eu vou tomar todos estes comprimidos aqui, se você não... se você não... vier me ver...

Terry a ignora, batendo com força na porta à sua frente. Ele ouve alguém vir correndo.

A porta se abre e Sara-Ann aparece parada ali, com o telefone na mão.

Terry desliga o aparelho. – O que você está esperando? Tire tudo!

– Terry... você estava me gozando...

– Não, mas logo estarei – diz ele, avançando e enfiando a mão dentro da calcinha dela. Depois cochicha no ouvido de Sara-Ann. – Fale pra mim que você não é safada... nem está completamente molhada...

Ela vira a cabeça e enfia a língua, feito uma cobra, na boca de Terry. Depois bate a porta, já tirando a camiseta e desafivelando o cinto de Terry, enquanto se esfrega na mão dele, que também não para.

– Terry... me come...

Enquanto ela o arrasta para o quarto lá em cima, Terry ainda finge uma suave resistência. Depois cede. – Sim. Você será comida em grande estilo...

Enquanto suas calças caem, e o Velho Guerreiro emerge da cueca em posição de sentido, ele fica feliz por poder satisfazer o apelo da dramaturga: — Mete tudo...

— Claro que sim — diz Terry, já se posicionando. Ele fica pensando que não importam Henry ou Alec, pois a única identidade de que já precisou na vida é a do Velho Guerreiro. Seu telefone escorrega do bolso traseiro e começa a tocar. Ele vê o nome no visor: RONNIE CHECKER. O assunto deve ser a reserva do voo para Nova York e o tal torneio de golfe. Pena que ele acabou de fazer reserva em um voo da Ryanair para Gdansk. Sim, haveria filas de xotas em Nova York, mas seria um voo de sete horas. Em apenas três, ele já estaria até os culhões dentro de uma polaca safada. Não havia como concorrer com isso.

Agora, porém, havia algo imediato a ser feito. Apertando as pernas em torno dele, forçando Terry a penetrar mais profundamente ainda, enquanto corcoveia e se debate, Sal arqueja: — Eu quero isso muito... como eu quero...

— E é isso que vai ter — sorri Terry, bombeando e girando habilmente até o paraíso, homem e pau reunidos na mulher. — É o tempero da vida!

Impressão e Acabamento:
GRÁFICA STAMPPA LTDA.